PAUL LASCAUX

Gnadenbrot

AUF DEM SCHLACHTFELD In dem mittelalterlichen Städtchen Murten wird die entscheidende Schlacht der Burgunderkriege von 1476, als die Eidgenossen gegen das Heer Karls des Kühnen kämpften, für Filmaufnahmen nachgestellt. Mit von der Partie ist die Berner Detektei Müller & Himmel. Nach einem turbulenten Drehtag bleibt ein Toter auf dem Schlachtfeld zurück: Der Spekulant Thomas Däppen. Die Dreharbeiten werden abgebrochen, der Filmproduktionsfirma droht der Konkurs. Plötzlich kommt wieder Bewegung in das Quartett um Heinrich Müller, dessen aktuelle Auftragslage auch nicht gerade rosig ist. Ein gestohlener antiker Wandteppich, beunruhigende Kornkreise und dunkle Geschichten aus der Zeit der Hexenverfolgungen geben den Ermittlern jedoch immer neue Rätsel auf …

Paul Lascaux ist das Pseudonym des Schweizer Autors Paul Ott, geboren 1955, aufgewachsen am Bodensee und seit 1974 wohnhaft in Bern. Der studierte Germanist und Kunsthistoriker hat in den letzten 30 Jahren neben zahllosen journalistischen Arbeiten mehrere literarische Veröffentlichungen realisiert, vor allem Kriminalromane und kriminelle Geschichten. Auch als Herausgeber von Krimianthologien und Initiator des Schweizer Krimifestivals »Mordstage« hat er sich einen Namen gemacht. »Gnadenbrot« ist der vierte Band seiner kulinarischen Krimiserie um Privatdetektiv Heinrich Müller.

Bisherige Veröffentlichungen im Gmeiner-Verlag:
Sterbenslust (2010)
Feuerwasser (2009)
Wursthimmel (2008)
Salztränen (2008)
Bodensee-Blues (2007)

PAUL LASCAUX

Gnadenbrot

Müllers vierter Fall

GMEINER *Original*

Personen und Handlung sind frei erfunden.
Ähnlichkeiten mit lebenden oder toten Personen
sind rein zufällig und nicht beabsichtigt.

Besuchen Sie uns im Internet:
www.gmeiner-verlag.de

Im Ehnried 5, 88605 Meßkirch
Telefon 07575/2095-0
info@gmeiner-verlag.de

2. Auflage 2010

Lektorat: Claudia Senghaas, Kirchardt
Herstellung / Korrekturen: Julia Franze / Sven Lang
Umschlaggestaltung: U.O.R.G. Lutz Eberle, Stuttgart
unter Verwendung eines Fotos von: pip / photocase.com
Druck: Fuldaer Verlagsanstalt, Fulda
Printed in Germany
ISBN 978-3-8392-1087-1

»Ein Grab ist doch immer die beste Befestigung wider die Stürme des Schicksals.«

Georg Christoph Lichtenberg (1742–1799)

MONTAG, 22. JUNI 2009

Heinrich Müllers linker Schuh steckte im Morast. Zwar blies seit dem frühen Morgen die Bise und trocknete die Felder. Auch die Sonne schien, aber sie hatte es noch nicht vermocht, die Nässe des gestrigen Gewitterregens aus dem Boden zu ziehen. Der Abhang blieb glitschig. Müller hätte sich besser weiter oben eingereiht. Dann stände er näher beim Wäldchen, das jetzt unerreichbar viel höher lag.

Am Detektiv vorbei stürmten und keuchten verschwitzte Männer in seltsamen Kostümen in Richtung Westen hinunter zum See. Andere suchten dem Getümmel zu entkommen. Plötzlich befreite die ungestüme Bewegung der Masse auch Müller aus seiner misslichen Lage, riss ihn mit sich fort, unter Verlust des linken Schuhs, sodass Heinrich ins Stolpern geriet und der Länge nach hinfiel. Dabei verlor er auch noch seinen Langspieß und beschmutzte das Kostüm. Als er an sich hinunterblickte, waren die roten Beinlinge mit dem weißen Kreuz kuhfladenbraun verfärbt, das dünne Blech, das den Oberkörper schützte, wies mehrere Dellen auf, und der Lederhelm hing nur noch lose am Bändel, das vom Kinn unter die Nase gerutscht war.

Hoffentlich keine Großaufnahme, dachte Müller, als er sich auf allen vieren davonschleichen wollte. Ohne Vorwarnung geriet alles durcheinander. Der Kampflärm übertönte nun jedes vernünftige Maß. Nicht nur Holzstöcke prasselten aufeinander, jemand feuerte ganz in seiner Nähe eine Feldschlange mit unerträglichem Getöse ab, obwohl eine derartige kriegerische Eskalation im Drehbuch nicht vorgesehen war. Einer schrie auf, ein paar andere fluchten, ein weiterer hieb erfolglos mit seiner gelben Fahne, auf der Müller den Uristier erkennen konnte, auf ein paar Statisten ein und wollte sie zur Umkehr bewegen.

Die farbenfrohen Strumpfhosen benötigten inzwischen einen doppelten Waschgang, ein Pferd hatte sich irgendwo losgemacht und stürmte durch die Massen. Heinrich hielt die Ohren zu und duckte sich in Kauerstellung hinter ein umgekipptes Geschütz, als ob es darum ginge, einem Blitzschlag auszuweichen. Jegliche Ordnung hatte sich wie von selbst aufgelöst.

Über ein Megafon hörte man von oben die verzweifelte Stimme des Regisseurs, der nichts anderes mehr brüllte als »Stopp!«, während unten bereits die ersten Martinshörner der Rettungswagen ihre singende Melodie in den Tag hineinbrüllten. Erst nach mehrmaligem Anlauf gelang es, die Aufregung unter Kontrolle zu bringen und die unkontrollierte Flucht zu beenden.

Dann spuckte das Megafon wilde Flüche aus. Erst einige Minuten später verstand man ein paar Worte deutlicher. Der Regisseur nämlich jagte alle zurück auf ihre Ausgangspositionen. Heinrich Müller setzte sich auf, nahm den Helm ab, schüttelte die wenigen Haare auf dem Kopf, säuberte Mund und Gesicht von einzelnen Gräsern und richtete, so gut es ging, Rüstung und Kleidung. Weiter unten lag Murten, ein mittelalterliches Städtchen am gleichnamigen See, das bereits zum Kanton Fribourg gehörte. Man konnte sich demnach guten Gewissens fragen, was ein Berner Detektiv hier zu suchen hatte.

Müller zog eine zusammengedrückte Leberwurstsemmel aus dem Wams und suchte den genauen Ort, an dem die Metzgerei lag, die die würzige Spezialität herstellte. Er folgte mit seinen Blicken der intakten Stadtmauer, deren Wehrgang man größtenteils noch begehen konnte. Sie riegelte die Altstadt von den umliegenden neueren Quartieren ab, einige Türme unterschiedlicher Form verstärkten den abweisenden Eindruck, den der Ort von außen erweckte. In der Ferne glänzte der See, dahinter erhob sich der Mont Vully mit seinen Rebbergen und der von seinem Standpunkt aus nicht sichtbaren keltischen Höhensiedlung.

Müller lechzte nach einem Glas perlend frischen Seeweins, doch er wurde aus seinen Gedanken gerissen und begab sich zum dominierenden Rundzelt, vor dem einer die alte Berner Flagge schwenkte, ein schmales weißes Kreuz, in die vier Ecken hinaus schwarze und rote Wellen. Der Detektiv hatte sich aus dem Fundus Hosen geholt, an beiden Beinen rot, was eher zu den Schwyzern gepasst hätte, denn die Beinlinge seines eigenen Fahnenträgers leuchteten links in Rot und rechts in Schwarz. Aber Schwyzer fand man keine auf dem Set, also war es wohl egal. Hauptsache das Schweizer Kreuz war auf dem Oberschenkel, wenn einer nämlich auf dem Feld liegen blieb, verstümmelt, unkenntlich oder gar kopflos, erkannte man an den Hosen, zu welchem Lager er gehörte und ob man ihn begraben musste oder ob es sich lohnte, ihn auszunehmen und nackt zurückzulassen. Dieses Schicksal blieb den Burgundern vorbehalten. Denn an der Schlacht von Marignano, die die Eidgenossen 1515 jämmerlich verloren hatten, hätte sich Müller nicht beteiligt.

Dafür hätte sich auch kein Regisseur gefunden. Wer wollte schon eine Niederlage verfilmen, die letztlich in der Deklaration immerwährender Neutralität geendet hatte? Hier und heute stellte man die Schlacht von Murten nach, bei der die Eidgenossen 1476 dem damaligen Erzfeind, dem burgundischen Herzog Karl dem Kühnen, eine vernichtende Niederlage zugefügt hatten. Um die Identifikation mit dem geschichtlichen Ereignis zu fördern, fand der Drehtag am selben Datum wie die historische Schlacht statt. Wie damals hatte es in der vorherigen Nacht heftig geregnet, Neumond und tief hängende Wolken verdunkelten das Zeltlager. Am Morgen wurden die beinahe tausend Statisten von einer alles durchdringenden Bise geweckt, und nicht nur Heinrich Müller suchte nun nach einem im Schlamm stecken gebliebenen Schnürlederschuh.

Regisseur Thierry Coudray, bisher bekannt durch Dokumentarfilme wie ›Kühe und Bauerntöchter‹, hatte die Nebenrollen breit ausgeschrieben. Er brauchte beliebig viele Leute, die sich für eine Mahlzeit ins Schlachtgetümmel stürzten, Verletzungen und Knochenbrüche riskierten, und das alles honorarfrei, da sich die Inszenierung eines altschweizerischen Schlachtenbildes nicht anders finanzieren ließ. So hing auch im Bauch & Kopf, der Bar-Buchhandlung-Galerie und gleichzeitig Hauptquartier der Detektei Müller & Himmel, ein Plakat, mit dem Laienschauspieler für ein Casting gesucht wurden. Kaum einer konnte dem Angebot widerstehen.

Deshalb stakste Heinrich Müller nun durch aufgeworfene feuchte Erde. Deshalb hatten sich Nicole Himmel, Leonie Kaltenrieder, Louise Wyss und ein paar Models des Bauernkalenders als leicht bekleidete Marketenderinnen verdingt, die unten am See schmutzige Wäsche über einem Brett auswrangen, bevor sie sich nach geschlagener Schlacht um die in jeder Hinsicht ausgehungerten Waffenbrüder kümmerten.

Cäsar Schauinsland hatte die Inszenierung übernommen. Er war prädestiniert für diese Aufgabe, kannte man ihn doch als Objektverbrennungskünstler, der nichts ausließ, was ein Spektakel versprach. Er durfte diesmal nichts abfackeln, war jedoch für eine sinnvolle Farbgestaltung zuständig, die zum Jahreszeitengrün passte und auf der Leinwand nicht als unübersichtliche Kleckserei endete. Es sollte am Ende alles dem Ereignis nahe kommen, wie es sich vor 533 Jahren abgespielt hatte.

Schließlich unterstützte der Störfahnder Bernhard Spring mit seiner Kollegin Pascale Meyer und ihrem Team von der Police Bern die Freiburger Behörden bei den

Sicherheitsmaßnahmen. Demnach waren für einen Tag Bauch & Kopf und das Detektivbüro verwaist, aller Ausschank und alle Nachforschungen blieben ausgesetzt.

Alle Nachforschungen? Darin sollte sich Heinrich Müller getäuscht haben. Denn nun wurde auf Thierry Coudrays Geheiß das Geschehen neutralisiert. Fleißige Hände richteten die Requisiten wieder her. Die Palisaden rund um das Lager des Herzogs auf dem der Stadt Murten gegenüberliegenden Hügel Bois Domingue – oder in der verballhornten schweizerdeutschen Form Bodemünzi – mussten neu aufgerichtet, die umgestürzten Feldschlangen wieder in Stellung gebracht und das kleine Feuer, das bereits auf das Lager der Langspeere übergegriffen hatte, gelöscht werden.

Dann rief einer, der mitten auf dem Feld die liegen gebliebenen Effekten einsammelte, aufgeregt den Sicherheitsdienst zu sich. Der informierte über Handy Bernhard Spring, der wiederum nach kurzem Augenschein Pascale Meyer ins Hauptlager schickte, wo inzwischen auch der Regisseur und die Kameraleute eingetroffen waren.

»Ihr könnt zusammenpacken«, erklärte die Polizistin, ohne sich um Diskretion zu bemühen, weil sich sowieso alles schnell herumreden würde.

»Das Gelände gilt ab sofort als Tatort. Neu bespielbar frühestens morgen.«

»Was ist hier los?«, wollte Thierry Coudray wissen, dessen Nerven bereits blank lagen.

»Bei einer Feldschlange liegt ein Toter«, sagte Pascale Meyer.

Einer lachte.

Ein anderer meinte: »Das gehört zum Krieg.«

»Ein Toter«, wiederholte Pascale Meyer. »Ein spätmittelalterlich verkleideter Mann mit einer sehr modernen, tödlichen Schusswunde. Und viel Blut. Echtes Blut!«

Vergeblich riefen die Marketenderinnen zum Mittagsmahl. Die Aussicht auf ein Chili con Carne begeisterte keinen.

SAMSTAG, 13. DEZEMBER 2008

Aber eigentlich begann alles ganz anders.

Zweieinhalb Monate waren vergangen. Seit seinem Ausrutscher im steilen Hang unterhalb der Schäferhütte im Justistal hatte sich Heinrich Müller langsam von seinem Beinbruch erholt. Die Schultermuskulatur war inzwischen genügend ausgebildet, dass er schmerzfrei an Stöcken durch die Gegend humpeln konnte.

Schmerzfrei? Da zwickte es doch grausam über der rechten unteren Rippe, wenn er das linke Bein belastete. Zwei Stunden brauchte er jeden Morgen, bis er den Haushalt im Griff hatte: Baron Biber auf der Bettdecke streicheln und sein Schnurren beim Aufwachen genießen, Urinflasche in der Jutetasche an den Gehstock hängen, Gingers hungriges Quäken quittieren, Toilettengang, Katzenfutterausgabe an Ginger, Frühstücksvorbereitungen, Katzennäpfe reinigen, Tee brühen, vermeintliche Katzenfutterausgabe an Baron Biber, heruntergeschlungen von Ginger, der Kater fraß sich für den Winter Fett an, Frühstück, rasieren, Zähne putzen, duschen, Kompressionsstrumpf auswaschen, Haare föhnen, Katzenfutterausgabe an Baron Biber, Schmutzwäsche beseitigen, Kompressionsstrümpfe anziehen, Notizzettel einsammeln und am Zielort wieder auslegen, lüften, Post holen, sichten und verteilen, Fenster schließen, Baron Bibers Knuddelminuten auf den Knien im Fernsehsessel.

Darüber wurde es Mittag. Dann konnte das Denken beginnen.

Leonie war der Bäckerei Bohnenblust untreu geworden und hatte vom Viktoriaplatz ein Solothurner Brot mitgebracht, dessen dunkler Getreidegeschmack und frischkompakter Biss perfekt zur Kalbsleberstreichwurst passte, die sie vor ein paar Tagen aus der Metzgerei Pauli in Murten mitgebracht hatte. Schweinchenrosa glänzte sie auf dem frischen Brot, mit körnigem Schmelz zerging sie auf der Zunge und hinterließ im Gaumen einen kräftig würzigen Lebergeschmack. Dazu tranken sie einen Pinot Noir 2007 Nobles Cépages Rouges vom Weingut Château de Praz, fast schwarz im Glas, der mit seinen dunklen Aromen von Kirschen und schwarzem Holunder dem belegten Brot standhielt.

Heinrich Müller seufzte vor Vergnügen und fragte: »Was feiern wir?«

Leonie entgegnete: »Dass es dir endlich wieder besser geht und wir uns nicht mit Mord und Totschlag beschäftigen müssen.«

Nicole Himmel, die eben dazu gestoßen war, ergänzte: »Oder wenigstens nur literarisch.«

»Das gehört nun mal zum Beruf eines Detektivs«, sagte Müller gelassen und zuckte die Schultern.

»Du bist doch spezialisiert auf Versicherungsbetrug«, meinte Leonie, »und nicht bei der Mordkommission.«

»Das eine führt öfter zum andern«, sagte Müller, dem es

nicht missfiel, seinen ehemaligen Kollegen bei der Police Bern unter die Arme zu greifen. Er führte den letzten Bissen zum Mund, klopfte auf seinen Bauch und sagte: »Der Winter kann kommen. Der Speck ist da. Fehlt nur noch der Winterschlaf.«

Von den vier Kilos, die er während seines Spitalaufenthalts* losgeworden war, hatte er sieben wieder zugelegt.

»Ab einem gewissen Alter muss man einen Schatten werfen«, kommentierte Nicole und schüttelte ihre frisch gefärbten schwarzen Haare aus dem Gesicht.

»Einen Mord brauchen wir nicht«, sinnierte der Detektiv, »aber ein neuer Auftrag könnte nicht schaden.«

Er griff nach seinen Krücken, ohne die er sich noch nicht ungehindert bewegen konnte, kraulte Baron Biber, den der Leberwurstgeruch in die Küche gelockt hatte, und sagte: »Ich habe mehr Narben am Bauch von den Krallen der Katze als von der Operation nach dem Beinbruch.«

Daraufhin griff er, da das Fleisch bereits verspeist war, zum Stapel mit Katzennahrung und fragte Baron Biber: »Bevorzugen der Herr heute Alleinfuttermittel für Kater mit Kalb auf provenzalische Art, mit Wild und Gemüse im Duett, mit Rind und Karotten oder mit Forelle und Spinat?«

Baron Biber, von der Auswahl überfordert, miaute unentschlossen.

»Wer packt bloß das ganze Gemüse unter das Fleisch? Hier steht: aus erlesenen Zutaten zubereitet … unwider-

---

* Siehe Paul Lascaux: »Feuerwasser«

stehliches Geschmackserlebnis für kleine Genießer. Und was steckt drin? Vier Prozent Fleisch und tierische Nebenerzeugnisse, ebensoviel Gemüse, Zucker. Vom Rest willst du gar nichts wissen. Wahrscheinlich 80 Prozent Wasser.«

Leonie hatte nach einer andern Packung gegriffen und las vor: »8,5 Prozent Rohprotein, 4,5 Prozent Rohfett, 2,5 Prozent Rohasche. Das Zeug ist so klein geschrieben, damit niemand auf die Idee kommt, es im Supermarkt zu lesen.«

Nicole verwarf die Hände. »Asche im Katzenfutter! Diese Zusammensetzung ist ein Fall für den Versicherungsdetektiv. Das riecht nach Betrug!«

»Ist es nicht«, sagte Heinrich Müller, »auf der Verpackung steht nirgends der Begriff Fleisch, sondern ›Erlesene Streifen mit Gemüse‹.«

»Bewundernswert bleibt«, meinte Leonie, »wie es gelingt, so viel Wasser mit so wenig fester Substanz zu einer stabilen Masse zu formen.«

»Schau dich selbst an«, schloss Nicole das Gespräch, »der menschliche Körper besteht auch aus über 70 Prozent Wasser und fällt nicht auseinander.«

Dann erhob sie sich vom Tisch und räumte das Geschirr weg.

Heinrich Müller hatte sich in den Fernsehsessel im Wohnzimmer zurückgezogen und lagerte das Bein auf einem Regiestuhl hoch. Er war nicht in der Lage viel zum Weltgeschehen beizutragen, außer dass seine Oberschenkel

Baron Biber als Liegefläche dienen konnten. Gewiss fühlte er sich trotz seiner 54 Lebensjahre wohl in seiner Haut, wenn man vom Unfall einmal absah. Aber er war nicht mehr der Herzensbrecher seiner frühen Jahre. Manchmal machte es ihm zu schaffen, ein anderes Mal war er froh darüber, wie sich die Dinge änderten.

»Ich muss eine Lebenslüge aufbauen«, sagte er zu seinem Kater, »damit ich interessanter wirke.«

»Was schwebt dir vor?«, fragte Leonie, die unbemerkt hinter ihn getreten war.

Heinrich kam sich ertappt vor. »Irgendetwas halt, wofür einen die Leute bewundern«, sagte er schnippisch.

Nicole war ebenfalls zu den beiden gestoßen und hatte die halb volle Weinflasche und die Gläser mitgebracht. Sie schenkte nach und sagte: »Bevor du dich um eine geschönte Vergangenheit bemühst, sollten wir ein funktionierendes Geschäftsmodell für die Zukunft entwickeln. Es geht uns nämlich langsam das Geld aus.«

»Drucken wir eben neues«, meinte Leonie. »Die Schweizerische Nationalbank macht es ja auch so. Lässt die Maschinen laufen, bis all die faulen Kredite durch echtes Geld gedeckt sind, und irgendwann wird eine Inflation daraus, die alle Vermögen, die bei der Bankenkrise noch nicht vernichtet worden sind, auch noch auffrisst. Dann fangen alle wieder bei null an.«

»Wir machen was mit Engeln«, sagte Nicole Himmel. »Engel-Gläubige gibt es viele, die kommen für das Startkapital auf.«

»Und was tut diese Firma?«, fragte Heinrich.

»Sie untersucht das Bewegungsverhalten von Engeln und macht die Ergebnisse für den Flugzeugbau nutzbar. Mit dem Startkapital können wir ein paar Monate leben.«

»Das ist doch absehbar, dass es nicht funktioniert«, meinte Leonie etwas enttäuscht.

»Danach kannst du immer noch behaupten, die Engel seien gegen solche Untersuchungen gewesen.«

»Ich weiß was Besseres«, sagte Leonie. »Wir entwickeln Kundenanbindungsprogramme per E-Mail. Da steht beispielsweise: ›Sehr geehrter Kunde XY. Sie kaufen regelmäßig höhlengereiften Emmentaler. Dürfen wir Sie auf das neuste Produkt von Moloko* aufmerksam machen? Wir glauben, dass es Ihnen schmecken würde.‹«

»Das gibt es bereits«, mäkelte Heinrich. »Das erinnert an die Empfehlungen der Buchverkäufer im Internet.«

»Okay. Dann halt so.« Leonie gab nicht nach. »›Seit Monaten beobachten wir Ihr Konsumverhalten. Im Hinblick auf Ihr Körpergewicht möchten wir Ihnen folgende Änderungen anraten.‹ Du musst bloß ein Produkt anbieten, das gut ist für die Gesundheit oder für die Sicherheit. Dafür zahlen die Leute jeden Preis.«

»Das könnte hinhauen«, ergänzte Nicole. »Vor einigen Jahren wurde chinesischer Pu-Erh-Tee als Schlankmacher angepriesen, was man den Leuten weismachen konnte, weil der halbfermentierte rote Tee derart gerbstoffhaltig und bitter schmeckte. Genützt hat es nur den Verkäufern,

* Siehe Paul Lascaux: »Salztränen«

die statt fünf Franken pro hundert Gramm das Zehnfache verlangen konnten.«

»Du bewegst dich damit aber in einem Graubereich«, gab Müller zu bedenken, »und gerätst ins Visier von Kriminellen. Wie jener Zürcher Informatiker, der eine Homepage zur Warnung vor unlauteren Absichten im Internet aufgebaut hat. Ich war einer von Zehntausenden, die eines Tages ein Mail gekriegt haben. Darin kündigt der Mann seinen Selbstmord an und dass er seine Freundin, diese Schlampe, und ihren Lover mitnehmen werde. Der Mann musste sich über die Zeitung an die Öffentlichkeit wenden und mitteilen, dass er durchaus noch weiter zu leben gedenkt.«

»Also etwas Neues«, sagte Nicole. »80 Prozent von allem, was die Welt produziert und tut, ist Schwachsinn, vielleicht sogar 90 Prozent.«

»Wer hat denn diese Statistik erstellt?«, fragte Heinrich.

»Die UNO-Kommission für gerechtes Wirtschaften«, erklärte Nicole schnippisch. »Zum Glück sind immer diejenigen, die das feststellen, die Ausnahme von der Regel. Also wir. Also ich. Aber auch du, wenn du meinen genialen Plan unterstützt. Aber auch ganze Länder. Allen voran die Schweiz. Oder Italien. Oder die USA. Eigentlich egal. Man muss die Leute dazu bewegen, dass sie annehmen, mit dem gekauften Produkt gehörten sie zu einer Elite, die den andern etwas voraus hat.«

Heinrich unterbrach sie.

»Eigentlich ist es ganz einfach und am Anfang sicher nicht mit betrügerischen Absichten verbunden. Du gründest eine Firma, die als Generalunternehmer fungiert, Architektur und Bau in Auftrag gibt und selber eigentlich nur die Ausschreibung und den Verkauf der Objekte steuert. Dann erwirbst du das erste renovationsbedürftige Haus, erstellst die Bauplanung und verkaufst einzelne Wohneinheiten. Das Geld fließt, du gibst die Umbauarbeiten in Auftrag und bezahlst die Rechnungen.«

»Da macht man sicher einen satten Gewinn«, meinte Leonie, »allerdings braucht es etwas mehr zum mehrfachen Millionär.«

»Das Problem sind die mit diesem System verbundenen Verlockungen. Das Geld ist einbezahlt, aber die Rechnungen kommen erst einige Monate später, nach Abschluss der Renovation. In dieser Zeit kannst du das Kapital für dich arbeiten lassen, oder du kannst es konsumieren, investieren, oder damit ein Haus für dich und deine Familie bauen. Nach einer gewissen Zeit deckst du die Verpflichtungen nur noch durch die Einnahmen für das nächste Projekt. Irgendwann funktioniert der Kreislauf nicht mehr. Die Konjunkturflaute ist da, zu viele Rechnungen gleichzeitig, du hast zu viel Geld wegkonsumiert und dir zu viel Lohn ausbezahlt. Die Firma kommt in die Nachlassstundung oder geht in den Konkurs. Geld ist keins mehr in der Kasse. Aber dank des Handwerkerpfands kommen einzig die letzten Käufer zu Schaden: Sie bezahlen die Rechnungen doppelt.«

»An sich ein normales Geschäftsgebaren mit einem zu früh verteilten zu großen Gewinn. Wo ist da der Betrug?«, fragte Nicole.

»Wenn du sofort nach dem Konkurs eine neue Firma gründest und weiterfährst wie bisher.«

»Nach dem Motto: Wir würden Ihnen gerne etwas Unpraktisches verkaufen.«

Heinrich Müller ließ die beiden Frauen mit ihren Spekulationen allein und begab sich auf einen Spaziergang durchs Quartier, das er mit neuen Augen sah, seit er sich – zwar langsam – außer Haus wieder bewegen konnte. Auf dem rund geschwungenen Jugendstilgiebel eines gelb getünchten, dreistöckigen Hauses saß im Dezembersonnenschein eine Elster, weißer Bauch, schwarzer Kopf, schwarz-weißes Gefieder. Sie pfiff und klackerte in die Lüfte, ohne eine Antwort zu bekommen. Gerne hätte ihr der Detektiv sein Leid geklagt, jedoch flog sie davon, ohne auf ihn zu hören.

Er setzte sich trotz der kühlen Luft vor der Valiant-Bank am Breitenrainplatz aufs Holzbänkchen und stahl damit den auf den Bus Wartenden ihren Platz. Heinrich hatte sich in der Bäckerei Bohnenblust einen Apfelkuchen gekauft, und während er ihn Bissen für Bissen verschlang, sann er über seiner Lebenslüge. Allerdings kam ihm keine in den Sinn, die ihn überzeugte. Es fiel ihm aber eine Geschichte ein, als er beobachtete, wie die Menschen auf den zur Abfahrt bereiten Bus hasteten, die Augen auf die sich schließende Tür geheftet, ohne auf Hindernisse am Boden zu achten.

Und sie lautet folgendermaßen: Ein Autor hat sich das Bein gebrochen. Er schreibt einen Text darüber. Bei fast abgeschlossener Genesung macht er an Krücken einen Ausflug und platziert die Stöcke so unglücklich, dass ein Mensch darüber stolpert, stürzt und sich das Bein bricht. Zufälligerweise ist dies ein Autor, der auch einen Text über das Vorkommnis schreibt. Als er kurz vor seiner Genesung …

DIENSTAG, 10. FEBRUAR 2009

Er träumte jede Menge ekelhaftes Zeug, womit er niemanden belästigen wollte, ehe er kurz vor Morgengrauen in einen dumpfen Tiefschlaf versank. Er hatte jedoch die REM-Phase noch nicht erreicht, als er durch einen scharfen Schmerz am Kinn geweckt wurde. Baron Biber hatte seine Krallen in Heinrich Müllers Gesicht versenkt, weil er offenbar darauf vertraute, dass diese Handlung mit einer Packung Whiskas vergolten würde. Daher hatte das Morgengrauen seinen Namen gekriegt und nicht wegen irgendwelcher atmosphärischer Absonderlichkeiten.

Als der Detektiv endlich wieder im Bett lag, baron-biber-versorgt und entwässert, sank er zurück in die Traumwelten, denen er eben noch entrissen worden war. Das Erwachen war schließlich nicht minder aufregend. Denn Nicole Himmel streckte ihm den seltsamsten Brief unter die Nase, den die Detektei Müller & Himmel je erhalten hatte.

Nicole las vor:

»Sehr geehrte Damen und Herren

Von vertrauenswürdiger Seite ist mir Ihr Detektivbüro empfohlen worden. Ich melde mich schriftlich bei Ihnen, damit mein Angebot gleich in Vertragsform vorliegt.

Es geht um Folgendes: Ich habe einen Diebstahl zu beklagen. Es geht um Erbgut mit beträchtlichem Wert.

Wenn es Ihnen gelingt, das Diebesgut sicherzustellen, biete ich Ihnen nach dem Verkauf desselben 20 Prozent des Erlöses an.

Falls Sie dieses Angebot interessiert, kontaktieren Sie mich unter folgender Nummer …

Mit freundlichen Grüßen
Delia Zimmermann«

Nicole lachte. »Vertrauenswürdig … beträchtlich … Bedingungssätze. Erinnert mich an eines jener Geschäftsmodelle, die wir im Dezember im Scherz diskutiert haben. Als ob die verrückteste Idee davon in die Tat umgesetzt werden sollte. Keine Rede von Honorar. Erfolgsbeteiligung nicht nach dem Fund, sondern erst nach einem allfälligen Verkauf des nicht näher definierten Gegenstands. Hält uns Frau Zimmermann für blöd?«

»Offensichtlich weiß sie, dass uns das Wasser bis zum Hals steht«, entgegnete Heinrich müde.

»Wir sollten uns dennoch nicht darauf einlassen«, gab Nicole zu bedenken.

»Du hast recht«, erwiderte Müller. »Andererseits steckt ein Geheimnis dahinter. Und ich mag Geheimnisse. Ich hör mir die Sache zumindest mal an. Schlimmstenfalls verliere ich etwas von meiner wertvollen Zeit.«

»Und du kommst ein bisschen an die frische Luft«, frotzelte sie.

Heinrich Müller begab sich demzufolge in den Westen von Bern zur angegebenen Adresse. Er hinkte noch ein wenig, fürchtete sich vor jeder eisig glatten Stelle, aber er bewegte sich wieder ohne Gehhilfe auf seinen eigenen zwei Beinen.

Er stieg aus dem Bus und bemerkte, dass er eine Station zu weit gefahren war. Die ungeraden Hausnummern waren sprunghaft angestiegen, zwischen der Schlossstrasse Nummer 8 und der Nummer 86 lag nur eine Wiese, auf der gegenüberliegenden Seite befanden sich Schrebergärten in einer Senke und das namengebende Schloss. Es war Müller früher schon aufgefallen, denn es lag mitten in einer Siedlung aus den Sechzigerjahren und war von unbestimmbarem Alter, da jede Generation bauliche Ergänzungen angebracht zu haben schien.

Der Detektiv fand die gesuchte Hausnummer an einem der beiden Sandsteinpfosten, die ein offenes Tor in den schiefen Angeln hielten. Von da führte eine Allee leicht aufwärts zum hinter einigen Blutbuchen versteckten Gemäuer. Dies bestand wiederum im Wesentlichen aus einem Sandsteinturm, dem offensichtlich ältesten Teil, an den wie Streichholzschachteln jüngere Bauten angegliedert waren, die meisten vom Stil eher unpassend. Offenbar war der Reichtum der Besitzerfamilien nur vorübergehend, nach der Gründergeneration errichtete man, was eben möglich war.

Müller las den Namen Delia Zimmermann unter zwei weiteren an einer rostigen Läuteinrichtung und drückte auf den Knopf.

Delia Zimmermann führte Heinrich Müller über eine knarrende, blank getretene Holztreppe in den ersten Stock des Anbaus. Der ursprüngliche Eindruck von Reichtum verflog schnell, als der Detektiv die erneuerungsbedürftige Einrichtung betrachtete. Die beiden setzten sich in der düsteren Küche an einen Holztisch. Einer nackten Energiesparlampe gelang es nicht, alle Winkel zu beleuchten. Der Kaffee war am Morgen in einer Filtermaschine aufgebrüht worden und stand seither auf der Wärmeplatte. Er schmeckte wie eingeweichtes Fließpapier. Ein Stück Zopf schimmelte neben der Anrichte vor sich hin und verbreitete den ranzigen Geruch billiger Industriebutter. Aus dem Wohnzimmer drang Musik aus den frühen Siebzigerjahren, gequälter Krautrock, Amon Düül II, Faust, Guru Guru oder etwas Ähnliches.

Delia Zimmermann griff nach einem Buch mit vergilbtem Leineneinband, von dem weitere Exemplare neben der Eckbank standen. Müller konnte auf dem Rücken den Titel entziffern: ›Handwörterbuch des deutschen Aberglaubens‹.

Sie schlug eine Seite auf und begann vorzulesen: »Nim 3 Bröcklein Brod und drey Sprätlein Salz und 3 Bröcklein Schmalz: mache eine Starke glut, und Lege alle Stücke darauf und Sprich dise Worte drey mahl dazu und bleibe allein: Ich lege dir Dieb oder Diebin, Brod, Salz und Schmalz auf die Glut, wegen deiner Sünde und Übermuth. ich lege es Dir auf die Lung Leber und Herzen, das dich ankommt ein großer Schmerzen, es Sol, dich anstosen eine große Noth, als wen es dir thät der bitere Tod; es Solen dir alle adern Krachen und Todes Schmerzen machen, das du keine Ruhe nicht hast, bis du das gestohlene bringst, und hinthust wo du es gestohlen hast; dis 3 mal gesprochen und jedesmahl die 3 höchsten Namen dazu gesprochen.«*

»Es hat jedoch nicht geholfen«, stellte der Detektiv fest.

»Nein.« Delia Zimmermann seufzte. »Die alten Zaubersprüche halten nicht mehr das, was man ihnen früher zugetraut hat.«

»Was ist denn gestohlen worden?«, fragte Müller.

»Ein Teppich«, antwortete die Angesprochene.

»Ein Teppich?« Das Interesse des Detektivs sank schlagartig. Im Geiste verglich er die Qualität der Textilien mit derjenigen des Kaffees.

»Ein flämischer Bildteppich«, sagte Delia Zimmermann.

»Wertvoll?«

»Unschätzbar«, entgegnete sie. »Er stammt aus dem 15. Jahrhundert. Kennen Sie sich damit aus?«

Heinrich Müller zuckte die Schultern.

»Hab ich's mir gedacht.« Delia Zimmermann wirkte auch nicht sehr glücklich. »Aber gut. Ich schenke Ihnen reinen Wein ein. Sie sind meine letzte Hoffnung. Ich habe bereits andere Detektive angefragt und bekam den Eindruck, dass sie einen Teppich nicht von einer Hose unterscheiden können. Waffen und Einbruchswerkzeuge, davon

* Handwörterbuch des deutschen Aberglaubens. Berlin 1986: Walter de Gruyter & Co., Band 1, Spalte 1642f

verstanden alle was. Nur von spätmittelalterlichen Wandteppichen …«

»Und das soll bei mir anders sein?«, wollte Müller wissen.

»Sie werden es beweisen müssen«, sagte Delia schnippisch. »Jedenfalls sind Sie nicht der Waffentyp, demnach müssen Sie andere Qualitäten haben. Außerdem haben Sie doch diesen Unfall gehabt.« Sie sagte nicht, woher sie davon Kenntnis hatte. »Da haben Sie sicherlich Zeit, sich intellektuell mit der Angelegenheit zu beschäftigen.«

Sie holte aus dem angrenzenden Zimmer eine Faltbroschüre mit dem Titel ›Der Tausendblumenteppich‹. Davon hatte Heinrich Müller gehört.

»Sie haben den Tausendblumenteppich bestimmt im Bernischen Historischen Museum gesehen«, fuhr sie fort, »der wichtigste Teil der Burgunderbeute.«

Der Detektiv nickte.

»Die Sache ist die: Bei der Schlacht von Grandson vom 2. März 1476 flüchtete das burgundische Heer in derartiger Panik, dass es alles zurückließ, Waffen, Zelte, aber auch die gesamten Reichtümer, die Herzog Karl der Kühne mitzuschleppen pflegte. Die Eidgenossen dachten nur noch ans Plündern. Mit dem schönsten Stück wussten sie wenig anzufangen. Einen derart großen Teppich konnte ein Einzelner nur schlecht wegschleppen, ein goldener Kelch war wesentlich interessanter. Deshalb haben sie den Tausendblumenteppich in drei Teile geschnitten. Der obere und der mittlere Teil gelangten in Berner Besitz und schließlich ins Museum.«

»Und der untere Teil?« Heinrich Müller begann zu ahnen, worauf er sich eingelassen hatte.

»Lag zusammengerollt im Wandschrank meines Wohnzimmers.«

Müllers Zweifel waren unüberhörbar, als er sagte: »Dann hätte er doch auch ins Museum gehört! Warum horten Sie ein derart wertvolles Stück bei sich zu Hause? In aufgerolltem Zustand?«

Delia Zimmermann wand sich. »Sie stellen mir diese Fragen ein paar Monate zu spät. Das Teil lag vergessen auf einem Dachboden. Ich habe es geerbt.«

»Und dokumentieren lassen? Von Experten begutachten?«

»Ich sehe, Sie sind der richtige Mann für diese Aufgabe. Sie treffen die wunden Punkte von Anbeginn.«

»Also nicht.«

»Ich habe Digitalfotos gemacht und sie verschiedenen Händlern gezeigt. Die Qualität ist allerdings bescheiden, so hat nur einer übers Internet reagiert und von einem möglichen Zusammenhang mit spätmittelalterlichen Wandteppichen gesprochen. Vielleicht hat er den Auftrag für den Diebstahl gegeben?«

Heinrich wusste nicht, was er mehr bewundern sollte: die Durchtriebenheit oder die Dummheit der Frau. Aber er durfte sich durch die zur Schau gestellte Naivität nicht täuschen lassen.

»Eine entsprechende Versicherung haben Sie natürlich nicht«, stellte er fest.

»Na ja, ich habe eine Hausratsversicherung mit Einschluss von Diebstahl. Allerdings glaube ich nicht, dass die Deckung fünf Millionen Franken beträgt.«

»Bei welcher Gesellschaft?«, fragte Müller, obwohl er es bereits ahnte.

»Bei der Versicherung, für die Sie arbeiten«, sagte Delia Zimmermann kleinlaut. »Peter Hofer hat Sie empfohlen.«

Schlagartig wurden die Zusammenhänge klar. Heinrich Müller war nicht die letzte Hoffnung, sondern die einzige, weil Delia Zimmermann glaubte, ein günstiges Urteil von seiner Seite würde die Versicherung zu einer Zahlung veranlassen. Bereits ein Fünftel der verlangten Summe hätte bestimmt genügt, die Frau auf finanziell sichere Beine zu stellen.

»Die Polizei haben Sie natürlich informiert«, stellte Müller emotionslos fest.

»Ja, sicher. Es kam ein Beamter in Zivil vorbei, hat ein bisschen silbriges Pulver verstreut, gesagt, der Einbrecher habe Handschuhe getragen, und wegen eines alten eingerollten Teppichs mache man in Bern kein Theater.«

Heinrich Müller wollte nun doch noch einen Kaffee, bat aber um einen Schnaps dazu.

Delia Zimmermann griff nach einer Flasche, die auf der Anrichte stand.

»Ich glaube, es ist Enzian«, sagte sie, während sie ein Trinkglas halb füllte.

Der Detektiv stürzte die Hälfte davon in einem Zug hinunter. Es schmeckte rasend bitter und breitete sich schnell mit wohliger Wärme in seinem Körper aus.

»Was halten Sie nun von meinem Geschäftsvorschlag?«, fragte Delia Zimmermann.

»Wenn Sie mir bitte die Fotos zeigen würden und den Ort, an dem Sie den Teppich aufbewahrt haben.«

»Sie werden nur die Fingerabdrücke des Polizisten bemerken, Einbruchsspuren sind keine vorhanden. Sie sehen ja selbst, wie alt alles ist. Wer sich mit Schlössern auskennt …«

»Wann ist der Teppich weggekommen?« Müller vermied das Wort gestohlen.

»Vor etwa drei Wochen.«

Heinrich musterte sie erstaunt.

»Ich dachte mir, dass Sie mir nicht glauben werden. Ich hab's wirklich erst letzte Woche bemerkt, als ich die Antwort des Internethändlers erhalten habe. Plötzlich ist mir bewusst geworden, was ich für einen Schatz gehütet habe. Ich hätte ihn ja gerne im Donjon aufgehängt, doch der Turm ist unbewohnbar. Man kann die überhohen Räume aus dem Beginn des 16. Jahrhunderts nicht beheizen, es gibt kein Wasser, sodass ich ihn seit einer substanzerhaltenden Renovation nur gelegentlich für Ausstellungen oder im Sommer für Konzerte nutze.«

Delia Zimmermann hatte inzwischen den Computer eingeschaltet und suchte eine Datei. Sie hockte auf dem vorderen Rand des Stuhls, während sich Heinrich beinahe auf ihre Schultern stützte, um das Bild so genau wie möglich zu betrachten. Sie sah nicht gerade aus wie Miss Schweiz, aber wer hätte schon Lust, Miss Irgendwas zu verführen. Delia war um die 40, eher rundlich mit weiblichen Attributen, die leicht zur Übertreibung neigten. Ihre Haare glänzten blond wie ein helles Bier, sie wogten im Wind wie ein Weizenfeld, ab und zu strich sie es sich hinter die Ohren, damit sie das Foto, das sich auf dem Bildschirm aufbaute, auch ohne ihre Lesebrille sehen konnte.

Es handelte sich zweifelsfrei um einen Blumenteppich. Er wirkte alt, etwas zerschlissen und vielleicht staubig, aber im Prinzip in gutem Zustand. Das Foto war offensichtlich in dieser Wohnung aufgenommen worden, denn der Teppich lag auf dem Bretterboden, auf dem Müller nun stand. Kein Mensch konnte daraus ableiten, dass es sich dabei um das fehlende untere Drittel des Tausendblumenteppichs handelte. Der Gegenstand konnte wertvoll sein. Genauso gut bestand die Möglichkeit, dass es sich um Müll handelte. Auf dieser Grundlage musste er sich entscheiden, ob er den Auftrag annehmen wollte oder nicht, da Delia Zimmermann ihre Frage wiederholte.

»Ich habe normalerweise einen Tageshonorarsatz. Den könnten Sie im Erfolgsfall abziehen. Doch ich bräuchte einen Vorschuss.«

»Das liegt außerhalb meiner Möglichkeiten. Jedoch hatte ich so etwas erwartet und habe vorgesorgt. Peter Hofer von Ihrer Versicherung hat eine Kostengutsprache erlassen. Sie können sie abrufen, wenn Sie am Fall interessiert sind.«

Müller hatte die Frau unterschätzt. Dieser Fehler sollte ihm nicht noch einmal passieren.

Man könnte an dieser Stelle auch sagen: Es würde ihm

noch einmal geschehen mit Konsequenzen, die er sich selbst in seinen schlimmsten Albträumen nicht hätte ausdenken können, und schlimme Albträume kannte er zur Genüge. Aber man ist von solchen vorausdeutenden Sätzen schon oft enttäuscht worden.

Deshalb bat er sie fortzufahren und zu berichten, wie sie zu diesem Teppich gekommen sei.

»Sie sind also interessiert.« Delia Zimmermann lächelte.

Heinrich Müller bejahte, weil er nichts Besseres zu tun hatte.

»So weit ich meine Familiengeschichte zurückverfolgen kann«, hob sie an, »waren meine Vorfahren immer ein Geschlecht von Hasardeuren, oft leichtsinnig, immer leichtlebig. Das hat bis heute vorgehalten.« Sie zögerte einen Augenblick. »Alles begann mit Itha Stucki aus der Gegend von Tafers im Freiburgischen, die zu Beginn des 15. Jahrhunderts der Hexerei bezichtigt und 1442 schließlich in Fribourg gemeinsam mit ihrem Sohn Peter hingerichtet worden ist. Sie haben zu den Waldensern gehört, einer Gemeinschaft religiöser Laien, die während des Mittelalters als Ketzer von der Inquisition verfolgt worden sind. Sie sollen eine Katze als Tier Satans auf den Hintern geküsst haben. Einen solchen Unfug hat sich die Kirche ausgedacht.«

Müller stellte sich trotz aller Tierliebe mit Schaudern vor, dass er dies bei Baron Biber tun müsste.

»Einer von Peter Stuckis Nachkommen, deren Vornamen über Jahrhunderte nicht mehr tradiert worden sind, jedenfalls einer aus der Sippe der Stucki, kämpfte mit den Freiburger Truppen an der Seite der Berner gegen die Burgunder. Ob er nur bei der Schlacht von Grandson oder auch in Murten und Nancy dabei war, ist nicht überliefert. Auf jeden Fall muss er bei dieser Gelegenheit einen Teil der Beute an sich genommen haben, zumindest das Drittel des Tausendblumenteppichs. Wahrscheinlich hat er seinen Anteil versteckt, der wiederum über Jahrhunderte vom einen zum andern weitergereicht worden ist, ohne dass je einer gewusst hätte, welchen Schatz er gehütet hat.«

Es war ein magischer Moment in dieser düsteren Stube, Müller liebte solche Geschichten und wollte sie nicht durch kritische Fragen zerstören. Dafür hätte er später noch genügend Zeit. »Und wie sind Sie nun in den Besitz dieses Teppichs gekommen?«

»Dieser Zweig der Stucki ist irgendwann ausgestorben. Eine Maxine Bolley, Tante mütterlicherseits, ist im Dezember in Murten von uns gegangen und hat keine Nachkommen hinterlassen. Meine Mutter wäre die Erbin gewesen, aber da sie vor acht Jahren verstorben ist, komme ich in der Reihe als Nächste. Deshalb bin ich nach Murten gefahren, habe die Papiere unterschrieben und das kleine Logis ausgemistet. Es war kaum Brauchbares unter den wenigen Besitztümern. Nur eine Schwarzwalduhr und eben diesen Teppich habe ich mitgenommen.«

Heinrich Müller fand sich im Bus wieder, wo er die Broschüre studierte, die ihm Delia Zimmermann zugesteckt hatte, und ließ die Begegnung Revue passieren.

»Der Berner Teppich sowie das ehemalige Pendant in Fribourg lassen sich mit einem Auftrag in Verbindung bringen, mit welchem Philipp der Gute im Jahre 1466 acht Stücke eines Wandbehanges bei Jean Le Haze in Brüssel bestellte.«

Er übersprang ein paar Sätze.

›Innerhalb seiner Gattung dürfte das Berner Stück auch zeitlich das älteste erhaltene sein. Der Berner Blumenteppich ist insofern einzigartig, als alle anderen erhaltenen Blumenteppiche aus dem 15. Jahrhundert mit Darstellungen von Tieren oder Menschen kombiniert sind. Diese werden somit von der eigentlichen flächenhaft-dekorativen Tapete zum räumlichen ›Garten‹, in welchem Tiere spielen und Menschen sich ergehen.

Das Eigentümliche dieser Behänge besteht darin, dass der ganze Grund mit eng aneinandergerückten naturalistischen Blumenstauden übersponnen ist. Die einzelnen Blatt- und Blütenformen sind mit der grössten Sorgfalt und Feinheit individualisiert ... Nun sind wohl die einzelnen Pflanzen naturalistisch behandelt, völlig unnaturalistisch aber ist die Art ihrer Verwendung. Denn es wird uns kein Ausschnitt aus einer Wiese, keine Blütenhecke, kein Blumengarten vorgetäuscht. Die Blumen sind hier ganz tapetenmässig wie auf einem Stoffmuster in den dunkelfarbigen Grund gesetzt und bedecken gleichmässig das ganze Bildfeld. Diese fine verdure – ursprünglich mit sieben weiteren, verlorenen Teppichen zu einer Serie gehörend – zeigt auf dem dunkelblauen Grund unzählige, nach einer bestimmten Ordnung ausgestreute Blumenstauden.‹*

»Na, hast du einen vielversprechenden Auftrag an Land gezogen?«, frotzelte Nicole, als sich Heinrich im Bauch & Kopf einen Absinthe La Clandestine gönnte. L'heure bleue.

»Jedenfalls einen interessanten«, entgegnete er. »Ob er sich auszahlt, werden wir sehen. Außerdem habe ich eine Schlossbewohnerin kennen gelernt.«

»So kurz vor Valentinstag?« Nicole pfiff durch die Zähne und schob ihm die Zeitung hin. »Vielleicht brauchst du ja noch ein Geschenk?«

Angeboten wurde eine herzförmige Schablone für die Intimrasur, erhältlich in größeren Warenhäusern.

»Auf dem Rodungspfad bin ich noch nicht«, erklärte Heinrich mit Betonung auf dem noch.

»Lass das bloß nicht Leonie hören«, sagte Nicole.

»Was soll ich nicht hören?«, fragte diese, die eben durch die Tür getreten war.

»Ach, nichts«, entgegnete Heinrich und gähnte herzhaft.

»Das ist es«, jubelte Leonie, »unsere neuste Geschäftsidee. Man müsste etwas zum Thema Gähnen erfinden, denn gegähnt wird immer!«

---

* zitiert aus: »Die Burgunderbeute und Werke burgundischer Hofkunst«, Ausstellungskatalog Bernisches Historisches Museum, Bern 1969

MITTWOCH, 15. APRIL 2009

Zwei weitere Male hatte Heinrich Müller Delia Zimmermann getroffen, jedoch waren keine wichtigen neuen Erkenntnisse zu gewinnen. Zwar stellte sich heraus, dass ihr das Schloss wirklich gehörte, es bedurfte allerdings einer grundlegenden Renovation. Dafür fehlte das Geld, und so lange der Heimatschutz nichts beitrug, blieb sie im ebenfalls baufälligen Nebenhaus wohnen.

Keiner hatte sich bisher bei ihr wegen des Bilderteppichs gemeldet, und ohne irgendeinen Anhaltspunkt blieb die Suche nach dem Dieb schwierig. Das hatte sogar Frau Zimmermann eingesehen. Eigentlich konnte man das Kunstwerk auf dem Markt nicht anbieten, jedenfalls wenn es echt war. Jeder Händler würde sofort wissen, dass daran etwas faul war. Daher blieb nur das Einfordern von Lösegeld. Da bei der Schlosslady nichts zu holen war, biss sich die Katze in den Schwanz.

Immerhin war der Detektiv körperlich wieder vollkommen hergestellt und auch eine gewisse Unpässlichkeit von Nicole Himmel schien sich zu legen, sodass mit dem anbrechenden Frühling sozusagen auch die Lebensgeister der Detektei Müller & Himmel zurückkehrten. Momentan saß Heinrich bei einem Kräuter-Ziegenkäse vor einem flachen, tellergroßen Laib Pane Nostrano della Valle, den er im COOP gekauft hatte, und der im Geruch bereits den Getreidesommer ankündigte. Er spülte das Brot mit einem korsischen Pietra-Bier runter, das mit Kastanien angereichert war und mit seiner fetten Süße einen willkommenen Kontrast zu den Kräutern lieferte. Heinrich trug eine schwarze Schürze, auf deren oberer Hälfte in feiner Schrift und bunten Buchstaben ›Küche‹ gestickt war, als ob man sie fälschlicherweise auch im Büro oder Schlafzimmer tragen würde.

Im Hintergrund quälte Erika Stucky einen ihrer ›Suicidal Yodels‹ aus dem Hals. Man musste sich daran gewöhnen, die Walliser Alpen mit dem amerikanischen Country zu vermählen. Möglicherweise war das die Hexenbeschwörung heutiger Tage. Meilenwert entfernt von Volksliedern wie ›Es Buurebüebli mani nid, das gseht me mir wohl a, juhee‹. Delia Zimmermann hatte allerdings zwischen ihrer Familie und der Sängerin keine verwandtschaftlichen Bindungen ausmachen können.

Müller hatte sich kundig gemacht und zu seiner Überraschung festgestellt, dass nicht nur Anna Göldi als eine der letzten Frauen in Europa 1782 in Glarus der Hexerei bezichtigt und als Giftmörderin enthauptet worden war, sondern dass viele der frühesten Hexenprozesse im 15. Jahrhundert ausgerechnet in seiner Heimat stattgefunden hatten, im Dreieck der Städte Luzern, Lausanne und Neuchâtel mit Bern und Fribourg mittendrin. Dabei war offensichtlich nicht immer klar zu unterscheiden, ob es sich um einen Ketzer-, Zauberei- oder Hexenprozess handelte, außerdem waren wesentlich mehr Männer als Frauen angeklagt worden.

Grundlage dafür waren die Prozesse gegen die Katharer, die als Sekte sozusagen den Namen ›Ketzer‹ spendeten, und die Waldenser mit ihrem fundamentalistisch-religiösen Glauben, der die offenbar noch nicht sehr stabile Herrschaft der offiziellen Kirche infrage stellte. So sehr, dass die Berner Obrigkeit nach dem heißen und trockenen Sommer 1478 einen Tierprozess gegen die Engerlinge anstrengte und ihnen mit Kirchenbann drohte, um der Plage Herr zu werden. Schließlich verhängte der Bischof von Lausanne, Benedikt von Montferrand, ein Jahr später einen Bann gegen die Maikäfer.

›Dieselb was alt, unschaffen und wuest becleidet mit eim heidischen gebend um das hopt, mit langen grossen zenen und gespaltnen fuessen. Darab die lüt ser erschrackend, ettlich sturbend, ettlich wurden ouch vast krank, und fieng man an zuo Switz vast der pestilenz ze staerben.‹ Nun gab es von Itha Stucki keine Beschreibung, aber so oder so ähnlich musste man sich eine Hexe vorstellen, denn – wie in den Fribourger Musterprozessen zwischen 1430 und 1440 festgestellt wird – die Hexen huldigen dem Teufel, der in Gestalt einer Katze oder eines Ziegenbocks erscheint, indem sie ihn zum Zeichen ihres Gehorsams auf den Hintern küssen und Gott abschwören. Das alles Jahrzehnte vor Heinrich Institoris, der 1487 in seinem ›Hexenhammer‹ den Hexenbegriff für die kirchliche und behördliche Verfolgung greifbar machte.

Gegen Itha Stucki hatte man bereits 1429/30 wegen Zauberei ermittelt und ihr vorgeworfen, sie könne einen

Wagen bauen, der von selbst und ohne Hilfe laufe, allerdings konnte ihr nicht nachgewiesen werden, dass sie dabei mit Hilfe des Teufels vorgegangen war. Ab 1438 geriet sie zusammen mit ihrem Sohn Peter wieder in den Fokus der Strafverfolger. Die Angeklagten wurden im Verlauf der Untersuchungen geschoren und rasiert. Offenbar wurde bei ihnen das Hexenmal gesucht, ein Leberfleck oder eine Warze, durch die Berührung des Teufels unauslöschlich in die Haut gebrannt. 1442 schließlich wurden beide zum Tod auf dem Scheiterhaufen verurteilt. Was genau man ihnen vorgeworfen hat, blieb unklar.

»Maxine Bolley also«, murmelte Bernhard Spring, Störfahnder der Police Bern, als er den Namen in den Computer tippte, »Ende letzten Jahres, in Murten.« Danach schwieg er, während er angestrengt auf den Bildschirm starrte.

»Kein Eintrag in irgendeiner Datenbank«, fasste er schließlich zusammen. »Demzufolge kein ungewöhnlicher oder auffälliger Todesfall. Wo hast du die Daten her?«

Heinrich Müller entschloss sich dazu, seinem alten Kollegen und neu gewonnenen Freund bei der Polizei die ganze Geschichte zu erzählen.

»Nicht überzeugend«, kommentierte dieser. »Schauen wir mal die Diebstahlsregister durch. Da haben wir es schon. Die Anzeige ist von einem Kollegen aufgenommen worden, aber es steht nur ›alter Wandteppich‹ ohne genauere Charakterisierung.«

Müller lachte. »So werdet ihr alles Diebesgut finden. Rotes Auto. Schöner Goldschmuck. Alter Wandteppich.«

»Hätte er schreiben sollen fehlendes Drittel des Tausendblumenteppichs?«

Weitere Datensammlungen paradierten auf dem Bildschirm.

»Auch im uns bekannten Angebot auf dem Schwarzmarkt ist nichts zu finden«, sagte Bernhard Spring endlich. »Glaubst du der Dame?«

»Es existiert irgendein altes Textil, das eine gewisse Ähnlichkeit mit einem flämischen Wandteppich hat. So viel steht fest. Das ist allerdings auch alles. Ich schwanke zwischen Wahrheit und Versicherungsbetrug.«

»Mach dich nicht zum unfreiwilligen Komplizen«, sagte der Störfahnder und zwinkerte mit dem linken Auge. »Denk an die Geschichte mit dem zerstörten Objekt an der Vernissage.«*

»Das ist lange her«, entgegnete Müller, »und bereits vergessen. Die Künstler stehen inzwischen auf unserer Seite.«

»Nur, weil du ihnen die Ideen für die verrücktesten Installationen lieferst.«

»Geb ich gern zurück, dieses Kompliment, und erinnere dich daran, dass deine enge Mitarbeiterin Pascale Meyer die Geliebte des Objektverbrennungskünstlers Cäsar Schauinsland ist. Stand in allen Zeitungen.«**

»Red bloß nicht davon!«, rief Spring und lachte gleichzeitig.

---

* Siehe Paul Lascaux: »Salztränen«

** Siehe Paul Lascaux: »Feuerwasser«

»Lust auf eine Bratwurst?«

»Ja, aber nur, wenn es ein knuspriges Brötchen und ein perlendes Bier dazu gibt. Nämlich Bier – das hab ich letzthin gelesen – soll ja mit seinen 12.000 Inhaltsstoffen sogar gesünder sein als Wein. Doch vorher ruf ich noch in Murten an.«

»Geht klar, wir treffen uns in einer halben Stunde im Bauch & Kopf. Leonie hat eine Lieferung Original-Olmabratwürste aus St. Gallen erhalten.«

Bald saßen sie zu viert in der Gaststube. Außer ihnen war keiner da. Um draußen zu sitzen, war es zu kalt, und für einen letzten Umtrunk zu früh.

»Die Euphorie der Eröffnungstage ist ein wenig verflogen«, stellte der Störfahnder fest.

»Da nützt die beste Presse wenig, wenn die Leute aus dem Quartier wegbleiben«, sagte Leonie und putzte sich mit einer Papierserviette einen Fettspritzer von der Oberlippe.

»Wir müssten halt wieder einen Anlass organisieren«, meinte Nicole Himmel.

»Aber diesmal von A bis Z geplant«, befahl Bernhard, »denn ein derartiges Tohuwabohu wie beim letzten Mal können wir uns nicht mehr leisten.«

»Erzähl lieber, was die Polizei in Murten zu unserem Fall meint, statt uns hier Vorschriften zu machen«, murrte Heinrich.

»Sie waren ein bisschen reserviert und sehr erstaunt, dass wir uns in Bern für einen harmlosen Todesfall interessieren.«

»Harmlos?« Heinrich runzelte die Stirn.

»Es ist ihnen nichts aufgefallen, das einen Rapport erfordert hätte«, ergänzte der Störfahnder. »Allerdings hatten sie den Eindruck, die kleine Wohnung sei vor ihrer Ankunft bereits durchsucht worden. Sie schoben das auf die neugierige Nachbarin, die sie gerufen hatte. Es ließ sich jedoch nicht feststellen, ob etwas fehlte oder nicht. Jedenfalls seien alle Besitztümer von bescheidenem Wert gewesen. Und letztlich habe sich eine entfernte Verwandte aus Bern um die Beerdigung und die Räumung der Wohnung gekümmert.«

»Dementsprechend keine Chance, allfällige Spuren zu sichern«, stellte Heinrich Müller fest.

»Nein, die Wohnung ist bereits wieder vermietet.«

Für einen Augenblick genossen alle das einfache, aber köstliche Mahl.

Bernhard Spring unterbrach die Stille: »Ich hätte eine Idee für einen Anlass. Engagiert jemanden, der einen Vortrag über die Burgunderkriege hält.«

»Gähn. Burgunderkriege, Adrian von Bubenberg und ein versetztes Denkmal, Schulstoff Primarstufe«, sagte Leonie Kaltenrieder.

»Vierte Klasse, dritte Reihe links, Fensterplatz«, ergänzte Nicole.

»Klar«, sagte Heinrich. Er schien sich als Einziger für das Thema zu begeistern.

»Wenn ihr keine Schauspieler werden wollt, dann eben nicht«, meinte der Polizist.

»Habe ich ›Schauspieler‹ gehört?«, erkundigte sich Leonie.

»Im Juni wird die Schlacht von Murten für einen Film nachgestellt«, berichtete der Störfahnder. »Ihr seid alle Statisten, wenn ihr wollt. Ich habe hier ein Plakat, das könnt ihr aufhängen.«

Nicole schaute ihn skeptisch an und fragte: »Gibt es dafür denn kein Casting?«

»Nicht, wenn ich euch einlade«, schloss Bernhard. »Mein Team hat den Auftrag, für die Sicherheit zu sorgen. Cäsar Schauinsland ist verantwortlich für Licht und Kostüme. Und alle andern spielen mit, wenn ich es will.«

»In welchen Rollen?«, fragten Leonie und Nicole beinahe gleichzeitig.

»Die Frauen als Marketenderinnen, die Männer als burgundische Söldner oder als Eidgenossen.«

»Hauptsache, Pascale Meyer kriegt keine Pistole«, witzelte Heinrich. »Gut, dass es damals noch keine Handfeuerwaffen gab.«

»Wir sollten auf unsere Zukunft beim Film anstoßen«, meinte Leonie und holte eine Flasche Prosecco, eine der Besseren.

DONNERSTAG, 30. APRIL 2009

Nichts deutete auf einen ungewöhnlichen Verlauf dieses Donnerstags hin, als Andreas Bohnenblust am späteren Nachmittag seine Backstube reinigte und Teigbottiche bereitstellte, in denen eine Mischung aus Dinkel-, Roggen- und Weizenmehl zum Gären angesetzt war. Er erwartete ungewöhnliche Gäste und war unsicher, ob seine Zusage richtig gewesen war. Heinrich Müller hatte ihn gefragt, ob er die Backstube für ein Kunsthappening zur Verfügung stellen würde. Nun traten die ersten Gestalten durch die Ladentür, die das Sortiment der bereits weit gefächerten Kundschaft der Bäckerei Bohnenblust im Berner Breitenrain-Quartier um ein paar Nuancen erweiterten.

Eine Kundin, die Wert auf elegante Kleidung legte, kaufte ihrem ebenso gut gehaltenen Sohn ein Silserbrötli, das dieser entrüstet von sich wies. Dafür verlangte er ein Getränk, das die Mutter nicht dabei hatte. »Benimm dich nicht wie ein verwöhnter Goof!«, befahl sie.

Warum nicht, dachte F. K. Swiss, denn genau das ist er ja. Der Künstler trug einen abgegriffenen Zylinder, auf dem sein Name zu lesen war, und führte den Zug der unheimlichen Gestalten an. In der Hand hielt er einen mit stilisierten Tiermotiven geschnitzten Haselnussstecken, den er wie ein Zepter schwang. Hinter ihm seine Freunde, für den Anlass meist in dunkles Leder gepresst, manchmal mit etwas Rot durchschossen, knallige Netzstrümpfe an langen Beinen, leuchtende Extensions in dunklen Haaren, ein grelles Bauchnabelpiercing. Mancher ließ seinen Blick schlaftrunken an den Brotregalen vorbeistreifen und schnupperte dabei den frischen Hefegeruch.

Die Verkäuferinnen tuschelten hinter der Theke, als der seltsame Tross an ihnen vorüberzog und über drei Treppenstufen im hinteren Teil des Gebäudes verschwand. Sie hielten sie für Geisterseher, die den Ritt der Wilden Leute* beobachteten, nur dass diese nicht über nächtliche Alpwiesen zogen, sondern wie der ungestüme Wind durch die Bäckerei … und nicht wieder hinaus.

Der wilden Fahrt folgten in unregelmäßigen Abständen Kunden aus dem Quartier, Freunde der Bäckerei, der Stammtisch aus Bauch & Kopf und alle, die vom ungewöhnlichen Anlass gehört oder das Schild auf dem Gehweg gelesen hatten: Es würden heute Figurenbrote gebacken als Wegzehrung für die Hexen auf ihrem Ritt in der Walpurgisnacht.

›Die 19. Historie sagt, wie Ulenspiegel zu Brunßwick sich verdingt zu einem Brotbäcker für ein Bäckerknecht und wie er Eulen und Merkatzen buch.

Da nun Ulenspiegel wider gen Brunßwick kam, zu der Bäckerstuben, da wont ein Bäcker nach darbei. Der rüfft ihm in sein Huß und fragt ihn, was er für ein Geselle wär. Er sprach: »Ich bin ein Bäckerknecht.« Der Brotbäcker, der sprach: »Ich hab eben keinen Knecht. Wilt du mir dienen?« Ulenspiegel sagt ja.

---

* »Wilde Leute« nennt man in der alpenländischen Sagenwelt die halbmenschlichen Waldbewohner, die oft voll behaart dargestellt werden.

Als er nun zwen Tag bei ihm was gewesen, da hieß ihn der Bäcker bachen uff den Abent, denn er kunt ihm nit helffen bis an den Morgen. Ulenspiegel sprach: »Ja, waz sol ich aber bachen?« Der Bäcker waz ein schimpfig Mann und waz zornig und sprach in Spot: »Bist du ein Bäckknecht und fragst erst, waz du bachen solt? Waz pfligt man zu bachen? Eulen oder Merkatzen.« Und gieng damit schlaffen. Da gieng Ulenspiegel in die Bachstuben und macht die Deick zu eitel Eulen und Merkatzen, die Bachstub vol, und buch die. Der Meister stund des Morgens uff und wolt ihm helffen. Und da er in die Bachstuben kam, so fint er weder Weck noch Semlen, nur eitel Eulen und Merkatzen. Da ward der Meister zornig und sprach: »Wie der jar Rit, waz hast du gebachen?« Ulenspiegel sprach: »Das Ihr mich geheissen hon, Eulen und Merkatzen.« Der Back sprach: »Waz sol ich nun mit der Narei thun? Solich Brot ist mir niergen zunütz. Ich mag daz nit zu Gelt bringen!« Und ergreiff ihn bei dem Halß und sprach: »Bezal mir mein Deick!« Ulenspiegel sprach: »Ja, wann ich Euch den Deick bezal, sol dann die War mein sein, die davon gebachen ist?« Der Meister sprach: »Waz frag ich nach solicher War. Eulen und Merkatzen dienen mir nit uff meinen Laden.« Also bezalt er ihm sein Deick und nam die gebachnen Eulen und Merkatzen in ein Korb und trug sie uß dem Huß in die Herberg zu dem Wilden Man. Und Ulenspiegel gedacht in ihm selber: »Du hast offt gehört, man künd nüt so seltzems Dings geen Brunschwick bringen, man lößt Gelt daruß.« Und waz an der Zeit, das am andern Tag Sant-Niclaus-Abent was. Da gieng Ulenspiegel für die Kirchen ston mit seiner Kouffmanschafft und verkoufft die Eulen unnd Merkatzen alle unnd lößt vil mer Geltz daruß, dan er den Bäcker für den Deick het geben. Das ward dem Bäcker kuntgethon. Den verdroß es und lieff für Sant-Niclauß-Kirchen und wolt ihn anforderen umb das Holtz und für den Kosten, die Ding ze bachen. Da was Ulenspiegel erst hinweg mit dem Gelt und hat der Bäcker das Nachsehen.‹

F. K. Swiss stieg, nachdem er die Geschichte aus der Originalausgabe von Dil Ulenspiegel aus dem Jahr 1511 vorgelesen hatte, die Treppe des Hinterausgangs hinunter, die ihm als Bühne gedient hatte, und beschwor die Anwesenden, ihre ganzen künstlerischen Fähigkeiten im Geiste dieses Narrentextes in die bevorstehende Arbeit zu stecken. Andreas Bohnenblust und Ruth Huber teilten nun den aufgegangenen Teig in gleichgroße Teile.

»Ein jedes Brot verkörpert die Gedanken und Gefühle, die bei seiner Formgebung im Vordergrund stehen. Es ist ein Symbol für eine blutige Opferhandlung, folglich verdient es euren Respekt«, sprach er und begab sich zum Tisch im hinteren Teil des Raumes, wo eine Absinthe-Fontaine bereit stand, aus der Eiswasser in das grüne Destillat geträufelt wurde. Alle anderen hatten dem Traumförderer bereits zugesprochen und griffen nun nach einer Teigkugel.

Ein Mann in knielangem, weißem Mantel schien mit seinem ebenso weißen Zylinder F. K. Swiss Konkurrenz zu machen. Wie ein Zeremonienmeister dirigierte er vermeintliche Freunde und zufällig Anwesende, eine Mischung aus Screaming Lord Sutch und Dr. John, und niemand war überrascht, als dessen ›Right Place Wrong Time‹ aus versteckten Lautsprechern schmetterte, ein Südstaaten-Blues, der die ohnehin schon herrschende Hitze der Backöfen mit der Gewitterschwüle subtropischen Sounds würzte. Der Mann griff ebenfalls einen Teigling und formte einen unscheinbaren, länglichen Gegenstand.

Trotz des anschwellenden Lärms arbeiteten alle ruhig und konzentriert an der ungewohnten Aufgabe. Jene, die an komplizierten Figuren wie Menschen oder Tieren scheiterten, bildeten Ringe, Sonnen und Monde, erfanden geometrisch und physikalisch Unmögliches, schwebende Schiffe, Raketen auf Stelzen, Figuren, die man von Kornkreisen her kannte. Nicht wenige Teigkreationen ähnelten dem, was man aus prähistorischen Felszeichnungen als Phallussymbole zu erkennen glaubte. Die Deutung unbekannter Zeichen wurde durch regelmäßigen Absinthe-Nachschub erheblich gefördert, nicht immer zum Entzücken ihrer Erzeuger. Bald war man untereinander gut bekannt, und F. K. Swiss und seine Crew, die anfangs noch exotisch gewirkt hatten, versanken in einer überraschenden Normalität, als die Begeisterung in Entzückensschreien gipfelte.

Dann bat der Bäckermeister um Ruhe. »Jeder legt nun seine Figur auf ein Blech. Rund herum fünf Zentimeter Abstand einhalten. Diejenigen auf den beiden Blechen rechts von mir werden mit Ei bestrichen, werden goldgelb gebacken. Die andern kriegen eine Krustenrinde.«

Ein Ameisenhaufen wäre einem Außenstehenden als durchorganisierter Organismus aufgefallen im Vergleich zu dem, was er in der Backstube erblickte. Nur langsam kehrte Ordnung ein, und vier Backbleche wanderten in die auf 220 Grad geheizten Öfen. Draußen hatte inzwischen die Dunkelheit das Quartier übernommen. Im aufsteigenden Dampf hätte man die Hexen sehen können, wie sie sich auf ihren Ritt zum nächsten Festplatz an erhöhten Orten bereit machten und ihre nackten Körper mit der Salbe einstrichen, die ihnen den nächtlichen Flug ermöglichte.

Nicole Himmel stand ebenfalls draußen. Sie begab sich zum Gedankenreiten. Sie war aufgeregt und gespannt auf ihr Gebäck. Die Nervosität tat ihr gut. Die Hände bewegten sich unruhig, die Schultern waren leicht hochgezogen, Lippen und Wangen in aufgeregtem Rot, die Augen dunkel und tief.

Von unten zuckelte der Südstaatenbass, und Dr. Johns rauchige Stimme übertönte die aufgeregten Gespräche. Als Nicole wieder hinunterstieg, war die Sicht vom einen Ende des Raums zum andern von einem leichten Nebel getrübt. In diesem Moment öffnete Andreas Bohnenblust die Backöfen und zog sorgsam Blech um Blech der knusprig gebackenen Brötchen heraus. Die magische Verwandlung einfacher Zutaten in ein komplexes Lebensmittel war das Glück des Bäckers, und man sah ihm an, dass er eine unbezähmbare Freude über den ganzen Anlass und das wild gemischte Publikum empfand.

Auf dem massiven Holztisch in der Mitte der Backstube wetteiferten keine Eulen und Meerkatzen um die Aufmerksamkeit des Publikums, sondern Hunde und Katzen, ein Pferd und eine Kuh, eine kleine Ziegenherde, ein Stück Emmentaler Käse, dessen Löcher sich durch das Backen geschlossen hatten, eine Wurst und Brot.

»Brot?«, wunderte sich Andreas Bohnenblust. »Wer hat Brot aufs Blech gelegt?«

Blütenblätter fürchteten sich vor einer Schere, aus der Form geratene Kreise hatten sich miteinander zu einer Kette verbunden, aber in all dem Durcheinander gelang es einem jeden, sein Backgut an sich zu nehmen. Sogar das Brot verschwand.

Es blieb nur ein einziges Stück übrig. Am Rand des dritten Blechs lag ein Gegenstand ähnlich einem keltischen Dolch. Statt einer filigranen Verzierung stand der Name Heinrich in runenartigen Lettern auf der Rinde.

»Detektiv, komm her!«, rief der Bäcker. »Da hat dir jemand ein Geschenk gemacht.«

Müller bahnte sich einen Weg durch die Leute und griff nach dem Gebäck. Offenbar war auch eine Bruchstelle eingearbeitet, denn statt des Dolchs hielt er zwei Teile in den Händen. Aus der Bruchkante ragte ein Zettel. Er klebte zwar leicht am Teig, Heinrich konnte ihn trotzdem herausziehen. Die Nachricht zerbrach durch die Trockenheit in drei Fetzen, die man jedoch gut nebeneinander legen konnte.

›GNADENBROT‹, stand in gebräunter Blockschrift auf dem Blatt. Die Buchstaben leicht verschwommen. Es handelte sich wohl um ein Fließblatt, das feucht in den Teig eingeschoben worden war, damit es nicht zerfiel oder gar verbrannte.

Der Detektiv drehte die Fragmente um und las: »›Wer sich in die Tiefen der Geschichte begibt, wird an seiner Neugier zugrunde gehen.‹«

»Weißt du, was das bedeutet?«, fragte der Bäcker, der sich ebenfalls über den Tisch gebeugt hatte. »Das hat bestimmt dieser gruselige Typ mit dem Zylinder hinterlassen.«

»F. K. Swiss?«, fragte der Detektiv.

»Nein, der andere. Wo ist er?«

Der Mann war, obwohl derart auffällig, aus der Menge verschwunden, ohne Aufsehen zu erregen. Auch erinnerte sich keiner daran, wie er ausgesehen hatte. Mantel und Hut übertünchten jedes Detail.

Die meisten Anwesenden waren in Diskussionen über ihre Gebäckkreationen vertieft, nur Nicole Himmel und F. K. Swiss hatten die beiden Männer beobachtet und traten näher.

»Nimm's nicht zu Herzen«, sagte Nicole »ein schlechter Scherz!«

»Aber in eleganter Form, und passend, weil wir es heute Nacht ja mit einem keltischen Übergangsritus zu tun haben«, ergänzte der Künstler.

»Ihr habt gut reden«, sagte Heinrich.

»Du weißt ja, was der Blues-Sänger auf seinen Grabstein meißeln lässt«, versuchte Swiss Heinrich zu trösten.

Müller schaute ihn fragend an.

»I didn't wake up this morning.«

FREITAG, 15. MAI 2009

Nicole und Leonie hatten ein wenig gejammert, weil sie sich nicht für männlichen Größenwahn interessierten, waren dennoch mitgekommen, zur Tatortbesichtigung, wie Heinrich es nannte. Ortstermin bei den Burgunderkriegen. Beim Tausendblumenteppich gab es bereits das erste Problem, er war für die Ausstellung über Karl den Kühnen nach Brügge ausgeliehen worden, zum ersten Mal seit 1476 außerhalb von Bern, zurück in seiner Heimat. Jedoch gab es ausgezeichnetes Bildmaterial, außerdem konnte sich Müller auf seine Erinnerung verlassen, hatte er dieselbe Ausstellung im vorangegangenen Jahr im Bernischen Historischen Museum besichtigt.

Grandson und Murten standen heute auf dem Programm.

»Wenn wir Schauspieler sind, müssen wir die größeren Zusammenhänge kennen«, erklärte er, als er den schwarzen Opel Astra startete.

»Aber nicht als Darsteller in Massenszenen«, klönte Leonie, »da ist es eher hinderlich, wenn ständig einer brüllt, es sei in Wirklichkeit anders gewesen.«

Sie fuhren durchs Berner Seeland nach Neuchâtel und dem gleichnamigen See entlang Richtung Yverdon.

»Du führst doch irgendwas im Schilde«, begann Nicole das Gespräch. »Einfach so fährst du uns nicht in der Gegend herum.«

»Seht ihr denn keine Zusammenhänge?«, fragte Müller. »Erst der verschwundene Teppich, die Schlossherrin als Nachkomme der alten Eidgenossen, die Tote in Murten, und nun die Verfilmung der Burgunderkriege.«

»Bis gestern«, erklärte Leonie seufzend, »war sie noch eine verarmte Vorstadtbewohnerin, der Teppich wertloses Gerümpel, die Frau eines natürlichen Todes gestorben. Du konstruiert aus nichts einen Fall, nur damit du beschäftigt bist.«

»Außerdem«, ergänzte Nicole, »fehlt jeglicher Beweis, dass es diesen Teppich überhaupt gibt. Die Dame hätte das Foto sonst wo aufnehmen können, zum Beispiel aus einem Buch.«

»Aber der Teppich lag auf ihrem Fußboden.«

»Dann hat sie eben zwei Digitalfotos ineinander kopiert. Photoshop lässt grüßen.«

»Wie könnte man denn belastendes Material so verstecken, dass es bei einer Haussuchung nicht zu finden ist?«, fragte Heinrich mehr sich selber als die beiden Frauen. »Man müsste es als eingeschriebenes Paket auf die Post bringen und an sich schicken. Bei der Lieferung ist man nicht zu Hause oder öffnet nicht. Die Abholeinladung gilt eine Woche lang. Kurz vor Ablauf der Frist bittet man telefonisch unter einem Vorwand um eine Verlängerung, später um eine zweite Lieferung und wiederholt den Vorgang. Wie oft sich das durchführen lässt, ist unbekannt, indes, zwei Wochen sind dadurch gewonnen.«

»Und das willst du mit einem Teppich machen? Der ist doch bestimmt ein paar Quadratmeter groß«, sagte Leonie.

»Er müsste etwa die Maße von 1,4 Meter mal 7 Meter haben«, entgegnete Heinrich. »Eine ziemlich dicke Rolle demnach.«

»Oh, Mann«, seufzte Nicole, »du befasst dich zu intensiv mit kriminellen Machenschaften.«

Unterdessen waren sie in Vaumarcus angekommen.

»Das Schloss, eher eine Fluchtburg mit hohen fensterlosen Mauern und Türmen, war von den Burgundern besetzt«, las Heinrich aus einer Broschüre vor. »Die Eidgenossen griffen das Schloss in der Nacht vom 1. auf den 2. März 1476 an. Dies veranlasste Herzog Karl den Kühnen, seine Truppen in der Ebene von Concise zusammenzuziehen.«

»Kann man sich schlecht vorstellen heutzutage«, sagte Leonie, »mit all den Straßen, Häusern und Weinbergen.

»Stimmt«, entgegnete Heinrich. »Die Eidgenossen wollten hauptsächlich die 412 Mann Besatzung des Schlosses Grandson rächen, die geglaubt hatten, man gewähre ihnen freien Abzug, wie es allgemein üblich war nach Belagerungen. Doch sie wurden alle an Bäumen aufgehängt oder im See ertränkt.«

»Dass all die wunderschönen Kostbarkeiten mit Kriegsverbrechen in Zusammenhang stehen, davon war in der Schule nie die Rede«, beklagte Nicole.

»Dann sind die 18.000 Eidgenossen auf die 20.000 Burgunder losgegangen, zuerst allerdings nur die Vorhut. Als Karl der Kühne seine Truppen umgruppieren wollte und sie zu diesem Zweck etwas zurückzog, tauchte unerwartet das eidgenössische Hauptheer auf. Aus dieser Rückwärtsbewegung entstand eine unkontrollierte Flucht der Burgunder. Statt nun den Gegner zu stellen und gleich am Anfang endgültig zu schlagen, haben die Eidgenossen das burgundische Lager geplündert und alles geklaut, was sich wegtragen ließ. Karl der Kühne konnte seine Truppen ohne große Verluste neu sammeln und gegen Murten vorgehen, während die Eidgenossen schon wieder zu Hause mit dem Verkauf der Beute beschäftigt waren und die Verteidigung der Stadt den Berner Truppen unter Adrian von Bubenberg überließen.«

»Genug Theorie, jetzt wollen wir das Schlachtfeld sehen«, verlangte Leonie.

Müller fuhr bis Concise, wo sie vom Waldrand einen tollen Blick über den Rebberg und den Neuenburgersee hatten, aber rein gar nichts erkannten, was mit irgendeiner Schlacht zu tun gehabt hätte. Sie waren entsprechend enttäuscht. Vielleicht glaubten sie, Helme und Hellebarden ragten aus dem Erdreich, oder es stünden noch ein paar Feldschlangen herum.

Unter ihnen breitete sich ein leicht abschüssiges, eben erst abgemähtes Feld aus, mit dunkelgrünem Gras, in dessen Mitte ein gegen den See spitz zulaufendes Dreieck in hellem, gelblichem Gras leuchtete wie das Sinnbild einer weiblichen Scham, wie man es bei prähistorischen Höhlenzeichnungen finden kann. Dort standen ein paar Gestalten, die aus einem Mittelalter- oder Horrorfilm entsprungen zu sein schienen, hauptsächlich schwarz gekleidet, und vollführten ein nicht näher erkennbares Ritual.

»Hexentanz oder Teufelsbeschwörung«, mutmaßte Nicole. »Das sollten wir uns näher ansehen.«

Sie stapften über die Wiese, bis sie ein Mann aus der Gruppe bemerkte, der sie mit einem unmissverständlichen Handzeichen zum Anhalten gebot. Es waren fünf Leute aus der dunklen Szene, die vor sich ein Pentagramm ausgebreitet hatten. An jedem Ende eines Zackens stand eine Person. Sie bildeten einen Kreis, hielten sich an den Händen und murmelten Unverständliches.

»Kinderkram«, zischte Leonie. »Lasst uns gehen.« Aber Heinrich war derart fasziniert vom Auftreten einer jungen Frau, die auf den ersten Blick nackt im Feld stand. Bei genauerem Hinsehen stellte Müller jedoch fest, dass ihre Bekleidung aus hautfarbenen Lederstreifen bestand, von silbernen Nieten und Lederriemen zusammengehalten, sodass der Ausdruck von Nacktheit einer erhöhten Körperlichkeit wich, einer fiebrigen Vereinigung von zarter Haut und weichem Leder.

Schließlich mussten die beiden Frauen ihn von dieser Augenweide fortzerren.

›Und zuo dem allem ward da gewunen ein cleinot, das nieman kond noch mocht gewärden. Das was ein stein in einer guldinen rosen gevasset, genant ein diemant oder adamass. Daran hiengend zwey große pärlj in der grösse alss gefüg hasselnuss. Der ward am letsten umb ein große summ geltes verkoufft. Me fand man des hertzogen von Burgund Tägen, der hat ein höffti mit edelm gestein allenthalben in clar gold versetzet, saphir, rubin, türckis, diemanten, jacinckten und andern. Derselb galt ouch vil geltes. Darnach fand man erst sovil costlicher panern und fennlinen iff das allerschönest vergült und des hertzogenwapen darangemachet, und an eim jeglichen mit guldin buochstaben geschriben: »Je l'ay emprins«, on ander guot, des sovil was, das darvon nit ist ze schreiben. Dz demnach alles gepüttiget und erlich geteilt wart.‹*

Auf der Weiterfahrt vorbei am mächtigen Gemäuer von Grandson – auf das Angebot der Schlossbesichtigung hatten Leonie und Nicole nicht reagiert – schwärmte Heinrich bis kurz vor Yverdon von der feengleichen Erscheinung, die nun bestimmt den dunklen Mächten geopfert würde, und bedauerte, dass er dies nicht mehr verhindern konnte. Erst als er bei der Autobahneinfahrt beinahe einen Begrenzungspfosten der Baustelle streifte, gewannen seine beiden Begleiterinnen etwas Ruhe zurück. Dafür drückte er aufs Gaspedal, kaum dass die Straße frei war. Eingangs des zweiten Tunnels wurde er mit einem Foto ihres Ausflugs beglückt, für dessen Preis er einem Profifotografen einen anständigen Stundenlohn hätte bezahlen können.

»Willkommen zurück in der Wirklichkeit«, kommentierte Leonie.

---

* Die Schweizer Bilderchronik des Diebold Schilling (1507–1513) über die in Grandson erbeuteten Schmuckstücke.

Schließlich erreichten sie Murten, parkten vor dem Berntor und begaben sich zur Reformierten Deutschen Kirche.

»Im Berner Pfarrhaus nebenan ist 1797 Albert Bitzius* zur Welt gekommen«, erklärte Heinrich Müller. »515 wird Muratum als burgundisches Königsgut erstmals erwähnt, der Zähringerherzog Berchtold IV. gründet die mittelalterliche Stadt zwischen 1179 und 1191, bevor man sie im 13. Jahrhundert zur befestigten Siedlung ausbaut. Nachdem Murten 1416 vollständig abgebrannt ist, wird es nach dem alten Plan wieder errichtet, so wie wir es heute noch kennen.« Dann suchten sie hinter der Kirche die steile Holztreppe zum Wehrgang der großenteils erhaltenen Stadtmauer mit den schmalen, knarrenden Holzplanken neben Schießscharten und Wehrtürmen. Vor dem Abgrund auf Stadtseite schützte sie nur ein Holzgeländer. Sie stießen bis zum Turm über dem Mittleren Tor bei der Kreuzgasse vor, auf dem sie noch weiter in die Turmstube hochsteigen konnten. Von dort oben hatten sie einen ungestörten Rundblick vom Jura über den Mont Vully, den Murtensee und das Städtchen, das vor der Juragewässerkorrektion von 1868 bis 1878 noch direkt am Wasser gelegen hatte, bis hinüber zu den Hügeln, auf denen sich das kriegerische Geschehen vor mehr als 500 Jahren abgespielt hatte.

Murten war vollständig von den Truppen Karls des Kühnen eingeschlossen gewesen. Die Belagerung hatte die darauf vorbereitete Besatzung nicht demoralisieren können,

---

* Siehe Paul Lascaux. »Salztränen«

da es nicht gelang, den Nachschub über den Seeweg zu unterbinden. Heinrich setzte seine Geschichtsstunde fort, diesmal mit deutlich mehr Anschauungsmaterial.

»Ihr seht dieses Wäldchen, genannt Bois Domingue, mit der schmalen Lichtung zuoberst auf dem Hügel? Damals standen dort keine Bäume, sondern das Hauptquartier des burgundischen Herzogs, von wo er das ganze Geschehen überblicken konnte. Links oben Richtung Salvenach gab es eine behelfsmäßig verstärkte Hecke, den Grünhag, vermeintlich geschützt durch eine kleine Schlucht, den Burggraben. Die Eidgenossen versammelten sich dahinter, am Ende mit etwa 24.000 Mann, und täuschten einen Angriff nach dem anderen vor, bis die Burgunder mit der Abwehrformierung zögerten. Sie waren mit 22.000 Leuten fast gleich stark, aber nur etwa die Hälfte von ihnen stand unter Waffen. Am Mittag des 22. Juni 1476, nach einem Tag und einer Nacht mit Starkregen, kämpften sich die eidgenössischen Truppen, geleitet von den ersten Sonnenstrahlen, durch Grünhag und Burggraben und überrannten die Burgunder, die nicht mehr zur Gegenwehr fähig waren.«

›Und also ward abermalss hertzog Karolus von Burgund von den fromen Eitgnossen und iren helffern vertriben und veriagt … Dargegen aber was es erschlagner lüten halb zuo Granson ein schimpf gegen denen zuo Murten, wann zuo Murten kamend uff den tag ob drissigtusend mannen umb. Darumb gieng dazemal ein red uss, er verluore zuo Elikurt das hertz, zuo Granson das guot und er, zuo Murten die lütt, und am letsten zuo Nanse sin lib … Es kamend ouch uff der Eitgenossen sitten zuo Murten by fünfftzig mannen umb, Gott gäbe inen allen die ewigen ruow.‹*

»Dieses Abschlachten wollt ihr als Film nachstellen?«, fragte Leonie, als sie im Restaurant Berntor bei einem halben weißen Vully saßen. Die Kneipe war spärlich besetzt, im Hintergrund tranken drei nicht mehr taufrische Herren ihr Nachmittagsbier. Einer von ihnen besaß ein Tattoo, das noch aus einer Zeit stammte, als man Handwerker statt Künstler an seine Haut ließ. Wirre, magische Relikte, Muster ohne Sinnzusammenhang bedeckten die Oberarme, zerquetschte Herzen und zwei Namen, an deren Trägerinnen sich der Mann wohl lieber nicht mehr erinnerte.

»Ihr sollt ja nicht am Kampfgeschehen teilnehmen«, erklärte Heinrich, »sondern Marketenderinnen spielen, burgundische Lagermädchen, die zur Kriegsbeute der Eidgenossen werden, weil in ihren Gewalthaufen keine Frauen zu finden waren.«

»Soldatenhuren also«, stellte Nicole fest.

»Na, na,«, beschwichtigte Heinrich, »der Film hört ja auf, bevor ihr in den Besitz der Sieger kommt.«

»Macht wohl keinen Unterschied«, sagte Leonie, »ob sie bei den einen oder bei den andern gelebt haben.«

»Stets auf Seiten der Sieger«, krächzte Nicole etwas zu

* Die Schweizer Bilderchronik des Diebold Schilling (1507–1513) über die Schlacht von Murten.

laut, sodass sie für einen Augenblick die Aufmerksamkeit aller im Lokal auf sich zog.

»Hast du das Panorama-Rundbild der Schlacht von Murten gesehen?«, fragte Leonie. »Man streitet darüber, ob es hier wieder eingerichtet werden oder ob es ins Historische Museum Bern kommen soll.«

»1894 gemalt«, las Nicole in einer Broschüre, die sie auf dem Tourismus-Büro abgeholt hatte, »94,4 Meter lang und 10,5 Meter hoch. Ein bisschen größer als der Tausendblumenteppich.«

»Doch nicht halb so gut erhalten«, sagte Heinrich. »Das Panorama wurde für die Landesausstellung Expo.02 restauriert und in einem riesigen Rostkubus des Architekten Jean Nouvel ausgestellt. Das Gebäude schwamm auf Betonhohlkörpern im See und war nur per Schiff erreichbar.«

»Der Monolith. Ein luftiger Traum auf dem Wasser«, ergänzte Leonie. »Schade, dass du ihn nicht gesehen hast.«

Die Frau an der Bar war etwa 30, hatte pechschwarz gefärbte Haare im Bubikopf-Schnitt der Zwanzigerjahre. Ihr Gesicht schien ebenso dunkel gebräunt wie nach einem Küchenbrand, oder war es der unablässige Zigarettenkonsum der Gäste, der im Kanton Fribourg offenbar noch erlaubt war? Ihr Antlitz wirkte dennoch heiter, und ein freundliches Wort entlockte ihr ein strahlendes Lächeln, was man nicht sagen konnte, als einer der Gäste »Schatzi« rief. Sie sprach Französisch, was einer gewissen Taubheit diesen Ausdrücken gegenüber gleichkam. Sie war von schlanker Gestalt und trug außer Schatzi keinen Namen.

Ihre kräftigen Beine steckten in dunklen Strümpfen, der Hintern wurde von einem Minirock aus Jeansstoff nur knapp bedeckt. Schatzi brachte das eine oder andere Bier, war aber nur mäßig beschäftigt und verschwand immer wieder für Minuten in den hinteren Räumen, wahrscheinlich um zu überprüfen, ob das äußerst bescheidene gastronomische Angebot noch nicht weggelaufen war.

MONTAG, 22. JUNI 2009

Das Chili con Carne hing kalt und klebrig in den Töpfen, die auf kantigen Holztischen bereit standen, um die erschlafften Kämpfer zu stärken. Die Zelte der Marketenderinnen lagen verwaist vor den Toren von Murten, die Belagerung des Städtchens war erfolglos abgebrochen worden.

»Nie mehr koche ich für 200 Männer, denen wegen ein paar Tropfen Blut, das sie nicht mal gesehen haben, der Appetit wegbleibt«, murrte Leonie Kaltenrieder. »Gut, dass die Schweizer Armee nur an Attrappen übt.«

»Bei echten Toten kann's einem schon die Lust am Essen verschlagen«, sagte eine Matrone, die wohl zu dem Typ zählte: Ich fliege nie, weil ich mir zwei Plätze nicht leisten kann. Sie bohrte mit dem Finger in der Nase und Leonie stellte fest, dass es keinen Mord brauchte, damit ihr der Hunger wegblieb.

Sie fand auch Nicole nicht mehr im Lager. Die hatte sich davongemacht, gleich nachdem das Gerücht vom ungeplanten Tod unter den Komparsen gestreut worden war. Die konnte jetzt wieder Detektivin spielen, während Leonie zwischen den gedeckten Tischen hin und her rannte, sich schließlich an einen der Töpfe setzte und mit der harten Rinde, die sie vom Roggenbrot abgerissen hatte, kalte Bohnen und schleimiges Hackfleisch in sich stopfte.

Ihr gegenüber saß eine junge Frau, die nun zu ihr aufsah. Ein durchdringender Blick aus tief liegenden dunklen Augen, eine Nase von altgriechischer Strenge, klare, kantige und doch weiche Gesichtszüge, volle Kusslippen, schmal und scharf abgegrenzt von der umliegenden Haut. Braune, nachlässig gekämmte schulterlange Haare, katzenhafte Stellung eines geschmeidigen Körpers. Über ihre linke Wange perlte eine Träne.

Und keine Kamera, um das exquisite Bild aufzunehmen.

Leonie brach ein weiteres Stück aus dem Brot und reichte es Schneewittchen, die ebenfalls ihr Essen aus dem Topf löffelte.

»Besser?«, fragte Leonie.

Die Angesprochene nickte und meinte: »Beschissener Start einer Filmkarriere.«

Nicole Himmel hingegen hatte sich das bessere Ende ausgesucht und stand neben Heinrich Müller bei einem spätmittelalterlichen Kriegsgerät. Dort blitzte die Kamera des Hoffotografen, wie er vom Störfahnder Bernhard Spring genannt wurde. Pascale Meyer saß breitbeinig auf dem durchnässten Boden und weichte ihre Hosen ein, während sie Zentimeter für Zentimeter die Umgebung der Leiche nach Spuren absuchte.

»Was ist das für ein Ungetüm?«, fragte Nicole und deutete auf die Feldschlange. Das Geschütz stand auf zwei Rädern. Von der Achse her führte ein Holzbrett nach hinten, wo es in der Erde steckte. In der Mitte ragten turmähnlich zwei Holzpflöcke mit einem Seilzug in die Höhe. In einer Holzrinne lag das beinahe zwei Meter lange bronzene Geschützrohr.

»Deswegen nannte man diese Kanone Feldschlange«, erklärte Müller und deutet auf die Metallspirale, mit der das Rohr umwickelt war. »Mit dem Seil kannst du die Höhe des Rohrs und damit den Abschusswinkel regulieren. Je länger das Geschütz, desto genauer kann man zielen, und die Kugel nimmt mehr Geschwindigkeit auf, was trotz des eher kleinen Kalibers von sechs bis acht Zentimetern eine gewaltige Wucht erzeugt, wenn es auf das Kriegsgerät des Gegners trifft.«

»Aber der Rückstoß ist doch enorm«, wandte Nicole ein.

»Ich habe noch nie eine in Funktion gesehen«, meinte Heinrich, »allerdings muss ich auch nicht in der Nähe sein. Der Lärm, das beißende Pulver, der Rückschlag, das heiße Metall. Man konnte jedenfalls nicht viele Kugeln damit abschießen, deshalb musste man sehr genau zielen.«

»Besonders beweglich wirkt das Gerät auch nicht.«

»Du brauchst ein Pferd, um es wegzuschleppen. Deswegen haben die Burgunder die meisten davon bei ihrer wilden Flucht in Grandson verloren.«

»Wir haben ein Problem«, sagte Thierry Coudray, der zu ihnen getreten war.

»Ja«, entgegnete Nicole, »einen Toten.«

»Das auch«, meinte der Regisseur, »aber die Feldschlange stammt aus dem Museum von La Neuveville und ist ein Originalstück aus der Burgunderbeute. Ich hätte sie eigentlich zur Nachbildung benutzen sollen und nicht im Feld verwenden dürfen. Jetzt steht sie im Morast. Und es ist niemand mehr da, der sie ins Trockene bringen könnte.«

Die Bise war abgeflaut, die Sonne zog sich hinter dunkle Wolken zurück, und bald platschten die ersten Regentropfen auf die Köpfe der Anwesenden.

»Ein Sommerregen«, fluchte Bernhard Spring. »Das Letzte, was wir jetzt brauchen können. Sucht großräumig nach einer Pistole!«

Die Leute schwärmten aus, kamen jedoch bald unverrichteter Dinge wieder zusammen. Der Regen wurde stärker, die Tropfen kleiner, fielen schneller. Schließlich flüchteten alle hinunter ins Städtchen und suchten in den von Komparsen überfüllten Kneipen einen freien Platz.

Nur der Regisseur markierte Präsenz, saß auf dem Kanonenrohr. Wenn der Regen sein Gesicht nicht genetzt hätte, hätte man glauben können, es flößen ihm Tränen der Verzweiflung über die Wangen.

FREITAG, 26. JUNI 2009

Im Empfangsbereich des Alten Waisenhauses saß, geschützt durch eine schusssichere Scheibe, ein gut aussehender Polizist. Hinter ihm an der Wand hingen eine Karte von Skandinavien sowie ein paar wichtige Telefonnummern: Die dargebotene Hand, Tierarztnotruf, Anita, Feuerwehr.

»Wer ist Anita?«, flüsterte Nicole Himmel, als sie mit Heinrich Müller vorüberging. Bernhard Spring hatte sie zum Rapport in sein Büro bei der Police Bern gebeten. Seine Crew und Pascale Meyer hatten bereits Platz genommen.

»Es scheint, dass wir unsere erfolgreiche Zusammenarbeit weiterführen können«, begann er, »auch wenn der Anlass dazu leider erneut unerfreulich ist.«

Der Störfahnder projizierte mit einem tragbaren Beamer ein paar Bilder, die er laufend kommentierte, an die Wand. Zuerst sah man einen Mann in der Kleidung eines Fribourger Soldaten im feuchten Gras liegen. Auf dem nächsten Bild derselbe Mann, ohne Kopfschutz, ein vierzigjähriger Glatzenträger mit Dreitagebart. Ein feines Blutrinnsal von seinem linken Mundwinkel abwärts.

»Wir konnten ihn identifizieren«, sagte Spring. »Thomas Däppen, genannt Tom. 38, wohnhaft im Westen von Bern. Komplizierte Börsengeschäfte.«

»Geht das etwas genauer?«, fragte Müller.

»Später«, wich der Polizist aus. »Der Schuss wurde von dieser Feldschlange aus abgegeben.«

Man sah das Foto der Museumskanone.

»Wir haben eine Patronenhülse gefunden, 9 mm, gängiges Kaliber, Waffe vorerst unbekannt. Die Kugel steckte in Däppens Kopf. Er ist sofort gestorben. Entweder haben wir einen hervorragenden Schützen, da die Distanz beinahe 40 Meter beträgt, oder es handelt sich um einen Zufallstreffer.«

»Ein Kopftreffer als Zufall?« Nicole Himmel war nicht überzeugt.

»Nun«, fuhr der Störfahnder fort, »wir haben natürlich alle Daten ausgewertet. Und es gibt da eine Sache, die uns Kopfzerbrechen bereitet. Wir haben auf dem schwierigen Gelände eine rote Schnur ausgelegt, ausgehend vom Standort des Opfers zum Fundort der Patronenhülse …«

Man sah das morastige Feld, das durch die rote Linie Konturen erhielt.

»… was natürlich nur eine Annäherung sein kann.«

Er zoomte das Bild heran und vergrößerte einen Ausschnitt links der Mitte, etwa zehn Meter vom Opfer entfernt.

Nun konnten es alle sehen.

Leicht unterhalb der roten Linie steckte ein Schuh im Dreck.

»Das ist«, stotterte Heinrich, »mein Schnabelschuh.«

»Genau«, sagte Spring. »Ich habe dich ja gesehen, wie du mit nur einem Schuh zum Pausenplatz gehumpelt bist.«

»Heißt das …?«, fragte Nicole und erbleichte.

»Es bedeutet genau«, erläuterte Spring, »dass unser Detektiv in der direkten Schusslinie stand und wir nicht wissen, ob die Kugel wirklich dem Börsenhändler galt.«

»Das kann nicht sein«, verteidigte sich Müller. »Es wusste doch keiner, dass ich als Statist agieren würde. Du selbst hast uns zum Mitmachen animiert, und das erst vor wenigen Wochen. Wer also sollte ein Interesse daran haben, mich zu erschießen? Und wer hat gewusst, wo ich stehen würde?«

»Gnadenbrot«, sagte Nicole und erbleichte.

»Erst klären wir ab, ob Tom Däppen mit irgendetwas in Zusammenhang gebracht werden kann, was ihn zu einem Opfer machen würde. Sollten wir nichts finden, werden wir dir ein paar unangenehme Fragen stellen müssen«, sagte Bernhard Spring.

»Das ist ein Alptraum«, entgegnete der Detektiv. »Solche Dinge passieren sonst nur in TV-Serien wie ›24‹, ›Police & Thieves‹ oder ›Räuber und Gendarm‹. Sollte ich spezielle Sicherheitsvorkehrungen treffen?«

»Keine Ahnung.« Spring verwarf die Hände. »Wir wissen nicht, ob du zum Ziel geworden bist. Gestorben ist ein anderer. Und da wir alle wenig Ahnung haben, wer hinter dieser Tötung stecken könnte, kann dir auch keiner sagen, wovor du dich in Acht nehmen sollst.«

Heinrich Müller schwitzte mehr, als es der Temperatur geschuldet war.

»Wir haben noch eine winzige Chance«, ergänzte der Störfahnder. »Der Regisseur hat mir eine DVD mit allen abgedrehten Szenen versprochen. Vielleicht finden wir in den vorhandenen Aufnahmen eine Spur des Schützen.«

Bernhard Spring und Heinrich Müller beschlossen, dem Arbeitgeber von Thomas Däppen gemeinsam einen Besuch abzustatten. Vermutlich fanden sie schneller einen Grund dafür, weshalb der Mann umgebracht worden war. Oder keinen Grund, dachte Heinrich, dann müssen wir bei mir selber weitersuchen. Die Wohnung des Opfers hingegen konnte warten, bis ein Verdacht erhärtet war.

Die beiden begaben sich zur Bank, bei der Däppen zuletzt als Angestellter gemeldet war. Sie wurden unverzüglich zum Direktor vorgelassen. Die Bank war derart privat, dass sie ihren Namen auf gar keinen Fall in der Presse lesen wollte, schon gar nicht im Zusammenhang mit einem Mord. Der Direktor stellte sich deswegen auch nicht mit seinem Namen, sondern nur mit seiner Funktion vor.

»Thomas Däppen«, er überlegte seine Worte, »war einer meiner besten Schüler im Banking. Er hat fünf Jahre bei uns gearbeitet, nachdem er seine Sporen für eine Großbank als Börsenhändler abverdient hatte.«

»Und bei Ihnen«, fragte der Störfahnder, »hat er auch an der Börse gewirkt?«

»Nicht an der Front.« Der Direktor zögerte. »Er hat die Märkte im Überblick behalten und den Händlern Anweisungen erteilt. Keine spekulativen Geschäfte, Sie verstehen. Wir können es uns nicht leisten, die Gelder unserer Kunden zu verlieren.«

»Aber?«, fragte Heinrich Müller.

»Aber«, der Direktor spitzte die Lippen und fuhr fort, »der Mann muss einen Minderwertigkeitskomplex entwickelt haben. Von Figur war er kurz, dick und ein wenig aufgeblasen. Sein Gesicht glich dem aufgehenden Vollmond, und seine Augen blitzten unter borstigen Augenbrauen. Er konnte einem richtig Angst einjagen. Das war auch Teil seiner Strategie.«

»Wie John Maynard Keynes sagt«, entgegnete Spring und wuchs wieder einmal über sich hinaus, »basiert der Kapitalismus auf der merkwürdigen Überzeugung, dass widerwärtige Menschen aus widerwärtigen Motiven irgendwie für das allgemeine Wohl sorgen werden.«

Der Direktor blickte ihn entsetzt an. Seit Jahren bestand seine ausgeklügelte Weisheit darin, von nichts wirklich erstaunt zu sein und keine überschwänglichen Gefühle zu zeigen. Er nahm die Ereignisse, wie sie kommen, und die Menschen, wie sie sind. Dieser Polizist überraschte ihn.

»Ich schenke Ihnen reinen Wein ein«, sagte er. »Schon vor der Immobilienspekulation, die ja auf die bekannte Blase hinauslief, die einmal platzen musste, hat sich Däppen mit spekulativen Anlagen vergriffen. Ein Totalverlust war die Lebensversicherungsanstalt Infortuna, weil die Unglücklichen die Überlebenden sind. Unsere Bank musste mit einem zweistelligen Millionenbetrag für die Verluste aufkommen. Wir konnten sie ja nicht auf unsere Kunden überwälzen. Einen derartigen Vertrauensverlust hätten wir nicht überlebt.«

»Und Däppen musste gehen«, stellte Spring fest.

»Ja.«

»Deshalb hatte er genügend Zeit für Filmaufnahmen«, mutmaßte Müller, »da er keine Arbeit mehr hatte.«

»Doch«, sagte der Direktor. »Er hat sich selbstständig gemacht. Däppen ist ins Termingeschäft eingestiegen.«

»Aber er hat nicht mehr für Sie gearbeitet«, stellte Spring fest.

Der Direktor druckste herum. »Er stand nicht mehr auf unserer Lohnliste. Allerdings hatte er nach wie vor einen Riecher für gute Gelegenheiten. Deswegen habe ich Kapital für seine Geschäfte abgezweigt, es aber nur um die jeweiligen Gewinne aufgestockt.«

»Woher er weiteres Geld hatte, wissen Sie nicht?«, fragte Müller.

»Nein, danach fragt man einen freien Händler nicht.«

»Er hat keine Verluste mehr gemacht?«, wollte der Detektiv weiter wissen.

»Es gab natürlich Schwankungen. Termingeschäfte oder Futures sind mit unabsehbaren Risiken verbunden.«

»Womit hat er sein Geld verdient?«, hakte Spring nach.

»Hauptsächlich Nahrungsmittel. Kaffee, Tee, vor allem Getreide. Wegen der langen Produktionszeit lässt sich recht gut abschätzen, welche Preise erzielt werden können. Doch Geld verdient man nur, wenn man die Unwägbarkeiten des Marktes schnellstmöglich ausnützen kann.«

»Und die wären?«, fragte Müller.

»Überraschender Frost, Unwetter, Hagelschlag, Dürren, Pilzkrankheiten, aber auch Schwankungen auf der Abnehmerseite.«

»Alles Elemente, die man als Einzelner nicht beeinflussen kann«, stellte der Störfahnder fest.

»Genau. Man muss dementsprechend nah dran sein an der Marktentwicklung. Vor ein paar Tagen allerdings habe ich einen Riegel geschoben.«

»Warum?«, fragten beide gleichzeitig.

»Es gibt ab 20. Juli dieses Jahres zwei neue Futures-Angebote. Das erste im Bereich Veredelungskartoffeln. Das zweite bei Ferkeln und Schweinen.«

»Was ändert das im Vergleich zu Getreide?«, wunderte sich Heinrich Müller.

»Bei Kartoffeln nicht sehr viel. Die Schweineproduktion hingegen ist nicht von saisonalen Schwankungen abhängig, sondern von Konsumentscheidungen der Käufer. Ausgerechnet in Zeiten drohender Schweinegrippe-Pandemie wollte sich Tom Däppen auf dieses extrem spekulative Geschäft einlassen.«

»Die Schweine haben nichts mit der Grippe zu tun«, wunderte sich Müller.

»Nein, aber die Psychologie des Kaufverhaltens weiß davon nichts. Die Leute reagieren panisch, und der Preis zerfällt. Die Ware wird unverkäuflich.«

»Wie hat die Sache geendet?«, fragte Spring.

»Ich habe ihn abblitzen lassen. Er hat nur gelacht und

gemeint, für diesen sicheren Gewinn habe er einen andern Investor an der Angel.«

Als Müller und Spring endlich wieder an der frischen Luft waren, sagte Heinrich: »Die Schweinegrippe hat zwar mit den Tieren nur am Rande zu tun. Man fragt sich trotzdem, wer hier die Schweine sind, die an jedem Nahrungsmittelverkauf mitverdienen wollen.«

»Deine philanthropischen Überlegungen in allen Ehren …«

»Es müsste heißen philsuine …«

»Wie bitte?«

»Na, schweinefreundliche Überlegungen, nicht menschenfreundliche«, sagte Müller.

»Du verwirrst mich. Darauf brauche ich ein Getränk, zu dem man überlegen kann. Ich möchte nämlich nur zu gerne wissen, wer die Spekulanten und Nutznießer im Hintergrund sind.«

»Das wirst du kaum erfahren«, meinte Heinrich.

»Abwarten. Es muss ja eine Buchhaltung geben«, erklärte Spring.

»Somit hast du einen hinreichenden Grund für eine Haussuchung.«

»Ja. Aber am liebsten möchte ich wissen, wer dieser geheimnisvolle Geldgeber ist. Ob sich Däppen bereits verspekuliert hat und deshalb umgebracht worden ist.«

»Oder ob er mit Geld handeln wollte, das es noch gar nicht gibt«, überlegte Müller.

»Du meinst«, Spring pfiff durch die Zähne, »aus einem Teppichverkauf …«

»Der Mensch ist darauf programmiert, sich hinzusetzen«, sagte Heinrich Müller, als sie endlich das Bauch & Kopf erreicht hatten.

»Der Mann ist darauf programmiert«, sagte Bernhard Spring, »sich neben eine Frau zu legen, die er sich schön denkt. Die Fantasie besiegt die Realität. Ein wenig Alkohol trägt Entscheidendes zu diesem Prozess bei.«

»Dazu musst du noch ordentlich was in dich reinschütten«, resümierte Müller.

»Wie seid ihr denn drauf?«, fragte Leonie, als sie zur Tür hereinkamen.

»Trunksüchtig«, antwortete Heinrich, der sich langsam in sein Alter Ego Henry verwandelte. »Wir haben nämlich ein Problem, bei dem du uns helfen könntest.«

»Das wäre?«, erkundigte sich seine Freundin.

»Was würdest du mit fünf Millionen machen?«

»Fünf Millionen Franken?«

»Was denn sonst? Fliegen oder Frösche?« Henry verwarf die Hände.

Leonie zuckte die Schultern. »Keine Ahnung. Das würde mich überfordern. Und woher soll ich das Geld nehmen?«

»Lotto spielen«, sagte Müller.

»Oder einen Teppich verkaufen«, meinte Spring.

Leonie verließ die beiden kopfschüttelnd, kam jedoch bald mit zwei Schüsseln zurück.

»Ich hab was, um die Gemüter zu kühlen«, sagte sie. »Mövenpick Limited Edition Ice Cream Absinthe & Amaretti.«

Jetzt war es an den beiden Herren, zweifelnd zu gucken. Anschließend stieß jeder mit dem Löffel ins Eis, führte ihn zum Mund und versank in andächtiges Schweigen.

»Wie schade«, meldete sich Heinrich schließlich zu Wort, »dass man Geruch und Geschmack nicht aufzeichnen, speichern und wiedergeben kann.«

»Um den Gerüchen früherer Zeiten auf die Spur zu kommen?«, fragte Bernhard. »Schweißsocken eidgenössischer Truppen?«

»Socken gab es wohl keine damals«, meinte Henry, »müsste man überprüfen. Ich dachte eher an Lebensmittel.«

»Du denkst immer erst an die Genüsse des Lebens, aber dass so eine Datei hauptsächlich aus üblen Düften und nicht aus Wohlgerüchen entstünde, ist dir offenbar entgangen. Das meiste auf der Welt riecht abscheulich. Außerdem gibt dir keiner eine Garantie, dass sich der Ursprungszustand in seinem Molekülcharakter über die Jahrhunderte nicht derart verändert, dass er eine Parodie seiner selbst wird.«

»Das wäre dann die MMK.«

»Die was?«, fragte Spring mit dem Mund voller Eiscreme.

»Die Müller'sche Merkwürdigkeitskonstante.«

»Und was bitte soll das sein?«, wollte Bernhard wissen.

»Die MMK beschäftigt sich mit ungeklärten Alltagsphänomenen und legt die Terminologie für ihre Beschreibung fest. In unserem Fall interessiert sie sich für den Grad der Abweichung. Es gibt zum Beispiel eine Diskussion darüber, was die Anfälle von Wahnsinn bei Künstlern an der Schwelle zum 20. Jahrhundert ausgelöst hat.«

»Absinthe?«, riet Spring.

»Ja, klar. Doch war es der Thujongehalt, also der Wermutextrakt, oder war es die schlichte Menge an Alkohol, die der exzessive Trinker in sich reinschüttete?«

Spring zuckte die Achseln.

»Egal«, sagte Müller und fuhr fort. »Man hat noch ein paar Originalflaschen aus der Zeit gefunden und festgestellt, dass sich der Thujongehalt von heutigem Absinthe kaum unterscheidet. Nun stellt sich allerdings die Frage, ob sich das Thujon über einen derart langen Zeitraum abbaut oder nicht. Nur so könnte man eine wissenschaftlich sinnvolle Aussage machen.«

»Und dabei hilft die MMK?«, sagte der Störfahnder zweifelnd.

»Ja. Sie misst die erwarteten Abweichungen in Bezug auf einen stabilen Zustand. Man kann folglich das Ursprüngliche rekonstruieren.«

»Jedoch hast du damit die Frage Thujon oder Alkohol nicht geklärt«, stellte Spring fest.

»Noch nicht«, sagte Henry.

»Wenn ich richtig verstanden habe«, sagte Leonie, die zu den beiden gestoßen war, »zählt die MMK die Socken, die aus einer Waschmaschine rauskommen und errechnet bei einer ungeraden Zahl die Menge der Socken, die fehlt. Üblicherweise einer.«

»Der rechte oder der linke?«, fragte Henry und zwinkerte mit dem linken Auge.

Leonie schüttelte den Kopf und sagte: »Es ist alles bereit. Der Beamer steht. Wir können anfangen.«

Sie konzentrierten sich auf die weiße Wand, an der in der Galeriesaison jeweils Bilder und Fotos von ausstellenden Künstlern hingen. Nun zappten sie sich durch ungeordnetes Bildmaterial, bis sie endlich die noch nicht geschnittene Szene der Schlacht von Murten fanden.

Es war ein ungeheueres Chaos und ein unbeschreiblicher Lärm, der auf sie einprasselte. Der überlaute Knall einer burgundischen Feldschlange, offenbar einer nachgebauten, erschreckte Baron Biber, der bisher ruhig auf einer Katzendecke geschlafen hatte und nun einen Vorgeschmack bekam, wie er sich vor dem Feuerwerk zum 1. August, dem Schweizer Nationalfeiertag, zu fürchten hat.

Pulverdampf breitete sich aus, als ein weiterer Knall zu hören war, leise, aber deutlich wahrnehmbar, weil es eine Spitze und ein Echo gab, das bei den Blindpatronen und Sprengladungen sehr viel dumpfer klang.

Kurz vor diesem Geräusch, das sich als der tödliche Schuss erweisen sollte, schwenkte die Kamera vom Geschütz auf die angreifenden Eidgenossen, so dass nur noch eine Hand mit Lederhandschuh zu sehen war.

»Manchmal ergibt das Fehlen von etwas einen Hinweis auf seine Existenz«, sagte der Störfahnder.

»Das ist genauso kryptisch wie meine Theorie von vorhin«, reklamierte Heinrich.

»Wart's ab«, sagte Bernhard und ließ den Ausschnitt rückwärts laufen, bis er ein befriedigendes Standbild fand. »Es muss dieser Mensch gewesen sein ...«

»Mann«, korrigierte Leonie, »Frauen waren nur im Lager erwünscht.«

»Mensch«, wiederholte Spring. Und wirklich ließ sich nur feststellen, dass die Person eine Hose mit je einem Beinling in Schwarz und Weiß sowie ein rotes Kapuzengewand trug, eine Mischung zwischen Fribourg und Schwyz.

»Beutekleider«, erklärte Spring. »Aus verschiedenen Beständen geklaut, deshalb fällt die Figur auf, sonst wäre ich allenfalls gar nicht draufgekommen.«

Nicole meldete sich erstmals zu Wort: »Alle Körperteile durch Kleidung abgedeckt, die Kapuze tief ins Gesicht gezogen, und genau zum Zeitpunkt der Schussabgabe der Pulverdampf. Danach der Kameraschwenk, sodass die Person verschwindet.«

»Als ob der Regisseur davon gewusst hätte«, überlegte Spring.

»Nimmt mich deine Folgerung aus der Schusslinie?«, fragte Heinrich.

»In Bezug auf den Regisseur: Ja. In Bezug auf den Schützen: Nein.«

Heinrich hatte sein Fahrrad aus dem Keller geholt und fuhr über Land, um den Kopf auszulüften. Unterwegs hielt er an und ließ sich auf das Grasband entlang eines Kornfelds fallen. Im schwachen Wind schlugen die Ähren auf den Getreidehalmen aneinander und sirrten um die Wette mit ein paar Korn raubenden Vögeln, die einander über den Reifegrad informierten. Es hätte idyllisch sein können, doch unter all den lieblichen hohen Tönen brummte ein dunkles Geräusch unbekannter Herkunft, ein Luftzug, der das Feld wie eine Höhle im Sturm nahm, ein aufgeblasener Mund, der die Luft aus zusammengepressten Lippen stemmte.

Müller legte sich auf den Boden und erwartete aus dem Untergrund weiteren Lärm zu hören. Aber die ungestüme Jagd zog über seinen Kopf hinweg und nahm die Furcht mit sich, nicht ohne ein letztes Geflüster im Ohr des Detektivs, einen Satz, der nur die Botschaft der Dringlichkeit mitführte. Benommen von der Wucht wirbelnder Winde gab Heinrich nach, erhob sich auf alle viere und schüttelte das verwirrte Haar, bevor er sich zurück zu seinem Fahrrad begab und nach Hause zurückkehrte.

In seinem Zimmer legte er eine Michael-Nyman-CD ein und ließ sich von der geheimnisvollen Musik hinwegtragen, bei der ein Hammerklavier und treibende Geigen ein paar Bläser vor sich her jagten, eine unkontrollierte Flucht über Wiesen und Felder, unterbrochen von lieblichem Geigengeflüster, bevor die Melodie der Klarinette die Leitung des wilden Umzugs übernahm und immer schneller wurde. ›Chasing Sheep is Best Left to Shepherds‹ – Schafe treiben überlässt man am besten den Schäfern.

Baron Biber schnurrte an seiner Seite.

SONNTAG, 28. JUNI 2009

Die Abteilung Leib & Leben der Police Bern war eigentlich gar nicht zuständig für die Ermittlungen im Mordfall Thomas Däppen. Der Tatort lag auf dem Gebiet des Kantons Fribourg. Aber die technischen Möglichkeiten der örtlichen Polizei waren begrenzt, ein kleiner Kanton brachte nicht dieselben Mittel auf wie der Kanton Bern, der direkt an die Gemeinde Murten angrenzte. Schon in den Burgunderkriegen wurde das Städtchen von den Berner Truppen verteidigt, und sowohl Regisseur als auch Geldgeber sowie die meisten Schauspieler und Statisten kamen aus dem Bernbiet. Deshalb überließ man die Ermittlungen gerne der dortigen Polizei.

Die Personalsituation hatte sich allerdings in den letzten Jahren eher verschärft als entspannt, sodass Bernhard Spring froh war, als ihm die Detektei Müller & Himmel ihre uneingeschränkte Unterstützung anbot. Der Störfahnder fuhr mit seiner Assistentin Pascale Meyer in den Westen von Bern, wo Thomas Däppen im ländlichen Entwicklungsgebiet jenseits des neuen, von Daniel Libeskind gebauten Einkaufstempels Westside einen Teil eines umgebauten Bauernhofs bewohnte. Man hatte in den Umkleideräumen beim Filmset die Schlüssel zur Wohnung sicherstellen können. Andernorts hätte man Däppens Appartement als Loft bezeichnet. Hier war es schlicht eine ausgebaute Heubühne, geräumig, alle Seiten offen, ein Junggesellentraum für finanzkräftige Männer.

»Es gibt keinen Abonnenten mehr unter dieser Nummer«, sagte Pascale, als sie den Speicher des Digitaltelefons nach einem bekannten Namen durchsuchte. Sie fand niemanden, notierte sich jedoch alle, damit sie bei Bedarf überprüft werden konnten. Es handelte sich wohl bei den meisten um Geschäftskontakte. Außerdem schrieb sie die letzten gewählten Nummern auf, die sie der Repetierfunktion entlockte, sowie die entgegengenommenen Anrufe.

»Das kannst du doch den Technikern überlassen«, meinte Spring.

»Gib niemals etwas aus den Händen, was du vor Augen hast«, entgegnete sie und steckte das Telefon aus. Anschließend kehrte sie den Vorgang um und sagte: »Jetzt ruf mal die Spezialisten!«

Das Display war leer, alle Eintragungen waren gelöscht.

»Was bedeutet das?«, fragte Spring. »Ist der Apparat derart gegen Zugriffe von außen geschützt, dass er die Daten bei Missbrauch löscht?«

Pascale lachte. »Es ist einfach ein billiges Telefon, dessen Speicher nur bei ständiger Stromzufuhr funktioniert. Für Technikoptimisten unvorstellbar, dass es einen totalen Datenverlust geben kann.«

»Du bist schlauer, als die Polizei erlaubt«, witzelte der Chef. »Den Laptop nehmen wir mit. Er ist passwortgeschützt. Hoffentlich finden wir darauf die Daten der Geschäftspartner.«

»Du glaubst, einer von denen verirrt sich wie unser Ex-Banker auf ein Filmschlachtfeld und lässt dort die Kugeln sprechen?«

»Wer weiß? Wenn er Millionen in Ferkel investiert und in Schweinen verloren hat …«

Pascale räusperte sich. »Angesichts der Schweinegrippe müsste man eher in Pharmaaktien als ins Fleischtermingeschäft investieren. Mein Arzt hat mir erklärt, dass ein Virus nur eine DNA-Sequenz ist, die sich in unsere Zellen einschleicht, um sich darin zu vermehren. Das Schweinegrippevirus vereint Genanteile vom Hausschwein, vom Huhn und vom Menschen.«

»Und nistet sich bei uns ein?«, fragte Spring, der sich eher wenig für Viren interessierte.

»Genau. Demnach haben wir in Zukunft alle ein bisschen Schwein in uns. Diese Entdeckung wird noch viele Menschen überraschen«, sagte die Polizistin.

»Andererseits bringt es nichts mehr, wenn du jemanden als Schwein bezeichnest oder ihm einen Saustall vorwirfst.«

Spring lachte.

»Däppen könnte natürlich angesichts dieser Umstände beim Warentermingeschäft auch auf fallende Preise gesetzt haben.«

»Aber wenn die Bauern schlau genug sind und die Produktion drosseln oder den Verkauf der Tiere einschränken, um die Preise hoch zu halten?«

»Dann hat Däppen ein Problem. Er müsste viel Geld zuschießen.«

»Wenn er sich also mit Schweinen nur auskennt, wenn sie als Schnitzel auf seinem Teller liegen, geht er Bankrott«, schloss Pascale Meyer.

»Und seine Geldgeber gehen mit«, ergänzte Spring.

»Motiv genug für einen Mord?«, fragte Pascale.

»Teils, teils – Geld jedenfalls kriegst du auf diese Weise nicht zurück. Und allein aus Rache? Dafür braucht es eine Menge krimineller Energie.«

»Warentermingeschäfte! Stell dir vor, du bist im falschen Moment unaufmerksam oder ein paar Tage krank. Eines Morgens läutet die Türglocke. Draußen steht ein Lkw-Fahrer und fragt, wo er die zehn Tonnen konzentrierten Orangensaft abladen könne und wer die Rechnung bezahle.«

»Damit wäre dein Durst für lange Zeit gelöscht.«

»Dein Bankkonto auch.«

Heinrich Müller durfte für die Detektei Müller & Himmel in Anspruch nehmen, an den Ermittlungen der Polizei beteiligt zu sein, und hatte in dieser Funktion eine E-Mail-Anfrage an das Bernische Historische Museum mit der Bitte um Auskunft betreffend des Teppichfragments gerichtet, Foto im Attachment.

Die Antwort kam bald und nicht übertrieben freundlich. Man habe im Museum andere Arbeiten zu erledigen, als von Privatpersonen Anfragen zu beantworten, bei denen der wissenschaftliche Wert eingeschränkt und nicht geklärt sei, ob es nur um Bereicherung gehe. Ausnahmsweise gebe man Auskunft, da Heinrich Müller in der Liste der Mitglieder des Historischen Vereins geführt werde.

›Philipp der Gute hat im Jahre 1465 acht Stücke eines Wandbehangs in Auftrag gegeben, sechs davon waren Wandteppiche. Wie viele davon Blumenteppiche waren, ist nicht bekannt. Diese Tapisserien unterscheiden sich von andern Wandbehängen dadurch, dass sie rein florale Muster enthalten. Beim Berner Tausendblumenteppich werden alle Pflanzen auf dunklem Grund einzeln gegeneinander abgesetzt. Es entsteht daher nicht das Bild eines Gartens, sondern eher das eines Blumenbuches, gestaltet als Teppich. Die einzelnen Pflanzen sind meist bekannt. Das Historische Museum hat diese Blumen ein paar Jahre lang auf der Wiese vor dem Haupteingang angepflanzt.

Neben dem Berner Exemplar, von dem die oberen zwei Drittel erhalten sind, gab es noch einen zweiten Teppich, der in zwei Stücke geschnitten worden war. Ein Teil davon hing in Fribourg in der Kathedrale St. Nicolas, wahrscheinlich im Chor hinter einem Kruzifix. Er wurde dort zu einem unbekannten Zeitpunkt abgehängt und verschwand. Es war die untere Hälfte des Teppichs. Die obere Hälfte muss ebenfalls den eidgenössischen Truppen in die Hände gefallen sein. Sein Schicksal ist allerdings unbekannt.

Das auf dem Foto dargestellte Stück konnte demnach keines der Fribourger Teile sein. Hingegen würde es zum Berner Exemplar passen. Es lässt sich auch vorstellen, dass das verschollene Fribourger Stück wieder aufgetaucht und so zurechtgeschnitten worden wäre, dass es vorgeblich zu den beiden Berner Teilen passt. Das würde allenfalls den Wert erhöhen, ließe sich jedoch nur am Original feststellen.

Denkbar wäre natürlich, dass sich tatsächlich das zum Berner Behang gehörende Drittel erhalten hätte. Allerdings ist diese Wahrscheinlichkeit sehr gering. Jedenfalls lässt sich aus der vorliegenden Fotografie keinerlei Schlussfolgerung ziehen. Wir gehen vorerst von einer plumpen Fälschung aus.‹

Heinrich Müller verlangte den zuständigen Sacharbeiter am Telefon, dankte für die Einschätzung und bat um eine Wertangabe, sollte es sich um das Original handeln.

»Nun ist Kunst & Krempel also bei uns angekommen«, seufzte der Mann.

»In gewisser Weise«, erwiderte der Detektiv, »Kunst – falls es um den Originalteppich geht, Krempel – wenn Sie damit den Tod eines Menschen meinen.«

Am andern Ende blieb es still.

»Wir ermitteln in einem Mordfall«, ergänzte Heinrich Müller. »Mich interessiert eigentlich nur, ob es sich für den Preis der Ware zu töten lohnt.«

»Finden Sie die Summe von zehn Millionen Franken lohnenswert?«, fragte der Museumsmann.

Jetzt war es an Müller zu schweigen.

Rasch setzte der Sachverständige nach: »Selbstverständlich ist dies ein fiktiver Wert. Auf dem Kunstmarkt lässt sich auf einer Auktion möglicherweise ein Drittel dieses Betrags realisieren, falls die Herkunft des Teppichs zweifelsfrei dokumentiert werden kann. Den vollen Wert erreicht er nur im Zusammenhang mit den andern beiden Fragmenten. Aber das Bernische Historische Museum hat keine entsprechenden Gelder zur Verfügung.«

»Wie viel könnten Sie denn bezahlen?«, fragte Müller.

Nach kurzem Zögern sagte der Mann: »Wahrscheinlich könnten wir mit staatlicher Unterstützung und privaten Sponsoren eine Million anbieten, vielleicht auch noch etwas mehr. Aber auch wir bestehen auf einer lückenlosen Dokumentation und lassen selber erst eine gründliche Expertise erstellen.«

Die Grauzone, in der sich Heinrich Müller bewegte, war somit relativ groß.

Schließlich trafen sich die vier Protagonisten im Bauch & Kopf, obwohl es der Sitz der Detektei Müller & Himmel war, betrachtete es Bernhard Spring als neutrales Gebiet. Er hatte sich der Bürostruktur der Police Bern leicht entfremdet und nutzte hauptsächlich ihre hervorragenden technischen Dienste. Bereits bei der DNA-Analyse war das Rechtsmedizinische Institut der Universität Bern weltweit führend. In Zusammenarbeit mit dem amerikanischen FBI hatte die Abteilung Forensische Molekularbiologie anfangs der Neunzigerjahre die erste relevante DNA extrahiert.

Nun hatte sich der nächste Fortschritt etabliert, und wieder war Bern Avantgarde: Das Zentrum für forensische Bildgebung und Virtopsy entwickelte einen optischen

Scanner, der Körperoberflächen von Lebenden und Toten maßstabgetreu, dreidimensional und farbig darstellt. Dadurch wird in vielen Fällen eine Autopsie unnötig, es kann sogar mit größerer Präzision vorgegangen werden, da beim realen Aufschneiden von Leichen unweigerlich Befundsituationen gestört werden. Es gehen zum Beispiel Flüssigkeiten verloren, Hohlräume verändern ihre Position, Gase entweichen. Mit Virtopsy wird der Körper zuerst wie in der Medizin mit einem Magnetresonanzgerät sozusagen in Scheiben geschnitten. Das war nun auch mit Thomas Däppen geschehen. Dabei konnte man den genauen Verlauf des Eintrittskanals der Kugel dreidimensional darstellen.

Bernhard Spring hatte selbst an einem Modell den Stab geführt, den man zum Beispiel durch einen Schusskanal ins Gehirn einführen konnte. Er fütterte ein elektronisches Bildgebungssystem, ein GPS im Kleinen, mit allen Daten, sodass man neben der genauen Gewebezerstörung auch alle relevanten Angaben wie Eintrittswinkel der Kugel und Aufprallgeschwindigkeit feststellen konnte. Das war auch beim Opfer der Murtenschlacht geschehen. Man konnte zweifelsfrei eruieren, aus welcher Richtung und mit welcher Wucht das Geschoss das Schädeldach durchdrang.

»Im Fall von Thomas Däppen«, resümierte Spring den Bericht der Rechtsmedizin, »steht fest, dass der Schuss in gerader Linie erfolgte, demzufolge gezielt war und nicht etwa ein Abpraller.«

Heinrich Müller atmete auf: »Das heißt, ich bin als potenzielles Opfer aus dem Rennen?«

»Nicht unbedingt. Möglicherweise bist du kurz vor der Schussabgabe noch im Zielbereich gestanden.«

»Doch so schnell, wie eine Kugel daherkommt«, entgegnete der Angesprochene, »hätte ich gar nicht ausrutschen und stürzen können.«

»Das stimmt wohl«, sagte der Störfahnder. »Aber falls es dich beruhigt: Virtopsy nach dem Berner Modell wird von der US-Army bei ihren gefallenen Soldaten im Irak und in Afghanistan angewandt, damit man den Angehörigen einen unversehrten Körper bieten kann.«

»Puh ...«, murmelte Müller. »Mir egal, ob ihr vor meiner Einäscherung noch was rausnehmt. Bloß: Verkauft wird nichts ohne mein vorheriges Einverständnis.«

Ein Hanfbier machte die Runde und fand für seinen würzig-süßlichen Geschmack breite Zustimmung, auch wenn den Frauen der leicht bittere Hopfengeruch nicht behagte.

Pascale Meyer holte den Bericht des Gerätetechnikers hervor und fasste zusammen: »Wir kennen nun alle Geschäftspartner von Thomas Däppen. Er hat akribisch Buch geführt, doch die Verschlüsselung war nicht leicht zu knacken. Wir haben seine Listen verglichen mit den Listen der Laien, Schauspieler, Techniker und Regieleute, die an der Filmproduktion beteiligt waren, und wir haben genau wie viele Übereinstimmungen gefunden?«

»Eine!«, jubelte Nicole.

»Richtig«, sagte Pascale und biss in ein Stück Bauernbrot.

»Und?« Spring reagierte nervös. »Lass dir nicht alle Würmer einzeln aus der Nase ziehen.«

»Die Kandidatin heißt?«, fragte die Polizistin.

»Delia Zimmermann«, schoss es aus Nicoles Mund.

»Genau!«

»Da werden wir Gelegenheit haben, noch mal mit dieser Dame zu sprechen«, folgerte der Störfahnder.

»Vielleicht war dein Verdacht mit dem Perserteppich nicht so falsch«, sagte Nicole zu Heinrich.

»Blumenteppich! Flämischer Wandbehang! Museumsstück!«

»Es ist jetzt kurz vor Mittag«, stellte Spring fest. »Lasst uns etwas essen, um zwei beginnt die Parade der Schauspieler. Was hat die Küche zu bieten, Leonie?«

»Ein bescheidenes Buffet steht für die Damen und Herren bereit: Chnebubrot mit Oliven, Roggenbrot und Züpfe. Dazu Justistaler Alpkäse vom letzten Jahr, Absinthe-Trockenwurst von Le Pont-du-Martel und Gemüsedips. Begleitet von weißem und rotem Vully, Zitronenwasser, Kaffee und Enzianschnaps.«

»Auf Spesen von Police Bern«, freute sich Heinrich.

Während sie warteten, sagte Nicole: »Der Mensch ist in seiner Evolution auf ein paar merkwürdige Ideen gekommen. Zum Beispiel Brot. Was musste er nicht alles erfinden, um vom Getreide zum Brot zu kommen: Aus all den Tausenden von Gräsern jene auswählen, die durch Zucht große, essbare Körner ergaben. Mühlen, um aus den Körnern Mehl zu mahlen. Wasser und Mehl nicht nur zu Brei zu verrühren, sondern ihn zu kneten, später ihn quellen zu lassen. Öfen, um die Teige auszubacken. Brotbeläge wie Butter, Schinken, Honig, Konfitüre, Senf, saure Gurken.«

Aus dem kleinen Garten hinter dem Haus schwappte der Geruch köstlich warmer Feuchtigkeit eines Gewitterregens durch das geöffnete Fenster in die Gaststube, trug den Duft reifenden Holunders mit sich sowie das Geräusch der schweren Tropfen, die mit sinnlicher Gewalt auf das nachgiebige Dach des Partyzelts schlugen.

»Heute stehst du vor einer unübersehbaren Vielfalt«, spann Heinrich den Gedankengang weiter, »die allerdings gerade als zusammengesetzte Wörter für Fremdsprachige schwierig zu verstehen sind. Ist ein Bauernbrot nun aus Bauern, von Bauern oder für Bauern hergestellt? Roggen- oder Dinkelbrot scheinen mit dem Ausgangsmaterial in Zusammenhang zu stehen, Weißbrot mit der Farbe des Teigs oder dem Ausmahlungsgrad der Körner, aber Ruchbrot? Grahambrot wiederum nennt sich nach seinem Erfinder, Oliven-, Feigen- und Tomatenbrot nach einem teigfremden Inhaltsstoff, Pausenbrot nach dem vorgesehenen Genusstermin, Holzofenbrot nach dem Herstellungsort. Während Kreuzbrot noch Bezug auf die Form und Tessinerbrot auf die Herkunft nimmt, bedeuten Sonnen- oder Krustenring eigentlich gar nichts mehr.«

Nach dem Essen begann die Parade der vorgeladenen Filmakteure. Viertelstundenweise trat jemand durch die

Tür, wurde von Pascale Meyer datentechnisch erfasst und von Bernhard Spring im Beisein von Heinrich Müller und Nicole Himmel befragt.

Lisa Plüss eröffnete den Reigen. Eine schöne, kleine, dicke, dunkelblonde Frau, deren blaue Augen ein wenig außerhalb der Horizontallinie lagen und die eine Waschfrau gespielt hatte. Beinahe durchsichtig blütenweiß waren ihre geländegängigen Hosen, und man hätte es bemerkt, wenn sie wie ihr Idol Kate Winslet ein Schamhaar-Toupet getragen hätte. Von einem derartigen Ansinnen war sie genauso weit entfernt wie von irgendeiner Ahnung in Bezug auf den Todesschuss. Allerdings kannte sie Delia Zimmermann, durch die sie zum Film gekommen war.

»Sie hat auch diesen Kerl angeschleppt, der erschossen wurde«, ergänzte sie.

Thierry Coudray, der Regisseur, wollte einen blasierten Eindruck hinterlassen und beschloss, gar nicht erst auf die Fragen des Störfahnders einzugehen.

»Ich persönlich kenne nur die Hauptdarsteller. Um die Hunderte von Statisten kann ich mich nicht auch noch kümmern. Wir hatten genug zu tun mit all den Castings.«

Er kratzte sich an seinen beträchtlichen Geheimratsecken.

»Wenn ich Ihnen behilflich sein kann, gern, aber ich habe noch anderes zu tun.«

»Wir kommen darauf zurück«, sagte Spring, »nur noch eins, bitte erklären Sie uns, wie der Film finanziert wird.«

»Es gibt eine Beteiligungsgesellschaft, die von einem Börsenhändler gegründet worden ist, den ich nicht kenne. Das macht alles Frau Schneiter.«

Die trat zum richtigen Zeitpunkt ein, sodass Coudray sich an sie wenden konnte: »Liebe Sabina, bitte erklär den Leuten von der Polizei, wie du unseren Film finanzierst. Ich geh dann. Mal sehen, ob ich das vorhandene Material wenigstens teilweise schneiden kann.«

Sabina Schneiter von den Blackbox-Filmproduktionen trat in einem dunkelbraunen, eng geschnittenen klassischen Deuxpièces auf und verunsicherte die Männer mit ihrem strengen Kurzhaarschnitt, dem stechenden Blick und gezielter Gestik.

»Sie können sich vorstellen, dass ich darüber nur ungern Auskunft gebe, die Finanzierung eines Filmes ist ein streng gehütetes Geheimnis. Natürlich bekommen wir vom Bund und von verschiedenen Kantonen Unterstützungsbeiträge etwa die Hälfte der Produktionskosten. Den Rest müssen wir bei privaten Sponsoren und auf dem Finanzmarkt beschaffen, was bedeutet: Verschuldung und Renditedenken.«

»Und Ihr Bankberater war Thomas Däppen?« Es war ein Schuss ins Blaue, den der Detektiv gesetzt hatte, aber er saß wie Tells Apfelschuss.

»Ja.«

»In diesem Fall haben Sie ein Problem«, sagte Spring.

»Wenn es nur eines wäre«, seufzte Sabina Schneiter. »Das Problem war Tom Däppen. Nicht, dass Sie glauben, ich hätte ihn erschießen lassen oder es gar selbst getan.

Nur, ohne seine Hilfe werde ich den Film nicht in die Kinos bringen. Die Verbindlichkeiten sind bereits derart hoch, dass der Konkurs droht.«

»Er hat Ihnen doch neues Geld versprochen«, doppelte Heinrich nach.

»Ja. Aber er wusste nicht, wann es bereitgestellt würde. Ehrlich gesagt, ich bin am Verzweifeln.«

Der Nächste war Pierre Roth, ein Beau, dessen Augenleuchten aus seinem Gesicht mit einem Designerbärtchen manch ein Starlet um den Verstand bringen konnte. Als Spießträger war er neben dem Opfer durch die Wiese gerannt, hatte aber nur gesehen, wie Däppen angeblich gestolpert und hingefallen war.

Pierre Roth galt als eigentlicher Hauptdarsteller, der sich auf seine Rolle ziemlich viel einbildete. Er sollte sich nicht ins Schlachtgetümmel verstricken, sondern war dazu ausersehen, sich in die Marketenderin Sahara Burkhard zu verlieben und damit den Alltagsaspekt des Soldatenwesens zu emotionalisieren.

Diese Sahara allerdings war keinesfalls eines der Starlets, sondern eine Powerfrau, die als Nächste eintrat, ein Vollweib mit roten Haaren, kraftvoll-geschmeidigem Körper und einem tiefschwarzen Lidstrich, der die Männer sprachlos machte. Sie war der Typ, den die Nachbarin zur Zeit der Burgunderkriege als Ketzerin und Hexe denunziert hätte, weil von ihr als Lagerdirne derart viel sexuelle Energie ausging, die offensichtlich nicht zu kontrollieren war. Man konnte sich lebhaft vorstellen, dass Pierre Roth auf dem

Filmset von so viel Sinnlichkeit restlos überfordert war und sich lieber ins Schlachtgetümmel warf. Eventuell hätte ja ein Teil eines flämischen Bildteppichs gereicht, die Wildkatze unter Kontrolle zu bringen.

Ganz im Gegensatz dazu die kühle Braunhaarige, die nun an der Reihe war. Linda Schwerzmann konnte man sich in ihrer Zierlichkeit nur schwer als Marketenderin vorstellen. Sie war von einer unerklärlichen Schlankheit, bei der man das Gefühl nicht loswurde, der Rücken gehe direkt in die Beine über. Überdies war sie ein Mädchen, das den Spargel quer essen konnte. Und ihre Nasenspitze bewegte sich bei fast jedem Wort mit dem Mund mit, der allerdings außer Höflichkeiten zum Fall nichts beizutragen wusste. Im Gegenteil, sie begann zu schluchzen, als Leonie mit einem Tablett voller Getränke in die Gaststube trat, die Frau aufmerksam musterte und sagte: »Du bist das!«

Die Angesprochene schaute auf, lächelte, als sie die Wirtin erkannte, und meinte: »Aber heute bitte kein Chili con Carne.«

Beat Tschanz hatte sich in die Rolle des Adrian von Bubenberg gedrängt, obwohl er mit seinen schwarzen Kraushaaren und dem Dreitagebart, der ihm nicht auszureden war, nicht auf die Figur passte. Doch er versprach, das reichlich benötigte Filmblut zu einem Spezialpreis zu liefern, und bekam daraufhin die Rolle seines Lebens.

»Alles, was an Körperausscheidungen auf der Bühne oder beim Film benötigt wird, stellt unsere Firma her«, erklärte Tschanz, »seien es Exkremente, Erbrochenes,

Sperma oder Blut. Von Letzterem gibt es über 20 Sorten, aber hier brauchen wir vor allem dünnflüssiges, das schnell färbt und große Flecken hinterlässt. Nur bei Nahaufnahmen verwenden wir eine andere Art. Aber«, schloss er seinen Vortrag, »beim Toten haben Sie wohl keine unserer Blutkapseln gefunden.«

»Die stecken auch selten im Hirn«, meinte der Polizist müde und sagte zu Heinrich und Nicole: »Wer solche Freunde hat, braucht keine Feinde.«

Als Letzter erschien ein jovialer Mensch um die Fünfzig mit grau melierten Haaren, freundlichen Augen und einem verschmitzten Lächeln.

»Gestatten, Herzog Karl der Kühne.«

Er schüttelte jedem die Hand.

Allerdings wusste er wie jeder Herrscher über das Leben seiner Untergebenen nicht Bescheid.

DIENSTAG, 30. JUNI 2009

Die Dame von bofrost, die Heinrich Müller am frühen Morgen aus dem Schlaf riss, hatte eine angenehme, unterkühlte Stimme. Nachdem er den Hörer aufgelegt hatte, versuchte er sich diese Frau vorzustellen. Bestimmt jung, obwohl sie auch mittleren Alters sein konnte, resolut. Haarfarbe, Körpergröße, Figur?

Er merkte, dass er nie besonders darauf geachtet hatte, ob die Stimme mit seinen Vorstellungen des Menschen in Zusammenhang stand und wie viel Übereinstimmung es geben mochte. Da hatte er in den letzten Jahren ein Forschungsgebiet übersehen.

»Wir haben es also mit Getreide zu tun«, sagte Heinrich, als er in der Gaststube beim Frühstück saß und eine Packung Gerber Gala Streichkäse, dessen säuerlichen Geschmack er mit seiner Kindheit und mit Besuchen bei seiner Großmutter im Thurgau verband, auf sein Roggenbrot strich. Aber selbst Gerber war mit den Jahren milder geworden. Müller studierte Unterlagen, die er für sich selbst referierte.

Seit 6.000 Jahren wird in Mitteleuropa Getreide angebaut. Den ältesten Brotlaib Europas hat man bei den Twanner Pfahlbauern gefunden, einen unscheinbaren schwarzen Klumpen, der einmal ein Halbpfünder aus Gersten- und Weizenmehl gewesen ist, um 3.500 v. Chr. gebacken.

»Was murmelst du vor dich hin?«, fragte Leonie, die eben hinter den Tresen getreten war.

»Ich habe nur gesagt, das Roggenbrot sei so hart wie das 5.000 Jahre alte Urbrötchen vom Bielersee.«

»Ich kann's dir ja in Milch einweichen, wenn es dein Gebiss nicht mehr erträgt«, stellte sie nüchtern fest.

»Das gefährdet unsere Beziehung«, sagte Heinrich, »wenn du mich zum Greis erklärst.«

»Im Mittelalter gab's doch diesen Mutterkornpilz ...«

»Den gibt's heute noch«, brummelte Heinrich, »nur wird er chemisch bekämpft.«

»... auf dem Roggen«, fuhr Leonie ungerührt weiter. »Der hat damals den Veitstanz oder das Antoniusfeuer ausgelöst. Hoffentlich ist im Brot etwas davon drin, ein wenig Tanzwut könnte dir nicht schaden.«

»Bis mir die Finger und Zehen abfallen? Der Mutterkornpilz wurde auch als Abtreibungsmittel verwendet«, zitierte Heinrich, nun ganz Detektiv, »und später zur Herstellung von LSD.«

»Du bist aber ziemlich weit vom Getreide abgekommen.«

»Ich interessiere mich eben für alles, was man daraus machen kann. Malz zum Beispiel, aus dem wiederum Bier oder Whisky entsteht. Durchaus wandlungsfähige Gräser. Wenn man dem Bier noch ein wenig Bilsenkraut beimischt, entfaltet es auch eine halluzinogene Wirkung, die schwer zu kontrollieren ist.«

»Jetzt steckst du schon wieder im Mittelalter«, sagte

Leonie vorwurfsvoll, »das scheint eine Zeit mit besonders weit verbreiteter Drogensucht gewesen zu sein.«

»Ob gewollt oder ungewollt …«

»Wieso interessiert dich das Getreide dermaßen?«, fragte sie.

»Nun, vieles in unserem Fall, von dem wir noch nicht wissen, wie weit er gesteckt ist, hängt damit zusammen, Terminhandel, Getreidefelder im Seeland. Das Mittelland von Genf bis Schaffhausen ist nach wie vor das Hauptanbaugebiet, ein Viertel der Brotgetreidefläche entfällt auf den Kanton Waadt. Deswegen waren die Berner bereits im späten Mittelalter scharf auf dieses Gebiet.«

»Und wegen dem Wein«, ergänzte Leonie. »Wie viel Getreide wird in der Schweiz produziert?«

»Gut eine Million Tonnen, die Hälfte davon Brot, die andere Futtergetreide. Jeder Schweizer isst im Jahr durchschnittlich etwa 50 Kilogramm Brot- und Backwaren, das ist ungefähr gleich viel wie Fleisch. Noch einmal eine Viertelmillion Tonnen Getreide wird importiert, hauptsächlich Hartweizen für die Teigwarenproduktion, der aus klimatischen Gründen nicht bei uns angebaut wird.«

»Und welche Sorten kommen vor?«

»Weizen, Roggen, Dinkel, Gerste, Mais, Triticale, Hafer und Emmer.«

Die Sonne brannte vom Himmel, die Hitze staute sich in den Straßen und die feuchte Luft provozierte das nächste Gewitter. Unter der Pergola im Bauch & Kopf saß man gemütlich, beeinträchtigt höchstens vom Straßenlärm und vom gelegentlichen Quietschen eines Trams. Sogar Baron Biber war in traumreichen Schlaf gesunken, seine weißen Pfötchen zuckten gelegentlich und die Barthaare zitterten bei den Erinnerungen an aufregende Jagdszenen.

»Wir sind an einem toten Punkt angelangt«, sagte Bernhard Spring zu Heinrich Müller. »Es liegen zwar alle Fakten vor, der Tatort wurde untersucht, die Virtopsy erbrachte die gewünschten Resultate, es gibt einige wenige Verbindungen unter den Akteuren. Aber letztlich fehlt uns alles zum erfolgreichen Abschluss des Falles: Täter, Motiv, eine gelungene Fahndung.«

»Delia Zimmermann reagiert nicht«, ergänzte Heinrich. »Sie geht nicht ans Telefon, das Handy läuft auf Combox, sie öffnet die Tür nicht.«

»Mir ist da zu wenig Fleisch am Knochen bei deiner Frau Zimmermann.«

»Sag das nicht«, frotzelte Heinrich.

»Nicht wörtlich. Aber ich sehe einfach den Zusammenhang zwischen einem alten Teppich, dem Film, der Getreidespekulation und einem Mord nicht.«

»Und wenn's um Gentechnologie ginge? Unerlaubtes Aussäen von verändertem Saatgut, Spekulationen um die Herstellerfirma?«

»Alles an den Haaren herbeigezogen. Mir fehlt die sichtbare kriminelle Energie bei einem der Beteiligten und der Anlass dazu«, nörgelte Bernhard.

»Na ja, der Hirnforscher Gerhard Roth hat festgestellt,

dass Gewaltbereitschaft in den Genen angelegt ist und durch eine frühe psychische Traumatisierung ausgelöst wird und dass man deswegen für sein Handeln nur teilweise zur Verantwortung gezogen werden kann. Ein deprimierender Gedanke. Es gäbe demnach so etwas wie das Böse an sich, auch wenn das kein wissenschaftlicher Begriff ist.«

»Das würde bedeuten, dass der Täter kein eigentliches Motiv für sein Handeln braucht. Beunruhigend. Ich hoffe eher, dass Terrie Moffitt Recht behält, eine Professorin für Klinische Psychologie, die sagt, dass nicht die Gene das Verhalten eines Menschen bestimmen, sondern dass sie darüber entscheiden, wie empfänglich ein Mensch auf Umwelteinflüsse reagiert.«

»Also der alte Streit zwischen Biologie und Soziologie«, seufzte Heinrich Müller. »Und wie bitte soll uns das weiterhelfen? Bis alle Verdächtigen die entsprechenden Tests absolviert haben und diese ausgewertet sind, ist der Täter verstorben.«

»Das Einzige, womit wir arbeiten können«, sagte der Störfahnder, »sind die Befunde vom Tatort, die uns einen Hinweis auf das Verhalten des Täters geben. Was genau hat er gemacht? Wie hat er es gemacht? Gibt es Anzeichen dafür, dass er es wieder tun wird? Wir müssen aus den Merkmalen des Tatbestands das Verhalten herauslesen. Thomas Müller, Profiler und Kriminalpsychologe, hat mit dieser Methode schon mehrfach Erfolge gefeiert.«

»Das waren doch stets Serientäter. Da liegen Tatortmerkmale vor, die man vergleichen kann«, widersprach der Detektiv, »bei einem einzelnen Mord ist das beinahe unmöglich.«

»Hoffen wir trotzdem, dass es bei dieser einen Tat bleibt«, sagte Spring. »Dein Namensvetter gibt außerdem zu bedenken, dass die größten Irrtümer in vorgefassten Meinungen liegen, dass wir zum Beispiel glauben, bei einem Menschen von außen zu erkennen, wozu er fähig ist oder auch nicht. Und die irrige Meinung, dass das Böse weit weg sei. Der entlegenste Punkt unserer Überlegungen wäre, dass ein Fremder Thomas Däppen aus finanziellen Gründen erschossen und sich dafür ausgerechnet das Filmset ausgesucht hat.«

»Am andern Ende der Skala läge folgendermaßen die Vermutung, dass er sein Opfer gut gekannt hat und über ein Motiv verfügt, das wir allerdings nicht kennen.«

»Noch nicht«, erwiderte Bernhard Spring. »Auf jeden Fall sollten wir an diesem Ende anfangen, den Wollknäuel aufzurollen. Delia Zimmermann ist unsere erste Kandidatin. Du stellst endlich den Kontakt zu ihr her. Aber möglichst bald!«

»Mach ich«, bestätigte Heinrich. »Wie geht's in der Firma?«

»Ach«, seufzte Bernhard. »Der ganze Papierkram hält einen vom Arbeiten ab, manchmal fast nicht zum Aushalten. Anwesenheitspflicht, Fortbildungspflicht, Erfolgsquoten. Wie wenn wir uns die Fälle selber aussuchen könnten, um anschließend einen Bonus rauszuholen. Und was machen sie mit dem ergatterten Geld? Sie streichen die Kantine hellrosa. Hellrosa! Seinen nächsten Film kann Sacha Baron Cohen bei uns in der Mensa drehen.«

»Eine Gesellschaft ist ein seltsames Konstrukt«, sagte Heinrich. »An allen ungeliebten Stellen sitzen Menschen, deren wichtigstes Anliegen es ist, alles zu nivellieren, und zwar ausgehend von ihrem eigenen Lebensentwurf. Diese Gleichschaltung wird später durch sogenannte Qualitätsstandards überprüft, die nichts anderes nachfragen als die eingeschränkte Wahrnehmung der Fragenden selbst. Alles, was sich außerhalb dieser Normen bewegt, wird pathologisiert, ruhig gestellt, ausgesondert. Und gleichzeitig gibt sich jeder als originelles Individuum, das sich von allen anderen unterscheiden will, indem es Dinge kauft, die gerade in Mode sind. Die Mode aber hat jemand gemacht, der seinen eigenen Lebensentwurf als allein richtig betrachtet.«

Als Leonie endlich die Bar aufgeräumt hatte und schlafen gehen wollte, hörte sie aus Henrys Wohnung seltsame Klänge. Die Stimme eines kleinen Mädchens sagte: »Grüß Gott, tritt ein, bring Glück herein.« Worauf ein ruhiges Klavier begann, später Schlagzeug und Orgel und die spitzen Schreie einer Hendrix-Gitarre. Daraufhin setze einer transsilvanischen Prozession gleich ein schleppender Orgelsound ein. Schließlich übernahm die verzerrte Gitarre die Führung und spielte die Leitmelodie in den höchsten Tönen wie diejenige eines Sängers.

Leonie war hinter Henry ins Zimmer getreten, als die Mischung von Jimi Hendrix, Deep Purple und Pink Floyd sich dem Ende neigte. Er nahm die Nadel von der Single mit dem roten Blick-Label und drehte sich um, erschrak kurz über den unerwarteten Besuch und hieß Leonie sich neben ihn aufs Bett zu setzen.

»The Shiver«, sagte er, »eine Band aus St. Gallen, 1969, da war ich 14 und schwer beeindruckt. Sie hatten eine Langspielplatte mit dem Titel ›Walpurgis‹ und einem Umschlag von H. R. Giger. Konnte ich mir damals nicht leisten. Aber die Single ist ein Sammlerstück.«

»Jugenderinnerungen?«, fragte Leonie und streichelte ihm das spärlicher gewordene Haar.

»Ja. Ich begann mir die Haare wachsen zu lassen, was zu ersten Streitereien mit dem Vater führte. Lange Abende im Jugendzentrum, wo ich die Musiker kennen gelernt habe. Nach Shiver gründete der Gitarrist Dany Rühle die Deaf, später dann Island. Deaf fand ich dermaßen toll, dass ich einen Fanklub gründen wollte. Davon nahm ich allerdings Abstand, nachdem mir Güge Meier, der Schlagzeuger der Band, für diesen Fall Prügel angedroht hatte.«

»Prügel für die Gründung eines Fanklubs?« Leonie wunderte sich.

Henry lachte. »Das waren andere Zeiten. Musik war eine ernste Sache, es ging um Glaubwürdigkeit. Da war ein Fanklub von jugendlichen Witzbolden nicht gerade das, was man sich als seriöse Band wünschte. Man war ja keine Teenieband.«

»Hast du eigentlich auch Musik gespielt?«, fragte seine Freundin.

»Meine eigene musikalische Karriere verlief wenig harmonisch«, erzählte Henry. »Alles begann in der Primarschule, als ich in der zweiten Klasse einen Auftritt als Josef beim Krippenspiel hatte.«

»Ausgerechnet!«

»Lach nur. Ich sollte Blockflöte spielen und habe einen Ton derart jämmerlich daneben gesetzt, dass es sogar mir aufgefallen ist. Die Erwachsenen hingegen lobten mich über den grünen Klee. Ich dachte: Was seid ihr für Heuchler und Lügner. Danach habe ich die Blockflöte in die Ecke gestellt und nie mehr ein klassisches Instrument angefasst.«

»Was heißt denn das nun wieder?«

»Einmal brachte mir eine Klassenkameradin, die eher mehr für mich übrig hatte, als ich damals selber geglaubt habe, eine Zebrafelltrommel aus einem afrikanischen Land mit, ich glaube aus Kenia. Ich besitze sie immer noch. Früher habe ich manchmal mit den Händen darauf herumgehämmert und den Mottenkugeln im Innern das Echo meines schrägen Rhythmus aufgedrängt.

Später spielte ich einen Minisynthesizer, den mir ein technisch begabter Kumpel gebaut hatte und dem man mit den Fingerkuppen ein paar singende Töne entlocken konnte. Außerdem verfügte ich über mehrere Maultrommeln, mit denen ich zumindest eine Freundin beeindruckte, wenn ich ›Black Night‹ von Deep Purple aus meinem Mund presste.«

»Das hätte ich gerne gehört«, sagte Leonie und lachte.

»Gut, dass damals noch keine Möglichkeit bestand, den ganzen Schwachsinn aufzunehmen und im Internet breitzutreten. Außerdem geht es ja für Dilettanten beim Spielen von Instrumenten selten um Musik, sondern um das Verführen von Frauen. Deswegen wollten wir im Gymnasium auch eine Band gründen. Meine sollte Gondwana heißen wie der Urkontinent. Einen Umschlag für die erste Single hatte ich bereits gezeichnet. Jungsträume!

Ein Kollege spielte in einer Schülerband namens Introspektion. Da siehst du den Unterschied. Ich wollte Spaß haben, Rock 'n' Roll und das bisschen Sex, das man damals im Verborgenen haben konnte. Er wollte eine ernsthafte Band, die war derart von Ernsthaftigkeit durchdrungen, dass er mir sogar den Namen erklären musste. Mit dem Begriff der Selbstbeobachtung konnte ich allerdings ebenso wenig anfangen.«

»Das wird heute nicht viel anders sein«, sagte Leonie.

»Später, als Abschluss meiner musikalischen Karriere sozusagen, habe ich ab und zu das Mischpult der Glueams, einer Berner Punkband bedient, und war der Manager, auch von der Nachfolgegruppe Grauzone.«

»Wow. Das sind doch die mit dem ›Eisbär‹. Damit hättest du sogar mich beeindruckt.«

»Na ja«, druckste Henry herum, »ich bin als Manager abgesprungen, bevor sie berühmt geworden sind.«

DONNERSTAG, 2. JULI 2009

Dass Delia Zimmermann eines unnatürlichen Todes sterben würde, war beschlossene Sache. Die Frage war nur, wann.

Mit diesem unschönen Gedanken erwachte Heinrich Müller. Er hatte weitere Erkundigungen über seine Schlossherrin eingezogen. Sie war offenbar kein unbeschriebenes Blatt und des Öfteren auf den Skandalseiten der Lokalpresse gelandet, was dem Detektiv entgangen war, da er diese Nachrichten nicht zur Kenntnis nahm.

Als er sich bei den Gästen von Bauch & Kopf nach Delia Zimmermann erkundigte, erntete er Qualifikationen wie »Voralpengeiß«, und »Ego-Zicke«. In einer kräftig blondierten Form hatte die Frau vor einigen Jahren als älteste Teilnehmerin vergeblich versucht, die Miss Bern Wahl zu gewinnen. Im Gratis-Anzeiger rutschte sie ab und zu in die Cervelat-Promi-Spalte, wenn sie wieder mal den Mann an ihrer Seite wechselte, zumeist Zweitklasse-Angeber aus der Sportwelt. SMS und E-Mails zwischen den jeweiligen Sternguckern wurden proportional zur abnehmenden Zuneigung gehässiger und arteten nicht selten in wüsten Beschimpfungen aus, die wiederum halbe Zeitungsspalten füllten. Zugutehalten konnte man ihr lediglich, dass sie noch nie an einem Gesangswettbewerb teilgenommen hatte.

In den letzten beiden Jahren war es allerdings ruhiger geworden um Delia Zimmermann. Sie soll sich in einen TV-Astrologen verliebt haben, das habe ihr Leben stabilisiert, bis auch diese Beziehung in die Brüche ging. War diese Teppichgeschichte nun die Gelegenheit, die Dame erneut in die Schlagzeilen zu katapultieren?

Heinrich Müller hegte Zweifel, denn wenn Delia Zimmermann an Publizität gelegen war, hätte sie die Geschichte längst in der Öffentlichkeit breitgetreten. Außerdem hatte sie auf ihn einen durchaus angenehmen Eindruck gemacht, den er sich bewahren wollte. Da offenbar jede ihrer Beziehungen harmonisch begann und erst eskalierte, wenn es zu Unstimmigkeiten kam.

In diese Überlegungen hinein läutete Müllers Handy so leise, dass er es beinahe überhört hätte, weil es unter Baron Bibers Katzendecke lag.

»Kommen Sie sofort her«, flüsterte eine weibliche Stimme, die Heinrich erst nach genauerem Hinhören als diejenige seiner Auftraggeberin identifizierte.

»Ich kann nicht laut reden. Es ist wichtig«, fügte Delia Zimmermann hinzu.

»Wo sind Sie denn?«, fragte der Detektiv.

»Ich bin in der Lorraine, unterwegs an die Aare. Kennen Sie die ehemalige Brauerei Gassner?«

»Ja.«

«Ich treffe Sie dort.«

»Wann?«

»So schnell wie möglich.«

Dann brach die Verbindung ab.

Das war nun eine sehr vage Verabredung, da die Brauerei heute Künstlerateliers und Proberäume von Theatertruppen und Bands enthielt und aus mehreren Gebäuden bestand. Dort konnte er lange suchen, wenn ihn Delia nicht am Eingang erwartete. Jedenfalls informierte Heinrich Müller sofort Bernhard Spring und bat Nicole Himmel, ihn zu begleiten.

Der Tag hatte heiß begonnen, doch nun zogen bedrohliche Gewitterwolken auf. Heinrich und Nicole begaben sich auf ihren Fahrrädern in die Lorraine, stellten sie unterhalb des Bahnviadukts ab, auf dem die Züge wenige Meter neben den Wohnzimmern mehrerer Häuser vorbeirasten. Von dort senkte sich ein erst gepflasterter, danach asphaltierter Gehweg steil hinunter zum Lorrainebad, an der Liegewiese vorbei zum Uferweg entlang der Aare und führte in Richtung Altenberg zur Brauerei. Der Himmel hatte sich bereits verdunkelt, und als sich das Detektivpaar auf halbem Weg des Abhangs befand, fielen die ersten schweren Tropfen, ein Blitz schlug weiter flussabwärts ein, und der Donner krachte beinahe im selben Augenblick durch die Bäume. Nicole und Heinrich blieb keine andere Wahl, als im Lorrainebad Schutz vor den Hagelkörnern zu suchen, die jetzt schmerzhaft auf ihre Köpfe und die nackte Haut prasselten.

Das Bad bestand aus einem lang gezogenen Schwimmbecken, das von Quellwasser gespeist wurde, obwohl es direkt neben der Aare lag und auch in diese entwässerte. Deshalb war es stets das kälteste aller Bäder. Gegen den Fluss schützte zusätzlich eine Holzwand die Schwimmenden vor der Außenwelt, dort, wo sie nur ein schmaler Pfad vom Wasser der Aare trennte; mit Graffiti und Politparolen vollständig zugemalt. Das Lorrainebad galt seit Jahrzehnten als Sommerrefugium der Berner Politszene, vor allem der Linksautonomen, die allerdings mit dem Bad gealtert waren.

Da alle Berner Bäder ohne Eintrittsgeld auskamen, diente die Wand auch nicht dem Aussperren von nicht zahlenden Gästen, sondern erfüllte höchstens die Funktion, den Badenden einen gewissen intimeren Bereich zu bieten, den diese gleich wieder aufhoben, indem sie der Aare entlang flussaufwärts flanierten, um sich nach einigen Hundert Metern vom reißenden Wasser zurück in die Lorraine treiben zu lassen. Alle paar Meter fand man eine Treppe mit einem roten Handlauf zum Ausstieg aus dem Fluss. Man war gut beraten, den letzten nach der Badeanstalt nicht zu verpassen, da wenige hundert Meter weiter das Stauwehr Felsenau die Bewegung des Wassers zu einem trügerischen Stillstand brachte, nur um es unter entsetzlichem Getöse über die Staustufe zur Erzeugung von Elektrizität zu missbrauchen.

Schutz vor dem prasselnden Regen gab es nur wenig. Heinrich und Nicole hatten sich in eine Garderobe geflüchtet, die von einem grünen, gummiartigen Vorhang vor Blicken geschützt war und in der sie erst, nachdem sich die Augen an die Dunkelheit gewöhnt hatten, feststellten, dass sie sich in einer Damengarderobe befanden, was Heinrich Müller nun zum Verhängnis wurde, denn der Zorn der drei Anwesenden, die trockene Kleider anziehen wollten, richtete sich gegen den Detektiv. Er hätte den Anblick welker Brüste ja klaglos ertragen, weil die Frauen sich auch innerhalb der Badeanstalt ohne Oberkörperbekleidung bewegten. Offensichtlich galten jedoch für die Umkleidekabine andere Regeln. Müller wurde beschimpft und unter Anwendung von Gewalt, wobei es für ihn zum unangenehmen Kontakt mit weiblichen Körpern kam, aus der trockenen Holzhütte hinaus in den Regen manövriert. Die Männerkabine befand sich auf der gegenüberliegenden Seite des großen Teichs und war über eine Brücke erreichbar. Aber Heinrich konnte genauso gut hier nass werden. Er hob deshalb die Gummimatte an, scheuchte die Weiberwelt auf und sagte zu Nicole: »Ich bin dann mal weg!«

Nicole trabte ihm unter Protestgeschrei hinterher.

Nass ist kein Begriff dafür, in welchem Zustand falsch verstandener Feminismus die beiden Detektive in der Brauerei R. Gassner, gebaut 1891, ankommen ließ. Sie hätten das Industriedenkmal aus hellgelben Backsteinen von seiner schlichten Ästhetik her genießen können, wenn sie nicht zum Gespött von Bernhard Spring und Pascale Meyer geworden wären, die durch und durch trocken in ihrem Polizeiauto saßen, mit dem sie vorgefahren waren.
Delia Zimmermann hatte auf keinen von ihnen gewartet.

Wie zum Hohn ließ auch dieses Gewitter nach, sobald sie unter dem Dach standen.

»Nass wie ein Neugeborenes«, höhnte Pascale.

»Der Beginn allen Elends«, entgegnete Nicole.

»Eine erfolgreiche Geburt erhöht das Sterberisiko auf 100 Prozent. Ein schlechtes Geschäft für Lebensversicherungen«, konterte Müller und wrang sein schwarzes T-Shirt aus, auf dem über der Schweiz, geformt aus Blutstropfen, stand: ›Mordstage 2007‹.

»Wird bereits bei der Zeugung der Samen des Todes gepflanzt?«, fragte Spring. »Ist der Tod das eigentliche Ziel des Lebens, die höchste Empfindung, der letzte Orgasmus?«

»Wollen wir nicht lieber deine Freundin suchen?«, fragte Nicole.

»Delia Zimmermann ist *nicht* meine Freundin!«, erklärte Heinrich resolut.

»Aber sie hat *dich* angerufen«, argumentierte der Störfahnder.

»Zwei und zwei.« Pascale Meyer nahm das Heft in die Hand. »Ihr rechts, wir links. Hier habt ihr eine Schiedsrichterpfeife. Sobald ihr Frau Zimmermann findet: drei kurze Pfiffe.«

Die Suche dauerte länger als erhofft. Eine schmale Seilbahn zum Transport schwerer Güter bildete den Kern des ehemaligen Brauereigebäudes. Von ihr aus konnte man in alle Stockwerke gelangen. Bei dem Unwetter waren keine Ateliers besetzt und viele Türen blieben geschlossen. Wenn mal eine offen stand, führte sie meist in ungemütliche Abstellräume. In einem davon türmte sich besonders viel Schutt.

»Dieser ganze Müll«, sagte Nicole, »schlimmer als nach einem Massenpicknick auf dem Bundesplatz oder einem Botellón im Eichholz. So was regt mich auf.«

»Versteh ich nicht«, murmelte Heinrich. »Gerade dir als Anthropologin müsste Abfall wie ein Geschenk des Himmels vorkommen. Der ›Zuvielisiationsmüll‹ von gestern ist doch die Grundlage unserer heutigen Existenz. Organisches Material ergibt je nach Verdichtung Torf, Kohle, Erdöl oder Diamanten. Auf dem Schutt von Generationen sind die ersten Städte entstanden. Und dem Müll verdanken wir Berufe wie Lumpensammler, Entsorgungsspezialisten, Fettsieder, Recyclingingenieure, Müllmänner und – in ihrer veredelten Form – Archäologen. Was wüssten wir über untergegangene Gesellschaften, wenn wir nicht in ihren Gräbern und in ihrem Abfall wühlen könnten?«

Er sah zu, wie Nicole genau das tat.

»Und was macht die Spurensicherung anderes, als zu untersuchen, was an einem Tatort zurückgeblieben ist?«

Besorgt betrachtete er weiter Nicoles Aktivitäten.

»Hast du was gefunden?«, fragte er zögernd.

»Noch nicht. Hilf mir lieber, anstatt Vorträge zu halten. Ich schwitze schon, nass von innen und außen.«

Ihm selber fiel ein Tropfen vom Haar auf die Stirn.

Er bückte sich und schob ein paar aufgerissene Ordner zur Seite, suchte deren Inhalt.

Ein zweiter Tropfen, diesmal von oben.

Als Heinrich Müller sich aufrichtete, spürte er einen dritten Tropfen auf seiner Hand.

Er drehte sich zum Licht, das von der Tür her in den Raum fiel, und sah, dass es eine rote Flüssigkeit war.

Gleichzeitig hörte er drei schrille Pfiffe aus der Schiedsrichterpfeife, die in Nicoles Mund steckte.

Alle vier begaben sich ins obere Stockwerk. Der Störfahnder stieß die nur angelehnte Tür auf. Vor sich sahen sie unter dem Dach einige erstaunlich sauber geputzte Holzplanken, wohl den ehemaligen Mälzboden.

Mittendrin lag ein Mensch.

In einer Reihe hintereinander, möglichst denselben Fußabdrücken folgend, damit keine Spuren verwischt würden, traten sie bis zur Person vor.

Natürlich hatten sie niemand anderen erwartet als Delia Zimmermann. Jedoch hatten sie nicht erwartet, dass bereits so viel Blut aus ihr rausgesickert war. Sie sahen die Mordwaffe, eine Schlinge aus rauem Draht, die ihr jemand von hinten um den Hals gelegt und zugezogen hatte, so stark, dass die Halsschlagadern verletzt wurde.

»Mafiamethoden«, sagte Pascale Meyer und nestelte nach der Pistole in ihrem Holster.

»Sieht irgendwie rührend aus«, analysierte Nicole. »Jemand will uns etwas sagen. Das ist alles arrangiert.«

»Wie meinst du das?«, fragte Spring.

»Sie liegt ganz gerade auf einem einzelnen Brett. Im 19.

Jahrhundert hat man die Leichen auf Totenbretter gebettet. Danach sieht es hier aus, wie eine Aufbahrung. Nach dem Begräbnis hat man das Brett mit dem Namen des Verstorbenen bemalt und es an einem oft begangenen Ort zur Erinnerung am Wegrand aufgestellt. Manchmal findet man sogar Gedichte zum Lob der Dahingeschiedenen.«

»Da sind wir zu früh gekommen«, sagte Pascale.

»Die Toten selber hat man nur mit einem Leintuch umhüllt in die Erde gelegt. Särge gab es erst später, zuerst nur zur Aufbahrung in der guten Stube. Die Bretter hat man daraufhin beiseite gestellt für den nächsten Todesfall.«

»Gute alte Zeit«, sagte Pascale. »Ihr wisst, mir ist Nostalgie fremd …«

»Ein wahres Wort zum falschen Anlass«, seufzte Bernhard Spring.

»… aber heute gibt es bereits Sarggeschäfte«, fuhr sie fort, »die die Bretter mit Blümchen und Ähnlichem bunt bemalen.«

»Was ist mit schönen schwarzen Schädel- und Skelettverzierungen für Gothic Fans und Satanisten?«, wollte Heinrich wissen.

»Und in Afrika schreinern sie Särge in allen möglichen Formen, von der Cola-Flasche über das Krokodil bis hin zu Sportschuhen.«

»Eine Marktlücke! Eine Geschäftsidee!«, jubelte Nicole. »Ich sehe goldene Zeiten.«

»Raus mit euch!«, brüllte der Störfahnder.

FREITAG, 3. JULI 2009

Nach dem Regensturm vom Donnerstag hatte sich das Wetter dazu entschieden, sich von der unanständigen Seite zu zeigen. Weiterhin blies eine kühle Bise, weshalb sich die Viererbande im Büro des Störfahnders versammelte. Heinrich Müller fluchte über das schlechte Wetter.

»Sei bloß froh, dass du richtig nass geworden bist«, sagte Bernhard Spring.

»Wieso das denn?«, fragte der Detektiv.

»Weil du deswegen zu spät gekommen bist!«

»Was heißt das? Wäre doch besser gewesen, früher anwesend zu sein. Vielleicht würde Delia Zimmermann noch leben.«

»Du vergisst etwas Entscheidendes«, entgegnete Spring. »Möglicherweise wärst du das zweite Opfer.«

Heinrich Müller starrte ihn mit aufgerissenen Augen an.

»Jetzt übertreibst du!«

»Hast du dir noch keine Gedanken darüber gemacht, dass der Mörder auch beiden aufgelauert haben könnte? Es hätte keinen bessern Ort gegeben, das Problem endgültig zu erledigen. Wenn du also rechtzeitig allein in der Brauerei aufgekreuzt wärst …«

»Nachdem du nicht gekommen bist«, ergänzte Pascale Meyer, »hatte der Mörder vermutlich angenommen, dass du entweder nicht kommen würdest oder dass du nicht allein kommst. Daraufhin hat er unsere wichtigste Zeugin beseitigt.«

»Und wenn es Delia Zimmermann auf unseren Detektiv abgesehen hätte?«, überlegte Nicole. »Wenn er das vorgesehene Opfer war?«

»Jetzt hört aber auf«, empörte sich Heinrich. »Dafür gibt es überhaupt keinen Grund.«

»Du verkennst immer noch den Ernst der Lage«, erklärte Bernhard Spring. »In diesem Fall ermittelst du in Zukunft nicht mehr allein. Das ist zu gefährlich.«

»Du weißt mehr, als du uns bisher gesagt hast«, meinte Heinrich Müller.

»Richtig. Zu den Ergebnissen unserer Untersuchungen: Der Todeszeitpunkt lässt sich sehr genau angeben, nämlich kurz vor oder direkt nach Beginn des Gewitters, denn Delia Zimmermann war 20 Minuten, bevor wir eingetroffen sind, tot. Eine Stunde zuvor hat sie dich angerufen. Außerdem war sie vollständig trocken, deswegen muss sie sich bereits im Gebäude aufgehalten haben, als das Gewitter begann.«

»Der Mörder hat nicht lange gefackelt«, erklärte Pascale Meyer weiter. »Es gibt keine Kampfspuren. Der Angriff ist demnach überraschend erfolgt. Da es keine Schleifspuren oder ähnliches gibt, muss der Fundort auch der Tatort gewesen sein.«

»Folglich hat sie den Täter gekannt oder sich dort mit ihm getroffen«, ergänzte Spring.

»Das heißt, Delia Zimmermann hat mit mir und mit dem Mörder einen Termin gehabt«, konstatierte Heinrich Müller.

»Oder die beiden hatten es von Anfang an auf dich abgesehen«, sagte Nicole, nun etwas beunruhigt.

Vor ihnen lagen die Fotos vom Tatort. Die Frau war fadengerade auf die Bodenplanke gelegt worden, die Beine an den Fesseln gekreuzt, die Unterarme lagen auf dem Bauch, die Hände ineinander gefaltet, die Lider geschlossen. Der Unterkiefer war weit geöffnet und etwas in Richtung Hals gesunken. Alles erinnerte an eine altägyptische Grablegung und war es doch nicht. Es sollte nur so aussehen.

»Man kriegt den Eindruck, alles an diesen Fällen soll wirken wie etwas, das es eigentlich nicht ist. Es kann uns in die Irre führen, aber vielleicht gibt es uns Hinweise«, sagte der Störfahnder.

»Der Serienmörder, der die Polizei an der Nase herumführt, um zu beweisen, wie schlau er ist?« Pascale Meyers Zweifel waren unüberhörbar.

»Ich glaube eher«, sagte Nicole Himmel, »dass die Absenz von irgendetwas wichtiger ist als die Präsenz von bestimmten Dingen. Das Fehlen von Merkmalen ist ein Hinweis auf das wirkliche Geschehen. Was nicht da ist, zeigt uns, womit wir es zu tun haben.«

»Sehr kryptisch«, erwiderte der Störfahnder.

»Und doch einleuchtend«, fuhr Nicole fort. »Denk nur mal an die Sammlung der Kryptozoologie im Naturhistorischen Museum Lausanne. Lauter Tiere, die es nicht gibt. Sie liefern Hinweise auf Lebensbereiche, die wir verloren glauben. Zum Beispiel Einhorn und Drache, Elemente vieler Märchen und Sagen. Sie zeigen eher, was wir uns wünschen und was wir fürchten.«

»Und wie soll uns das bei Delia Zimmermann weiterhelfen?«, fragte Pascale Meyer.

»Gehen wir davon aus, dass der Mörder etwas fürchtet, zum Beispiel die Wiederkehr der Toten. Deshalb schließt er ihre Augen und arrangiert die Leiche nach einem vorgeblich alten Ritus.«

»Das funktioniert aber bei Thomas Däppen nicht«, sagte Heinrich erleichtert, »und würde mich als mögliches Opfer wieder aus dem Spiel nehmen.«

»Wer weiß, was der Täter alles mit dir angestellt hätte«, sagte Nicole schelmisch.

»Ich habe mich noch nicht an Tatortfotos gewöhnt«, sagte Pascale Meyer. »mit dem Tod ist meist eine unheimlich faszinierende Ästhetik verbunden. Aber das hier, wo sich jemand bemüht hat, eine Leiche herzurichten, finde ich besonders grausam. Es bewirkt das Gegenteil der damit verbundenen Absicht.«

»Du interpretierst zu viel aus deinem eigenen Empfinden heraus«, kritisierte der Störfahnder. »Somit ziehst du eventuell die falschen Schlüsse. Was wissen wir über die Absichten, die mit diesem Arrangement verbunden sind? Möglicherweise hat Nicole Recht, und die Abwesenheit bestimmter Indizien erzählt uns mehr als das von uns sorgsam Registrierte. Wir werden sehen.«

Für Heinrich Müller überlagerte sich die Erinnerung an die lebhafte Frau in ihrer Küche mit dem Schrecken des offenen Mundes und der Frage, ob das alles auch ihm gegolten haben könnte.

»Die Drahtschlinge«, flüsterte Pascale.

»Die Drahtschlinge«, wiederholte Spring, »handelsüblicher Draht, mit Drahtschneider abgetrennt. Wenn wir die Rolle finden, können wir die Stücke zuordnen. Aufgeraut, wahrscheinlich mit einer Feile. Brauchte den Überraschungseffekt und etwas Kraft, aber nicht übermäßig viel.«

»Es könnte demzufolge auch eine Frau infrage kommen«, fasste Nicole zusammen.

»Ja«, sagte der Störfahnder.

»Keine Mafia«, stellte Heinrich fest.

»Nein. Allenfalls vorgetäuschte Mafia von jemandem, der allzu häufig Krimis liest. Bei der ganzen Anordnung ist zu viel Detailverliebtheit im Spiel, der Ortsgeist sozusagen. Und dann das Totenritual. Da müssen zumindest ansatzweise Kenntnisse fremder Kulturen vorhanden sein.«

»Zum Glück bist du bei uns gewesen«, stellte Heinrich mit Blick auf Nicole fest. »Du hast also ein Alibi.«

»Untersteh dich! Ansatzweise! Ich bin Expertin für fremde Kulturen und stelle sehr wohl fest, dass hier nur etwas vorgetäuscht worden ist.«

»Ein weiterer Punkt ist bemerkenswert«, sagte der Störfahnder, »der ganze Raum war trocken, bis auf unsere eigenen Spuren. Das heißt, auch der Täter ist vor dem Regen im Innern der Brauerei gewesen. Vielleicht hat er sich auch noch im Gelände aufgehalten, als wir bereits mit der Spurensuche begonnen haben.«

»Erinnert mich irgendwie an den Geist Belphégor, der aus einem ägyptischen Sarkophag, da der Tote nicht nach allen Regeln des Ritus bestattet worden ist, aufersteht und sich heute als Schattengespenst seine Opfer sucht, um so zur endgültigen Erlösung zu kommen. Ein toller Film mit einer umwerfenden Sophie Marceau. Würde dir gefallen«, sagte Nicole zu Heinrich Müller.

»Du meinst, weil auch hier nur ein Pseudoritual durchgeführt worden ist«, folgerte der Detektiv, »besteht die Gefahr von Geistererscheinungen?«

»Bevor ihr über Wesen aus anderen Welten streitet«, unterbrach Bernhard Spring, »lest bitte folgende Liste durch und sagt mir, ob euch irgendetwas auffällt. Es sind die Gegenstände, die wir im unteren Stockwerk im Müll gefunden haben.«

- Polaroidfoto eines Kindes im Kinderwagen
- ein einzelner Damenschlittschuh
- ein Bündel ungelesener Anzeiger für die Stadt Bern vom 3. März 2009
- eine asphaltverklebte Schaufel
- eine Preisliste liturgischer Gegenstände aus dem Vatikan

- ein Taschenbuch ›Karate für Anfänger‹
- die eine Seite einer von oben nach unten zersägten Holzleiter, eventuell Theaterrequisiten
- ein SBB-Fahrplan 2008
- diverse Lappen und Tücher mit frischen und eingetrockneten Blutflecken (liegt im Labor für DNA-Tests)
- neun Büroklammern
- eine Videokassette ›Die neun Pforten‹ mit Johnny Depp nach dem Roman ›Der Club Dumas‹ von Arturo Pérez-Reverte unter der Regie von Roman Polanski
- ein Plastikkamm mit Haarresten
- eine zerrissene Jeans, Damengröße
- zwei nicht zueinander passende Socken
- ein Eintrittsbillett für das Science-Fiction-Museum ›Maison d'Ailleurs‹ in Yverdon, 5. Mai 2009
- eine Schifffahrtskarte Lausanne–Evian retour, 27. Mai 2009

»Starker Bezug zur Westschweiz, würde ich sagen«, meinte Heinrich, »aber nichts besonders Auffälliges.«

»Ich habe eine tolle Idee«, sagte Pascale Meyer.

»Wie war das mit dem ägyptischen Phantom, das sich heutiger Menschen bedient?«, witzelte Spring, denn Pascales Ideen waren gefürchtet.

»Ihr werdet schon sehen«, freute sie sich bereits, »sobald wir konkretere Hinweise auf den Täter haben, locken wir ihn aus seinem Bau. Ich ruf gleich Cäsar Schauinsland an. Er soll etwas vorbereiten. Kann ich dieses Foto haben?«

Sie hatte das am wenigsten entstellte Tatortbild ausgesucht.

»Mehlstaub, grünes Metall und schlechtes Licht«, sagte Cäsar Schauinsland, als er hinter Herrn Augsburger, dem Besitzer der Mühle Eymatt bei Hinterkappelen durchs erste Stockwerk ging. Die Mühle, ein massiver Sandsteinbau, in den oberen Etagen mit verputztem Gebälk, lag am unteren Ende des Abhangs, durch den der Gäbelbach in den Wohlensee floss. Von diesem Wasser wurde eine der beiden Turbinen gespeist, die direkt über breite Lederriemen den Antrieb der Mahlwerke sicherte, ohne den Umweg über das Erzeugen von elektrischem Strom. Wenn das Wasser knapp war, half ein Stauweiher, der eine zweite Turbine antrieb.

Nebenan arbeitete Marco Repetto an einem seiner Studioprojekte. Geschmeidige Loops und knackige Beats vibrierten in der feuchten Luft und riefen Erinnerungen an Millionen Jahre alte Mooswälder und sprechende Bäume wach, Jahrzehnte entfernt vom Grauzone-›Eisbär‹.

Diese Mühle sollte Cäsar fotografisch dokumentieren, der Heimatschutz zeigte Interesse daran, allerdings auch der Besitzer. Schauinsland hatte Pascale Meyer zu diesem Ausflug eingeladen, weil sie noch etwas zu besprechen hatten.

»Die Mühle ist etwa 120 Jahre alt«, erklärte Herr Augsburger, dessen Familienwappen ein Einhorn zierte, was Cäsar mit Erstaunen feststellte, kam dieses Fabelwesen auf Schweizer Wappen doch höchst selten vor.

»Nebenan steht ein Gebäude, das wohl früher als Mühle gedient hat, die mit einem Wasserrad betrieben worden ist. Das Mahlen des Getreides mit Mühlsteinen erzeugt sehr viel Hitze, die dem Mehl einen gerösteten Geschmack verleiht. Der fehlt bei den kühlen Stahlmühlen. Heute funktioniert alles automatisch, vom Einfüllen des Getreides in die Silos bis zum Abfüllen des Mehls.«

Ein nur dem Eingeweihten einsichtiges, weit verzweigtes Röhrenwerk durchzog die drei Stockwerke, Ansaugrohre aus den Silos, Fallrohre für das Korn auf das Mahlwerk, Ableit- und Verteilrohre für das Mehl, das zu den Rüttelsieben geführt und dort in die Feinheitsgrade sortiert und auf neue Mühlen zurück gesogen wird, schließlich alles in die Sackabfüller geblasen, 50-Kilogramm-Säcke, die dann auf die Sackrutsche aus Blech dürfen. Früher waren Rohre wie Rüttelsiebbehälter wie Sackrutsche aus edlem, poliertem Holz, damit keine Splitter ins Mehl gerieten. Anschließend ab ins Lager oder direkt auf die Lastwagen.

Daneben einzelne museumsreife Maschinen. Auf der einen wurde vor der Marktliberalisierung und der Aufhebung der Mengenbeschränkung das Mehl für einen einzelnen Bauern gemahlen, weil der doch nur sein eigenes Mehl wieder mit nach Hause nehmen wollte und keinesfalls jenes des Nachbarn, dem er nicht traute.

Der Müller erklärte den Mahlvorgang, die ideale Feuchtigkeit der Körner (17 bis 18 Prozent), er redete vom Kleberanteil und von der Veraschung, mit der die Qualität der Ausmahlung festgestellt wurde, Pizza-, Semmel-, Weiß-, Halbweiß- und Ruchmehl sowie Kleie stand auf den Säcken, die Schauinsland fotografierte. Augsburger sprach vom Pflichtlager, von der Produktionsmenge und von der Abhängigkeit der Bäckereien von den Großmühlen, und er zeigte den beiden eine Spezialmaschine, auf der die Schale der Getreidekörner mit Wasserdruck weggeputzt wurde, was ein sauberes Korn ohne Schadstoffbelastung zum Mahlen für die Produktion der Steinmetz-Mehle hinterließ.

Pascale lachte.

»Du sollst dich auf die Lehre des Getreides einlassen, sollst dich inspirieren lassen vom Korn, das seinen Weg durch die Mahlwalzen findet und als feines Pulver vom Wind verteilt wird, luftig und locker statt schwer und erdig. Genauso wünsche ich mir deinen Auftritt, als Ariel, der Luftgeist, der über die Hügel fegt.«

»Staub zu Staub, Asche zu Asche«, murmelte der Künstler. »Ich glaube, wir können was machen.«

»Ich wusste, ich kann mich auf dich verlassen«, sagte die Polizistin und küsste ihren Liebsten auf die Nase. »Ich hätt's lieber Althochdeutsch:

ben zi bena
bluot zi bluoda
lid zi geliden
sose gelimida sin.«

Zwei Broccard-Kätzchen, die offenbar vom Müller angestellt waren, um die Mäuse vom Korn fernzuhalten, lauschten den seltsamen Worten, spitzten die Ohren, um sie kurz darauf wieder anzulegen. Ein genauer Beobachter hätte sich vielleicht gefragt, ob die Tiere sich an das frühere Leben im Fachwerkgemäuer, das ehedem einsam am Wasserrad gestanden hatte, erinnern konnten. Ob sie an das wilde fahrende Volk dachten, die leichten Mädchen, die ungebundenen Kerle und ihr nächtliches Singen, Dichten und Lieben. Und ob sie dabei gewesen waren, wenn sich die Frauen in Katzenwesen verwandelt hatten, oder ob sie selber dazugehörten und nur auf den richtigen Augenblick warteten, um mit den andern zum unheimlichen Fest auf die Alp Seefeld zu ziehen. Arglos senkte sich Cäsars Hand auf das gesträubte Fell der einen Katze und erntete ein entrüstetes Fauchen.

MONTAG, 13. JULI 2009

Es gibt für eine Gegend nichts Erfreulicheres als einen großen, berühmten Künstler. Der erfrischt nicht nur das Gemüt der Einheimischen, sondern zieht viel Publikum aus allen Regionen des Landes bis weit ins Ausland hinein an. Außerdem fördert er über seinen Tod hinaus die Beschäftigung, sei es für Ausstellungsmacher, Kunsthistoriker, Postkarten- und Buchverleger. Der heutige Vermarktungsmechanismus macht vor nichts mehr Halt: Pralinen werden nach diesem Mensch benannt, eine Weinabfüllung, ein Brot und eine Wurst tragen dessen Namen, ja sogar ein Käse heißt wie er. So kommt der Künstler letztlich in aller Munde.

So ein Künstler stellte seine neuen Werke an der Galeriewand im Bauch & Kopf aus. Allerdings würde es noch Jahrzehnte dauern, wohl bis lange nach seinem Ableben, bis er für die Stadt Bern zu einem Publikumsmagneten werden würde. Falls überhaupt. Dazu allerdings benötigte Lino Frosio nicht nur das Styling eines Spätpunks mit schwarz gefärbter Igelfrisur, einem Piercing an der Unterlippe und dunklen Augenringen, was zwar eine gewisse Schar von Jüngerinnen und Jüngern anzog. Das eigentliche Dilemma war die Glaubwürdigkeit seiner künstlerischen Aussage, denn er malte eine abstrahierte Form von Kornkreisen und behauptete, diese würden zu gegebener

Zeit von der Sirius-Konstante aktiviert und zu Relais-Stationen für Außerirdische.

Heinrich Müller erinnerten die Bilder an unscharfe Schwarz-Weiß-Reproduktionen in einem Ausstellungskatalog der Siebzigerjahre, als er noch wie besessen den Galerien nachgejagt war und kaum eine Vernissage verpasst hatte, wobei er sich weniger für das Künstlervolk und seine Entourage interessierte als für das oft opulente Buffet und den trinkbaren Wein. Tempi passati. Heute ließ er den Weißwein in der Hand warm werden, bevor er ihn in einen Blumentopf goss, während er verstohlen den Frauen auf die Beine starrte in der Hoffnung, die eigene Jugend sei mehr als nur eine vage Erinnerung gewesen.

An Lino Frosio hatten sich zwei knapp zwanzigjährige Naturblondinen herangemacht und behielten ihn im Zentrum ihrer Bewunderung, indem sie mit ihren kleinen, aber vollen Lippen, die sie in regelmäßigen Abständen, einer unbekannten Rhythmik folgend, mit Pomade einfetten mussten und ein O bildeten, um ihr Erstaunen zum Ausdruck zu bringen. Sie hatten über Facebook von der Vernissage gehört und waren von weither angereist, um die Kunstwerke zu bewundern, denen sie allerdings im Moment keine Beachtung schenken konnten, da der Künstler selbst ihre komplette Aufmerksamkeit in Beschlag genommen hatte.

Für einen Augenblick vermeintlichen Glamours posierten sie überall, wo eine Kamera in Reichweite war: auf einem alten Sessellift, am Ufer eines Bergsees, an eine schwarzweiße Kuh gelehnt, auf dem Stamm eines krummen Ahornbaumes sitzend, in einer Badewanne ohne Wasser, am Autosalon auf der Kühlerhaube eines Elektrofahrzeugs, vor einem Geißbock, der ihnen die Hörner in den Hintern stieß.

Heinrich Müller fühlte sich fremd im eigenen Haus, als er zuhörte, wie die Feingliedrigere der beiden mit befangener Stimme irgendetwas Belangloses aus sich herauspresste. »Von weither« stellte sich als Bümpliz heraus. Da sie für den Weg von dem einen Stadtquartier zum andern ihr Auto benutzt hatten, was wegen der geradezu wahnwitzigen Anzahl von Baustellen und des mehrfachen Verfahrens infolge Ortsunkenntnis zu einer Anreisezeit von mehr als einer Stunde geführt hatte, während der Bus in derselben Frist zwei Mal hin und her gefahren wäre, war diese Wortwahl beinahe gerechtfertigt.

Heinrich sah gerade noch, als er aus der offenen Tür blickte, wie Pascale Meyer einen Strafzettel unter den Scheibenwischer des safrangelben Minis klemmte, mit dem die beiden Vernissageengel hergeflogen waren. Sie konnte es nicht einmal dann lassen, wenn sie außer Dienst war. Heinrich blinzelte ihr zu, als sie, gefolgt von Bernhard Spring, zu den Gästen stieß.

Man hatte die Eröffnung der Kunstausstellung mitten in die Ferienzeit gelegt, damit die Erwartungen im Breitenrainquartier nicht wieder hochkochten wie bei der sagenhaften Eröffnungsfeier im letzten Jahr*, die bereits zu ersten Legendenbildungen geführt hatte. Dennoch waren

* Siehe Paul Lascaux: »Feuerwasser«

sie alle gekommen, sogar Louise Wyss, die jedes Mal aufs Neue betonte, das sei nun der letzte öffentliche Anlass, bei dem sie zugegen sein wolle, sie habe gerade ein wichtiges ökologisches Projekt am Laufen, das keine Verzögerung dulde. F. K. Swiss war mit einer neuen Digitalkamera bewaffnet und lichtete die Vernissagebesucher ab. Mehrmals verschwand er hinter der Bar, um die Fotos auf seinem Laptop zu bearbeiten und sie nach dem Ausdruck an der Wand neben dem Tresen aufzuhängen.

Lino Frosio referierte derweil über Enki, dem bereits aus den altsumerischen Schriften bekannten Außerirdischen und Gott, der seit ein paar Jahren begonnen hatte, über ein polnisches Medium Botschaften an die Weltbevölkerung zu richten. Man solle an verschiedenen Orten Ausgrabungen durchführen, unter anderem auf dem Pyramidenplateau von Gizeh, was der ägyptische Chef-Archäologie Zahi Hawass aus guten Gründen nicht bewilligen wollte, denn wer möchte schon, dass unqualifizierte SETI-Fanatiker eine bedeutende historische Stätte verwüsteten. Das verdross wiederum die Enki-Jünger, nämlich 2012 sollte – nach Auskunft der Sumerer – der Planet Nibiru in Erdnähe kommen und auf der Welt gewaltige Katastrophen auslösen – wenn nicht dank dieser Entdeckungen die Große Pyramide aktiviert werde, um einen Schutzschild um die Erde aufzubauen.

»Stammt der etwa auch vom Sirius?«, fragte Heinrich. »Vom Hundsstern, der bald am nächtlichen Sommerhimmel aufgeht? Dann kämen wir gerade richtig.«

»In der zoroastrischen Tradition steht der Sirius für den Geist der Weisheit«, erklärte Leonie.

Müller schaute sie zweifelnd an.

»Ist vielleicht besser, wenn nicht auch noch Feueranbeter in dieser Geschichte auftauchen. Darauf hat Cäsar Schauinsland ein Monopol.«

»Spielverderber«, schmollte seine Freundin und flüsterte ihm ins Ohr: »Hast du gewusst, dass die Merowinger teilweise aus einer Mischehe zwischen dem altisraelischen Stamm Benjamin und den E.-Ts. vom Sirius abstammen sollen?«

»Die Merowinger?«

»Das sind die Guten, die in einen immerwährenden Krieg mit den Mächten des Bösen verwickelt sind. Und das Böse sitzt im Vatikan.«

»Hast du zu viele Verschwörungstheorien gelesen?«, fragte Heinrich.

Leonie lachte. »Die beiden Mächte bestimmen das Schicksal der Menschheit. Und im Jura gibt es die schweizerische Version der Area 51, wo Außerirdische mit dem Militär kooperieren und neue Technologien gegen sexuelle Belästigungen austauschen.«

Müller schüttelte den Kopf.

»Dafür ist das Schweizer Militär zu naiv. Aber falls die E. Ts. mir nützliche Tipps geben, wüsste ich ein paar Leute, die sie belästigen könnten, es muss nicht unbedingt sexuell sein, die Implantation von Sendern genügt.«

Mindestens zwei vorübergehende Enki-Anhängerinnen waren gewonnen, aber leider noch kein Frosio-Bild verkauft, als Heinrich die Fotos von F. K. Swiss genauer unter die Lupe nahm. Auf jedem fehlte mindestens eine der anwesenden Personen. Er dachte an die manipulierten Fotografien von Staatsmännern, die in Ungnade gefallen waren und die man mit nicht immer perfekten Methoden aus den offiziellen Aufnahmen getilgt hatte. Es blieb mal ein Schuh übrig, eine Hand im Leeren, ein Schatten, der niemandem gehörte. Heute war alles viel einfacher. Beinahe jedem gelang es, ein Foto im Computer zu manipulieren. Deshalb erstaunte es Heinrich nicht, dass er in der Schar fröhlicher junger Menschen fehlte. Das Bild hing voller Unschuld an der Wand, und mit dem Entfernen seiner Person hatte man bereits die Erinnerung an das Fest gelöscht, das ihn noch einmal die frühen Jahre hätte fühlen lassen.

»Aber das ist doch gerade die Schönheit«, sagte F. K. Swiss, ohne dass er ihn gefragt hätte, »dass man dich retouchiert. Die gedankliche Leerstelle sublimiert die vorgetäuschte Fröhlichkeit zu einem Klischee. Du bist in deiner Abwesenheit wesentlich präsenter als in der realen Fotografie.«

Bäcker Andreas Bohnenblust hielt derweil hinten in der Ecke eine Rede, die wohl seinem Bierglas galt: »Du hast es leicht, musstest nur vor dich hin gären und bist durch stetes Umrühren und Erhitzen und Abkühlen zu einem schmackhaften Getränk geworden. Ich hingegen habe den Ursprung aller Nahrung in den Händen, ein ehrwürdiges

Produkt mit ewiger Tradition. Der Geruch des gerösteten Mehls im Ofen vermittelt Zufriedenheit, die saure Hefe bringt mich in Fahrt: Ich mische Mehl mit Wasser, Hefe, Salz und Butter und knete den Teig mit meinen eigenen Händen, bis er eine zähflüssige Masse bildet. Ich rieche, wenn er reif ist, mit meinen Fingern forme ich Laib um Laib oder flechte einen Zopf. Alle Vorgänge sind Handarbeit, nicht wie diese Convenience-Bäcker, die ihre Brote als Halbfabrikate vom Industriebetrieb beziehen. Bei mir haben die Teiglinge noch Namen: Mütschli, Bürli, Semmeli, Weggli, Pausenbrötli, Gipfeli, Silserli, Bärenbrot, Chnebubrot! Und dazu der Geruch, der vom frischen Brot aus dem Ofen steigt, dieses angebrannt Nussige, der karamellisierte Zucker, das Malz und die Hefe. Ein köstliches Lebensmittel! Aber spülen, hinunterspülen muss man es mit einem kühlen Schluck von dir, mein Bier.«

»Wenn ich endlich mal Eingang in die Kunstgeschichte gefunden hätte, werde ich aus den Fotos getilgt, und das in meinem eigenen Haus«, jammerte Heinrich Müller wein- und schlaftrunken, nachdem die Vernissagebesucher sich an prestigeträchtigere Orte verzogen hatten.

»Mach dir nichts draus, du hast andere Qualitäten«, tröstete Leonie und durchbohrte ihn mit ihrem Blick.

Nicole hatte ein Vornamenbuch in die Hand bekommen. Ihre Augen blitzten.

»Heinrich«, las sie vor, »hat sich entwickelt aus Heimerich, althochdeutsch für ›reiches, mächtiges Haus‹, bekannt durch Kaiser und Könige, Herzöge und Fürsten, Dichter und literarische Gestalten.«

»›Heinrich! Mir graut's vor dir‹, hat Gretchen in Goethes ›Faust‹ gesagt«, neckte Leonie.

»Aber zuerst hat sie ihn angehimmelt«, erwiderte Henry. »›Du bist ein herzlich guter Mann.‹ Halt dich also lieber an die Könige. Wie viele davon hat es gegeben?«

»Schwer zu sagen«, meinte Nicole und gab den Namen im iMac ins Suchprogramm ein. »Mindestens vier Franzosen namens Henri, acht englische Henrys, berühmt durch Film und Theater, berüchtigt für den Hundertjährigen Krieg und die Entsorgung von Ehefrauen.«

»Und die Deutschen?«, fragte Leonie.

»Haben lustige Beinamen: Heinrich I. wurde auch Heinrich der Vogeler, der Finkler oder der Burgenbauer genannt. Dann gab's einen Herzog Heinrich II. der Zänker, einen Heinrich II. Jasomirgott, der König Heinrich II. hieß der Heilige, ein anderer Herzog Heinrich der Löwe, insgesamt je nach Zählung sieben oder acht.«

»Zum Glück keine Päpste«, sagte Henry trocken.

»Wir sollten unserem Detektiv auch einen Beinamen geben«, meinte Leonie. »Wie wär's mit Heinrich der Schnüffler?«

Nicole entgegnete: »Heinrich der Kunstreiche wäre auch passend.«

»Es reicht«, sagte Heinrich der achtbare Detektiv und schnappte Leonie das Buch weg. »Von Königin Nicole oder Herzogin Leonie hat die Welt noch nie gehört.«

»Leer mal dein Postfach mit sprechenden Namen«, forderte Leonie Nicole auf.

Die ließ sich nicht zweimal bitten und fand zuoberst eine Liste der beliebtesten Vornamen von 2005 bis 2008. »Leonie ist von Platz drei auf zehn abgerutscht und wieder auf vier gestiegen. Alle andern Mädchennamen unter den ersten zehn enden auf a: Lara, Lena, Sara, Laura, Nina, Anna, Elena, Alina, Lea.«

»Wie langweilig«, sagte Henry.

»Es kommt noch schlimmer«, fuhr Nicole fort, nachdem sie lange gezählt hatte: »41 der ersten 50 Namen in der deutschsprachigen Schweiz enden auf a.«

»Bei den Jungs ist es wesentlich besser verteilt«, sagte Leonie, »aber deutsche Vornamen findest du weder bei den Mädchen noch bei den Knaben.«

»Dafür einen Hauptkommissar Dotterweich«, nahm Nicole die Fäden wieder in die Hand, »den Sporttrainer Saueressig, Krimiautorin Heiland und ihren Kollege Altheer, Schauspieler Schweiger, eine Nachrichtenredakteurin namens Geil und den Knäckebrothersteller Karg. Germanist Nüchtern liest wohl nur ernste Bücher, der Fischer Egli kennt seine Beute, und was ein Wegmüller, ein Steinmüller und ein einfacher Müller machen, wissen wir ja«, schloss sie mit Blick auf Heinrich.

»‹Das Religiöse fasziniert mich‹ und ›Rituale mag ich‹ sagt die Religionspädagogin Satanik«, ergänzte Leonie.

Und Heinrich sagte: »Letzthin habe ich einen Lastwagen der Firma Lüscher aus Muhen gesehen, an dem stand: ›transportiert lebende Tiere‹. Und bei der Kassiererin Zuckschwerdt rücke ich sofort mein Geld raus.«

DIENSTAG, 14. JULI 2009

»Was war das denn gestern?«, fragte Bernhard Spring, als er mit Heinrich Müller im Fond eines Streifenwagens nach Murten gefahren wurde. »Außerirdische und Kornkreise. Ich habe geglaubt, der Irrationalismus sei zurückgekehrt.«

»In diesem Fall betrachte ich nichts mehr als unmöglich«, antwortete Heinrich, »Hexen, Burgunderherzöge, alte Teppiche, stillgelegte Brauereien, warum also nicht auch Außerirdische und Kornkreise?«

»Komm wieder runter. In Tasmanien sind vom Opium in den Mohnsamen berauschte Kängurus verantwortlich für die Kornkreise, bei uns werden es vom Alkohol oder anderen Drogen berauschte Menschen sein, die nachts auf der Suche nach dem Heimweg im Kreis gehen und die Felder der Bauern zerstören.«

»Vergiss nicht«, entgegnete Heinrich, »dass die derart beglückten Landwirte jeweils flugs die Felder absperren und für die Besichtigung Eintrittsgebühren verlangen, die ihnen mehr Ertrag bringen als die Kornernte.«

»Vielleicht gibt ja die Hagelversicherung noch einen Zustupf«, brummte der Störfahnder.

»Es gibt Vereine und Geheimbünde, die sich zum Ziel gesetzt haben, als erste mit den Extraterrestrischen in Kontakt zu treten, die mittels Kornkreisen oder anderen Botschaften mit den Erdlingen Kontakt aufnehmen sollen. Leg dich nicht mit denen an«, warnte der Detektiv.

Spring fluchte. »Mit mir hat sich jedenfalls noch kein Außerirdischer in Verbindung gesetzt.«

»Ist ja klar«, meinte Heinrich. »Hier gilt wohl dasselbe Prinzip wie bei Voodoo, Hexerei und Zauberei: Es wirkt nur bei denjenigen, die daran glauben.«

»Das ist bei jeder Religion so. Es werden immer nur die Gläubigen gerettet.«

»Wie willst du denn sonst die Abhängigkeit der eigenen Anhänger rechtfertigen und zementieren? Sie müssen natürlich auch für ihren uneingeschränkten Glauben einen Vorteil erhalten. Wenn alle Menschen automatisch in den Himmel kämen, gäbe es ja keinen Grund, irgendwelchen Geboten zu folgen oder seltsamen Vereinen anzugehören.«

»Wobei man natürlich Leben im Weltall außerhalb der Erde nicht ausschließen kann«, meinte der Störfahnder. »Groß genug ist es ja.«

»Klar. Aber du kannst auch Himmel und Hölle nicht ausschließen. So lange es keinen Nachweis einer Nichtexistenz gibt, kannst du gar nichts ausschließen. Möglicherweise beherrschen uns glupschäugige Zwerge aus dem glühenden Kern der Erde. Beweis mir das Gegenteil!«

»Zurück zu irdischen Dingen«, meinte Spring.

»Genau«, erwiderte der Detektiv. »Was wollen wir in Murten?«

»Ich möchte die Akten zum Tod von Maxine Bolley ansehen und das Haus, in dem sie gewohnt hat.«

»Das wurde bestimmt längst weitervermietet. Aber gut, möglicherweise lässt sich aus der Atmosphäre an Ort und Stelle ein Hinweis auf die Motivation des Täters finden, wenn wir einen Mord voraussetzen«, sagte Müller.

»Ich interessiere mich mehr dafür, wie die Welt für den Täter aussieht. Unser Selbstverständnis hängt davon ab, was wir über unsere Umgebung gelernt haben, welches Verhalten wir in einer bestimmten Situation erwarten, wo wir uns wohl fühlen, wo und wie wir unseren alltäglichen Beschäftigungen nachgehen. Dieses Wissen können wir später wie eine Brille aufsetzen und die Umgebung mit den Augen des Mörders betrachten.«

Es war allerdings nicht der Mörder, der ihnen in den mittelalterlichen Gassen von Murten begegnete, sondern der Filmregisseur Thierry Coudray, der die Rathausgasse hinaufhastete, als sie vom Polizeiposten im Schloss zurückgekehrt waren. Sie trafen ihn beim Rathaus, wie er eben im schmalen Durchgang, der zur Treppe Richtung See führte, verschwinden wollte, und schnitten ihm den Weg ab.

Während Bernhard Spring den Wutentbrannten beruhigte, las Heinrich Müller das alte eiserne Schild, das an der Brunnensäule auf der andern Straßenseite angebracht war und auf Deutsch und Französisch deklarierte: ›Verbot. Verboten b. 10 Franken Buße den Brunnen zu verunreinigen. Die Meisterleute sind für ihre Dienstboten und die Eltern für ihre Kinder verantwortlich.‹

»Ich habe mich eben mit meinen Geldgebern getroffen«, schrie Coudray beinahe, »oder mit dem Pack, das ich für meine Geldgeber gehalten habe. Furchtbare Bagage!«

»Was ist passiert?«, wollte Spring wissen.

»Na ja, das Geld für das Projekt war von Anfang an knapp, denken Sie nur mal an die exorbitanten Kosten für Kostüme und Kulissen. Aber in der Schweiz kommst du nirgends hin mit den Fördergeldern. Die eine Kommission wartet auf den Entscheid der andern, die dritte will neue Unterlagen sehen, die vierte ein anderes Budget, weil sie die Vorgaben nicht lesen kann. Wenn du zudem mit dem Start des Projekts wartest oder nur zögerst, bis alle Gesuche bearbeitet sind, verfallen die ersten Zusagen. Oder der nächste Burgunderkrieg findet bereits statt.«

»Das bedeutet, Sie haben nicht so viel Geld gekriegt, wie nötig?«, fragte Heinrich.

»Nein. Das Budget war in Ordnung, die Gesuche habe ich schön auf die verschiedenen Geldgeber aufgeteilt, allerdings hat sich plötzlich jeder entschieden, 30 Prozent weniger zu genehmigen. Und jetzt ist die Schlichtungskonferenz gescheitert.«

»Warum?«, wollte Bernhard Spring wissen.

»Die regionalen Förderstellen zögern, weil sie das Murtener Schlachtenpanorama in die Gegend zurückholen und nicht dem Bernischen Historischen Museum überlassen wollen. Und die Filmstiftung sagt, sie investiere nur in Filmprojekte und nicht in Umfinanzierungen oder Sanierungen.«

»Um wie viel Geld geht es denn?«, fragte der Detektiv.

»Eine Million mindestens, besser zwei«, antwortete Coudray.

»Davon haben Sie uns aber beim letzten Gespräch nichts gesagt«, meinte der Störfahnder.

»Klar, damals hat ja auch Delia Zimmermann noch gelebt.«

»Was macht das für einen Unterschied?«, fragte Müller.

»Sie hat mir das fehlende Kapital versprochen, sobald ein ausstehender Betrag eingehen würde.«

»Eine bis zwei Millionen?«, hakte Spring nach, und der Zweifel war unüberhörbar. »Woher sollte sie die nehmen?«

»Keine Ahnung«, sagte Thierry Coudray und zuckte die Schultern. »Sie hat von einer Versicherungssumme gesprochen, die sie bei Warentermingeschäften investiert habe und mit Gewinn zurückerwarte.«

»Sie haben das geglaubt?«, fragte der Polizist.

»Ich glaube in dieser Situation jedem, der mir Geld verspricht.«

Murten strotzte vor Lebensfreude. Die Touristen tranken auf der Terrasse des Café Monnier ihren Tee, die Kinder gingen zur Schule, die Waldarbeiter probierten preisredu-

zierte Faserpelzjacken, die Jungen saßen neben dem Pestalozzi-Denkmal vor der Deutschen Kirche und rebellierten leise vor sich hin.
Bernhard Spring bat Thierry Coudray, auf sie zu warten, sie würden ihn nach den hiesigen Besichtigungen im Polizeiwagen nach Hause bringen und gerne eine »Ortsinspektion« vornehmen.

Der Regisseur erwiderte: »Für eine Haussuchung brauchen Sie einen Befehl des Untersuchungsrichters. Aber von mir aus. Ich habe nichts zu verbergen. Ich wohne in Fribourg.«

»Sie dürfen gerne auch mit uns kommen. Wir schauen uns das Haus an, in dem Maxine Bolley gewohnt hat.«

»Sagt mir nichts«, entgegnete Coudray. »Nein danke. Es gibt hier bestimmt eine Besucherterrasse, wo man ein bisschen rumstehen und sich langweilen kann.«

Spring bestellte ihn in einer halben Stunde vor das Berntor.

»Eine hilflose Art der Arroganz«, sagte der Störfahnder unterwegs zum Detektiv.

»Kommt wohl häufiger vor«, berichtete Heinrich. »Künstler und Schriftsteller sind schwierige Zeitgenossen. Einerseits wollen sie ungestört arbeiten, andererseits von ihrem Publikum geliebt werden.«

»Wahrscheinlich soll es auch ihre Bücher und Kunstwerke kaufen«, vermutete Bernhard.

»Ich habe von einem Autor gelesen«, erzählte Heinrich, »der beinahe den Deutschen Buchpreis gewonnen hätte.«

»Beinahe ist leider keine mit Preisgeld dotierte Kategorie«, wandte Spring ein.

»Das nicht, aber er hat schon wegen der Nominierung Zehntausende Bücher verkauft. Jedoch wie muss er dafür leiden: Fragen beantworten (immer dieselben), mit dem Publikum kommunizieren (das nur auf die Verfilmung wartet), im Lampenlicht der Kameras schwitzen und für Fotos posieren, wo er doch so ein kräftiger Naturbursch ist, der im regennassen Irland unter Entbehrungen Cottages aufbaut und sich in Südafrika einen neuen Roman abpresst.«

»Hach, wie romantisch«, klönte Spring, »eine Geschichte des Leidens …«

»Ich kenne ein paar Autoren«, moserte Müller, »die einen Preis oder auch ein Quäntchen Ruhm und Ehre ohne Gejammer entgegennähmen.«

»Wenn er den Rummel nicht erträgt«, erklärte Bernhard, »soll er zu Hause bleiben. Seine Texte werden dadurch nicht schlechter.«

Dann suchte er mit Heinrich Müller das Speichergässlein nach Maxine Bolleys Wohnung ab. Die Gasse war eher ein schmaler Durchgang zwischen zwei Häuserreihen, sie wirkte alt und schmutzig und zog die beiden gerade wegen ihres lange dauernden Zerfalls in ihren Bann. Die eine Reihe der Häuser grenzte an die Stadtmauer und besaß die Eingangstüren auf der Gassenseite, die andere wandte dem schmalen Durchgang ihren Rücken zu.

»Im ersten Stock kannst du beinahe mit der Hand von einem Fenster zum anderen greifen«, sagte Spring.

»So stelle ich mir das altdeutsche Städtchen vor, wo in E. T. A. Hoffmanns ›Der Sandmann‹ Nathanael sein Perspektiv auf den Salon von Professor Spalanzani richtet und darin Olimpia erblickt, das Automatenmädchen, das ihm den Kopf verdreht und ihn in den Wahnsinn treibt, sodass er sich schließlich vom Turm stürzt.«

»Hier ist es«, sagte der Störfahnder und deutete auf eine schwere Holztür leicht unter Straßenniveau, die vor kurzem neu gestrichen worden war. Auch die Fensterrahmen wirkten renoviert, nur die Fassade hätte noch einen Anstrich vertragen. Nebenan lebte ein Trödler, jedenfalls waren die hölzerne Außentreppe und eine kleine Plattform unter einem Dach, das bis aufs erste Stockwerk hinunterreichte, voller Antiquitäten. Beim genauen Betrachten stellte man fest, dass alle Stücke beschädigt waren und von den meisten Menschen weggeworfen worden wären.

»Sieht ganz so aus«, bemerkte Müller, »dass hier auch einiges aus Maxine Bolleys Wohnung gelandet ist.«

»Wir fragen am besten nach«, sagte Spring und zog an einer Eisenstange, die irgendwo im Haus drin ein Läutwerk in Gang setzte. Nach langem Warten hörten sie das Schlurfen von Filzpantoffeln, die in der Sommerhitze so deplatziert wirkten wie sein Träger, ein alter Mann mit staubigem Bart und lodengrünem Pullover, der auch schon bessere Tage gesehen hatte.

»Ja«, antwortete er auf die Frage nach den Gegenständen. »Ich habe ausgeräumt, was die Nichte nicht mitnehmen mochte.«

»Hat sie vieles weggetragen?«, wollte Spring wissen.

»Nein«, sagte der Alte. »Es gab nicht viel zu holen. Ein paar Schmuckstücke wohl, Kleinigkeiten halt, um sich an eine Person zu erinnern.«

»Keine Möbel?«, fragte der Detektiv.

»Nein, Maxine besaß nicht viel, und was sie auf ihre alten Tage hin behalten hat, war bereits kaputt oder passte nur in die kleinen Zimmer ihres verwinkelten Hauses.« Er schniefte durch die Nase. »Wie bei mir«, setzte er nach. »Es lohnt sich aber auch nicht, schöne Stücke hier aufzubewahren. Viel zu feucht und staubig. Mit den Jahren hat man auf allem, was man nicht regelmäßig benutzt und reinigt, einen klebrigen Schmutzfilm. Zwei, drei Sachen auf der Treppe draußen gehörten Maxine.«

Alle drei betrachteten das Sammelsurium auf der Treppe.

»Ist Frau Bolley überraschend gestorben?«, fragte der Störfahnder.

»Nein«, erwiderte der Mann und zögerte. »Weshalb fragen Sie? Sie war halt schon alt. Gesund zwar, aber gegen 80. Da kommt es schon mal vor, dass man stirbt.«

»Sie haben nicht sofort geantwortet«, sagte Müller.

»Ja. Nein. Ich will keine Gerüchte in die Welt setzen«, entgegnete der Alte. »Es ist nur so, dass wir abgemacht hatten, am See unten einen Teller Egli-Filets zu essen. Sie ist nicht mehr gekommen. Und allein macht es keinen Spaß. Weshalb interessiert sich die Polizei für Maxine? Es ist doch alles mit rechten Dingen zugegangen?«

»Davon gehen wir aus«, erklärte Spring. »Die Kollegen aus Murten haben den Todesfall untersucht. Es ist nur so, dass diese Nichte, von der Sie gesprochen haben, vor einigen Tagen in Bern umgebracht worden ist.«

»Hat das was mit Maxine zu tun?«

»Es gibt einen Zusammenhang«, führte Müller aus. »Sie hat aus Maxine Bolleys Wohnung einen zusammengerollten Teppich mitgenommen.«

»Davon weiß ich nichts«, wehrte der Alte ab, »als ich die Wohnung geräumt habe, lagen alle Teppiche noch da.«

»Sie bewahrte ihn auch eher in einem Schrank oder auf einem Speicher auf.«

»Die arme Maxine«, sagte der Alte, das Schicksal von Delia Zimmermann völlig ignorierend. »Sehen Sie die Puppe dort auf der Empore? ›Die Hexe auf dem Teufelsbesen‹, hat sie sie genannt.« Er zeigte auf einen lieblichen Frauenkopf, mit schwarzen Zöpfen und einem Rock im Grau seiner Filzpantoffeln, der mit seinem Puppenkörper staksige Bewegungen wie Spalanzanis Olimpia zu machen schien.

»Geschichten aus dem Mittelalter«, schloss der Mann das Gespräch.

In der Fribourger Unterstadt, in der sie nach 20 Minuten Fahrt angekommen waren, besaß Thierry Coudray ein

Appartement, das in ein altes Sandsteinhaus hineingebaut worden war. Man sah auf das etwas heruntergekommene Café de l'Ange und die Steinbrücke über die Saane.

»Schöne Aussicht«, sagte Heinrich Müller.

»Na ja«, murrte der Regisseur, »einmal, zweimal, dann kennt man's. Hinter der Brücke drückt die Felswand, in der Nacht lärmen die Jugendlichen, vom Herbst bis ins Frühjahr deckt der Nebel alles zu.«

»Trotzdem nicht billig«, konstatierte der Störfahnder.

Coudray brummte zur Bestätigung.

»Wie finanzieren Sie dieses Leben bei dem Defizit, das Sie einfahren?«, wollte Müller wissen.

»Wie jeder am Film Beteiligte habe ich ein Honorar. Davon lässt sich leben.«

»Wer bekommt einen allfälligen Gewinn?«, fragte Spring.

»Falls ein Schweizer Film überhaupt Gewinn abwirft«, sagte Coudray, »geht das alles zuerst an die Geldgeber.«

»Also sollte sich ein Regisseur, der an sein Produkt glaubt, finanziell an seinem Film beteiligen«, stellte Müller fest.

»In Hollywood wird das häufig so gemacht. Aber da reden wir von anderen Summen. Auch diese Regisseure müssen erst einen Kassenfüller abdrehen, bis sie am Erfolg beteiligt werden. Woher sollte ich die Millionen nehmen?« Coudray verwarf die Arme. »Auf der anderen Seite habe ich auch keinen finanziellen Verlust.«

»Es fehlen doch ein bis zwei Millionen Franken.« Müller brachte das Thema wieder aufs Tapet. »Was passiert nun?«

»Wenn wir, das heißt die Produktionsfirma unter der Leitung Sabina Schneiters und mir, die Mittel nicht auftreiben können, geht entweder Black Box Pleite, weil sie bereits zu viel Geld ausgegeben haben und von Krediten leben. Oder der Film kann gar nicht fertig gestellt werden.«

»Was aufs Gleiche hinausläuft«, sagte Spring. »Wie schätzen Sie die Erfolgschancen ein?«

»Beginnen wir von vorne«, meinte Coudray. »Der typische deutsche Actionfilm geht so: Auf der Suche nach einem Geheimnis, das die Welt vor dem drohenden Untergang retten soll, rennen je ein Männlein und ein Weiblein, die sich während des gefahrenreichen Rennens unweigerlich ineinander verlieben, auf der ständigen Flucht vor ausschließlich männlichen Erzbösewichten quer durch Europa. Wenn sie nicht gerade durch idyllische Dörfer sprinten oder wertvolle Bibliotheken abfackeln, werden sie mit dem Auto durch malerische Landschaften gefahren. Mir schwebte etwas anderes vor. Geschichte geht ja schon mal ganz gut heutzutage. Mittelalter auch. Kriegsgetümmel sowieso. Wenn man das geschickt mit einem Liebesdrama mischt …«

»Ihnen fehlen allerdings die Hauptdarsteller, die allein mit ihren Namen das Publikum in die Kinos bringen«, bemerkte Müller. »Sie haben keine Keira Knightley.«

»Nein. Aber ich wollte auch eine IMAX-Version drehen.« Coudrays Begeisterung kehrte zurück. »Sie haben das Murtener Schlachtpanorama im Monolith an der Expo.02 gesehen?«

Beide nickten.

»Stellen Sie sich vor: Alle Menschen werden um Sie herum lebendig. Sie stehen plötzlich mittendrin. Und Sie beobachten nicht nur das Schlachtgetümmel, sondern Sie hören alle Rufe, das Schreien, die Schläge von Holz auf Metall, Kanonendonner. Sie sehen so viel, dass Sie den Film mehrfach anschauen können und jedes Mal etwas Neues entdecken.«

Spring blieb skeptisch.

»Nun habe ich noch ein anderes Problem«, ergänzte Coudray. »Die Sequenz, in der ein Mensch stirbt, kann ich nicht verwenden. Anschließend mussten wir den Dreh abbrechen. Ich sollte deshalb die ganze Komparserie noch mal mit denselben verschmutzten Requisiten aufbieten und mit dem gleichen Wetter und Licht weiterdrehen können. Das ist allein wegen der fortgeschrittenen Jahreszeit unmöglich. Es gibt nur eine Lösung: Die gesamte Schlacht noch mal von vorn. Teuer!«

»Wenn ich das richtig interpretiere«, schloss Müller, »gibt es für Sie aus diesem Zwischenfall keinerlei Profit?«

»Wie meinen Sie das?« Coudray starrte ihn entgeistert an.

»So, wie ich es gesagt habe. Sie profitieren nicht vom Tod des Thomas Däppen oder von dem der Delia Zimmermann. Wie Sie eben geschildert haben, sind Sie sogar der Leidtragende, zusammen mit der Filmproduktionsfirma.«

»Von dieser Seite habe ich das Ganze noch nicht betrachtet«, sagte der Regisseur verblüfft.

»Es fehlt ein Motiv, das Sie zum Verdächtigen machen würde«, ergänzte Spring. »Seien Sie froh!«

»Haben Sie ernsthaft geglaubt, ich hätte mich verkleidet, ins selbst inszenierte Schlachtgetümmel geworfen, einen Mann erschossen und gleichzeitig Regie geführt?«

»Nun ja«, Müller schluckte, »es liegt an unserer Arbeit, dass wir jede Möglichkeit in Betracht ziehen, bis wir nicht vom Gegenteil überzeugt sind. Immerhin wussten Sie am besten, wo sich die einzelnen Darsteller aufhalten würden. Sie hätten also auch einen Tipp geben können.«

Coudrays Blick ließ darauf schließen, dass er Heinrich Müller für einen Irren hielt.

»Kommen Sie her, nehmen Sie Platz«, sagte er schließlich und deutete auf zwei Stühle vor einer weißen Wand. Er schaltete einen Beamer und den Laptop ein.

»Ich führe Ihnen nun die Rohfassung der fraglichen Szene vor, und zwar aus allen gefilmten Winkeln. Wir gehen der Sache nun auf den Grund.«

Bald bewegten sich die Komparsen in der schlammigen Wiese, und als die Feldschlange sichtbar wurde, stellte Coudray auf den Einzelbildmodus um. In einer überwältigenden Qualität sah man jedes Detail, nicht zu vergleichen war mit der Vorführung im Bauch & Kopf.

»Ich bin beeindruckt und deprimiert zugleich«, sagte Müller.

»Wieso das?«, fragte Coudray.

»Das Bild ist derart detailgetreu, die Varianten so finessenreich, dass ich mich frage, wie Sie mit all den zusammengewürfelten Kostümen leben können.«

»Das ist der künstlerische Kompromiss zwischen auszugebendem Geld und Wahrheitsanspruch. Oder«, seine Stimme wurde brüchig, »eine filmische Katastrophe, wenn Sie so wollen. Konzentrieren wir uns aufs Wesentliche.«

Hinter der Feldschlange, die nicht abgefeuert werden sollte, da der Ladestock noch aus dem Rohr ragte, kauerte eine gut geschützte Gestalt, die Kapuze über den Kopf gezogen, wie sie es schon bei der ersten Visionierung bemerkt hatten.

Thierry Coudray zoomte den entscheidenden Bildausschnitt heran, sodass die gezeigte Hand beinahe die ganze Wand einnahm. Bevor sie zu einzelnen Pixels verschwamm, betrachteten die drei die Form des Handschuhs, die Größe der Hand, die Länge der Finger.

»Eine Frau«, flüsterte der Regisseur.

FREITAG, 17. JULI 2009

Nicole Himmel und Pascale Meyer betraute man damit, die Wohnungen der beiden getöteten Berner noch einmal anzusehen. Natürlich waren beide von der Spurensicherung bereits in Augenschein genommen worden. Wesentliche Erkenntnisse hatte sie aber keine gewonnen, denn die Morde hatten nicht in den Behausungen, sondern sozusagen auf freiem Felde stattgefunden.

Die beiden Frauen begannen mit dem Bauernhaus-Loft im Westen von Bern. Thomas Däppens Geschwister drängten seit Tagen auf die Freigabe der Wohnung, damit der Vertrag endlich aufgelöst und die spärlichen Einrichtungsgegenstände verwertet werden konnten.

Thomas Däppen hatte das Problem der Möblierung auf eine radikale Art gelöst. Neben einer Matratze, die auf dem Boden lag und Staub und Schimmel unter sich begrub, hatten Milliarden von Milben freie Sicht auf einen riesigen Fernseher, der wohl den ganzen Tag lang ununterbrochen auskotzte, was die Programmverantwortlichen als das Maß aller Unterhaltung empfanden.

»So ein Teil habe ich noch nie gesehen«, sagte Pascale Meyer. »Bestimmt ein Plasmabildschirm, mindestens 120 Zentimeter Diagonale, 10.000 Franken.«

Sie schaltete das Gerät ein. Die beiden starrten auf den Fernseher. Ein paar Frauen in hautengen Shirts spielten einen Ball über ein hohes Netz. Nach jedem gelungenen Wurf wurde das Spiel unterbrochen, damit sich die Ladies die Kleidung zurechtzupfen und sich gegenseitig in die Hände klatschen konnten. Für eine der Tätigkeiten gab es Punkte, aber sie fanden nicht heraus, für welche.

»Was suchen wir genau?«, fragte Pascale Meyer und schaute sich in der beinahe leer geräumten Loft um. Nur ein riesiger Raum, eine kleine Küche in der Ecke. »Es hat wohl zwischen der Haussuchung durch Bernhard, der Spurensicherung und unserer Anwesenheit noch jemand die Wohnung besucht und gründlich ausgeräumt.«

»Aber kein Dieb«, stellte Nicole fest, »der hätte als erstes den Fernseher von der Wand gehängt.«

»Vielleicht war er oder sie zu Fuß unterwegs, in diesem Fall fällst du natürlich auf, wenn du so was mit in den Bus nimmst.«

»Irgendwie verfolgt mich der immer gleiche Gedanke: Die Lösung des Rätsels liegt nicht in dem, was wir sehen, sondern in dem, was nicht oder nicht mehr da ist.«

»Ich glaube«, sagte Pascale, »du hast den Sinn für Realität vollends verloren.«

»Nicht völlig«, widersprach Nicole, »aber wenn du mir noch ein paar Tage Zeit lässt …«

Sie fuhren zurück in die Stadt und parkten vor dem Schloss, in dessen Anbau Delia Zimmermann gewohnt hatte. Die Einrichtungsgegenstände standen noch an Ort und Stelle und es schien, als ob die Besitzerin gleich zurückkehren würde. Nur eine dünne Schicht Staub hatte sich über alles gelegt wie ein fein gesponnenes Leichentuch.

Ehrfurchtsvoll schlichen sie durch die Zimmer, bemüht, so wenig Lärm wie möglich zu machen. Sie betraten Orte, zu denen Heinrich Müller bei seinem früheren Besuch keinen Zugang gehabt hatte, und bewunderten das Schlafzimmer, eine Ansammlung von Ungeheuerlichkeiten. Der Nachttisch war die ausgebaute Kühlerhaube eines Opel Manta. Fehlte nur der Fuchsschwanz an der Antenne.

Pascale entdeckte im Wohnzimmer ein Regal mit Büchern, Videos, CDs und DVDs.

»Schau mal«, rief sie Nicole zu. »Alles, was man zum Überleben braucht.«

Es gab Dokumentationen zu Getreide, Backbücher aller Art zum selben Thema, die Geschichte von Brot und Bier, mehrere Bildbände über Kornkreise und zudem die Ausstellungskataloge aus dem Bernischen Historischen Museum von der alten Ausgabe über die Burgunderbeute bis hin zum Prachtband über die letztjährige Ausstellung zu Karl dem Kühnen. Videos und DVDs zur Teppichknüpfkunst und zur Geschichte von Textilien sowie Berichte über die Burgunderkriege und das Hexenwesen ergänzten die Bestände.

»Ich sollte ein wenig mehr Respekt für den Leiter der Detektei Müller & Himmel an den Tag legen«, sagte Pascale Meyer.

»Warum das denn?«, fragte Nicole Himmel leicht eifersüchtig.

»Wenn ich das hier vor mir sehe, kommt mir der leise

Verdacht, er könnte von Anfang an Recht gehabt haben, als er die verschiedenen Fälle miteinander verknüpfte. So viele zufällige Übereinstimmungen kann es kaum geben.

Sie trafen sich gegen Abend in der Pergola von Bauch & Kopf. Es war ein warmer Tag, die Leute waren noch nicht vom Baden zurück, sodass auch Leonie Platz nahm und die Tagesüberraschung präsentierte.

»Während ihr böse Menschen jagt, habe ich investiert.« Auf dem Tisch verhüllte ein blaues Tuch einen Gegenstand. Theatralisch zog Leonie langsam und vorsichtig das Tuch weg. Zum Vorschein kam ein geräumiges, geschliffenes Glas, das auf einem 20 Zentimeter hohen Sockel aus Zinn ruhte, der die Form einer sich elegant drehenden Jugendstiltänzerin besaß. Obenauf lag ein glockenförmiger, schwerer Zinndeckel, dessen Abschluss eine umgekehrte Eichel bildete. Im Glas schwappte Eiswasser, darunter waren vier Hahnen bereit, das Wasser in Gläser zu tröpfeln.

»Eine Absinthe-Fontaine!«, jubelte Leonie und war bald zurück mit dem Extrait d'Absinthe Angélique von Claude-Alain Bugnon aus Couvet im Val de Travers.

»72 Prozent Alkohol«, warnte sie. »Die Gläser unter die Hahnen stellen und ganz langsam Eiswasser tröpfeln lassen, etwa vier bis fünf Mal so viel wie Absinthe.«

Dann bewunderten alle die Substanz, die unter dem Einfluss des Wassers milchig wurde und sich zu einem undurchsichtig gelblichen Grün wandelte.

»Ich hab mich schlau gemacht«, sagte Leonie. »Es

sind die ätherischen Öle, die sich mit dem kalten Wasser nicht vermischen, deshalb entsteht dieser milchige Eindruck.«

Man schnalzte mit der Zunge und ließ das bittere Wermutgetränk in die Kehle rinnen.

»Was habt ihr herausgefunden?«, fragte Bernhard Spring die beiden Damen.

Nicole zögerte, und während sie über eine mögliche Antwort nachdachte, kratzte sie mit dem Nagel Figuren in den Tisch. Anschließend tunkte sie einen Finger in das tropfende Kondenswasser und zeichnete groteske Tiere, geheimnisvolle Muster und geometrische Zeichen auf die Platte. Als sie zu sprechen begann, war es, als ob sie ihre Kreationen deutete und für ihr Alphabet eine Erklärung suchte.

»Wir kommen der Lösung näher. Pascale berichtet euch, was wir bei Delia Zimmermann entdeckt haben. Mir ist inzwischen eingefallen, was wir bei Thomas Däppen nicht herausgefunden haben, woraus das Abwesende besteht. Und zwar«, sie nahm einen langen Schluck Absinthe, »hat irgendjemand seit eurem Besuch Gegenstände entfernt. Däppen war doch ein erfolgreicher Terminwarenhändler.«

Bernhard Spring nickte.

»Nichtsdestoweniger haben wir in seiner ganzen Wohnung nicht den geringsten Hinweis darauf gefunden.«

Spring sagte: »Wir haben damals diverse Ordner beschlagnahmt.«

»Das meine ich nicht. Der Mann hatte kein einziges Buch, keine Unterlagen zum Thema Getreide, Warenkunde oder sonst irgendetwas in der Art in seiner Wohnung.«

»Das ist wohl alles in seinem Laptop«, meinte Heinrich Müller.

»Sicher hat er dort Unterlagen gespeichert, nur genügen diese Kenntnisse für einen erfolgreichen Handel nicht. Er braucht keine Bibliothek zum diesem Thema, und dennoch ist es sehr auffällig, dass er überhaupt nichts dazu haben soll. Da stellt sich die Frage, was er sonst noch gehabt hat.«

»Wenn wir sehen«, ergänzte Pascale, »was Delia Zimmermann alles gesammelt hat, und wir überdies von einer Verbindung der beiden ausgehen können, erweckt es den Anschein, als ob jemand genau diese Verbindung aus der Welt schaffen möchte.«

»Die Zuñi-Indianer in New Mexico«, jetzt sprach die Anthropologin, »arbeiten ohne einen Laut, wenn sie Ton zu Gefäßen formen und diese bemalen. Sie haben Angst, Geräusche würden in das Irdene eindringen und es beim Brennen zerspringen lassen.«

»Bei all dem Lärm, den wir die ganze Zeit machen«, sagte Heinrich, »muss die Erde ganz schön gesättigt sein.«

Nicole ignorierte ihn. »Da hat jemand enormen Respekt vor den Geräuschen dieser Dinge, wenn wir sie in die Hände bekämen.«

»Womit wir wieder bei den Botschaften der Kornkreise

wären«, sagte Spring, »auch dort haben wir es mit einer Lücke zu tun.«

Pascale erklärte: »Jedes neue Medium erfährt seine Erfindungsphase aus lauteren Motiven. Jemand möchte Gutes tun für die Menschheit, den Buchdruck erfinden, neue Kommunikationsformen gestalten, andere Menschen hör- und sichtbar machen. Die stürmische Entwicklung neuer Angebote wird jedoch aus geschäftlichem Interesse gefördert. Meistens geht es dabei um Sex. Weshalb soll dies bei Außerirdischen anders sein?«

»Das bedeutet«, fasste Müller zusammen, »Kornkreise und andere Figuren sind pornografische Darstellungen?«

»Jedenfalls eine bedeutende Menge davon«, konterte Pascale. »Wenn du also zwei Extraterrestrische kopulieren siehst, kannst du dir anhand der Kornkreise überlegen, wie ihre Geschlechtsorgane zusammenpassen und ob Sex zwischen Menschen und Außerirdischen möglich ist oder ob sie nur wirkungslos aneinanderkleben. Wie Gumminoppen beispielsweise.«

Sie schauten die junge Polizistin mit den rüeblirot gefärbten Haaren erstaunt an und bemerkten erst heute, wie lang sich ihre Nase durch das Gesicht zog.

»Falls sie die gleiche Körpergröße haben … Wenn sie bloß nicht auf das Geschlecht starren.«

Sie kicherte und nahm einen Schluck.

»Küche!«, rief Bernhard Spring und beschloss, Ordnung zu schaffen. »Etwas Kräftiges zu essen muss her, sonst artet das hier aus.«

»Kommt sofort«, sagte Leonie. »Ankezüpfe, aromatischer Bergkäse vom Creux du Van, Hirschtrockenfleisch aus dem Oberwallis und ein Sommersalat stehen bereit.«

Heinrich griff ungeduldig zum knusprigen Mürggu der Züpfe. Der buttrige Teig zerfloss beinahe im Mund, und Müller schnalzte mit der Zunge. »Mehlspeisen und Brot wirken dank Exorphinen im Weizenkleber wie Opiate, die den körpereigenen Endorphinen ähneln.«

»Drogen im Gebäck«, stellte Nicole fest und biss kräftig zu.

»Deshalb ess ich so gern Spaghetti«, sagte Pascale.

Bernhard Spring guckte die Brotwaren dagegen eher skeptisch an und meinte: »Ich glaube, das liegt eher am Wein, den du dazu trinkst, als an den Teigwaren.«

Beim Essen wurde bilanziert. Bernhard Spring führte das Kommando.

»Folgende Personen sind demnach im Spiel:

1. Maxine Bolley, verstorben in Murten im letzten Dezember, Beschleunigung des natürlichen Todes nicht ausgeschlossen, hat einen wertvollen Teppich aufbewahrt.

2. Thomas Däppen, erschossen in der Schlacht von Murten, jedenfalls in der filmischen Umsetzung davon, machte Warentermingeschäfte mit Getreide.

3. Delia Zimmermann, mit einer Drahtschlinge erwürgt auf dem Mälzboden einer ehemaligen Brauerei, hat einen wertvollen Teppich verloren.

4. Thierry Coudray, Regisseur, lebt in Geldnöten.

5. Die weiteren Schauspieler, insbesondere Pierre Roth, der Hauptdarsteller, und seine Filmgeliebte, die Lagerdirne Sahara Burkhard. Leben meines Wissens alle noch.

Also. Wer war's?«

Er blickte aufmunternd in die Runde.

Nicole Himmel hob an: »Wenn wir jemanden suchen, der alle drei Personen umgebracht hat, kommen nur der Regisseur oder einer der Schauspieler infrage.«

»Oder ein Unbekannter«, warf Pascale Meyer ein.

»Für Maxine Bolley in erster Linie Delia Zimmermann, dann aber auch Thomas Däppen oder die vorher Erwähnten,« sagte Nicole.

Heinrich Müllers These lautete: »Für Däppen in erster Linie Delia Zimmermann, denn die Hand an der Pistole ist diejenige einer Frau.«

»Und für Thierry Coudray?«, hakte Nicole nach.

»Du glaubst, dass er der Nächste ist?« Müller klang besorgt.

Bernhard spukte etwas anderes im Kopf herum, und erweiterte die Behauptungen um einen weiteren Punkt: »Ihr habt zwei Fehler gemacht. Erstens geht ihr davon aus, dass wir nur einen Täter suchen. Vielleicht waren es zwei, von denen der eine als Mitwisser bereits ausgeschaltet worden ist. Und zweitens haben wir einen weiteren Top-Informierten, der nach wie vor in Lebensgefahr schwebt, nämlich dich, mein Lieber.«

Er zeigte mit einem fettigen Finger auf Heinrich Müller.

»Und die Motive?«, fragte Pascale.

»Bei Maxine Bolley«, sagte Heinrich, »hat jemand nachgeholfen, um schneller in den Besitz des Tausendblumenteppichs zu gelangen – gehen wir mal davon aus, dass er echt ist – und so zu Geld zu kommen, entweder für Finanztransaktionen, um Börsenverluste auszugleichen oder um in den Film zu investieren.«

Er biss in die süßlich-fette goldgelbe Scheibe Züpfe, die er vorher mit Trockenfleisch belegt hatte, und feuchtete mit einem kräftigen Schluck Humagne Rouge nach.

»Thomas Däppen«, erklärte Nicole, »hat versprochene Börsengewinne nicht geliefert und damit Geld veruntreut, das höchstwahrscheinlich gar nicht existiert, denn weder ist der Teppich verkauft noch hat die Versicherung den verschwundenen Gegenstand bezahlt. Deshalb kann der Film nicht finanziert werden.«

Heinrich meinte: »Mit Delia Zimmermann musste eine Mitwisserin sterben oder jemand, der Geld versprochen hat und nicht bezahlen konnte, oder jemand, der Geld zurück haben wollte, das bereits ausgegeben war.«

»Und weshalb soll der Regisseur sterben?«, fragte der Störfahnder.

»Weil«, Pascale zögerte, »er den Film platzen lässt und damit Karrierehoffnungen zerstört.«

»Oder weil er das Geld veruntreut hat«, platzte Nicole heraus.

»Geld, das nicht existiert?«, fragte Spring. »Es dreht sich zu vieles um dieses imaginäre Geld. Was aber haben Burgunderteppiche, Hexen und Kornkreise damit zu tun? Was Getreide, Brot, Bier und Whisky? Was übersehen wir?«

DONNERSTAG, 23. JULI 2009

»Es war ein Schuss ins Blaue«, sagte Pascale Meyer, als alles vorbei war.

»Was hast du dir bloß dabei gedacht!« Bernhard Spring schüttelte den Kopf. »Man wird uns wieder durch die ganze Presse schleifen! Der Bürgermeister von Bellelay hat sich bereits beschwert, gemeinsam mit dem Direktor der Psychiatrischen Klinik.«

»Und die Käse-Mönche?«, fragte Pascale sarkastisch, »die hätten am meisten Grund.«

Das war es schließlich auch, was Bellelay im äußersten Zipfel des Berner Juras zu bieten hatte: ein großes Gestüt mit Freiberger Pferden; die Tête de Moine-Schaukäserei, denn in der Abtei war der Mönchskopf erfunden worden; das ehemalige Kloster, dessen Barockkirche im Sommer Kunstausstellungen beherbergte und dessen Anbauten die Klinik; und einen schönen Wald, von dem der Name des Dorfes abgeleitet worden war, nämlich aus dem Vulgärlateinischen ›bella lagia‹. Viel Natur also, Juraweiden, wenig Wasser. Und das Hôtel de l'Ours, einen Prachtbau aus Sandstein, der allen Stürmen trotzte, sowohl den meteorologischen als auch den historischen und sogar dem Bildersturm.

Blau züngelten die Flämmchen, die sich langsam die Fassade des Hôtel de l'Ours hochfraßen, blau zuckten die Blitze, die in den wolkenlosen Himmel hinauffuhren. Bleich und blau flimmerte das Gesicht einer Frau, die über das Dörfchen Bellelay im Berner Jura zu herrschen begann. Noch blieb es still. Es war 10 Uhr abends, und die Menschen hatten sich entweder bereits in ihre Behausungen zurückgezogen oder saßen noch beim Bärenwirt in der Gaststube, als draußen der Donner krachte.

Daraufhin erscholl eine tiefe, aber unverkennbar weibliche Stimme: »Bürgerinnen und Bürger von Bellelay, Untertanen des Königs von Frankreich, hört mich an!«

Seit dem Franzoseneinfall von 1797 hatten die lieblichen Jurahöhen nie mehr so etwas erlebt, sodass es die Leute vor die Häuser und aus der Gaststube zog. Erst fluchte der Wirt, da ihm Einnahmen auszufallen drohten, doch bald erkannte er das Potenzial der ungewohnten Situation und befahl dem Personal, für Getränkenachschub zu sorgen.

»Einer der euren«, erklärte die Stimme, die man jetzt diesem bläulichen Frauengesicht zuordnen konnte, »ein unregelmäßiger Gast eurer Gemäuer, ist zum Frevler geworden, zum Meuchler und Mörder ohne Gnade oder Gewissen. Er wird es mit seinem Leben büßen, wenn er nicht gesteht!«

Dann löste sich das Frauengesicht von der Fassade des Hôtel de l'Ours, ein Körper schien aus dem Boden zu wachsen, eine riesige Gestalt schwebte über den Köpfen der Menschen, und als sie zögerlich einen Fuß vor den andern setzte, wurden Befürchtungen laut, sie möchte die Tête de Moine-Schaukäserei zerstören.

»Die Rache ist mein; ich will vergelten. Zu seiner Zeit soll ihr Fuß gleiten; denn die Zeit ihres Unglücks ist nahe, und was über sie kommen soll, eilt herzu.«

Sei es, dass die Leute aus den jurassischen Hügeln besonders mutige Menschen waren, sei es, dass der Alkohol sie hat leichtsinnig werden lassen. Ein paar Gäste des Bärenwirts jedenfalls wollten der Angelegenheit auf den Grund gehen und wagten sich an die Erscheinung heran.

»So euch euer Leben lieb ist, nähert euch nicht, mein Zorn schont auch die Unschuldigen nicht. Gebt heraus, was nicht euch gehört. Verschließt eure Augen nicht vor dem Elend der Menschheit. Schwört auf euren König!« Zwei weitere Blitze zuckten durch den wolkenlosen Himmel, und der nachfolgende Donner dröhnte dermaßen laut, dass den Kühen die Milch im Euter stockte. Danach schwebte die Frau in den Himmel hinauf, wie ein aus der Unterwelt zurückgekehrter Engel.

Ein paar letzte blaue Schlieren am Nachthimmel zeigten den Zurückgebliebenen, dass sie keiner Täuschung aufgesessen waren. Das gab zu reden. Die Gaststube füllte sich im Nu, der Getränkeumsatz stieg über das erhoffte Maß. Schon wollte man sich lachend und schulterklopfend über das eben Erlebte hinwegreden und so tun, als ob sie alle einer kollektiven Hysterie verfallen wären, kündigte sich neues Unheil an.

Draußen hatte sich ein Sprechchor formiert, der wie in einem Rondo immer lauter wurde, und als man sich in der Kneipe die Mühe nahm, die schweizerdeutschen Worte zu verstehen, vernahm man Folgendes: »Gebt ihn raus, lasst den Teufel frei, wir kümmern uns um ihn, sie ist eine von uns.«

Es kam zurück. Die Erscheinung verdoppelte ihre Intensität. Alles stürzte wieder nach draußen, und da stand *das Gesicht*, oder besser es hing über der barocken Klosterkirche und bewegte den Mund zu einem unhörbaren Lied, das sich mit den heulenden Sprechgesängen der Insassen der Psychiatrischen Anstalt vermischte. Hundert Menschen schwenkten in einer Art Messe ihre Oberkörper auf dem Parkplatz vor den Mauern des ehemaligen Klosters, zu Füßen des Hôtel de l'Ours.

Wie bereits gesagt, gehören die Jurassier nicht zu den Ängstlichen, allerdings gerieten nun viele an die Grenze dessen, was sie ihrem Bewusstsein als real zumuteten. Die ganzen Späße waren sekundenschnell verflogen und wichen einer Befangenheit, der man auch mit mehr Alkohol keinen Ausdruck mehr geben konnte. Nun bewegte sich die amorphe Masse vor dem Kloster Schritt für Schritt auf das Gasthaus zu. Die Angst wandelte sich zu Panik, und so rasch es ging, rannten alle zurück in das massige Gebäude. In einer Minute waren alle Läden, die im selben Blau wie das Gesicht bemalt waren, geschlossen. Damit hofften die Eingesperrten, dem Ansturm der Wahnsinnigen standzuhalten, da aus der kantonalen Anstalt noch nie eine derartige Bedrohung hervorgegangen war.

Die Erscheinung hatte zudem eine atmosphärische

Störung bewirkt, die den Handyempfang beeinträchtigte. Doch als sich jemand daran erinnerte, dass es auch noch Festnetzleitungen gab, musste der Wirt gestehen, dass er diese aus Kostengründen gekündigt habe.

Man saß in der Falle.

Draußen die Bedrohung durch die Menschenmasse, am Himmel immer noch die letzten Fetzen der unerklärlichen Erscheinung, und niemand da, der wusste, was dies zu bedeuten hatte. Glücklicherweise waren die Angestellten der Psychiatrischen Klinik ebenfalls aufgescheucht worden und hatten das Spektakel miterlebt, behielten jedoch kühlen Verstand. Es gelang ihnen, die Insassen der Anstalt so weit zu beruhigen, dass sie sich hinter die schweren Mauern des Klosterbezirks zurückzogen.

Daraufhin gab der Wirt eine Runde Freigetränke aus. Er konnte es sich leisten, nämlich für Tage würde der Bären zum Versammlungslokal werden. Bis die Angelegenheit geklärt und der letzte Bewohner von Bellelay beruhigt war, würde noch so manches Glas Bier und Wein eine Kehle hinunterfließen müssen.

»Was hast du dir bloß dabei gedacht?«, wiederholte der Störfahnder.

»Wir wollten dich ja noch anrufen. Ich hab mein Handy gezückt. Kein Empfang! 99,8 Prozent der Bevölkerung kann jederzeit mit dem Handy telefonieren, bluffen die Anbieterfirmen. Aber nur, wenn die Bevölkerung brav zu

Hause bleibt, wo die Bevölkerung gar kein Handy braucht. Kaum bewegt sie sich außerhalb der eigenen Wände, ist das Netz weg. In den Alpen: kein Kontakt; im Jura: kein Netz; im Emmental: keine Verbindung; im Justistal: Handy, was ist das?«

»Natürlich tragen auch elektromagnetische Interferenzen zum Ausfall des Netzes bei.«

»Kann sein«, sagte Pascale Meyer. »Wer immer so was verursacht.«

»Sagen wir mal, Cäsar Schauinsland und du?«

»Das hat der Direktor der Klinik gesagt?«

»Natürlich nicht.« Bernhard Spring schüttelte den Kopf. »In Bellelay weiß keiner, dass es euch gibt. Aber mir ist es bekannt, das müsste genügen.«

»Dann lass sie doch ihre Aufregung genießen.«

»Weshalb dieses Kaff im Jura?«, wollte Spring wissen.

»Weibliche Intuition«, trotzte Pascale, »und Recherchen.«

»Was sagt uns deine Intuition?«, fragte der Störfahnder.

»Du hast letzthin festgestellt, dass wir irgendetwas übersehen hätten.«

»Ja, schon.«

»Da habe ich mich mit Cäsar Schauinsland zusammengesetzt, wir haben die Liste der Verdächtigen durchgearbeitet …«

»Darf jetzt jeder hier aus dem Kanton in unserem Fall ermitteln?«, fragte Spring, und eine gewisse Verzweiflung in seiner Stimme war unüberhörbar.

»… und festgestellt, dass eventuell einer der Schauspieler in Frage kommt. Pierre Roth besitzt eine Wohnung in Bellelay, sein Elternhaus. Wir haben das Ganze so durchgespielt, als ob er der Täter wäre. Er musste sich also verstecken. In Bern hat er sich nicht aufgehalten, das haben wir überprüft. Deshalb sind wir in den Jura gefahren.«

»Um dort die ganze Bevölkerung mit einem von euren Spektakeln aufzuschrecken.«

»Na ja«, entschuldigte sich Pascale. »So viele Einwohner gibt es da nicht. Jedenfalls weniger als in Sigriswil.* Außerdem musst du zugeben, dass diese Hologrammmaschine eine tolle Erfindung ist.«

»Pierre Roth konntet ihr damit nicht aus seinem Versteck, wie ihr seine Wohnung nennt, hervorlocken.«

»Kann sein, dass wir die Aufführung noch ein wenig optimieren müssen.«

---

* Siehe Paul Lascaux: »Feuerwasser«

MONTAG, 27. JULI 2009

Leonie und Heinrich saßen beim Frühstück am Ecktisch im Bauch & Kopf, als Nicole dazu kam, sich ein Stück knuspriges Chnebubrot griff und die Berner Zeitung schwenkte.

»Schon gelesen?«, fragte sie und warf sie auf den Tisch. »Da glaubt man, man arbeite mit der Polizei zusammen, und wenn mal etwas aus dem Ruder läuft, hört man gar nichts mehr.«

»Die Himmelserscheinung von Bellelay«, las Heinrich.

Ein anonymer Augenzeuge hatte der Presse ein Handyfoto geschickt, ein unscharfes Bild mit bläulichem Schatten.

»Für eine Marienerscheinung reicht es nicht«, sagte Heinrich. »Das Kloster wird demnach nicht wieder religiösen Zwecken zugeführt.«

»Hör bloß auf damit«, ereiferte sich Nicole. »Es ist dasselbe wie mit den Kornkreisen und den Wunderheilern von den Philippinen, die in den Siebzigerjahren ohne Operation blutige Gewebestücke aus den Bäuchen ihrer Patienten geholt hatten. Hat man von denen wieder mal was gehört?«

»Das war doch ein wichtiger Wirtschaftsfaktor in der Esoterik-Szene. Man müsste die Umsatzzahlen vergleichen.

Da wird bestimmt mehr Geld hin und her geschoben als in der Kultur oder in der Landwirtschaft.«

»Du willst nicht etwa den Umsatz als Berechtigung für jede Scharlatanerie heranziehen?«

»So lange die Leute unter sich bleiben und niemanden belästigen, ist mir das egal«, sagte Heinrich. »Ich bin genauso wenig am Umsatz der Kirchen, der Dönerbuden oder der Drogenszene interessiert. Das sind in sich geschlossene Kreisläufe, die sich untereinander alimentieren. Erst wenn sie aus ihren Systemen ausbrechen und andere Kreise beeinflussen, zum Beispiel durch Beschaffungskriminalität, Einbrüche, Prostitution, Geldwäscherei, Waffen- und Menschenhandel, wird es problematisch.«

»Was haben die Kornkreise mit Beschaffungskriminalität zu tun?«, fragte Leonie.

»Eigentlich gar nichts. Sie leben lediglich vom Sendungsbewusstsein ihrer unkritischen Anhänger. Irgendwie haben diese Wind von den Vorfällen in Bellelay bekommen, sind am Wochenende in den Jura geströmt und haben alles niedergetrampelt, was einen bläulichen Schatten warf. Die Kühe müssen auf eingekauftes Heu umsatteln, der Tête de Moine verliert an Geschmack.«

»Du weißt aber schon, wessen Handschrift die Vorführung trägt?«, wollte Nicole erfahren.

»Cäsar Schauinsland!« Heinrich war überrascht über seine Antwort. »Aber ich habe ihm doch keinen Auftrag gegeben …«

»Du nicht, jedoch verselbstständigt sich die Sache. Ich

kann mir sehr genau vorstellen, wer das Spektakel mit ihm zusammen ausgeheckt hat.«

»Somit hast du Recht«, schloss Heinrich den Kreis, »in diesem Fall enthält uns die Polizei Informationen vor.«

»Wie die Leute auf das Phänomen aufmerksam geworden sind, ist dir nicht bekannt?«, fragte Nicole. »Ich wette, es gab einen Aufruf via Facebook. Ich schau gleich nach.«

Sie fuhr den iMac hoch, holte ihr Profil auf den Bildschirm und gab in der Suchmaske Bellelay ein.

»Es gibt zwei Seiten: ›Außerirdische im Jura‹ und ›Marienerscheinung in Bellelay?‹, die zweite immerhin mit Fragezeichen. Da finden sich Besichtigungstermine fürs vergangene und kommende Wochenende.« Sie lachte. »Zumindest die Kornkreisfreunde haben sich mit dem Bärenwirt abgesprochen, er bietet jetzt ein Spezialmenü und Vorträge von Augenzeugen an.«

Sie klickte sich durch ein paar weitere Seiten.

»Was ist das!«, rief sie unvermittelt. »Da hat jemand eine Fanseite für Delia Zimmermann eingerichtet.«

»Es steht jeweils der Gründer oder der Moderator der Seite dabei«, sagte Leonie. »Wer ist es?«

»Er nennt sich ›Spießträger‹.«

»Zeig sein Profil«, verlangte Leonie.

»Da ist nur ein altes Landsknechtporträt zu sehen und der Hinweis, dass er Informationen nur an Freunde weitergibt.«

»Ist das nicht dieser Schauspieler, der sich in die Lagerdirne verlieben sollte, dieser Pierre Roth?«, intervenierte Heinrich.

»Das hat er sich wohl anders überlegt«, meinte Nicole.

»Ist der nicht viel zu jung für die Zimmermann«, wandte Heinrich ein.

»Biete ihm deine Freundschaft an«, sagte Leonie. »Wir können ihm ja zu seiner Fanseite gratulieren, vielleicht beißt er dann eher an.«

»Okay. Erledigt«, erklärte Nicole.

»Wieso kriege ich keine Fanseite auf Facebook«, schmollte Heinrich Müller.

»Erstell erst einmal dein eigenes Profil«, tadelte Leonie.

Nicole war inzwischen auf Delia Zimmermanns Seite zurückgekehrt.

»Es gibt ein Foto, eine Nahaufnahme von ihrem Gesicht. Wo Spießträger das wohl her hat? Und es gibt auch nur einen einzigen Text. Ich les ihn vor: ›Delia Zimmermann, verzeiht mir das Bild, ein Weibsstück seltener Klasse, das jede Marketenderin an Anmut, aber auch an entschlossenem Willen übertrifft. Es kann nicht Liebe gewesen sein, was uns verbunden hat. Es war der Antrieb, gemeinsam an einer Sache zu wirken, die die Menschheit verblüfft hätte, wenn sie gelungen wäre. So nehme ich denn Abschied von dir, Helena meiner Träume, Xanthippe meiner Alpträume. Schuld ist ein Begriff des frühen Bürgertums. Lass mich deshalb sagen: Es war unabänderliches Schicksal und der Geist des Augenblicks, der Faust dem Teufel überantwortet. Du aber bist mein blauer Engel.‹«

»Ziemlich wirr«, fand Leonie.

»Beängstigend«, sagte Nicole.

»Gefährlich«, meinte Heinrich. »Für ihn ist die Welt ohne Ursache und Wirkung. Er fragt nicht nach den Gründen. Er anerkennt den gegenwärtigen Zustand als den allein interessanten. Das Auto liegt da. Ein Mensch sitzt drin. Er ist tot. Schnitt. Delia Zimmermann ist ein Ideal und ein Idol zugleich. Sie wird zu wichtig. Sie muss sterben.«

In diesem Moment schwebte der Duft gerösteter Zwiebeln aus der Küche.

»Es ist immer etwas Lächerliches dabei«, sagte Nicole, die es ebenfalls gerochen hatte. »Man redet über den Tod, eine Tragödie mit Zwiebelgeruch, ein Nachruf vom – soll ich's sagen – Mörder? Eine im Kopf stecken gebliebene Kugel, das Totem und seine Bedeutung – die Dinge lassen sich nicht voneinander trennen. Das Beklagenswerte und das Erhabene liegen zu nahe beieinander.«

»Das heißt«, fasste Heinrich zusammen, »Pierre Roth ist zu unserem Hauptverdächtigen aufgestiegen?«

»Liegt auf der Hand«, sagte Leonie. »Aber ihr müsst den Mann erst finden. Wenn er die Horrorshow in Bellelay ohne Schaden überstanden hat, und darauf Weist sein Facebook-Eintrag hin, dürfte dies nicht so einfach sein.«

»Darüber solltest du mal mit deinem Kommissar sprechen«, sagte Nicole.

»Störfahnder!«, korrigierte Heinrich. »Und meiner ist er auch nicht. Ich glaube aber, es ist an ihm, sich zu melden. Immerhin hat Cäsar Schauinsland die Seiten gewechselt, da ist er mir eine Erklärung schuldig.«

»Meinst du nicht«, sagte Leonie, »dass dahinter eine kleine, süße Polizistin steckt?«

Schließlich widmeten sich die drei wieder ihren Hobbys, der Zeitung, den Büchern. Überall tauchten nun Anekdoten auf, die in irgendeiner verworrenen Art mit dem Fall in Zusammenhang stehen mochten. Oder auch nicht.

Lucy – wie sich Nicole Himmel in ihren dunklen Stunden nannte – fand die Antwort auf die letzte Preisaufgabe der Berner Philosophischen Gesellschaft. Anschließend befasste sie sich mit ihren Recherchen zu Schweizer Krimis aus dem Murtenbiet.

Leonie beschäftigte sich mit ihrem Horoskop für den nächsten Monat, das vor allem in Liebesdingen wenig Aufregendes versprach. Status Quo mit alterndem Detektiv. So war es zwar nicht vermerkt, aber zwischendurch fühlte es sich so an.

Henry schlug die Berner Zeitung auf. Stalder schrieb: ›Kein Quartier ist in Bern so geeignet, Verbrechern Unterschlupf zu bieten wie der Breitenrain. Zur Zeit General Guisans war die dort liegende Kaserne dazu ausersehen, dereinst seinen Namen zu tragen.‹

»Was für ein schwülstiger Quatsch«, reklamierte Leonie. »Wer ist dieser Stalder?«

»Ein Schreiberling«, antwortet Henry, »macht den Lifestyle, aber seit kurzem auch die Gerichtsreportage sowie die gröbsten Unfälle. Ab und zu betätigt er sich auch literarisch und unterhält die Kolumnen ›Skizzen aus dem Alten Bern‹ und ›berühmte Grabmäler auf dem Schosshaldenfriedhof‹, was leider auf seinen Stil durchgeschlagen hat.«

»Ein wahrer Enzyklopädist«, spottete Leonie.

Das war das Stichwort für Henry. Wenn es die Enzyklopädie noch nicht gegeben hätte, hätte er das Lexikon erfunden, nämlich das unvollständige, unsystematische, nach eigenen, lustvollen Kriterien geordnete. Allerdings war er dafür Jahrhunderte zu spät geboren. Vielleicht konnte er aus seinem Nachlass eine Sammlung der Öffentlichkeit überreichen, die nicht das Erhaltenswerte förderte, sondern den Zerfall dokumentierte, nicht das Schöne ausstellte, sondern das Unvollkommene, nicht die Vollständigkeit anstrebte, sondern die Lücke öffnete.

SAMSTAG, 1. AUGUST 2009

Am Ufer leuchteten in mattem Orange die noch nicht ganz reifen Früchte der Vogelbeerbäume.

Ein Gläschen von diesem bitteren Schnaps könnte ich jetzt vertragen, dachte Heinrich Müller, als er auf die speerspitzenartigen Blätter hinaufblickte. Daraufhin packte er das Paddel und lenkte das wacklige Gummiboot so nah wie möglich ans Ufer, was auf der reißenden Aare, die nach den letzten Gewittern viel Wasser führte, kein leichtes Unterfangen war.

Dem Detektiv gegenüber saß Thierry Coudray im schwankenden Boot, lächelte und hielt Müllers Paddeldruck entgegen.

Der Nachmittag hatte bereits mühsam begonnen.

Baron Biber lag an einem Schattenplätzchen unter der Pergola. Der Streuner Ginger hatte sich zu ihm gesellt und berührte ihn beinahe, was er früher nie geduldet hätte. Wie schlaffe Würste mit für die stockende Hitze viel zu dickem Fell bedeckten die beiden Kater die Bodenplatten, zuckten in ihren Träumen mit den Pfoten, die sie ab und zu kurz schüttelten oder mit der rosa Zunge abschleckten, wenn sie ein Insekt störte, eine Ameise ihren Weg suchte oder ein Blatt herabfiel.

Als er die ersten Kracher hörte, erhob sich Baron

Biber, der ältere der beiden, zog seinen Schwanz ein und kroch geduckt und zögerlich, eng an die Wand geschmiegt durch die Tür des Bauch & Kopf ins vermeintlich sichere Zuhause, wo er sich für die kommende Nacht im Katzenklo einrichtete. Denn er wusste aus Erfahrung, dass der 1. August Silvester den Rang der lautesten Nacht des Jahres streitig machte, Böller und Raketen im Himmel lärmten, beunruhigende Geräusche entstanden, bei denen man die Richtung, aus der sie kamen, nicht mehr erkennen konnte, und die Baron Biber deshalb noch mehr ängstigten als ein heftiges Donnergrollen.

»Immer dasselbe«, kommentierte Heinrich den Abgang des Katers, »auch in seinem zwölften Lebensjahr weiß er noch nicht, dass der Krach ihm nicht schaden wird, sondern den Menschen die perverse Freude bereitet, die die Verwechslung von Lebenslust und Lärm hervorruft. Die Schweizer haben schon lange keinen Krieg mehr geführt, deshalb wollen sie einmal im Jahr wissen, wie das tönt.«

»Wenn sie das für den Rest des Jahres ruhig stellt …«, sagte Nicole.

»Na ja«, konterte Leonie, »die alten Eidgenossen haben auch schon rumgelärmt, mit Feldschlangen im Schlachtgetümmel, mit dem Trommeln der Morgensterne auf Blechhelmen und mit dem Schreien der Schwerverwundeten.«

Die Luft war bereits erfüllt von einer Kakofonie des Gestanks: nicht verbrannte Grillanzünderflüssigkeit setzte sich in den Nüstern fest, verkohltes Fett plagte die Lunge, und über alles legte sich der beißende Geruch des Gifts aus chinesischem Feuerwerk. Dazu das Krachen der Böller, das Zischen der Raketen, das Zerbersten der Feuersterne, eine sinnlose Illumination des Nachmittagshimmels.

In diesen Lärm hinein war auf Heinrichs Handy der Anruf des Regisseurs eingegangen. Er müsse ihn unbedingt sehen. Allein. Er erwarte ihn in einer Viertelstunde an der Aarebrücke in Münsingen. Dann brach die Verbindung ab.

Müller packte seine Tasche und fuhr mit dem Wagen zum Treffpunkt.

»Ich möchte mich mit Ihnen allein unterhalten«, begann Coudray das Gespräch. »Keine Zeugen, keine Aufzeichnung, das Handy bitte ausschalten.«

Daraufhin zeigte er auf ein schweinchenrosa Gummiboot, das bei der Einstiegsstelle in die Aare am Strand lag.

Müller zögerte, wollte sich aber diese Chance nicht entgehen lassen. Sie stiegen ein, nachdem sie das Boot in die Fluten gestoßen hatten. Es ging nicht ohne nasse Schuhe, da es an diesem Tag jedoch heiß war, spielte es keine Rolle. Seltsam nur, dass die beiden Herren unter den vielen anderen, die sich an diesem Feiertag nach Bern hinuntertreiben ließen, die einzigen vollständig Bekleideten unter all den Badehosenträgern waren. Sie wirkten lächerlich.

»Ich könnte Sie nun darum bitten, Ihre Kleider auszuziehen«, sagte Coudray, »dann wäre auch klar, dass Sie kein Aufnahmegerät bei sich tragen. Deshalb diese Umstände.

Denn das strömende Wasser erzeugt so viele Störgeräusche, dass Aufzeichnungen wertlos wären.«

Nun wurde Müller zum ersten Mal bewusst, dass er sich in eine gefährliche Situation begeben hatte.

»Haben Sie Angst?«, fragte Coudray, genoss seine Überlegenheit und beschwichtigte kurz darauf: »Kein Grund zur Sorge.«

»Das sagen Sie!«, ereiferte sich der Detektiv. »Ein Mörder läuft frei herum, und ich soll mir keine Sorgen machen! Bei beiden Morden war ich nahe genug, dass es mich selbst hätte treffen können.«

»Und Sie glauben, Sie sitzen jetzt zum dritten Mal mit dem Täter im selben Boot?«

»Nein. Aber Sie könnten das nächste Opfer sein.«

Für einen Augenblick gab dies auch Thierry Coudray zu denken.

»Wäre möglich«, sagte er sarkastisch.

»Jedoch nur, wenn Sie den Mörder decken«, meinte Müller.

»Ich verdächtige jemanden«, erklärte der Regisseur.

»Bevor Sie mir davon erzählen«, wandte der Detektiv ein, »sagen Sie mir, weshalb Sie damit nicht zur Polizei gehen.«

»Wenn die Kantonspolizei davon Kenntnis hat, muss sie handeln«, fuhr Coudray fort. »Indes Sie können zuerst überprüfen, ob ich richtig liege, und werden daraufhin tätig.«

»Erzählen Sie Ihre Geschichte«, sagte Müller. »Ich entscheide anschließend, ob es das Risiko wert ist abzuwarten.«

Coudray war nicht überzeugt, aber da er den ersten Schritt in die Wege geleitet hatte, machte er nun auch den zweiten.

»Wer Thomas Däppen erschossen hat, weiß ich nicht, ich tippe auf Delia Zimmermann. Einer der Schauspieler, ob Haupt-, Nebenrolle oder Statist, ist es nicht gewesen. Sie haben zwar von mir gehört, dass die Mittel sehr knapp sind, ich habe jedoch auf eine minimale Korrektheit der Kostüme geachtet. Deshalb ist mir gleich aufgefallen, dass die Person verschiedene Teile aus den Requisiten zusammengeklaubt hat.«

Heinrich beachtete die knorrigen, weit ausladenden Trauerweiden nicht, die inzwischen das Flussufer säumten. Er war bemüht, weder durch kräftiges Rudern noch durch eine andere unachtsame Bewegung den Redefluss des Regisseurs zu unterbrechen.

»Allerdings bin ich mir sicher, dass Pierre Roth Delia Zimmermann umgebracht hat. Mein Hauptdarsteller hatte einen schönen Batzen Geld in den Film investiert.« Dieses Geständnis machte ihm sichtlich Mühe.

»Deshalb hat er die Rolle gekriegt«, platzte Müller dazwischen.

»Ja. Und deswegen war er an allen Verhandlungen beteiligt, an denen es um die Finanzen ging.«

»Er wusste also über die desolate Lage der Produktionsgesellschaft Bescheid.«

»Ja. Und, was noch viel wichtiger ist, dabei hat er Delia Zimmermann kennen gelernt. Plötzlich interessierte er sich kaum mehr für die Lagerdirne, sondern fast nur noch für die Geldgeberin mit ihren leeren Versprechungen. Er hat sich definitiv in sie verliebt. Ob die beiden auch geglaubt haben, sie könnten den Film noch rausreißen, weiß ich nicht.«

»Was macht Sie so sicher?«, fragte Müller.

»Er hat mir von einem wertvollen Teppich erzählt«, sagte Coudray. »Und dass er den nun mit der Zimmermann in einer alten Brauerei abhole. ›Was macht denn ein wertvoller Teppich in einer Brauerei?‹, habe ich noch gelacht. Da ist er plötzlich schweigsam geworden und hat gesagt: ›Besser, du weißt nicht zu viel.‹«

Darauf schwieg er, und die beiden konzentrierten sich auf die Fluten, die in einer Flusskurve höhere Wellen schlugen und das Gummiboot ins Schlingern brachten. Sie waren auf der Höhe der Elfenau-Fähre angelangt, Müller hatte Durst, ein gemütliches Restaurant am Aareufer hätte zum Umtrunk eingeladen, aber Coudray hatte kein Auge dafür. Hingegen erbleichte er plötzlich und sagte: »Das könnte bedeuten, dass Sie Recht haben, dass Roth ursprünglich nicht Delia Zimmermann umbringen wollte, sondern die beiden von Anfang an Sie im Visier hatten. Somit«, so schloss er, »wären wir wirklich gefährdet.«

Falls die Angaben des Regisseurs stimmten, überlegte Müller, wäre damit eine Lücke geschlossen, nämlich das fehlende Element aus dem Müllhaufen. Natürlich hätte der

Teppich kaum dort gelegen, aber die Abfallliste hatte etwas Unvollständiges, Mangelhaftes, das durch die Existenz des Wandteppichs aufgehoben wurde.

»Trauen Sie Pierre Roth eine solche Skrupellosigkeit zu?«, fragte der Detektiv. »Falls sie mich töten wollten und ich nur deshalb verschont wurde, weil ich zu spät am Ort der Verabredung erschienen bin, was veranlasste Roth, seine Freundin zu töten?«

»Freundin ist gut«, meinte Coudray. »Ich habe gesagt, er habe sich in Delia Zimmermann verliebt, ich habe nicht behauptet, dass es auf Gegenseitigkeit beruhte. Wenn Sie ihre Wohnung gründlich durchsuchen, finden Sie wahrscheinlich eine Menge Mails, Liebesbriefe und kleine Geschenke.«

»Das schließt die zweite Lücke«, sagte Müller.

»Wie bitte?«

»Nur eine Überlegung für die Akten, fahren Sie fort. Wie schätzen sie Roths Charakter ein?«

»Privat habe ich ihn nicht so gut gekannt«, antwortete der Regisseur. »Bei den Filmaufnahmen war die Zusammenarbeit sehr mühsam. Geübt an der beliebigen Abfolge von Musikvideos, wollte er keine Einflüsse der Handlungen aufeinander und keine Reihenfolge mehr gelten lassen. Ich hatte den Eindruck, er stolpere durchs Leben. Auf Reize erfolgten keine Reaktionen mehr. Pierre Roth war natürlich in der Lage zu erkennen, dass er erst eine Flasche aufmachen musste, um ein Bier trinken zu können. Aber dieses Wissen war bei ihm auf die Ebene des Instinkts herabgesunken, nicht infrage gestellt durch Ideen und Vorstellungen darüber, wie etwas ablief.«

Thierry Coudray überlegte.

»Er hatte auch keine Interessen und keine Fantasien, keine Zukunftsträume. Pierre Roth war der ideale Killer.«

Auf der Innenseite der nächsten Aarekurve lag das Eichholz, beliebter Camping- und Badeplatz. Sie rasten mit dem Boot durch die hoch aufgeworfenen Wellen dem Äußeren der Kurve entlang und hatten Mühe, das Boot vor dem Kentern zu bewahren. Das Wasser peitschte die Wellen unablässig gegen die Außenwand und darüber hinaus.

»Man könnte Sie also der Mittäterschaft bezichtigen«, sagte Heinrich Müller ohne zwingende Überzeugung. Dennoch entfalteten seine Worte eine große Wirkung.

Coudrays Paddel schlug ins Leere, sein Blick erstarrte, dann sank er langsam und lautlos über Bord und wurde von den Wassermassen umspült, während Müller verzweifelt versuchte, ruhigeres Wasser zu erreichen. Im Innern des Gummiboots lag ein faustgroßer Stein, an dem etwas Blut und einige Haare klebten.

Heinrich Müller gehörte endgültig zu einer gefährdeten Spezies. Das musste er unwiderruflich zur Kenntnis nehmen.

Auf der Höhe des Ausflugsrestaurants Dählhölzli gelang er ans Ufer, er zurrte das Boot fest, griff zum Handy und informierte Bernhard Spring.

Vom Steinewerfer fehlte jede Spur.

Den Regisseur Thierry Coudray fand man erst zwei

Tage später im Auffangrechen des Stauwerks Felsenau. Er wurde demnach noch einmal mit der Flut durch die Stadt getrieben, die ihm zum Verhängnis geworden war.

Heinrich Müller konnte der Nationalfeiertag endgültig gestohlen bleiben. Nach der Befragung durch Bernhard Spring und der dringlichen, inzwischen jedoch unnötigen Ermahnung, keinesfalls mehr allein tätig zu werden, ging der Detektiv nach Hause und stieg ohne weitere Erklärungen in seine Wohnung hinauf. Dort saugte er sinnlos seinen Teppich, während aus dem Büchergestell bereits neuer Staub auf den Boden fiel.

SONNTAG, 2. AUGUST 2009

Heinrich Müller dämmerte in einen Wachtraum hinein, in dem er Baron Biber aus den Fängen einer Armee kleiner Roboter rettete, die ihm das Fell über die Ohren ziehen wollte. Als er wach wurde, sah er den Kater auf der Decke liegen, ein Fellkreis auf seinem Knie. Er war offenbar spätnachts, nachdem die Knallerei endlich aufgehört hatte, auf sein Bett gesprungen. Heinrich hatte nichts davon bemerkt.

Als die Tür aufging, hörte er die sanften Klänge von Flöten, vermischt mit dem Gezwitscher der Vögel in der Pergola. Leonie kroch unter seine Decke und klammerte sich an ihn. Die sanfte Berührung von Haut an Haut und die zusätzliche Wärme, die Heinrichs Freundin mitbrachte, belebten seine Sinne.

»Renaissance«, flüsterte sie in sein Ohr. »Die Wiedergeburt des Detektivs Heinrich Müller.«

»Neuer Wein in alten Schläuchen«, sagte er etwas derb, nachdem Baron Biber durch die heftigen Unterdeckenbewegungen von seinem Schlafplatz verdrängt worden war.

Yellow Submarine, dachte der Kater und wunderte sich über die menschliche Natur.

Dann schaute Leonie auf den Wecker. »Zehn vor zehn«, sagte sie.

»Eine gute Zeit für einen Sonntagmorgen«, meinte Heinrich und gähnte.

»Was ich noch sagen wollte: Spring hat angerufen. Er holt dich um zehn ab.«

Die Kaffeepause dauerte etwas länger als geplant, bis Heinrich Müller dem Tag in die Augen blicken konnte.

»Wir haben ein ernstes Gespräch zu führen«, erklärte der Störfahnder, als sie endlich im Auto saßen und gegen Westen fuhren, hinaus aus der baustellengesegneten Stadt.

»Die Fluchtwege sind etwa so komfortabel wie für die eingeschlossenen Berner Truppen bei der Belagerung von Murten«, stellte Müller fest.

Spring war nicht zum Spaßen zu Mute.

»Du bist leichtsinnig! Falls wir je wieder zusammenarbeiten sollen, bin ich derjenige, der die polizeilichen Maßnahmen bestimmt, und du führst sie aus. Du hast doch die Polizeiarbeit von Grund auf gelernt und solltest wissen, wie man sich zu verhalten hat, um nicht selber in Gefahr zu geraten.«

Heinrich grunzte.

»Diese Einstellung schätze ich«, fuhr Spring wesentlich entspannter fort. »Ich gebe die Anweisungen, du führst aus. Deine detektivische Arbeit kannst du gestalten, wie du willst. Aber sobald ein Killer frei herumläuft … Allein dass du mit einem Tatverdächtigen ins Boot steigst!«

»Es gibt immerhin einen positiven Aspekt«, brummte

Müller. »Die Zahl der Verdächtigen ist stark dezimiert worden.«

»Wenn du so weitermachst, bist du bald der Einzige, der übrig bleibt.«

»Das ist ein schlechter Witz.«

»Ich mache keine Witze«, sagte der Polizist. »Ich sorge mich um dein Überleben.«

Sie waren in Bulle von der Autobahn gefahren und umkurvten das Städtchen auf einer Straße mit einem Dutzend Kreiseln, die wochentags zum Engpass für den gesamten Verkehr wurden. In der Ferne ragte das Schloss Greyerz – oder Gruyères –, das dem Weltmeisterkäse seinen Namen geliehen hatte, vor der Bergmauer auf. Auf einem Felssporn platziert, schottete es das Eingangstor in die Freiburger Bergwelt ab.

Sie fuhren weiter den Talgrund entlang, bis die Straße bei Montbovon zwischen Felswände gepresst und stets schmaler, steiler und kurvenreicher wurde, parallel zur Einspurbahnlinie, die über Château d'Oex nach Gstaad führte. Vor diesen bekannten Orten führte der Weg nach rechts die Bergflanke hoch ins Etivaz, wo im Sommer der Greyerzer gleichen Namens produziert wird, ein Alpkäse höchster Qualität.

Wenn man die Weiden rundherum anschaute, sich die Kühe vorstellte, wie sie sich am feuchten, kräuterreichen Nachtgras gütlich taten, frühmorgens gemolken wurden, wie dann die Milch in kleinen Kesseln über dem Holzfeuer erhitzt wurde und die Zehnkilogrammlaibe im wohltemperierten Keller reiften, lief einem schon beim reinen Gedanken an den köstlichen Käse das Wasser im Munde zusammen. Bis mindestens November musste man warten, um den Jungkäse zu probieren, den Einjährigen kostete man zu einem Glas schweren Rotwein und zu Walliser Roggen-Nussbrot, den noch älteren schickte man über einen Hobel, damit er zu eleganten Rollen wurde, die man unter die Nase hielt, um den köstlichen Geruch tief einzuziehen und um den Käse danach mit der Hand in den Mund zu schieben.

Sie erreichten Les Mosses, wo Spring in die Höhe zeigte und zwei Alphütten anvisierte, die aber schnell wieder aus dem Blickfeld verschwanden.

»1.900 Meter. Dort hinauf geht's.«

Die Passstraße neigte sich bereits ins Waadtland hinunter gegen Aigle zu. Über den Walliser Alpen lagen dichte Wolken, während für die beiden nach wie vor die Sonne schien.

»Geburtstagswetter«, sagte Bernhard. Dann lenkte er den Wagen nach rechts, legte in Heinrichs Schoß ein paar Ausdrucke, die er aus Google Earth vergrößert hatte und die an allen heiklen Abzweigungen mit roten Kringeln versehen waren. Sie verfuhren sich nur einmal, als das autobreite Asphaltband sich nach links hoch wuchtete, dann aber ging es flott voran, sie rumpelten über Kuhroste und passierten Wendeschlaufen von Skiliftseilen, bis sie endlich auf einer Kiesplattform zum Stehen kamen.

Über ihnen lag ein Wald, noch höher trat der nackte Fels

zu Tage, der über sich ein Grasplateau trug, von dem aus es nur noch steil aufwärts ging. Sie machten sich auf den Weg und erreichten die Alp Dorchaux nach knapp 40 Minuten. Sie grüßten den Senn, der mit einer Schaufel vor der Hütte stand und ihnen einen Kaffee anbot. Willkommene Verschnaufpause für alle drei.

»Es kommen nur alle paar Tage vereinzelt Wanderer vorbei«, sagte der Bauer. »Manchmal wird es einsam hier oben.«

Er hatte die alten Hütten zusammen mit seiner Familie von innen her ausgebaut und wohnlich eingerichtet. Allerdings blieb noch viel zu tun. Housi stellte den beiden seine Frau Natalie vor, die den beiden Bernern die alte Küche mit der rußigen Feuerstelle und der daran anschließenden getäferten ehemaligen Schlafkammer zeigte. Auf dem Holz fanden sich Zeichnungen und Inschriften von ganzen Sennergenerationen, im Kerzenlicht mit Bunt- oder Kohlestift sorgfältig auf das Holz gezeichnet und datiert, zurückreichend bis ins späte 19. Jahrhundert.

Anschließend stiegen Spring und Müller ganz hoch bis zur Krete, über eine immer steiler aufsteigende Wiese, die irgendwann zu stark anstieg, als dass die Kühe das Gras noch abfressen konnten. Nun zeigte sich die Vielfalt der Kräuter und Blumen, die in dieser baumlosen Höhe wuchs. Nur die Ziegen würden sich daran gütlich tun.

Da der Mensch ein Räuber ist, taten sie es nun den Tieren gleich, setzten sich auf den höchsten Punkt, blickten in den schwindelerregenden Abgrund auf der anderen Seite, wo der Fels Hunderte von Metern senkrecht abfiel, und packten die geräucherte Ziegentrockenwurst aus, die Natalie ihnen in die Hand gedrückt hatte, »damit ihr wisst, was ihr esst«.

Heinrich Müller konnte ein leichtes Unwohlsein und Schwindelgefühle erst nach einigen Minuten abwerfen, wenn er von oben die Grassoden betrachtete, auf denen sie hochgestiegen waren. Zu präsent war die Erinnerung an den Beinbruch vom vergangenen Jahr. Müller schwitzte, als er an den Abstieg dachte und daran, wie ein einziger Fehltritt fatale Folgen haben konnte.

Danach ergriff der Störfahnder das Wort: »Jetzt müssen wir ohne Ablenkung von irgendeiner Seite Nägel mit Köpfen machen. Wir rollen die Fakten auf. Du zuerst. Delia Zimmermann.«

»Sie hat erklärt«, sagte Heinrich Müller, »sie habe den vorgeblich dritten Teil des Tausendblumenteppichs aus der bescheidenen Erbmasse von Maxine Bolley erhalten. Es lässt sich nicht mehr eruieren, ob beim Ableben der letzten direkten Nachfahrin der als Hexe enthaupteten Itha Stucki nachgeholfen worden ist oder nicht. Die Unterlagen über ihren Tod sind zwar in Ordnung, aber für unsere Bedürfnisse mangelhaft. Auch der Tod von Delia Zimmermann verunmöglicht weitere Befragungen in dieser Richtung.«

»Aus ihrer Wohnung ist der Teppich gestohlen worden, ohne Lösegeldforderung, ohne Hinweis auf den oder die

Täter. Nach der Aussage von Thierry Coudray, die er dir auf eurer Wildwasserfahrt gemacht hat, geschah der Diebstahl im Einvernehmen mit der Besitzerin durch den Schauspieler Pierre Roth, in der Absicht, deine Versicherung zu betrügen.«

»Der Teppich befindet sich«, fuhr der Detektiv fort, »aller Voraussicht nach in den Händen von Pierre Roth. Es sollte demnach möglich sein, seiner habhaft zu werden. Und wenn wir den Dieb verhaften, können wir auf Erklärungen hoffen.«

»Delia Zimmermann hat entweder mit dem Erlös aus einem baldigen Teppichverkauf oder mit der Versicherungssumme gerechnet, weil sie sich am Film beteiligen wollte oder um Verluste im Warentermingeschäft auszugleichen.«

»Wenig glaubhaft«, gab Heinrich Müller zu bedenken«, dass die Frau, die eigentlich einen vernünftigen, überlegten Eindruck gemacht hat …«

»Bis auf die gelegentlichen Skandale, vergiss das nicht!«

»… sozusagen sauer verdientes Geld in ein derart windiges Unterfangen wie diesen Film gesteckt hätte.«

»Ruhm verzeiht alles«, sagte der Störfahnder. »Aber sie hätte in diesem Fall Thomas Däppen nicht erschießen müssen. Der Mann hat sie erst in diese Notlage gebracht, indem er bereits vorhandenes Vermögen in den Sand gesetzt hat.«

»Oder«, schloss Heinrich, »sie hat, sorglos geworden

durch überzogene Renditeversprechen, einen Kredit aufgenommen, und Thomas Däppen hat viel Geld vernichtet, sodass sie erst auf die Idee mit dem Teppich gekommen ist.«

»Plötzlich war Eile angesagt, da musste das Ableben von Maxine Bolley beschleunigt werden«, überlegte der Störfahnder.

»Das werden wir kaum mehr klären. Jedoch muss Thomas Däppen Delia Zimmermann in eine schlimme Notlage gebracht haben, anders ist sein Tod nicht zu verstehen.«

»Und du warst zufällig am gleichen Ort. Gäbe es noch andere Möglichkeiten für eine weibliche Täterschaft, denn Delia Zimmermann ist als Mörderin nicht endgültig bestätigt?«

»Es könnte allenfalls Sahara Burkhard gewesen sein, die als Lagerdirne an der Seite von Pierre Roth eine Hauptrolle im Film spielen sollte, aber von Roth wegen Delia Zimmermann zurückgewiesen worden ist.«

»Mord aus Eifersucht?« Spring zweifelte.

»Nicht sehr wahrscheinlich, allerdings auch nicht auszuschließen«, doppelte Müller nach. »Du wolltest ja alle Möglichkeiten durchgehen.«

»Gut. Dann also Delia Zimmermann selber. Nach Aussagen des Regisseurs hat sich Pierre Roth Hoffnungen auf die Frau gemacht, die nicht erfüllt worden sind. Das Täterprofil deutet auf einen kühl überlegenden und handelnden Menschen hin.«

»Es ist allerdings von einem zumindest teilweise Mitverantwortlichen geliefert worden, könnte daher parteiisch sein.«

»Stimmt aber mit dem Vorgehen beim Mord von Delia Zimmermann überein«, dozierte Bernhard Spring, »wir schließen vom Tatort und vom Tathergang auf das Verhalten des Täters. Und wir haben einen kaltblütigen Mord vorgefunden. Auch hier ist nicht geklärt, ob Roth und Zimmermann nicht etwa gemeinsam den störenden Detektiv aus dem Weg räumen wollten und Pierre Roth seinen Handlungsvorsatz abgeändert hat, weil du nicht am Treffpunkt erschienen bist.«

»Da er die Frau nicht haben konnte, hat er sich mit dem Teppich schadlos gehalten. Und für mein eigenes ruhiges Gewissen«, sagte Müller, »gehe ich mal davon aus, dass ich nie das Ziel von Mordanschlägen gewesen bin, sondern jedes Mal zur falschen Zeit am falschen Ort war.«

»Pierre Roth hält sich ständig in deiner Nähe oder in derjenigen von Thierry Coudray auf. Der Zufall, dass ihr beide in einem Boot sitzt, kommt ihm zu Hilfe. Vielleicht ist es ihm auch egal, welchen von euch beiden er trifft, Hauptsache der andere ist entsprechend eingeschüchtert.«

»Was er ja auch geschafft hat«, gab Müller zu bedenken. »Aber wenn er es doch gezielt auf Thierry Coudray abgesehen hatte, wollte er nicht einen Mitwisser ausschalten, sondern sich dafür rächen, dass der Regisseur ihn als Schauspieler nicht Ernst genommen hat und er – zusammen mit Delia Zimmermann – sein in den Film gestecktes Vermögen vernichtet hat.«

Der Störfahnder stellte fest:

»1. Pierre Roth ist flüchtig und kann nicht befragt werden.

2. Pierre Roth lässt sich kaum aus der Reserve locken, das haben nicht einmal unsere Freunde mit dem Hologramm geschafft.

3. Der Verbleib des Teppichs und sein wahrer Wert bleiben unklar.«

Zufrieden stiegen sie den steilen Grashang wieder hinunter, Schritt um Schritt auf dem schwierigen Gelände setzend, damit ein Ausrutscher verhindert werden konnte. Heinrich Müller stellte fest, dass ihm die letzte Sicherheit fehlte. Er verkrampfte sich und machte mehr als einen Umweg.

Verschwitzt kamen die beiden wieder bei der Alphütte Dorchaux an und baten den Sennen um ein Bier.

»Wir haben uns den Mund fusselig geredet«, erklärte Müller.

Housi setzte sich zu ihnen. Seine Kühe würden erst in einer guten Stunde den Weg von der Weide in den Melkstand suchen.

»Du kannst nun problemlos Bier trinken«, behauptete Spring.

»Wie das?«, fragte Müller. »Hat es plötzlich keine Kalorien mehr? Außerdem gibt es im Bier Substanzen, die dem weiblichen Hormon Östrogen ähnlich sind und deshalb das Wachstum von Bauch und Brüsten fördern.«

Der Senn schaute an sich hinunter.

»Du musst«, fuhr Spring fort, »hinterher einfach genügend Hahnenwasser trinken. Da drin gibt es so viele chemische Verbindungen aus Antibabypillen, dass sie die weiblichen Bierhormone neutralisieren.«

Zufrieden blickten die drei den weit im Süden vorbeiziehenden Wolken nach, und es schien bei genauerem Hinsehen nicht unmöglich, dass die eine oder andere die Form von steil aufragenden Brüsten entwickelte.

MONTAG, 3. AUGUST 2009

Als er mit dem Fahrrad aus der Dorfstrasse hinaus in den Wald bog, gab die neben dem Weg wiederkäuende Kuh des letzten Bauernhofs ein kurzes, knackiges Muhen von sich, das sofort aus dem Stall erwidert wurde. »Ein Velofahrer!«, hatte sie gebrüllt, und das Wort war wiederholt worden, weil die Kühe im Stall eine Statistik über die vorbeirasenden Fahrzeuge führten. Wie sie allerdings die vier durch die Kurve schleudernden Polizeiautos angekündigt hatte, das hätte der Velofahrer gerne gehört, aber er war schon zu weit in den Wald vorgedrungen.

Nach einigen Kilometern erreichte Pierre Roth einen Punkt, ab dem es nun nur noch abwärts ging, jedenfalls bis zum Bahnhof von Tavannes, den der Schwarzhaarige mit seinem Dreitagebart anvisierte. Er gönnte sich eine letzte Rast, stand mitten in einer feindlichen Wiese, die ihn wie einen Eindringling behandelte. Die wenigen Blumen waren in der Hitze erbleicht, das Gras dorrte vor sich hin, die Erdkrumen bröckelten unter seinen Schritten, gaben sich aber nur mit sandigem Knirschen geschlagen. Voller Wut über die spürbare Ablehnung seiner Anwesenheit stellte sich Pierre Roth mitten ins Gewächs, in Sichtweite der nächsten Behausungen, und pisste zielgenau auf die wenigen Blüten, die unter dem dampfenden Strahl wegknickten.

Dann machte er sich auf den Weg.

Die Polizei hatte inzwischen Bellelay besetzt. Zwei Fahrzeuge versperrten die Zufahrtsstraße, die beiden anderen platzierten sich vor und hinter dem Elternhaus von Pierre Roth, in dem seine Wohnung lag, ein Jurahaus mit ehemals weiß getünchten Wänden, vom heftigen Wind ausgebleicht. Die schmalen Fenster auf der Nordseite ließen kaum Licht ins Innere, nur auf der Sonnenseite erreichten Wärme und Helligkeit die Zimmer hinter den dicken Mauern.

Die Polizisten agierten, wie sie es in vielen Kursen gelernt hatten, sicherten das Gelände, die Eingangstür, den Flur, die Holztür zu Roths Wohnung. Bernhard Spring läutete, klopfte, rief den Namen des Schauspielers, drückte die Klinke und fand die Tür unverschlossen. Sie traten ein, Pistolen im Anschlag, als ob sie selber für eine Verfilmung üben würden. Aber das Appartement war leer, Springs Erleichterung spürbar, denn bei einem Verdächtigen mit dieser Vorgeschichte musste man sowohl mit einem Schusswechsel als auch mit einem Selbstmord rechnen.

Es blieb, die Fahndung auszulösen und das Haus zu untersuchen. Der Speicher war voller Gerümpel, der seit Jahren nicht mehr bewegt worden war, derart viel Staub hatte sich darauf abgelagert. Im Keller hatte die Feuchtigkeit alles mit Schimmel überzogen. Drei Büchsen Thunfisch, deren Verfallsdatum längst überschritten war, sowie ein Weihnachtsschinken vom Vorjahr lagen in einem Holzgestell, eine faulige Kartonschachtel enthielt einige Flaschen mit abgelöstem Etikett.

»Ein Abbruchobjekt«, stellte der Störfahnder ernüchtert fest.

Auch die Wohnung bot keine Überraschungen. Sie wurde offenbar selten benutzt, jedenfalls wies nichts auf einen regelmäßigen, längeren Aufenthalt hin. In den letzten Tagen jedoch war sie bewohnt worden. Das Bett wirkte benutzt, genauso wie die Küche, zwar nicht zum Kochen, aber doch zum Essen Es lagen Krümel und ein angeschnittenes Brot herum, ein bisschen Geschirr stand im Abtropfbrett.

Im Wohnzimmer hatte sich Pierre Roth keine Mühe gemacht, die Tagesdecke vom Sofa zu nehmen, und auch nicht, die Papiere zu vernichten, die Bernhard Spring nun studierte.

Es fanden sich verschiedene Versionen von angefangenen Briefen, die man sich als Rechtfertigung oder als Abschiedsnotizen zurechtlegen konnte. Unter einem Stapel von Büchern lagen zudem ein paar Ausdrucke aus einem Computer, der jedoch in Bern stehen musste.

Spring zückte sein Handy und rief Pascale Meyer an, die gleichzeitig die Berner Absteige von Pierre Roth in Augenschein nahm. Sie hatte den PC bereits hochgefahren und überprüfte, ob die Dokumente darin abgelegt waren. Sie hatte die E-Mails bereits gelesen.

»Erpresserbriefe«, sagte die Polizistin. »Sie sind deutlich an Delia Zimmermann gerichtet, auch wenn sie an eine fiktive Mailadresse geschickt worden sind. Wahrscheinlich hat er sie von dort weitergesendet, um seine Spuren wenigstens auf den ersten Blick zu verwischen.«

»Wie die Dokumente, die mir vorliegen?«, fragte Spring.

»Im Inhalt ähnlich, das waren offenbar Entwürfe für die Mails.«

»Pierre Roth forderte demnach 50 Prozent des Erlöses aus dem Teppichverkauf und bot als Gegenleistung seine Hilfe beim Verstecken an«, sagte der Störfahnder. »Zwischen den Zeilen lässt sich herauslesen, dass er auch den fingierten Diebstahl als Pluspunkt ins Feld führt. Gibt es eine Antwort darauf?«

»Nur eine«, erklärte Pascale Meyer. »Kurz und bündig: ›25 Prozent ist mein letztes Wort!‹ Datiert vom 1. Juli, dem Tag vor dem Mord an Delia Zimmermann.«

»Vielleicht ist unser Herr Müller doch aus dem Schneider, und es ging von Anfang an nur um die beiden«, überlegte Spring. »Wir werden sehen.«

Von Pierre Roths Wohnung begaben sich die Polizisten nun zum Hôtel de l'Ours, einerseits, weil Haussuchungen durstig machten, andererseits wollten sie sich nach ihrem Hauptverdächtigen erkundigen.

Der Wirt und seine Küchenburschen saßen in der Gaststube mit den vom Rauch vergilbten Wänden in einer dunstig-stickigen Atmosphäre, die durch rot-weiße Plastikdecken auf den Tischen noch verstärkt wurde, vor einer mächtigen Platte frittierter Egli-Filets und einer noch größeren Platte Pommes frites. Sie ließen sich vom Eintreffen der Leute aus der Hauptstadt nicht weiter stören.

Erst als er die Finger der rechten Hand, mit denen er die Fische zum Mund geführt hatte, einzeln abgeleckt hatte, stand der massige Mann auf und streckte sie ihnen zum Gruß entgegen.

»Pierre Roth«, gab Spring das Stichwort.

Der Bärenwirt zuckte die Schultern.

»Un copain.«

»Ein guter Kollege?«

»Nicht besonders. Seit seine Eltern bei einem Verkehrsunfall gestorben sind, kommt er nur noch selten her.«

»Wann war das?«, fragte der Störfahnder.

»Vor etwa vier Jahren. Es hat ihn aus der Bahn geworfen. Der Junge hat eine Ausbildung als Elektriker gemacht. Er hat zu trinken begonnen, seinen Job verloren, dann hat man nur noch gehört, dass er jetzt eine Karriere als Schauspieler angestrebt hat.«

»Was haben Sie davon gehalten?«

»Über so was schüttelt man hier oben nur den Kopf. Davon gibt es genug, drüben in der Anstalt, Leute, die sich zu Höherem berufen fühlen und den Alltag nicht mehr in den Griff bekommen.«

»Und Pierre Roth? Hatte er den Alltag im Griff?«, wollte Spring wissen.

»Nein«, sagte der Wirt. »Aber er hat ja in Bern gelebt, dort habt ihr La Fosse aux Ours, den Bärengraben, da fällt das nicht so auf. Aber dass er sein Erbe so schnell durchgebracht hat, ist vielen sauer aufgestoßen.«

»Er hat neben dem Haus auch noch Geld geerbt?«

»Man munkelt von einer Million. Sehen Sie, die Eltern waren arbeitsame Leute. In einem Dorf sagt man nichts Schlechtes von einer solchen Familie.«

»Na gut. Aber die Eltern sind inzwischen verstorben«, meinte der Polizist. »Wir interessieren uns für den Sohn.«

»Er ist kein schlechter Kerl«, sagte der Wirt. »Wer weiß, was sie mit ihm in Bern gemacht haben.«

Sie haben nichts gemacht, sie haben nichts gehört, also gehen sie nach Hause und sagen kein Wort, weder zu ihren ausgemergelten Frauen noch zu den autoerotischen Fantasien ihrer einsamen Tage, dachte Bernhard Spring, bevor er fragte: »Höre ich aus Ihren Bemerkungen heraus, dass es auch dunkle Seiten gegeben hat?«

»Erwarten Sie nicht, dass ich einen Einheimischen schlecht mache«, sagte der Mann und wollte sich vom Tisch erheben.

Spring fasste nach seinem Unterarm. »Der gute Mensch, den Sie vor den bösen Polizisten in Schutz nehmen, hat zwei Personen umgebracht. Wenn Sie uns doch noch etwas zu sagen haben …«

»Die Frau, die wir in jener Nacht am Himmel gesehen haben …«

»… ist eine davon«, ergänzte der Störfahnder.

Sein Gewicht lastete wieder schwer auf dem Stuhl, als

der Bärenwirt fortfuhr: »Pierre Roth war selber ein halbes Jahr lang in der Klinik. Nach dem Tod seiner Eltern litt er unter Verfolgungswahn, glaubte, er sei der Nächste, faselte unverständliches Zeug. Wir dachten, er sei einer Sekte beigetreten.«

»Stündeler«, stellte Spring fest.

»Schlimmer«, sagte der Wirt, »Außerirdische!«

Dann gab er sich einen Ruck, forderte den Störfahnder auf mitzukommen, bewegte sich durch einen kühlen Gang zwischen Steinmauern, eine hölzerne Treppe hinauf und blieb vor dem Zimmer Nr. 5 stehen. In der Tür steckte der Schlüssel.

»Seine Wohnung ist in einem schlechten Zustand«, erklärte er. »Deshalb hat Pierre Roth hier übernachtet. Vor zwei Tagen ist er allerdings in sein Elternhaus zurückgekehrt, aus Sicherheitsgründen, hat er gesagt, und dass ich ihm das Zimmer frei halten solle, er müsse hier etwas deponieren.«

Der Wirt zog die Zimmertür auf und ließ Bernhard Spring den Vortritt.

»Dieses Paket sollte ich für Pierre Roth verwalten.«

Der Störfahnder brauchte es nicht aufzuschnüren, um zu wissen, dass er darin den Teppich finden würde, der am Anfang der ganzen Geschichte stand. Er rief die Besetzung eines der Streifenwagen und beauftragte die Polizisten damit, das Paket unter größter Vorsicht beim Direktor des Bernischen Historischen Museums abzuliefern.

DIENSTAG, 4. AUGUST 2009

Pierre Roth stand unter permanenter Handyortung, hatte allerdings sein Gerät seit gestern ausgeschaltet. So blieb Police Bern nichts weiter übrig als die Bereitschaft, das lange Warten. Der Störfahnder setzte sich zu Heinrich Müller an einen Tisch im Bauch & Kopf und trank einen Kaffee.

»Die Befragungen in Bellelay haben zweifelsfrei ergeben, dass der Schauspieler der Täter in den beiden Mordfällen Delia Zimmermann und Thierry Coudray ist«, fasste Bernhard Spring zusammen. »Der Teppich ist sichergestellt, was bedeutet, dass auch der letzte Grund für seine Taten hinfällig geworden ist. Es kann ihn nur noch die Verzweiflung leiten.«

»Falls er Kenntnis davon hat, dass ihr den Teppich beschlagnahmt habt«, gab Heinrich zu bedenken.

»Egal. Ich denke, er versucht noch einmal, ihn zu Geld zu machen, um von der Bildfläche zu verschwinden.«

Plötzlich gab es ein Geräusch, als ob Wasser aus einer Badewanne abflösse.

»Das ist mein Handy«, sagte Spring.

»Wir haben den Verdächtigen geortet«, sagte eine kühle weibliche Stimme. »Er hat kurz einen Herrn Andreas Markwalder angerufen, der sich in Murten vor dem Haupttor aufhält. Der Anrufer selber bewegt sich.

Wahrscheinlich sitzt er im Zug zwischen Bern und Murten, kurz vor Galmiz.«

»Danke«, sagte der Störfahnder, wählte eine Nummer und gab kurze Anweisungen.

»Es geht los«, bellte er, packte seine Jacke und stürzte zum Wagen, gefolgt von Heinrich Müller. »Die Polizei in Murten wird Pierre Roth am Bahnhof erwarten und auf seinem Weg beschatten. Hoffentlich kommen wir früh genug.«

Sie kamen rechtzeitig, da Pierre Roth offensichtlich das südliche Stadttor mit dem Berntor verwechselt hatte. Er war jedoch geschickt genug, vom Bahnhof her den Stadtgraben zu nehmen, einen Fußweg, der außen zwischen der kleineren und der großen, turmbewehrten Stadtmauer durchführte, vorbei an Gärten, die – so schien es – kaum zu erreichen waren und durch hohe, belaubte Gitter oder Bretterwände geschützt vor unbefugten Blicken waren.

Im Vorbeigehen realisierte er vielleicht die Markierungen der Sprayer, die pissenden Hunden ähnlich ihre zeitweilige Anwesenheit demonstrierten. Möglicherweise sah er die moosbewachsenen Dachziegel. Oder er blickte zu den Türmen hoch, von denen jeder eine andere Form aufwies, eckig, rund, bauchig. Eher keine Zeit hatte er, das engmaschige Rankenwerk von Schlingpflanzen zu bewundern, die sich um die rostigen Gittern wanden, da er an der Französischen Kirche vorbeihastete. Er war spät dran.

Er erblickte den Turm der Deutschen Kirche, hetzte

dennoch weiter, bis er auf der Wiese vor dem Berntor stehen blieb. Nachdem er seine Uhr befragte und sich wunderte, warum niemand auf ihn wartete, glich er seine Uhrzeit mit der der Zytglogge über dem Berntor ab und bemerkte, dass er keine fünf Minuten zu spät war. Mit großen raumgreifenden Schritten trat er durch den runden Torbogen, bog nach links in die Deutsche Kirchgasse ab und suchte den Weg zur Kirche, hinter der er den Aufgang zur Stadtmauer fand.

Er hatte sich kein einziges Mal umgeblickt und die beiden Murtener Polizisten nicht bemerkt, die sich in seine Bewachung teilten. Der eine, der nach der Hälfte des Weges abgelöst worden war, trat in der Kreuzgasse auf einen Mann zu, der hinter der Küche eines Restaurants eine graubraune Siamkatze streichelte, aber auf jemanden zu warten schien.

»Sie sind Herr Markwalder?«, fragte der Polizist den Mann.

»Ja«, erwiderte dieser. »Angenehm. Und Sie sind Herr Roth?«

»Herr Roth erwartet Sie auf dem Polizeiposten im Schloss«, erwiderte der Beamte. »Folgen Sie mir bitte. Kann ich mich darauf verlassen, dass Sie keinen Skandal verursachen, oder muss ich Ihnen Handschellen anlegen?«

»Ja. Nein«, stammelte Markwalder, der einen solchen Empfang sichtlich nicht erwartet hatte. »Ist etwas mit Herrn Roth nicht in Ordnung? Nehmen Sie bitte zur Kenntnis, dass ich den Mann nicht kenne. Ich wollte ihn hier für ein

Geschäft treffen, von dem er mir noch keine Details verraten hat. Ich weiß nur, dass es um einen Teppich geht. Ich soll eine Expertise erstellen …«

»Jetzt halten Sie die Klappe«, intervenierte der Polizist. »Sie sollen eben kein Aufsehen erregen, wenn Sie keine weiteren Scherereien haben wollen.«

Darauf schwieg Markwalder und entfernte sich mit dem Fahnder von der Stadtmauer.

Oben hetzte Pierre Roth jedoch durch den Wehrgang, stolperte beinahe über eine Holzplanke, blickte sich immer wieder hastig um und schien sich verfolgt zu fühlen. Mit einem Blick durch die Schießscharten vergewisserte er sich, dass er keinen erkannte, der ihm auffällig erschien. Daraufhin huschte er weiter zum höchsten Turm der Mauer, stieg die Holztreppe zur Aussichtsplattform hinauf, sah niemanden, zog sein Handy aus der Tasche, besann sich eines anderen, stieg wieder hinunter und rannte nun beinahe den letzten Teil des Wehrgangs bis zum hintersten Turm, wo es ihm dämmerte, dass es von hier keinen Abgang in die Stadt gab.

Aber da war es schon zu spät.

Spring und Müller hatten das Tor erreicht, waren die Treppe, unter der das alte Uhrwerk ausgestellt war, hochgestiegen und konnten sich nun Zeit nehmen, Pierre Roth entgegenzugehen. Der hatte eingesehen, dass eine weitere Flucht keinen Sinn ergab, es sei denn, er stürze sich von der Mauer in den Tod, was er einen kurzen Augenblick erwog, jedoch kurz darauf verwarf. So stieg er auf den

Turm in die obere Kammer und erwartete die Ankunft der beiden Männer, Müller und Spring.

Pierre Roth hatte sich ins offene Fenster gesetzt, dessen Sims einen halben Meter tief war. Seine Beine baumelten auf der andern Seite herunter, sodass man meinen konnte, er versuchte, über das Dach der Mauer abzuhauen. Müller wollte ihn zurückhalten, aber Spring bat ihn, ruhig zu bleiben, in diesem Moment drehte sich Roth zu ihnen beiden um und sagte: »Bewegen Sie sich nicht von der Stelle. Sie werden mich gleich abholen. Dann wird es für nicht Eingeweihte gefährlich.«

Müller schaute Spring verständnislos an, dieser zuckte die Schultern.

»Wer?«, fragte der Störfahnder.

»Meine Freunde aus dem Weltraum. Was glauben Sie, wer ich bin? Meinen Sie, ich hätte diesen ganzen Zirkus hier in eigener Regie veranstaltet? Ich bin einer anderen Macht verantwortlich, die Ihre kleinlichen Gesetze nicht zu fassen kriegt. Sie haben ja keine Ahnung!«

»Dann erklären Sie es uns«, bat Spring höflich.

Damit hatte der verhinderte Hauptdarsteller nicht gerechnet. Er überlegte, wie viel er preisgeben sollte und sagte: »Vor vier Jahren bin ich von einem Ufo entführt worden.«

Müller wusste nicht, ob er lachen oder weinen sollte.

»Es sind außerirdische Bäcker, die nach neuen Rezepten suchen. Deshalb habe ich die Kornkreise entworfen. All diejenigen, die die Form eines Brotes haben, sind mein

Werk. Sie sollen meinen Freunden im Weltall zeigen, welche Möglichkeiten wir hier auf der Erde entwickelt haben. Sie lassen uns in Ruhe, wenn wir unsere Geheimnisse mit ihnen teilen. Dafür habe ich gesorgt.«

»Bäcker?«, fragte Spring irritiert.

»Ja. Haben Sie noch nie von Manna gehört? Steht in der Bibel. Himmelsbrot, das den Israeliten auf ihrer vierzigtägigen Wanderung durch die Wüste als Nahrung gedient hat. Es muss am gleichen Tag gegessen werden, an dem es gebacken wird.«

»Ich habe gemeint, das Manna sei vom Himmel gefallen«, flüsterte Müller Spring zu.

»Bleib ruhig«, sagte dieser, und zu Roth: »Und nun möchten die Himmelsbäcker etwas Abwechslung in ihren Brotplan bringen?«

»Ja. Fast hätte es geklappt. Sie sind schuld, wenn es nicht so weit kommt. Ich warte jetzt auf den Laserstrahl, der mich zu ihrem Raumschiff bringt.«

»Und die Hexen?«, fragte Spring.

»Pah, die Hexen«, brummte Roth. »Die haben mich im Griff, seit ich diesen verdammten Teppich angerührt habe. Bei den Außerirdischen weiß man wenigstens, woran man ist. Aber die Hexen tauchen unerwartet auf, überfallen dich ohne Vorwarnung.«

»Was ich nicht verstehe«, überlegte Spring, »ist, was der Teppich von Delia Zimmermann mit dem Himmelsbrot zu tun hat.«

»Die Zusammenhänge sind immer schwierig zu

begreifen, vor allem für Kleingläubige wie Sie.« Er zögerte und schien springen zu wollen, fasste sich jedoch wieder. »Es ging überhaupt nicht um den Teppich, sondern nur darum, etwas zu Geld zu machen, denn so ein Unternehmen will finanziert sein. Da gibt es keine Kompromisse.«

»Und da Sie das Geld Ihrer Eltern bei Getreideterminspekulationen verloren hatten, mussten Sie neues beschaffen.«

Pierre Roh seufzte und schüttelte seine schwarze Haarmähne. »So in etwa. Das Schicksal kommt stets in der Form von Sabine oder Désirée oder Nathalie. Die steht in der Ecke und unterbricht das Kaugummikauen nur durch das Anstecken einer Zigarette, bis irgendwann der Vorschlag kommt, sie solle teilhaben, wenn auch nur im Hintergrund. Vorbei ist's mit der Männerfreundschaft, und das Schicksalsrad soll nur noch entscheiden, mit wem sie schließlich loszieht.«

»Mit Ihnen offensichtlich nicht«, sagte Heinrich, um der Sache ein Ende zu machen.

»Nein. Wir sehen uns nie wieder«, erklärte Roth.

»Und Ihre Désirée hieß Delia Zimmermann?«, wollte Spring wissen.

»Warum stellen Sie Fragen, deren Antwort Sie bereits kennen?« Roth wurde ungeduldig.

»Wie war das auf dem Mälzboden?«, fragte Müller. »Delia lag ausgerichtet auf den Holzdielen.«

»Ich habe sie bereit gemacht für Enki, der sie abholen wollte.«

»Zum Sirius?«

»Ja. Er hat mir das zweite Leben versprochen, wenn ich ein Opfer bringe.«

»Wer ist Markwalder?«, fragte der Fahnder.

»Sie kennen ihn?« Roth schien überrascht. »Er ist der Kontaktmann.«

Spring erklärte: »Markwalder kommt nicht. Er hat uns an seiner Stelle geschickt. Wir sind die Bäcker.«

SAMSTAG, 15. AUGUST 2009

Zehn Tage waren seit dem Turmabenteuer und der Verhaftung von Pierre Roth vergangen. Leonie Kaltenrieder hatte alle Akteure zur Party ins Bauch & Kopf geladen. Diesen Anlass wollte keiner verpassen. Es versprach der Höhepunkt des Jahres zu werden. Allerdings hatte Cäsar Schauinsland das ausdrückliche Verbot, Feuerspiele irgendwelcher Art durchzuführen. Schließlich war die Filmpremiere angesagt, das würde für genügend Lärm sorgen.

Denn es war so: Sabina Schneiter von den Black-Box-Filmproduktionen hatte das vorhandene, abgefilmte Material beschlagnahmen und es in den eigenen Labors ausarbeiten und zu einem Streifen zusammenschneiden lassen, der zwar keine Spielfilmlänge fürs Kino erreichte, doch bestimmt an einigen Festivals vorgeführt werden konnte. Man musste nur das Werbekonzept anpassen, da das vorliegende Material keinen ernsthaften Historienfilm erlaubte, sondern eher in die Kategorie Slapstick fiel. Wenn man ihn mit einer entsprechenden musikalischen Untermalung krönte, würde es für Furore sorgen. Zuerst würden sich die aufrechten Patrioten melden und sich gegen die Verballhornung eines der wichtigsten und ernsthaftesten Kapitel der Schweizer Geschichte wehren. Daraufhin kämen die religiösen Fanatiker und meinten, eine derart folgenschwere, unchristliche Schlacht mit außerordentlich vielen Toten lächerlich zu machen, sei unmoralisch. Weiter meldeten sich Vertreter anderer Religionsgemeinschaften und vermissten eine ausgewogene historische Würdigung ihrer – wenn auch bescheidenen – Teilnahme an diesem Anlass. Im Weiteren äußerten sich Sponsoren, die mit dem Ergebnis nicht zufrieden waren, anschließend eidgenössische Parlamentarier, die den Missbrauch von Steuergeldern beklagten, schließlich Kritiker, die in den Hauptfiguren keine Entwicklung erkennen konnten, danach die Schauspielergewerkschaften, die es verurteilten, dass ein Film freigegeben werde, bevor die letzten Löhne bezahlt seien, und zuletzt die Rechtsvertreter des Hauptdarstellers, die die Position ihres Mandaten vor Gericht gefährdet sahen, wenn man dessen schauspielerische Fähigkeiten vor dem Prozess ausbreite, womit auch der Sorge Ausdruck gegeben wurde, dass Pierre Roths Auftritt nicht zu den Highlights gehörte und kaum einen Preis gewinnen würde.

Dennoch hatte das Publikum seinen Spaß an der Vorführung, insbesondere die Anwesenden im Bauch & Kopf, die vor allem gebannt auf ihren eigenen Kurzauftritt warteten und ihn entsprechend bejubelten. Nur Nicole Himmel war nicht zu begeistern, hatte doch irgendjemand ihren Part herausgeschnitten oder – noch schlimmer – gar nicht erst aufgenommen, dabei hatte sie tagelang ihren Satz geübt. Aber nach einem zusätzlichen Glas Rotwein kippte auch dieser Ärger in die Freude des gelungenen

Abschlusses. Nur Heinrich Müller und Baron Biber ließen noch auf sich warten.

»Die beiden gucken wieder einen Tierfilm«, witzelte einer.

Als Henry endlich zu den anderen stieß, strahlte er übers ganze Gesicht.

»Hört mich an«, sagte er pathetisch und hielt einen Brief vors Gesicht, den er nun vorlas: »›Sehr geehrte … Im Namen des Historischen Museums Bern darf ich Ihnen meinen aufrichtigsten Dank aussprechen. Nach einer gründlichen Abklärung durch unsere Konservatoren steht nun einwandfrei fest, dass es sich bei dem von der Polizei bei uns abgelieferten Teppichfragment um das fehlende Drittel des Tausendblumenteppichs handelt. Es ist uns eine unermessliche Freude, in einigen Monaten, nach den abgeschlossenen Restaurierungsarbeiten, den gesamten Wandteppich der Öffentlichkeit vorzustellen. Dass es so weit kommen konnte, dazu haben Sie einen bedeutenden Beitrag geleistet. Da die Vorbesitzerin, Delia Zimmermann, ohne Erben verstorben ist, fällt der Gegenstand nach ihrem Tod ohne weitere Entschädigung an den Kanton Bern. Da wir dessen historisches Erbe verwalten, sind wir besonders stolz auf diesen unerwarteten Fund. Als Dank für Ihre Mühe können wir Ihnen leider kein Bargeld anbieten, hoffen jedoch, dass Sie an beiliegendem Geschenk Ihren Genuss finden.‹«

Heinrich ließ eine Kiste besten Champagner hereintragen, den er im Keller gelagert hatte und der genau die richtige Trinktemperatur aufwies. Während der Tausendblumenteppich der Bevölkerung noch lange Freude bereiten würde, fand das Getränk rasenden Absatz und hielt nicht einmal einen ganzen Abend lang vor.

»Auch meine Versicherung hat sich artig für unsere Hilfe bedankt, habe sie doch einen außerordentlich hohen Betrag eingespart. Allerdings war ihr dies kein besonderes Geschenk wert. Ich werde sie darauf hinweisen müssen, dass bei uns immer gegessen und getrunken wird, und man wird auch Richtung Ostschweiz schon vom unersättlichen Appetit der Berner Bären gehört haben.«

Dann wurde zur Freude von Andreas Bohnenblust ein Backblech voller frisch duftender Brote aufgetragen, das eine Mitarbeiterin seiner Bäckerei über den Breitenrainplatz getragen hatte. Es waren Gebildebrote besonderer Art. Zur Feier des Tages und als gutes Omen für zukünftige Fälle hatte er eine Reihe von Glückssymbolen aller Zeiten und Kulturen gebacken: Hufeisen, das altägyptische Anch-Symbol, schützende Augen, vierblättrigen Klee, und – wie ein Gruß aus anderen Zeiten – Eulen und Meerkatzen.

Im Verlauf des Abends kam es zu einigen Sticheleien. Nichts Bösartiges, nichts, was außerhalb der Mauern des Lokals wahrgenommen worden wäre. Louise Wyss hatte ein paar Models für den neuen Bauernkalender mitgebracht, Wunderwerke der Natur sozusagen, die aber nicht in jedes städtische Bild von einem Model passten. Eine von ihnen, ein Girlie namens Melinda Käsbleich, musste sich einigen Spott wegen ihres Künstlernamens gefallen lassen, der sich zur Verwunderung aller als echt herausstellte, nachdem man ausgiebig das gedruckte und alle elektronischen Telefonbücher konsultiert hatte und sich wunderte, dass es von den Käsbleichs eine ganze Familie zu geben schien.

Melinda heulte deshalb ein bisschen vor sich hin, wozu sicher auch der maßlose Konsum von Champagner beitrug, den sie glasweise in sich hineingeschüttet hatte, da sie zum ersten Mal in ihrem noch kurzen Leben ein so edles Getränk kosten durfte.

Die Postkartenmacher von Plonk & Replonk hätten ihre wahre Freude an diesem verweinten Gesicht mit den verschlierten Make-up-Spuren gehabt, das die tiefere Schönheit des Mädels erst zur Geltung brachte. Aber Nicole, die aus einer gewissen Verbitterung heraus ihre Lucy-Natur an diesem Abend sehr auslebte, sagte zu Melinda: »Brot kann schimmeln …«, um dann nachzusetzen: »… und was kannst du?«

Insgesamt verlief der Abend in trunkenen, fröhlichen Bahnen. Pascale Meyer hatte sich zu ihrem Westernkostüm mit den Lederfransen eine Schreckschusspistole besorgt, denn ganz ohne Schießerei durfte es nicht abgehen. Baron Biber quittierte dies mit einer Flucht ins Badezimmer, wo er sich unter dem Lavabo versteckte und nicht mehr hervorzuholen war. Aus der Musikanlage dröhnten unablässig die frühen Alben von Jefferson Airplane, psychedelischer Lärm, schräge Stimmen, tolle

Melodien, zu deren Rhythmen Cäsar Schauinsland ein handtellergroßes Gerät präsentierte, das Miniaturhologramme flirren ließ. Nachdem man es auf eine Person gerichtet und ihre Daten einprogrammiert hatte, schwebte sie durch Raum und Zeit. Das Gerät fand sensationellen Anklang. Cäsar konnte sich jede Menge Adressen von Leuten in sein Notizbuch aufschreiben, die das Spielzeug kaufen wollten. Jedoch verlor er das Büchlein ein paar Stunden später und wurde nicht zum Kleinstindustriellen.

Spät in der Nacht saß nur noch der harte Kern um einen einzigen Tisch herum: Detektiv Heinrich Müller, seine Freundin Leonie Kaltenrieder, seine Partnerin Nicole Himmel, der Störfahnder Bernhard Spring, seine Mitarbeiterin Pascale Meyer und ihr Freund und Objektverbrennungskünstler Cäsar Schauinsland. Nostalgie war in Bezug auf den vergangenen Fall bereits das Gefühl der Gefühle.

»Hunger«, lallte Henry.

Leonie ließ sich nicht zweimal bitten und kam aus der Küche mit einem längst vorbereiteten Brett voller Köstlichkeiten: Käse in vier verschiedenen Sorten, dreierlei Art Würste, knuspriges Brot, zwei Flaschen Rotwein und eine Auswahl an feinen Schnäpsen.

»Wir könnten ewig und einen Tag so weitermachen«, sagte der Detektiv. »Kulinarisch gibt es nichts mehr zu toppen.«

»Immerhin«, entgegnete Nicole, »haben wir uns noch in keinem Winzergebiet bewegt.«

»Und in keiner Schokoladenfabrik«, jubelte Pascale und schnalzte mit der Zunge.

»Geht in Ordnung«, löste der Störfahnder die Spannung, »ich gebe euch nur noch Fälle, die eure kulinarische Wüstenei zur blühenden Landschaft machen.«

ENDE

GLOSSAR

Bise Nordostwind

Chnebubrot sauerteigähnliches, spiralförmig gedrehtes dunkles Langbrot

Egli feiner Speisefisch, Flussbarsch

Effekten bewegliche Habe, Habseligkeiten

Goof abschätzig für: Kind

Hasardeur Abenteurer, Glücksritter

Krete Grat, [Gelände]kamm

klönen sich über die Umstände beklagen

Logis Wohnung

Mürggu Anschnitt beim Brot, bzw. des Brotlaibes

nachdoppeln nachbessern, zum zweiten Mal in Angriff nehmen

Ruchbrot dunkles Alltagsbrot

Rüeblirot karottenrot

Sprätlein Prise, kleines Maß

Stündeler Sektierer und abgeschottete Freikirchler

täfern täfeln

Triticale eine Kreuzung zwischen Hartweizen und Roggen

verunmöglichen verhindern, vereiteln

visionieren sich einen Film (o. Ä.) prüfend ansehen

Zopf, Züpfe Butterzopf: geflochtenes Hefeteigbrot mit viel Butter, Sonntagsbrot

Zustupf Zuschuss, Zuverdienst

PERSONENVERZEICHNIS

Heinrich Müller war groß geworden mit Pausenmilch, Perry Rhodan hatte ihn sozialisiert, Doktor Sommer aufgeklärt. Er war mehrfach unglücklich verliebt zu finnischem Tango, den schmerzhaftesten Herzensverlust hingegen begleitete Eric Burdons ›House of the Rising Sun‹. Erste detektivische Ambitionen bewirkte Michelangelo Antonionis ›Blow Up‹, das Gymnasium beendete er mit Jimi Hendrix. Die Ausbildung zum Polizisten war überschattet vom Gegensatz zwischen Ländlern und chinesischer Revolution. Beim Austritt aus dem Polizeidienst unterstützte ihn die Entdeckung von Single Malt Whisky.

So lernt man den Detektiv der Detektei Aubois & Müller vor seinem ersten Einsatz in Salztränen kennen. Die Arbeit als Polizist ist zu einengend für den Mann, der sich lieber seinen Hobbys widmet und ein bescheidenes Auskommen als Versicherungsdetektiv erarbeitet. Seinen ersten literarischen Auftrag erledigt Müller im Emmental, wo er nicht nur mit dem Käse Bekanntschaft macht, sondern auch mit Nicole Himmel, die ihm bei den Ermittlungen zur Seite steht. Henry Miller und Lucy heißt das ungleiche Paar, wenn es seine dunklen Seiten auslebt, und das ist ihm ein ständiges Bedürfnis. Nach dem Abschluss des

Käsefalles gründen die beiden die Detektei Müller & Himmel.

Nun werden sie zu einer Künstler-Wurst-Party nach Ostermundigen an den Rand von Bern eingeladen, auf der zwei Menschen sterben. In diesem zweiten Fall namens Wursthimmel geht es neben der Kriminalgeschichte selbstredend um das titelgebende Nahrungsmittel. Nicole und Heinrich arbeiten stärker mit Bernhard Spring, Störfahnder der Police Bern, und seiner Kollegin Pascale Meyer zusammen. Im Lauf der Ermittlungen lernt Heinrich Leonie Kaltenrieder kennen und verliebt sich in sie. Nach dem abgeschlossenen Fall beziehen Heinrich, Leonie und Nicole ein Haus im Berner Breitenrain, wo sie neben der Bar-Galerie Bauch & Kopf auch ihre Detektei betreiben.

Feuerwasser bringt die Konsolidierung der Zwangs- und Wahlverwandtschaften und eine engere Zusammenarbeit zwischen der Detektei Müller & Himmel und der Abteilung der Police Bern unter dem Störfahnder Bernhard Spring. Mit einem Stauseeprojekt im Justistal kommt Feuer ins Dorf Sigriswil, das mit keinem Wasser mehr gelöscht werden kann. Das Berner Oberland wird zum Schauplatz voralpiner Verbrechen, die nur unter verstärktem Einflössen von Lebenswasser gelöst und letztlich dem Vergessen anheim gegeben werden können. Heinrich Müller lernt nebenbei die Segnungen der hubschrauberbetriebenen Rettungsdienste kennen.

Heinrich Müller: Privatdetektiv Detektei Müller & Himmel, Ex-Polizist, wohnt in Bern, leicht über 50 Jahre alt, genannt Henry, Henri, Heiri; als Verkörperung seiner dunklen Seite: Henry Miller

Nicole Himmel: Anthropologin, arbeitet im Alpinen Museum Bern und in der Detektei Müller & Himmel; als Verkörperung ihrer dunklen Seite: Lucy

Baron Biber: der Kater von Heinrich Müller, heißt mit vollem Namen Baron Tartine Biber der Erste

Ginger: ein verwilderter Streuner

Leonie Kaltenrieder: Freundin von Heinrich Müller und Betreiberin des Bauch & Kopf

Bernhard Spring: Störfahnder der Police Bern, einer, der eingesetzt werden kann, wo man ihn braucht

Pascale Meyer: beherzte junge Polizistin in Springs Team

Peter Hofer: Kontaktmann der Versicherung

F. K. Swiss: eigentlich Franz Karl Schweizer, Objektkünstler

Cäsar Schauinsland: Objektverbrennungskünstler

Louise Wyss: Ex-Model mit Zukunftserwartungen

Melinda Käsbleich: zukünftiges Model im trunkenen Elend

Andreas Bohnenblust: Bäcker

Ruth Huber: Geschäftsführerin der Bäckerei Bohnenblust

Thomas »Tom« Däppen: Börsenhändler

Delia Zimmermann: Schlossbesitzerin

Itha Stucki: Hexe

Peter Stucki: Sohn von Itha
Der Eidgenosse aus der Familie Stucki

Maxine Boley: Nachkomme des Eidgenossen

Lino Frosio: Künstler

Thierry Coudray: Regisseur

Sabina Schneiter: Black-Box-Filmproduktion

Schauspieler und Statisten

Sahara Burkhard: Lagerdirne (soll Liebesszene mit Pierre Roth drehen)

Linda Schwerzmann: Marketenderin

Lisa Plüss: Waschfrau

Beat Tschanz: Adrian von Bubenberg

Pierre Roth: Spießträger, Schauspieler

Weitere Krimis finden Sie auf den folgenden Seiten und im Internet: www.gmeiner-verlag.de

PAUL LASCAUX

Wursthimmel

230 Seiten, Paperback.
ISBN 978-3-89977-785-7.

FRISCHFLEISCH BERN, IM SOMMER. Der Detektiv Heinrich Müller und seine Partnerin Nicole Himmel werden zu einem Grillfest des Künstlers F. K. Swiss eingeladen. Auf der Party wird ein surreales Kunstobjekt vorgestellt, das als Bratwurstgrill dient. Zur Gaudi des Publikums findet außerdem die Wahl einer Wurstkönigin statt.

Als Müller die Siegerin abholen will, findet er sie erstochen in einem Schrebergartenhäuschen. Am nächsten Morgen entdeckt die Polizei eine zweite Leiche: den Vertriebschef einer Großmetzgerei.

Es beginnen hektische Ermittlungen, an denen neben der Polizei auch die Detektei Müller & Himmel beteiligt ist. Eine heiße Spur führt die beiden Detektive in die dubiose Singleagentur »Happy Future« …

PAUL LASCAUX

Salztränen

277 Seiten, Paperback.
ISBN 978-3-89977-757-4.

EMMENTALER GEHEIMNISSE Ein mysteriöser Autounfall im Emmental nahe Bern. Hans Bähler, Käseeinkäufer der Großhandelsfirma »Moloko«, prallt ungebremst an einen Baum und stirbt.

Privatdetektiv Heinrich Müller, der von einer Versicherung mit der Untersuchung des Falls beauftragt wird, macht sich auf den Weg in das abgelegene Tal. Dort lernt er die Ethnologiestudentin Lucy kennen, die Feldstudien bei Schweizer Ureinwohnern betreibt und sich schon bald als glänzende Partnerin bei den Ermittlungen erweist. Mit Scharfsinn und Intuition kommen die beiden einem dunklen Geheimnis auf die Spur, das tief in der Vergangenheit des idyllischen Tals vergraben liegt.

GMEINER

Wir machen's spannend

MARIJKE SCHNYDER

Matrjoschka-Jagd

275 Seiten, Paperback.
ISBN 978-3-8392-1092-5.

EISZEIT An einem nasskalten Herbstmorgen macht eine Millionärin an der Lenk, ein Kurort im Berner Oberland, ihren gewohnten Spaziergang zum See. Wenig später findet ein Wanderer ihre Leiche in der Nähe eines Kioskhäuschens. Kommissarin Nore Brand und Nino, der Assistent mit der elektronischen Schnüffelnase, fahren im Auftrag der Berner Polizei in das Simmental hinauf. Dort kämpfen sie gegen eine Mauer des Schweigens. Die Angst vor der Russen-Mafia, die sich im Tal eingenistet haben soll, lähmt die Talbewohner. Nach zwei weiteren Morden erahnt Nore Brand die Dimensionen dieses Falles. Sie beißt sich fest und wirft sich mit voller Kraft in die Ermittlungsarbeit.

VERENA WYSS

Blutrunen

367 Seiten, Paperback.
ISBN 978-3-8392-1104-5.

DUNKLE AHNUNG Die junge Pamela Thoma hat ihren Job als Werberin in Zürich aus »persönlichen Gründen« an den Nagel gehängt. Sie flüchtet in die scheinbar heile Welt des Château de Salms in der Westschweiz, um einen beruflichen Neuanfang als Bibliothekarin zu wagen. Doch von Anfang an beschleichen sie unheimliche Gefühle, die sich schon bald bewahrheiten sollen: Eine Reihe rätselhafter Morde erschüttert das altehrwürdige Anwesen. Erst als Pamela im Archiv des Schlosses auf geheime Dokumente aus der NS-Zeit stößt, kommt allmählich Licht ins Dunkel …

GMEINER

Wir machen's spannend

Das neue KrimiJournal ist da!

2 x jährlich das Neueste aus der Gmeiner-Krimi-Bibliothek

KRIMIJournal

Gestohlene Kindheit

Bloody Cover

Krimi-Spiele

Pharaonenkinder

In jeder Ausgabe:

- Vorstellung der Neuerscheinungen
- Hintergrundinfos zu den Themen der Krimis
- Interviews mit den Autoren und Porträts
- Allgemeine Krimi-Infos
- Großes Gewinnspiel mit ›spannenden‹ Buchpreisen

ISBN 978-3-89977-950-9
kostenlos erhältlich in jeder Buchhandlung

KrimiNewsletter

Neues aus der Welt des Krimis

Haben Sie schon unseren KrimiNewsletter abonniert?
Alle zwei Monate erhalten Sie per E-Mail aktuelle Informationen aus der Welt des Krimis: Buchtipps, Berichte über Krimiautoren und ihre Arbeit, Veranstaltungshinweise, neue Krimiseiten im Internet, interessante Neuigkeiten zum Krimi im Allgemeinen.
Die Anmeldung zum KrimiNewsletter ist ganz einfach. Direkt auf der Homepage des Gmeiner-Verlags (www.gmeiner-verlag.de) finden Sie das entsprechende Anmeldeformular.

Ihre Meinung ist gefragt!

Mitmachen und gewinnen

Wir möchten Ihnen mit unseren Romanen immer beste Unterhaltung bieten. Sie können uns dabei unterstützen, indem Sie uns Ihre Meinung zu den Gmeiner-Romanen sagen! Senden Sie eine E-Mail an gewinnspiel@gmeiner-verlag.de und teilen Sie uns mit, welches Buch Sie gelesen haben und wie es Ihnen gefallen hat. Alle Einsendungen nehmen automatisch am großen Jahresgewinnspiel mit ›spannenden‹ Buchpreisen teil.

GMEINER

Wir machen's spannend

Alle Gmeiner-Autoren und ihre Romane auf einen Blick

ANTHOLOGIEN: Tatort Starnberger See • Mords-Sachsen 4 • Sterbenslust • Tödliche Wasser • Gefährliche Nachbarn • Mords-Sachsen 3 • Tatort Ammersee • Campusmord • Mords-Sachsen 2 • Tod am Bodensee • Mords-Sachsen 1 • Grenzfälle • Spekulatius **ARTMEIER, HILDEGUNDE**: Feuerross • Drachenfrau **BAUER, HERMANN**: Verschwörungsmelange • Karambolage • Fernwehträume **BAUM, BEATE**: Weltverloren • Ruchlos • Häuserkampf **BAUMANN, MANFRED**: Jedermanntod **BECK, SINJE**: Totenklang • Duftspur • Einzelkämpfer **BECKER, OLIVER**: Das Geheimnis der Krähentochter **BECKMANN, HERBERT**: Mark Twain unter den Linden • Die indiskreten Briefe des Giacomo Casanova **BEINSSEN, JAN**: Goldfrauen • Feuerfrauen **BLATTER, ULRIKE**: Vogelfrau **BODE-HOFFMANN, GRIT / HOFFMANN, MATTHIAS**: Infantizid **BOMM, MANFRED**: Kurzschluss • Glasklar • Notbremse • Schattennetz • Beweislast • Schusslinie • Mordloch • Trugschluss • Irrflug • Himmelsfelsen **BONN, SUSANNE**: Die Schule der Spielleute • Der Jahrmarkt zu Jakobi **BODENMANN, MONA**: Mondmilchgubel **BOSETZKY, HORST (-KY)**: Promijagd • Unterm Kirschbaum **BOENKE, MICHAEL**: Gott'sacker **BÖCKER, BÄRBEL**: Henkersmahl **BUEHRIG, DIETER**: Schattengold **BUTTLER, MONIKA**: Dunkelzeit • Abendfrieden • Herzraub **BÜRKL, ANNI**: Ausgetanzt • Schwarztee **CLAUSEN, ANKE**: Dinnerparty • Ostseegrab **DANZ, ELLA**: Schatz, schmeckt's dir nicht? • Rosenwahn • Kochwut • Nebelschleier • Steilufer • Osterfeuer **DETERING, MONIKA**: Puppenmann • Herzfrauen **DIECHLER, GABRIELE**: Glaub mir, es muss Liebe sein • Engpass **DÜNSCHEDE, SANDRA**: Todeswatt • Friesenrache • Solomord • Nordmord • Deichgrab **EMME, PIERRE**: Diamantenschmaus • Pizza Letale • Pasta Mortale • Schneenockerleklat • Florentinerpakt • Ballsaison • Tortenkomplott • Killerspiele • Würstelmassaker • Heurigenpassion • Schnitzelfarce • Pastetenlust **ENDERLE, MANFRED**: Nachtwanderer **ERFMEYER, KLAUS**: Endstadium • Tribunal • Geldmarie • Todeserklärung • Karrieresprung **ERWIN, BIRGIT / BUCHHORN, ULRICH**: Die Gauklerin von Buchhorn • Die Herren von Buchhorn **FOHL, DAGMAR**: Die Insel der Witwen • Das Mädchen und sein Henker **FRANZINGER, BERND**: Zehnkampf • Leidenstour • Kindspech • Jammerhalde • Bombenstimmung • Wolfsfalle • Dinotod • Ohnmacht • Goldrausch • Pilzsaison **GARDEIN, UWE**: Das Mysterium des Himmels • Die Stunde des Königs • Die letzte Hexe – Maria Anna Schwegelin **GARDENER, EVA B.**: Lebenshunger **GEISLER, KURT**: Bädersterben **GIBERT, MATTHIAS P.**: Schmuddelkinder • Bullenhitze • Eiszeit • Zirkusluft • Kammerflimmern • Nervenflattern **GRAF, EDI**: Bombenspiel • Leopardenjagd • Elefantengold • Löwenriss • Nashornfieber **GUDE, CHRISTIAN**: Kontrollverlust • Homunculus • Binärcode • Mosquito **HAENNI, STEFAN**: Brahmsrösi • Narrentod **HAUG, GUNTER**: Gössenjagd • Hüttenzauber • Tauberschwarz • Höllenfahrt • Sturmwarnung • Riffhaie • Tiefenrausch **HEIM, UTA-MARIA**: Totenkuss • Wespennest • Das Rattenprinzip • Totschweigen • Dreckskind **HERELD, PETER**: Das Geheimnis des Goldmachers **HUNOLD-REIME, SIGRID**: Schattenmorellen • Frühstückspension **IMBSWEILER, MARCUS**: Butenschön • Altstadtfest • Schlussakt • Bergfriedhof **KARNANI, FRITJOF**: Notlandung • Turnaround • Takeover **KAST-RIEDLINGER, ANNETTE**: Liebling, ich kann auch anders **KEISER, GABRIELE**: Gartenschläfer • Apollofalter

Stockholm

STADTABENTEUER

ANTJE MÖHLER
JOHANNES MÖHLER

1
2
3
4
5
6
7
8

Michael Müller Verlag

DIE AUTOREN:

+++ ANTJE UND JOHANNES MÖHLER +++

+++ HABEN SICH BEIM STUDIUM (DEUTSCH, GESCHICHTE) KENNEN UND IN SCHWEDEN LIEBEN GELERNT +++ ER (GEB. 1980 IN GEISLINGEN A. D. STEIGE) STUDIERTE, ARBEITETE UND FORSCHTE IN FALUN, STOCKHOLM UND GÖTEBORG UND VERFASSTE DIE TEXTE DIESES BUCHS +++ SIE (GEB. 1982 IN PEGNITZ) ORGANISIERTE, TESTETE, ÜBERPRÜFTE UND HIELT DAS CHAOS ZUSAMMEN +++ BEIDE SCHREIBEN AUF ELCHKUSS.DE ÜBER SCHWEDEN UND LEBEN INZWISCHEN IN NÜRNBERG +++

STOCKHOLM ZÄHLT GANZ GEWISS zu den schönsten Städten Europas. Überall Wasser, viel Grün, all die Museen, die herrlichen Cafés und Restaurants – die schwedische Hauptstadt hält für jeden etwas und für uns die ideale Kombination unserer Lieblingsdinge bereit. Und so waren unsere Trips durch Stockholm, die wir meist zu zweit erlebten, enorm abwechslungsreich. Manches hat Johannes auch allein unternommen: Er besuchte Astrid Lindgren, düste den Hammarbybacken hinunter und wankte über das Schloss von Uppsala. Gemeinsam waren wir Bootslandstreicher und gurkten herrschaftlich über den Tierfriedhof. Wir futterten uns durch den Norden und lauschten Schnapsliedern im Wohnwagen. Bei den Wikingern waren wir auch. Tun Sie's uns nach und genießen Sie genauso intensiv wie wir!

Antje und Johannes Möhler,
Stockholm – Stadtabenteuer

ZUR REIHE

WIE NÄHERT MAN SICH EINER WELTSTADT MAL ANDERS?

Es war an der Zeit, eine neue Art von Reiseführern zu erfinden. So brachten wir im September 2019 die erste Staffel der *Stadtabenteuer* heraus. Nach einem halben Jahr haben wir nachgedruckt, und dann kam … ein Virus.

Trotzdem war etwas in der Welt, das uns fast überrollt hat. Wir erhielten eine Auszeichnung für die neue Reihe, beste Pressestimmen von der *Süddeutschen* bis zur *FAZ*, auch Bloggerinnen und Blogger waren von der neuen Idee angetan: der Idee, einen Ort durch Erlebnisse zu erkunden. Ihn »mitzunehmen«, weil man etwas tiefer begriffen und erfahren hat, als das über die reine Besichtigung von Sehenswürdigkeiten möglich ist.

Dabei finden wir nach wie vor wichtig, dass mehr als die Hälfte der Erlebnisse kostenlos oder günstig (12 Euro oder weniger) sind, viele familienfreundlich, und die wichtigsten Sights und Spots – dazu gehören auch Wanderstrecken und Strände – beschrieben werden (»Wenn man schon mal hier ist«). Im Zentrum steht das Erlebnis, die Mentalität, die eine Stadt, eine Region oder eine Insel ausmacht.

Matthias Kröner, Herausgeber und Redaktion
Berit Kröner, grafisches Konzept und Herstellung

3
4
5

+++++++++++++ ANKOMMEN +++++++++++++

+++ STOCKHOLM IST EINE STADT DES WASSERS, WESHALB SIE AUCH DAS VENEDIG DES NORDENS GENANNT WIRD. DIE SCHWEDISCHE HAUPTSTADT IST AUF 14 INSELN ERBAUT. ZÄHLT MAN DIE SCHÄREN IM SEE MÄLAREN UND IN DER OSTSEE DAZU, KOMMT MAN AUF FAST 30.000 INSELN +++ 40 % DER FLÄCHE BESTEHEN AUS WÄLDERN, WIESEN UND PARKS +++ MIT DJURGÅRDEN VERFÜGT STOCKHOLM ÜBER DEN ERSTEN STÄDTISCHEN NATIONALPARK DER WELT +++ DIE STADT SOLL 2024 DIE GRENZE VON EINER MILLION EINWOHNERN KNACKEN. 250.000 DAVON SIND NICHT IN SCHWEDEN GEBOREN +++ IM RAUM GROSS-STOCKHOLM LEBEN FAST 2,5 MILLIONEN MENSCHEN, ALSO BEINAHE EIN VIERTEL ALLER SCHWEDEN +++ MIT ÜBER 100 MUSEEN HAT STOCKHOLM WELTWEIT DIE HÖCHSTE MUSEUMSDICHTE IN RELATION ZUR EINWOHNERZAHL +++

WENN MAN IN **STOCKHOLM** ANKOMMT:
Wer nach Stockholm fliegt, landet normalerweise in Arlanda 40 Kilometer nördlich der Innenstadt. Von dort geht's mit Bus, Taxi oder Bahn zum Hauptbahnhof, der mitten in der Stadt liegt. Ökologischer und für uns attraktiver ist der Nachtzug, der seit 2021 von Berlin über Hamburg nach Stockholm fährt (snalltaget.se). Ebenfalls neu seit 2021: eine Fähre von Rostock bis Nynäshamn südlich der Hauptstadt. Auch mit dem Auto kommt man natürlich hierher, Park- und Citymautgebühren können sich aber läppern. Die Mautgebühr wird automatisch erfasst, man muss sich also um nichts kümmern. Praktisch.

DER ÖFFENTLICHE NAHVERKEHR in Stockholm (sl.se) ist ausgezeichnet. Bis 1 Uhr nachts (am Wochenende auch die ganze Nacht durch) fahren die U-Bahnen. Mit U-Bahn (tunnelbana) und S-Bahn (pendeltåg) kommt man weit raus, mit vielen Buslinien auch zu abseits gelegenen Orten, beispielsweise in den Schären. **Einzeltickets**, die 75 Minuten gültig sind, kosten **38 Kronen**. Für das **24-Stunden-Ticket** zahlt man **160**, für das **72-Stunden-Ticket 315 Kronen**. Rentner und Jugendliche bis 20 Jahre bekommen reduzierte Preise, Kinder bis 6 fahren in Begleitung von Erwachsenen kostenlos, am Wochenende auch Kinder bis 12. Mit den Tickets kann man zudem **einige Fähren nutzen**, interessant ist vor allem die *Djurgårdsfärjan* zwischen Slussen und Djurgården.

IN DER INNENSTADT sind viele Ziele aber auch gut zu Fuß, mit dem Rad oder mit E-Scootern zu erreichen. Radverleihstationen gibt es einige, zum Beispiel am Strandvägen (rentabike.se) oder auf Djurgården (sjocafeet.se). Für die E-Scooter, die an fast jeder Straßenecke herumstehen, benötigt man die entsprechenden Apps.

In Schweden wird mit Kronen gezahlt, wobei der Wechselkurs ungefähr bei **10 Kronen für 1 Euro** liegt. Einen Stockholmaufenthalt nur mit Bargeld zu bestreiten, ist jedoch ein Ding der Unmöglichkeit, denn viele Museen, Geschäfte und Restaurants akzeptieren kein Bargeld mehr. Mit Kreditkarte oder per Handy kann man hingegen überall bezahlen, auch Kleinstbeträge.

1

GAMLA STAN

+++ ERLEBEN +++

GAMLA STAN BILDET ZUSAMMEN mit der angrenzenden Insel Riddarholmen das Herz Stockholms. Hier wuchs die Stadt im Mittelalter heran. Im Norden dominieren das mächtige Schloss und der Reichstag. Im Zentrum und südlichen Teil der Altstadt schlendert man durch enge, kopfsteingepflasterte Gassen, an deren Seiten sich hoch die Häuser erheben – viele aus dem 17. und 18. Jahrhundert.

AN WARMEN SOMMERTAGEN schieben sich Touristenmassen durch die Straßen, besonders durch die Västerlånggatan. Davon sollte man sich nicht abschrecken lassen. Denn zwischen den klassischen Touri-Shops finden sich kleine nette Lädchen, abseits der zentralen Straßen taucht man in stille, charmante Gassen ein, und abends lockt Gamla Stan mit gemütlichen Bars und Restaurants.

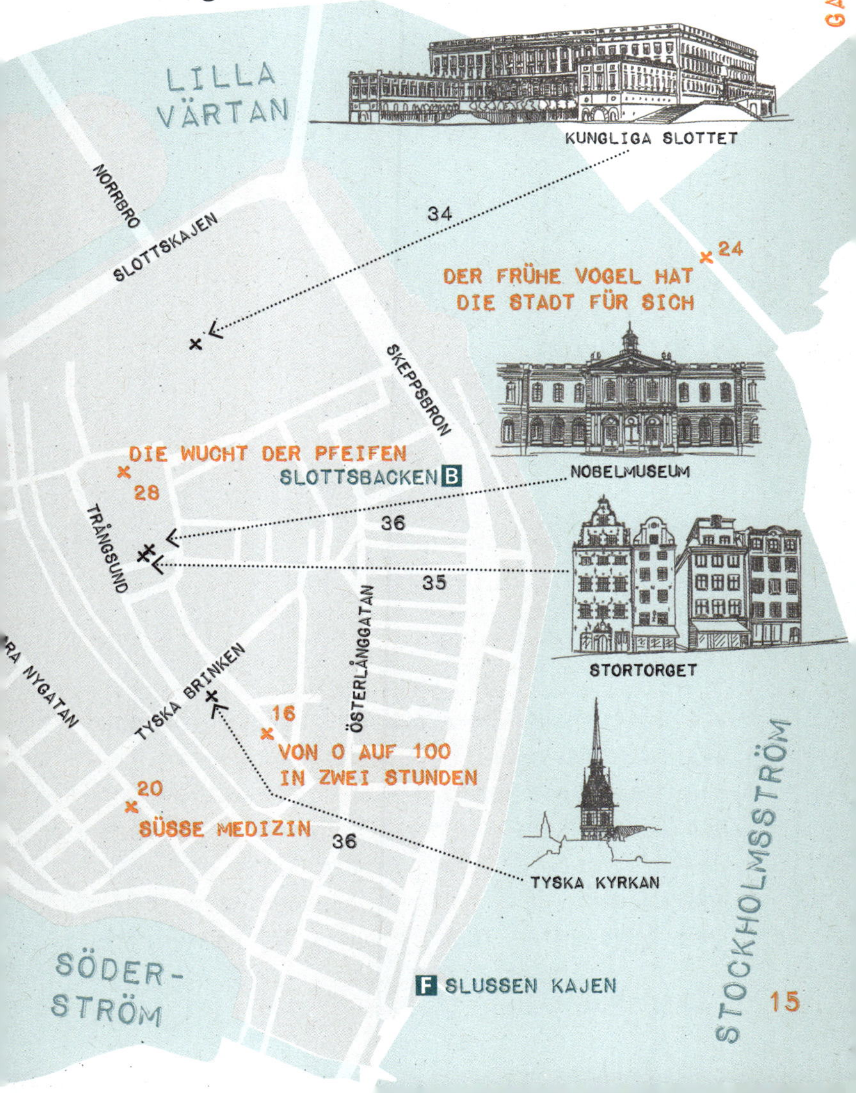

VON 0 AUF 100 IN ZWEI STUNDEN

AUF ERKUNDUNGSTOUR DURCH DIE ALTSTADT MIT DER 100 POINT CHALLENGE

+++ STECKBRIEF +++

WO? TREFFPUNKT AM TYSKA BRUNNSPLAN VOR DER SVARTMANGATAN 18 +++ U-BAHN GAMLA STAN +++ WANN? SAMSTAGS UM 10 UHR ODER MIT KLEINGRUPPEN AUF ANFRAGE +++ WIE LANGE? ZWEI STUNDEN +++ WIE VIEL? 37 EURO. KINDER UNTER 12 JAHRE KOSTENLOS +++ WICHTIG! SPRACHE: ENGLISCH. ANMELDUNG UNTER 100POINTCHALLENGE.COM +++

1

»100 PUNKTE SIND DAS ZIEL. Ihr habt zwei Stunden ab jetzt!« Anne schaut auf die Uhr. Es ist 10:05 Uhr. Um 12:05 Uhr müssen wir wieder hier sein. Am besten mit 22 richtigen Lösungen, die wir auf unserem Aufgabenblatt hinter den Fragen notiert haben. In dem Jutebeutel, den uns Anne mitgibt, befinden sich außerdem: Stifte, ein Stadtplan, ein kleines Fotoalbum mit acht freien Feldern, eine Polaroidkamera. Orientieren müssen wir uns mithilfe des Stadtplans oder von Passanten, die wir befragen. Google, Google Maps oder andere digitale Hilfsmittel sind untersagt – das wäre auch zu simpel. Bei der 100 Point Challenge erkunden wir die Altstadt analog. Erfrischend altertümlich. Und so beginnen wir den Rundgang nicht, indem wir auf ein Handydisplay starren, sondern indem wir uns erst mal auf eine Bank setzen, die Aufgaben durchsehen und einen Plan entwickeln, wie wir vorgehen wollen.

ES WAR DER AUSTRALIER DAN, der 2018 die Challenge begründete. Er lebte zu diesem Zeitpunkt bereits seit einiger Zeit in Stockholm und war irritiert, wie wenig seine schwedischen Freunde über ihre Heimatstadt wussten. Also entwickelte er eine Art Schnitzeljagd für sie. Die hatten solchen Spaß daran, dass Dan die Idee weiterverfolgte. Anne, ebenfalls Australierin, stieß wenig später dazu. Seitdem leiten sie zu zweit das Unternehmen und haben bereits in andere Großstädte expandiert. Das Konzept ist einfach: 22 Aufgaben, die meisten davon sind Wissensfragen, bei manchen muss die Polaroidkamera eingesetzt werden, andere erfordern kreative Lösungen. 120 Minuten hat man dafür. Es können entweder mehrere Teams gegeneinander antreten oder man spielt nur gegen die Zeit. Anne und Dan haben mehrere Levels entwickelt. Wir spielen Astrids Adventure, das Level für alle, die zum ersten Mal in der Stadt sind. Da wir Stockholm bereits kennen, haben wir einen kleinen Vorteil. Die zwei Stunden sind dennoch sportlich, so viel sei hier bereits verraten. Trödeln ist also nicht drin. Und es braucht Teamarbeit, zumindest wenn man das Maximum von 100 Punkten erreichen will.

WIR MACHEN EIN SELFIE in Stockholms engster Gasse, spüren einer mysteriösen Kanonenkugel nach, suchen das Pissoir auf, in dem manchmal auch die königlichen Wachen pinkeln, finden die kleinste Statue Stockholms und vieles mehr. Die Aufgaben sind so geschickt gestellt, dass wir zum einen in die verschiedensten Ecken Gamla Stans gelangen und zum anderen vom Mittelalter bis in die heutige Zeit durch die Stadtgeschichte reisen. Klar, die meisten Dinge können in der zur Verfügung stehenden Zeit nur kurz angerissen werden. Aber die Aufgaben sind wie kleine Teaser und machen Lust, sich die Orte später noch mal ganz genau anzuschauen. Manches müssen wir suchen, wodurch wir mit besonders offenen Augen durch die Altstadt streifen. Und einiges geht nicht, ohne Passanten zu befragen. »Wie viele Tage haben die Schweden Elternzeit?« »Das war verdammt lang!«, sagt uns ein Vater. Hilft uns nicht sonderlich weiter. Wenig später treffen wir eine Frau, die zufälligerweise im Familienministerium arbeitet. Natürlich hat sie die Zahl sofort parat. Damit zurück zum Treffpunkt. 11:53 Uhr. Geschafft! Wir haben die Challenge gemeistert, richtig Spaß dabei gehabt – und eine Menge Neues erfahren.

WENN MAN SCHON MAL **HIER** IST:

Wer nun tiefer in die Geschichte Gamla Stans eintauchen will, ist im **Mittelaltermuseum** ☐→ (Strömparterren 3, Di–So 10–17 Uhr, kostenloser Eintritt) genau richtig. Sehr anschaulich lässt sich hier das mittelalterliche Stockholm entdecken. Ist man mit Kindern oder auch großen Naschkatzen unterwegs, lohnt ein Besuch bei der **Polkagriskokeri** (siehe S. 20).

SÜSSE MEDIZIN

ECHTE SCHWEDISCHE POLKAGRISAR SELBST MACHEN

GAMLA STAN -->

+ + + STECKBRIEF + + +

WO? GAMLA STANS POLKAGRISKOKERI, STORA NYGATAN 44 +++ U-BAHN GAMLA STAN +++ WANN? MINDESTENS ZWEIMAL PRO MONAT, NORMALERWEISE SAMSTAGS ODER SONNTAGS +++ AB 4 PERSONEN TERMINE AUF ANFRAGE AUCH ZU ANDEREN ZEITEN MÖGLICH +++ BUCHUNG UND TERMINE AUF GAMLASTANSPOLKAGRISKOKERI.SE +++ WIE LANGE? ETWA 1 STUNDE +++ WIE VIEL? 450 KRONEN PRO PERSON, DAFÜR GIBT'S 20 % RABATT IM SHOP UND DIE IM KURS HERGESTELLTEN POLKAGRISAR MIT NACH HAUSE +++

1

ES DUFTET NACH PFEFFERMINZ. Und nach Süßigkeiten. Schon beim Betreten des Ladens der Polkagriskokeri werden wir in eine Kindertraumwelt katapultiert. Der Boden des Zuckerstangenparadieses ist aus Holz, ebenso die nostalgisch wirkenden Regale und Schränke, die über und über mit bunten Süßigkeiten gefüllt sind. Der Laden scheint auf angenehme Weise aus der Zeit gefallen, er würde wunderbar in eine Astrid-Lindgren-Geschichte passen. Wie Schwedens berühmteste Schriftstellerin stammen die *polkagrisar*, so heißen die rot-weiß gestreiften Zuckerstangen, aus Småland. In Gränna – bis heute das Polkagris-Mekka – wurden sie erfunden. Auch Zuckerstangenkoch Carl, der uns mit einem kräftigen Handschlag begrüßt, hat in Gränna gelernt. Zupackend muss man sein, wenn man die süßen Leckereien wie ein Profi herstellen möchte. Das wird uns ziemlich schnell bewusst.

BEVOR ES ABER ANS HANDWERKLICHE GEHT, weiht uns Carl in die Geschichte der *polkagrisar* ein. Der Name stammt von Amalia Eriksson, die 1859 die Erlaubnis erhielt, in Gränna eine Zuckerbäckerei zu betreiben. Der Überlieferung nach soll sich Amalias Tochter hartnäckig geweigert haben, Medizin zu nehmen, als sie einmal krank war. Die Mutter mischte daraufhin die Pfefferminze kurzerhand in die Süßigkeiten. Die originalen *polkagrisar* aus Zucker, Wasser, Essig und Pfefferminzöl sind also verkappte Medizin. Aber wenn sie so süß und lecker schmeckt, dann schluckt ... äh ... lutscht man sie gerne. Wir fragen, wie die Zuckerstangen zu ihrem Namen kamen, denn wörtlich übersetzt bedeutet *polkagrisar* »Polkaschweine«. Recht unspektakulär die Erklärung: Polka war zu jener Zeit einfach ein beliebter Tanz und »gris« die umgangssprachliche Bezeichnung für etwas Süßes.
Und dann geht es los – auch wenn wir bei den ersten Arbeitsschritten nur zusehen dürfen. Die Zuckermasse wird auf 150 Grad erhitzt und muss sehr rasch verarbeitet werden. Das macht Carl besser selbst. In das Zuckergemisch gibt er Essig. Je mehr Essig, desto weicher wird der Teig, dafür sinkt die Haltbarkeit. Carl nimmt wenig Essig, darf dann aber nicht trödeln.

ER KOCHT. MISCHT. KNETET. Danach sind wir an der Reihe. Wir rollen den Teig zu Stangen. »Anfangs nicht zu fest drücken«, sagt Carl, »sonst werden sie platt.« Später, als der Teig allmählich hart wird, sagt er: »Fester drücken, sonst werden die Stangen zu dick.« Puh, gar nicht so einfach. Wir rollen und rollen, schneiden die Stangen zurecht, rollen weiter. Kinder kommen in den Laden. Begeistert schauen sie durch die Scheibe in die Küche und bewundern Carl, der mehrere Zuckerstangen gleichzeitig rollt. Neugierig beobachten sie uns, wie wir dilettieren. Am Ende habe ich sechs Stangen geschafft, Antje immerhin acht. Und Carl? Der hat uns klar auf die Plätze verwiesen: 32 wohlgeformte Zuckerstangen liegen vor ihm. An einem guten Tag schaffe er 600, meint er. Allein der Gedanke daran lässt unsere Hände schmerzen. Ein bisschen stolz sind wir aber doch auf unsere Ausbeute, als wir unsere Zuckerstangen verpacken. Auch wenn sie nicht so schön aussehen wie die originalen, schmecken tun sie genauso. Wir naschen sie ohne schlechtes Gewissen. Ist ja schließlich Medizin.

WENN MAN SCHON MAL **HIER** IST:

Wer nach so viel Süßem Appetit bekommt auf klassische schwedische Hausmannskost, ist im **Slingerbulten** □→ (Stora Nygatan 24) nur wenige Meter von der Polkagriskokeri richtig. Gut schmeckt's auch beim Italiener **Paganini** (Västerlånggatan 75), der sich von den anderen Lokalitäten in dieser touristischen Straße wohltuend durch Qualität zu moderaten Preisen abhebt.

DER FRÜHE VOGEL HAT DIE STADT FÜR SICH

MIT DER KAMERA FRÜHMORGENS DURCH GAMLA STAN

GAMLA STAN -->

+ + + STECKBRIEF + + +

WO? ÜBERALL IN GAMLA STAN +++ MEIN STARTPUNKT: DIE SKEPPSHOLMSBRÜCKE +++ WANN? FRÜH AM MORGEN. WENN ALLE ANDEREN NOCH SCHLUMMERN +++ WIE LANGE? SPÄTESTENS AB 7 UHR IST ES MIT DER RUHE VORBEI +++ WIE VIEL? KOSTENLOS +++

GAMLA STAN LEUCHTET GOLDEN. Die Altstadt liegt auf der anderen Seite des Wassers und könnte schöner nicht sein. Klick. Klick. Viel mehr ist nicht zu hören. Die Stadt schläft noch. Es ist kurz nach fünf, ich stehe auf der Skeppsholmsbron und bin zufrieden, dass ich hier und nicht in der Altstadt meinen Fotospaziergang begonnen habe. Denn von der Brücke ist der Blick auf die von der aufgehenden Sonne angeleuchtete Häuserfront und das Schloss fast magisch. Nachdem die ersten Bilder im Kasten sind, zieht es mich über die Strömbrücke hinein in den ältesten Teil Stockholms. Bald haben mich die engen Gassen verschluckt. Es ist vollkommen still, niemand unterwegs. Dann höre ich Schritte, einsame Tritte auf dem Kopfsteinpflaster. Von den Hauswänden zurückgeworfen echoen sie durch die Sträßchen. Ein Mann taucht auf, wie ich bewaffnet mit einer Kamera. Er lächelt, nickt, geht weiter.

SO EINSAM UND RUHIG ist Gamla Stan nur tief in der Nacht oder am frühen Morgen. Natürlich ist die Altstadt mit ihren herrschaftlichen Bürgerhäusern, dem Schloss und dem Reichstag, den Kirchen, gemütlichen Plätzen, engen Durchgängen und Gassen auch tagsüber sehenswert. Kein Tourist lässt sie aus. Und so schieben sich an warmen Sommertagen die Massen durch die zentrale Straße Västerlånggatan, vorbei an überteuerten Restaurants und Shops, die alle die gleichen Wikingerhelme aus Plastik, Pippi-Zöpfe, Trolle und Schwedenfähnchen anbieten. Das Flair muss man da stellenweise schon suchen. Jetzt, am frühen Morgen, ist es überall. Ich gehe zunächst die Österlånggatan entlang, denn von dieser Straße aus verlaufen mehrere Gassen in östlicher Richtung zum Meer hinunter. Das junge Licht des Tages fließt warm zwischen den hohen Häusern hindurch. Ich wandere Richtung Slussen und umrunde das Südende der Insel. Die ersten U-Bahnen rattern inzwischen über die Centralbrücke. Auch das ein wunderbares Motiv. Klick. Ich unterquere die Gleise und gelange so nach Riddarholmen, eine zweite Altstadtinsel.

MIT DEN VIELEN Verwaltungsgebäuden ist Riddarholmen zu jeder Tageszeit der deutlich ruhigere Teil des alten Stadtzentrums. Von hier aus ist der Blick aufs Rathaus mit seiner goldenen Turmspitze besonders malerisch Aber auch rund um die Riddarholmskirche finden sich spannende Fotomotive. Von dort führt mein Weg über die große Straße, die den nördlichen mit dem südlichen Teil Stockholms verbindet. Für einen kurzen Augenblick ist es mit der Ruhe vorbei: Der Berufsverkehr rauscht und brummt. Rasch also weiter. Zurück in den Gassen von Gamla Stan gehe ich über den Hauptmarkt zum Brända Tomten. Der kleine, stille Platz strahlt einen wundersamen Zauber aus. Noch liegt alles verträumt da. Aber mehr und mehr Menschen sind unterwegs. Außerdem grummelt langsam mein Magen. Ich sehe den Fotografen wieder, den ich früh am Morgen schon einmal getroffen habe. »Zeit fürs Frühstück«, meint er. Er hat recht. Ich freue mich auf Kaffee und frisches Gebäck und überlasse die Altstadt den Massen.

WENN MAN SCHON MAL **HIER** IST:

Nach einer ausgiebigen Fotowanderung schmeckt ein Frühstück in Gamla Stan doppelt so gut. Gemütlich isst man am vielleicht schönsten Platz der Altstadt, **Brända Tomten**, im **Under Kastanjen** (Kindstugatan 1) – werktags ab 8, am Wochenende ab 9 Uhr. Lecker ist es auch in der Bäckerei im **Grillska Huset** □→ (Stortorget 3), die von der Stadtmission betrieben wird und ab 7.30 Uhr Frühstück anbietet.

DIE WUCHT DER PFEIFEN

EIN ORGELKONZERT IN DER STORKYRKAN

+ + + STECKBRIEF + + +

WO? STORKYRKAN, TRÅNGSUND 1 +++ U-BAHN GAMLA STAN, DANN EIN PAAR MINUTEN ZU FUSS +++ WANN? DONNERSTAG UM 17 UHR UND FREITAG UM 19 UHR +++ IN DER STORKYRKAN FINDEN DIE KONZERTE NUR IM SOMMER STATT. IN ST. JACOB (FREITAG 17 UHR) UND ST. CLARA (FREITAG 12 UHR, SAMSTAG 18 UHR) IN NORRMALM WERDEN GANZJÄHRIG KOSTENLOSE KONZERTE ANGEBOTEN +++ TERMINE UNTER MUSIKSTORKYRKANSTJACOB.COM +++ WIE LANGE? 45 MINUTEN +++ WIE VIEL? 60 KRONEN +++

EIN ORGELKONZERT IN EINER KIRCHE.

In meiner Jugend klang das in etwa so attraktiv wie Rosenkohl zum Mittagessen. Glücklicherweise sind die eigenen jugendlichen Urteile nicht immer der Weisheit letzter Schluss. Und so lasse ich mich heute gerne auf der hölzernen Sitzbank in der Storkyrkan, dem Stockholmer Dom, nieder. Mein Blick wandert über die Köpfe der anderen Besucher, die bereits in den Reihen sitzen. Die Haare sind eher grau als voll. Mit meinen 40 Jahren gehöre ich zu den Jungen. Eine andächtige Stille legt sich über alle Anwesenden. Jedes Knarzen, Flüstern, Räuspern klingt unnatürlich laut. Kurz zuvor bin ich noch über den vollen Hauptmarkt gelaufen und habe mich zwischen den Menschenmassen in der Västerlånggatan hindurchgeschoben. Hier drin: eine andere Welt. Die Glocken läuten um sieben Uhr. Dann greift der Organist Michael Waldenby in die Tasten.

HEUTE STEHT EIN BACH-KONZERT auf dem Programm. Das *Präludium mit Fuge in F-Dur* tönt als Erstes aus den 3.500 Orgelpfeifen und erfüllt die fünf Schiffe der Kirche. Danach geht es schwebend-leicht mit dem berühmten *Air* weiter. Ich sitze da, lausche, bin fasziniert, wie ein einziges Instrument diesen riesigen Innenraum zum Klingen bringen kann. Und das ganz ohne elektronische Unterstützung. Seit Jahrhunderten. Ab 1436 ist eine Orgel in der Storkyrkan nachgewiesen. Aber wahrscheinlich konnten die Gottesdienstbesucher schon zuvor das Orgelspiel in der Kirche genießen. Gebaut auf dem höchsten Punkt der Altstadtinsel, veränderte sie seit der Grundsteinlegung im 13. Jahrhundert im Lauf der Zeit immer wieder ihr Aussehen. Von außen mutet das Gotteshaus barock an, das Innere ist im gotischen Stil gehalten. Mein Blick wandert entlang der ziegelbraunen Pfeiler hinauf zu den Kreuzrippengewölben des Hauptschiffs, während der Organist Bachs *Fantasie in G-Dur* intoniert. Nach einem langen Sightseeing-Tag ist es entspannend, einfach dazusitzen, zuzuhören und Musik und Kirchenraum auf mich wirken zu lassen. Fast ein wenig meditativ.

ICH NEHME DETAILS WAHR, die mir ansonsten wohl nie aufgefallen wären. Dass beispielsweise die Gewölbe der beiden rechten Nebenschiffe bunt bemalt sind, während die linken karg und kahl erscheinen. Über der Kanzel schwebt ein goldener Engelstrompeter. Heute blickt er über eine überschaubare Besucherschar. Aber er hat auch schon anderes gesehen: Königskrönungen, die Trauung des aktuellen Königspaars – und die von Kronprinzessin Victoria und Prinz Daniel. Derweil kommt der Organist zum mächtigen Finale, das sogar die Kirchenbänke vibrieren lässt. Nach dem Applaus nehme ich mir noch ein wenig Zeit, mich in der Kirche umzuschauen. In einem Nebenschiff steht die monumentale Statue des heiligen Georgs mit dem Drachen. Sie wurde anlässlich des Sieges der Schweden über die Dänen 1471 geschaffen. Der Drache, der hier mächtig unter die Hufe kommt, symbolisiert die Dänen. Dänenkönig Christian II. nahm Rache, als er sich hier in der Kirche 1520 zum König von Schweden krönen ließ. Viel Geschichte unter diesem Dach. Das macht hungrig. Also raus aus der Kirche und noch etwas Feines essen. Alles, nur keinen Rosenkohl.

WENN MAN SCHON MAL **HIER** IST:

Ganz in der Nähe der Storkyrkan lassen wir uns gerne im Bistro **Pastis** (siehe S. 38) verköstigen. Kleine Gerichte wie die Charcuterie-Platte schmecken hier ebenso wie der Fisch des Tages. Nicht weit davon entfernt sieht der **Järnpojke** □→ (»Eisenjunge«) sehnsüchtig zum Mond. Schwedens kleinste Statue mit 15 Zentimetern Höhe steht auf dem Hinterhof der Finnischen Kirche (Trädgårdsgatan 2). Manche stricken ihm eine Mütze oder legen ihm Bonbons hin. Süß.

WENN MAN SCHON MAL IN GAMLA STAN IST

+++ SEHEN +++
+++ ESSEN +++
+++ AUSGEHEN +++
+++ SHOPPEN +++
+++ SCHLAFEN +++

+ + + + + + + + + + + + + + SEHEN + + + + + + + + + + + + + +

KUNGLIGA SLOTTET (KÖNIGLICHES SCHLOSS)

Das Stockholmer Stadtschloss ist zweifelsohne mächtig. Riesig thront es seit dem frühen 18. Jahrhundert über der Altstadt. Mit über 600 Zimmern zählt es zu den größten Palästen der Welt, hat aber keine Bewohner mehr. Denn das Königspaar lebt seit einigen Jahrzehnten auf Schloss Drottningholm (siehe S. 234). So dienen die reich und prächtig verzierten Räumlichkeiten heute repräsentativen Zwecken, als Museum, Bibliothek und Archiv. In der Schatzkammer können die schwedischen Kronjuwelen bestaunt werden.

+++ SLOTTSBACKEN 1 +++ U-BAHN GAMLA STAN ODER KUNGSTRÄDGÅRDEN, DANN 5 MINUTEN ZU FUSS +++ KUNGLIGASLOTTEN.SE +++ TÄGLICH 10–16 UHR +++ EINTRITT 140 KRONEN, PLUS 30 FÜR EINE FÜHRUNG, ALTERNATIV AUCH MIT DEUTSCHSPRACHIGEM AUDIOGUIDE +++ WACHABLÖSUNG IM ÄUSSEREN SCHLOSSHOF MO–FR 12.15 UHR, SO UND AN FEIERTAGEN 13.15 UHR +++

⟵☐ RIKSDAGEN (REICHSTAG/PARLAMENT)

Nur einen Steinwurf vom Schloss entfernt sitzt das schwedische Parlament. Zwischen 1897 und 1905 wurde das Reichstagsgebäude auf der Insel Helgeandsholmen im neubarocken Stil erbaut. 1938 entfernte man einige Obelisken und die ganz besonders prächtigen Verzierungen auf dem Dach und an den Fassaden. Der Reichstag sollte das Schloss an Glanz nicht überbieten, sondern volksnah sein. So führt auch die Riksgatan, die Verlängerung der zentralen Shoppingstraße Drottninggatan, mitten zwischen den beiden Gebäudeteilen des Reichstags hindurch.

+++ RIKSGATAN 3 +++ BUS 3/53 BIS RIDDARHUSTORGET +++ RIKSDAGEN.SE +++ KOSTENLOSE FÜHRUNGEN AUF ENGLISCH ZWISCHEN MITTE SEPTEMBER UND JUNI SA/SO JEWEILS UM 13.30 UHR +++

STORTORGET (HAUPTMARKT)

Auf dem Hauptmarkt und zugleich ältesten Platz der Stadt wird kräftig fotografiert. Die beiden alten Giebelhäuser, das Schantzska und das Seyfridtzska Haus, sind mit ihrer roten und ihrer gelben Fassade das wohl am häufigsten abgelichtete Motiv Stockholms. Vor 500 Jahren ließen auf dem Stortorget über 80 Adlige und Bürger beim »Stockholmer Blutbad« ihr Leben. Heute ist zum Glück alles friedlich. Entspannt Kaffee trinken kann man im Grillska Huset.

+++ U-BAHN GAMLA STAN PLUS EIN PAAR GEHMINUTEN DURCH DIE ALTSTADT +++

NOBELMUSEUM

Alfred Nobel ist der Vater der Sprengmeister und der Stifter des Nobelpreises, mit dem seit 1901 herausragende Leistungen in verschiedenen Wissenschaften, in Literatur sowie im Einsatz für Frieden ausgezeichnet werden. Im Nobelmuseum in der alten Börse am Hauptmarkt kann man Marie Curie, Hermann Hesse, Robert Koch und allen weiteren Preisträgern und ihren Errungenschaften nachspüren. Und im Museumscafé wird das Eis serviert, das die ersten Preisträger 1901 genießen durften. Nicht das Nobelpreisbankett, aber immerhin …

+++ STORTORGET 2 +++ ANFAHRT WIE STORTORGET +++ NOBELPRIZEMUSEUM.SE +++ DO–SO 11–17 UHR +++ 130 KRONEN, BIS 18 JAHRE GRATIS +++

TYSKA KYRKAN (DEUTSCHE KIRCHE)

Das mittelalterliche Stockholm wurde maßgeblich von deutschen Hansekaufleuten geprägt. Diese erbauten in den 1570er-Jahren aus eigenen Mitteln die Tyska kyrkan, die deutsche Kirche, die mit ihrem spitzen grünen Turm die Silhouette der Altstadt prägt. Imposant ist aber auch das Innere der Kirche. Noch heute befindet sich hier die deutsche Gemeinde Stockholms. Die meisten Gottesdienste werden auf Deutsch gefeiert.

+++ SVARTMANGATAN 16 +++ U-BAHN GAMLA STAN +++ SVENSKAKYRKAN.SE/DEUTSCHEGEMEINDE +++ FR/SA 11–15 UHR, SO 12–15 UHR +++

THE FLYING ELK

Entspanntes Restaurant, in dem man auf viele Locals trifft. Die Speisekarte ist schwedisch inspiriert sowie an der britischen Pubkultur orientiert. Die ausgewählten Biere sind richtig gut, aber auch richtig teuer – Schweden eben.

+++ MÄLARTORGET 15 +++ U-BAHN GAMLA STAN +++ THEFLYINGELK.SE +++ DI/MI 15-22 UHR, DO-SA 15-24 UHR +++

GYLDENE FREDEN

Hausmannskost zu fairen Preisen steht auf der Karte dieses Restaurants, das seit 1722 betrieben wird. Heute im Besitz der Schwedischen Akademie, die den Literaturnobelpreisträger kürt und sich wöchentlich hier trifft.

+++ ÖSTERLÅNGGATAN 51 +++ U-BAHN GAMLA STAN, DANN 5 MINUTEN ZU FUSS +++ GYLDENEFREDEN.SE +++ MI-FR 17-23 UHR, SA 17-23 UHR, SO 13-20 UHR +++

CAFÉ KLADDKAKAN

Das perfekte Café für die Pause bei einem längeren Stadtbummel. Das Personal ist sehr freundlich, der Kaffee schmeckt, am Kuchen kommt man nicht vorbei. Und natürlich gibt es hier *kladdkakan*, den schwedischen Brownie.

+++ STORA NYGATAN 32 +++ U-BAHN GAMLA STAN +++ INSTAGRAM.COM/CAFEKLADDKAKAN +++ MO-FR 7-19 UHR, SA 8-19 UHR, SO 9-19 UHR +++

SKEPPSBRO BAGERI

Frisch gebacken und superlecker – Gebäck und Kaffee wie gemacht für die Fika-Pause (siehe S. 44). Am besten bei schönem Wetter, wenn man draußen sitzen und den Blick aufs Meer genießen kann.

+++ TULLHUS 1 +++ BUS 2/57/76/96/191 BIS SLOTTSBACKEN +++ SKEPPSBROBAGERI.COM +++ MO-FR 7-18 UHR, SA/SO 8-17 UHR +++

+++++++++++++ AUSGEHEN +++++++++++++

ZUM FRANZISKANER

Es waren vor allem deutsche Kaufleute, die Stockholm groß gemacht haben. Spuren davon findet man bis heute, zum Beispiel im Franziskaner, wo es viele gute schwedische und deutsche Biere gibt, sogar Bamberger Rauchbier.
+++ SKEPPSBRON 44 +++ U-BAHN GAMLA STAN ODER SLUSSEN +++ ZUMEN.SE +++

PASTIS

Französisch angehauchtes Bistro mit sehr guten Weinen. Schön zum Draußensitzen. Die Innenplätze sind gemütlich, aber sehr begrenzt. Auch größere und kleinere Mahlzeiten werden serviert.
+++ BAGGENSGATAN 12 +++ U-BAHN GAMLA STAN, DANN 5 MINUTEN ZU FUSS +++ PASTIS.SE +++

+++++++++++++ SHOPPEN +++++++++++++

FARTYGSMAGASINET

Alles Mögliche aus alten, ausgeschlachteten Schiffen wird hier auf engstem Raum verkauft. Eine wahre Fundgrube mit einem kundigen Seebären als Verkäufer. Urig und ulkig.
+++ ÖSTERLÅNGGATAN 19 +++ U-BAHN GAMLA STAN, DANN NOCH 5 MINUTEN ZU FUSS +++ SEABORNE-FARTYGSMAGASINET.COM +++ DO/FR 11-18 UHR, SA 11-15 UHR +++

1

STUTTERHEIM

Keine allzu große, aber eine gute Auswahl an den trendigen, bunten und nicht ganz billigen Regenmänteln von Stutterheim gibt's in diesem kleinen Laden.

+++ VÄSTERLÅNGGATAN 68 +++ U-BAHN GAMLA STAN +++ STUTTERHEIM.COM +++

SCHLAFEN

HOTEL REISEN

Im Jahr 2020 renoviertes, schönes Hotel in Schlossnähe an der Uferpromenade. DZ ohne Frühstück etwa 1.700 Kronen. Wer das ausgibt, legt am besten noch etwas drauf für ein Zimmer mit Blick aufs Meer und die Insel Skeppsholmen – lohnt sich.

+++ SKEPPSBRON 12 +++ BUS 2/57/76/96/191 BIS SLOTTSBACKEN +++ HYATT.COM (STICHWORT »HOTEL REISEN«) +++

HOSTEL CASTANEA

Einfache Zimmer, beste Lage – das ist das Hostel Castanea. Ideal für Backpacker, da auch Einzelbetten im 4-, 6- oder 16-Bett-Zimmer gebucht werden können. Mit Gemeinschaftsküche, geteiltem Bad und gemütlichem Aufenthaltsraum. Auf die familiäre Atmosphäre legt Besitzerin Lotta besonders viel Wert. Einzelbett etwa 25–30 Euro, Doppelzimmer ab 70 Euro.

+++ KINDSTUGATAN 1 +++ U-BAHN GAMLA STAN, DANN CA. 5 MIN. ZU FUSS +++ CASTANEAHOSTEL.COM +++

2
SÖDERMALM MIT LÅNGHOLMEN

+++ ERLEBEN +++

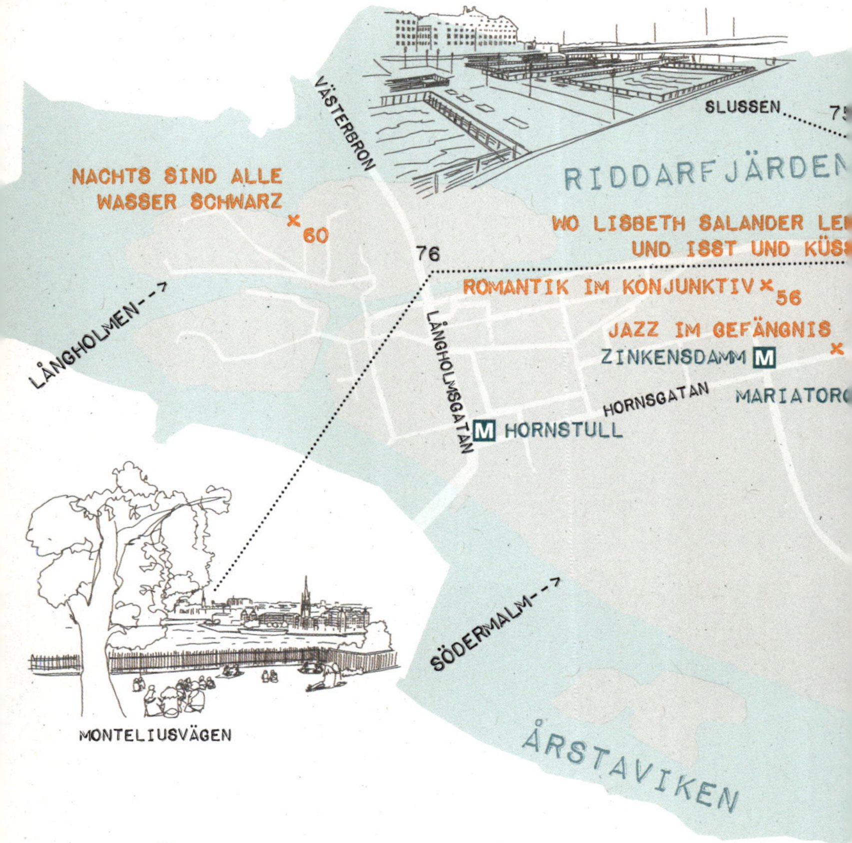

SÖDERMALM IST DAS PARADEBEISPIEL für Gentrifizierung in Stockholm. Die Insel südlich der Altstadt – von vielen Stockholmern kurz »Söder« genannt – war lange ein armes Arbeiterviertel. Heute befindet sich dort der wohl angesagteste Stadtteil mit teuren Wohnungen, quirligen Shoppingstraßen, unzähligen Restaurants, hippen Cafés und einem intensiven Nachtleben. Im Norden der Insel erheben sich hohe Klippen, die fantastische Ausblicke auf die Stadt ermöglichen. Die kleine Insel Långholmen schließt sich im Nordwesten an Södermalm an, nur durch einen engen Kanal getrennt. Lange Zeit war sie die Gefängnisinsel der Stadt, heute ist sie ein grünes Freizeitparadies.

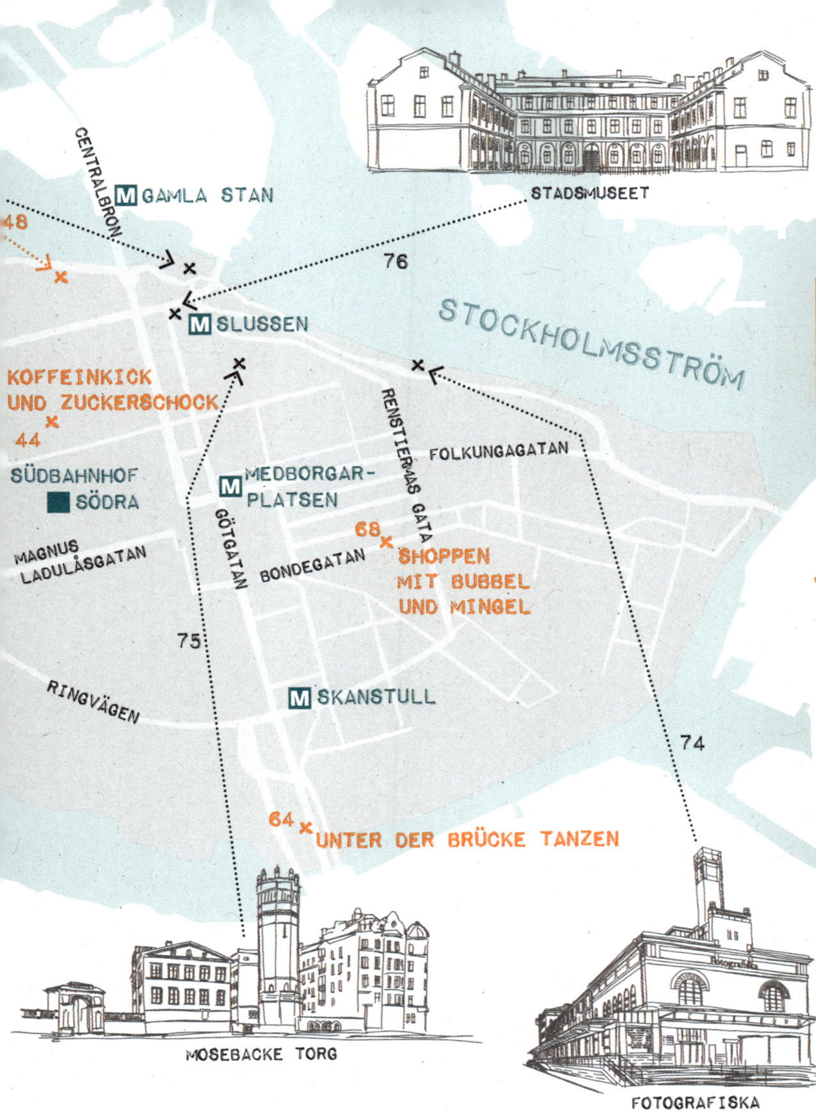
STADSMUSEET
CENTRALBRON
M GAMLA STAN
48
76
M SLUSSEN
STOCKHOLMSSTRÖM
KOFFEINKICK
UND ZUCKERSCHOCK
44
RENSTIERNAS GATA
FOLKUNGAGATAN
SÜDBAHNHOF
SÖDRA
M MEDBORGAR-
PLATSEN
68
SHOPPEN
MIT BUBBEL
UND MINGEL
MAGNUS
LADULÅSGATAN
GÖTGATAN
BONDEGATAN
75
RINGVÄGEN
M SKANSTULL
74
64
UNTER DER BRÜCKE TANZEN
MOSEBACKE TORG
FOTOGRAFISKA

STOCKHOLM
<--SÖDERMALM

KOFFEINKICK UND ZUCKERSCHOCK

AUF FIKA-TOUR DURCH DREI CAFÉS IN SÖDERMALM

+ + + STECKBRIEF + + +

WO? JOHAN & NYSTRÖM: SWEDENBORGSGATAN 7 (UNSER STARTPUNKT). GILDAS RUM: SKÅNEGATAN 79. ÄLSKADE TRADITIONER: SÖDERMANNAGATAN 42 +++ U-BAHN MARIATORGET, WENN MAN BEI JOHAN & NYSTRÖM BEGINNT +++ WANN? FIKA IST DEN GANZEN TAG ÜBER MÖGLICH, IDEALERWEISE ZWISCHEN VORMITTAG UND SPÄTEM NACHMITTAG +++ ÖFFNUNGSZEITEN SIEHE JOHANOCHNYSTROM.SE, GILDASRUM.SE, ALSKADE-TRADITIONER.BUSINESS.SITE +++ WIE LANGE? MINDESTENS 2 STUNDEN, NACH LUST UND LAUNE AUCH DEUTLICH LÄNGER +++ WIE VIEL? GÜNSTIG – ABHÄNGIG VOM KAFFEEDURST UND KUCHENHUNGER +++

DIESES CAFÉ IST HIP. Und das liegt nicht nur an der überdurchschnittlichen Bartträgerdichte. Lüftungsrohre verlaufen an der hohen Decke über der langen Theke, hinter der die beiden Baristas geschäftig und doch mit leichter Hand Espresso, Kaffee und Tee zubereiten. Unter den großen Fensterbögen kleine Sitzgruppen, hinten an der Wand eine alte Röstpfanne: Hier im Johan & Nyström sind wir gefühlte Dekaden entfernt von den Filterkaffeekannen auf Heizplatten, die jahrzehntelang in schwedischen Cafés zum Standardinventar gehörten. Im Kaffeejunkie-Land Schweden sprießen die hippen Cafés nur so aus dem Boden – wie dieses, das nicht nur Kaffee serviert, sondern auch selbst röstet. Der Espresso schmeckt ausgezeichnet, und auch die obligatorische Zimtschnecke ist fluffig und köstlich. Ein guter Startpunkt also für unsere Tour durch drei Cafés in Södermalm.

UNSER PLAN: einen ganzen Nachmittag Dolce Fika leben. Nach dem Start in der Swedenborgsgatan spazieren wir durch »Söder«, wie die Stockholmer sagen, überqueren die Götgatan und gelangen so ins angesagte Viertel SoFo. Hier steuern wir das Café Gildas Rum an, wo wir im hinteren Bereich auf plüschigen Sesseln Platz nehmen. Wir fühlen uns ein wenig wie in einem Salon des 19. Jahrhunderts – und im seltsamen Zwischenreich zwischen Kitsch und Chic. Das Gildas bekommt gerade noch so die Kurve. Bekannt ist es für seine selbst gemachten Kuchen. Der mit Heidelbeeren ist jedenfalls ein Traum. Das Café ist gut gefüllt, die Leute kommen aus den Büros herbei für die Fika. Dieses Wort gehört in den Grundwortschatz, schließlich ist die traditionelle Kaffeepause quasi ein nationales Heiligtum. Fika ist die silbenvertauschte Variante von »kaffi«, einem älteren schwedischen Wort für Kaffee. Aber es bedeutet so viel mehr als einfach nur Kaffee zu trinken. Fika, das ist mit anderen zusammenkommen, eine Pause im Alltag machen, plaudern und – natürlich – auch Kaffee trinken und Gebäck essen. Fika ist ein soziales Ritual. Eines – das zeigt der Blick in all die übervollen Cafés –, das die Schweden mit Hingabe zelebrieren.

UNSERE DRITTE STATION ist das Café Älskade Traditioner, wo wir mit Müh und Not noch einen freien Tisch ergattern. Der Name ist Programm: »Geliebte Traditionen«. Angesiedelt irgendwo zwischen den 1960er-Jahren und zu Hause bei Oma. Schwarz-weiß gefliester Fußboden, hier eine Juke Box, dort ein altes Fahrrad, ein nostalgisches Telefon auf dem Klo. Es gibt viel zu gucken. Auch auf der Karte. Waffeln in allen nur erdenklichen Varianten lachen uns an, mehr aber noch die Milchshakes. An der Theke bestelle ich passend zum Motto unserer Tour den Swedish Fika Shake und noch eine Vanilleschnecke. »Nein, bei diesem Shake willst du kein zusätzliches Gebäck«, meint die Bedienung und lächelt wissend. Als er vor uns steht, bin ich ihr dankbar. Das große, bis oben hin mit Espresso und Vanilleeis gefüllte Glas wird getoppt von einer Zimtschnecke und diese wiederum von einem riesigen Berg Sahne. Ziemlich freakig, extrem süß, eine Sünde. Von Koffein und Zucker gepusht überlegen wir, eine vierte Station anzusteuern. Das machen wir – und entscheiden uns dort für … Salat und ein Glas Wasser.

WENN MAN SCHON MAL **HIER** IST:

Nur ein paar Schritte vom Älskade Traditioner entfernt, zwischen Bränneri-, Gotlands- und Bjurholmsgatan, befindet sich der liebevoll gestaltete **Spielplatz Bryggartäppan** □→. Für Kinder fantastisch! Gestaltet wurde er nach Orten aus dem Roman *Stadt meiner Träume* von Per Anders Fogelström, der im Arbeiterviertel Södermalm Ende des 19. Jahrhunderts spielt. Auf dem Spielplatz gibt es auch ein kleines Café – für die, die noch mehr Koffein und Zucker brauchen.

WO LISBETH SALANDER LEBT UND ISST UND KÜSST

AUF MILLENNIUM-TOUR DURCH SÖDERMALM

+ + + STECKBRIEF + + +

WO? DEN STADTPLAN FÜR DIE TOUR KAUFT MAN IM STADTMUSEUM AM RYSSGÅRDEN. STARTPUNKT IST DIE BELLMANSGATAN 1 +++ U-BAHN SLUSSEN +++ WANN? AUF EIGENE FAUST JEDERZEIT. GEFÜHRT VON JULI BIS SEPTEMBER SAMSTAGS UM 11.30 UHR +++ WIE LANGE? 2 STUNDEN +++ WIE VIEL? AUF EIGENE FAUST 40 KRONEN FÜR DEN STADTPLAN. GEFÜHRT 130 KRONEN PRO PERSON +++ WICHTIG! DER PLAN LIEFERT ZWAR EINIGE INFOS ZU DEN BÜCHERN. WER AUF EIGENE FAUST GEHT, SOLLTE DIE TRILOGIE VON STIEG LARSSON ABER KENNEN +++

ES IST, als könnte jeden Moment die Tür aufgehen und er heraustreten. Ich stehe in der Bellmansgatan 1 und blicke über den schmalen Fußgängersteg hinüber zur Mansardenwohnung, wo er wohnt. Aber er kommt nicht. Natürlich nicht. Denn in den Büchern gibt es keinen Steg direkt zur Wohnung, sondern da verlässt der Journalist Mikael Blomqvist das Haus unten durch den Eingang im Erdgeschoss. Außerdem ist er ein fiktiver Charakter, entsprungen der Feder Stieg Larssons. Aber während ich hier so stehe, das Wohnhaus des Protagonisten betrachte und Szenen aus der *Millennium*-Trilogie in mir auftauchen, ist es für einen Moment so, als verschmölzen Realität und Fiktion. Das wird mir noch ein paarmal so gehen auf meiner Millennium-Tour durch Södermalm. Ausgerüstet bin ich mit dem Stadtplan, den ich mir zuvor im Stadtmuseum geholt habe.

DIE KARTE FÜHRT MICH weiter über den Monteliusvägen zur Lundagatan. Hier wuchs Lisbeth Salander in miserablen Verhältnissen auf. Die introvertierte und sozial komplett unangepasste Hackerin ist neben Blomqvist die zweite Hauptfigur der Romantrilogie, die zwischen 2005 und 2007 erschien und in Schweden alle Rekorde brach. Spätestens seit der Verfilmung mit Daniel Craig in der Hauptrolle ist der Name Stieg Larsson auch international bekannt. Bei der nächsten Station, der Kaffebar Mellqvist in der Hornsgatan, treffen die reale Vergangenheit des früh verstorbenen Autors und die fiktive Welt seines Werkes aufeinander: In diesem Café trinkt Mikael Blomqvist seinen Espresso – und auch Larsson saß wohl oft hier, als sich die Redaktion der Zeitschrift *Expo*, die er leitete, noch im selben Haus befand. Als Journalist hatte sich Stieg Larsson dem Kampf gegen Rechtsextremismus verschrieben. 2004 erlag er 50-jährig einem Herzinfarkt. Den Erfolg seiner Bücher erlebte er nicht mehr. Vor meinem inneren Auge lasse ich ihn hinter der Scheibe des Mellqvist sitzen und an neuen Plots spinnen. Oder ist doch Mikael Blomqvist der Held meiner Fantasiebilder, der hier seine langjährige Freundin küsst, damit die Eifersucht Lisbeth Salanders auf sich zieht und fortan von ihr nur noch Kalle Fucking Blomkvist (Astrid Lindgren lässt grüßen) genannt wird?

ICH FOLGE DEN FIGUREN der Trilogie, stoße bei der Synagoge auf Lisbeths Chef und an der Ecke Götgatan/Hökens gata auf die Büroräume der Zeitschrift *Millennium*. Aber eine Glasfassade wie in den Büchern gibt es hier nicht. Nicht einmal Büros, nur Wohnungen. Realität frisst Fiktion. Beim 7-Eleven in der Götgatan werden sie erneut eins. Kurz bin ich versucht, hier wie Lisbeth Zigaretten und die billigen Billy-Pizzen zu kaufen. Aber nur kurz. Am Ende lande ich hinter dem Mosebacke-Platz in der Fiskargatan. Hier erwirbt Lisbeth nach ihrem Hacker-Coup eine riesige, sündhaft teure Wohnung. Auf das Klingelschild lässt sie schreiben: V. Kulla. Wieder eine Anspielung auf Astrid Lindgren, genauer: auf die Villa Villekulla (Villa Kunterbunt)! Gedankenversunken gehe ich hinunter zum Medborgarplatsen, zurück in die Realität, ins Stockholm von heute. Unterwegs komme ich allerdings noch an der Kneipe Kvarnen vorbei. Und schon hat die Fiktion mich wieder. Bilder aus den Larsson-Büchern tauchen vor mir auf: die im Lokal tagende *Millennium*-Redaktion – und Lisbeth Salander, die hier gerade ihre Geliebte Miriam Wu küsst …

WENN MAN SCHON MAL **HIER** IST:

Das **Kvarnen** ⇨ (Tjärhovsgatan 4), beliebter Treffpunkt der *Millennium*-Redaktion in Stieg Larssons Büchern, ist eine der ältesten Kneipen Stockholms und bietet schwedische Hausmannskost. Und für alle, die schon den nächsten literarischen Stadtspaziergang planen: Das Gebäude des Stockholmer **Stadtmuseums** (siehe S. 76) spielt im Roman *1793* von Niklas Natt och Dag eine wichtige Rolle.

JAZZ IM GEFÄNGNIS

ZUM MONTAGSJAM
IN DER KNEIPE HÄKTET

+ + + S T E C K B R I E F + + +

WO? HÄKTET, HORNSGATAN 82 +++ U-BAHN MARIA-TORGET +++ WANN? MONTAGS 20 BIS 23 UHR +++ HAKTET.SE/JAZZMANDAG +++ WIE LANGE? DREI STUNDEN. MAN KANN NATÜRLICH AUCH FRÜHER GEHEN, WOHINGEGEN ES EINE SCHLECHTE IDEE IST, SPÄTER EINZUTREFFEN, WEIL MAN DANN MÖGLICHERWEISE KEINEN PLATZ MEHR ERGATTERT +++ WIE VIEL? KOSTENLOS +++ GETRÄNKE UND EVENTUELL ESSEN KOMMEN NATÜRLICH HINZU +++

MONTAGABEND, 18.30 UHR. Nicht unbedingt eine Uhrzeit, zu der es ein Problem sein sollte, einen Platz in einer Kneipe zu bekommen. Dachten wir. Zudem sind wir satte eineinhalb Stunden vor Konzertbeginn da. Aber im Häktet ist es rappelvoll. Die zwei letzten freien Plätze an der Bar gehen zum Glück an uns. Heute sei der erste Jazz-Montag nach eineinhalb Jahren pandemischer Zwangspause, erklärt uns der Barkeeper mit dem verzottelten Rauschebart. Daher sei der Andrang besonders groß. Aber auch ansonsten lohne es sich, frühzeitig zu kommen. Viele Stammgäste sind hier. Die Vorfreude, dass es endlich wieder losgeht, ist ihnen ins Gesicht geschrieben. Der Innenraum des Häktet ist eng. Kein Wunder, dass die Konzerte während der Pandemie ausgesetzt werden mussten. Grundsätzlich ist die Location perfekt für einen intimen Jazzabend mit netten Menschen.

»HÄKTET« heißt übersetzt »das Gefängnis«. Von 1782 bis 1872 saßen hier diejenigen ein, die ihre Schulden nicht begleichen konnten. Wie ein mittelalterlicher Schuldturm, nur ohne Turm. Von außen sieht man dem Gebäude seine Geschichte noch an. Durch ein niedriges, steinernes Tor tritt man ein und landet auf einem kleinen Innenhof, der auf allen Seiten von ehemaligen Gefängnistrakten begrenzt ist. Im rechten Trakt befindet sich das Häktet. Manche Türen bestehen aus eisernen Gitterstäben. Alles hier ist ein wenig enger, ein bisschen niedriger. Ideal für eine Kneipe, in der nicht alles schick sein soll. Seit Anfang des 20. Jahrhunderts wird an diesem Ort getrunken, seit 2014 montags auch dem Jazz gelauscht.

Um kurz vor acht tauchen vier Männer mit ihren Instrumentenkoffern auf. Kein großer Auftritt. Kein Applaus. Sie plaudern ein wenig mit den Gästen, packen ihre Instrumente – einen Kontrabass, zwei Gitarren und eine Violine – aus und richten es sich in einem Eck neben der Bar ein. Der Barkeeper stellt ihnen vier Bier hin. Gustav Lundgren und seine Freunde sind bereit.

GUSTAV LUNDGREN ist einer der herausragendsten Jazz-Gitarristen Schwedens. Er besitzt ein eigenes Label, hat eine Vielzahl von Platten produziert und arbeitet mit Musikern aus der ganzen Welt zusammen. Hier sitzt er ganz unprätentiös in der Enge des Häktet und jammt mit seinen Kompagnons. Genauso wirkt es. Nicht wie ein Konzert im eigentlichen Sinne. Der Kneipenabend läuft weiter. Manche Besucher hören dem Quartett aufmerksam zu, andere trinken, unterhalten sich, lachen. Dazwischen die vier, ganz vertieft in den Hot Club Jazz, wie er von Django Reinhardt in den 1940er-Jahren etabliert wurde. Virtuos, manchmal melancholisch, dann wieder beschwingt. Die Zuschauer applaudieren begeistert. Und so sitzen wir noch eine ganze Weile an der Theke, unterhalten uns über Gott und die Welt und lauschen dem hervorragenden Jazz, der diesen Abend trägt, ohne die gesamte Aufmerksamkeit auf sich ziehen. Ein fröhlich-freier Abend, von Gefängnis keine Spur.

WENN MAN SCHON MAL **HIER** IST:

Gleich nördlich des Häktet sind zwei wunderschöne Aussichtspunkte in Laufweite, von denen man den Blick auf das nächtliche Stockholm genießen kann. Wendet man sich nach Nordosten, gelangt man an den **Monteliusvägen** (siehe S. 76), noch etwas höher steht man auf dem **Skinnarviksberget** □→ (siehe S. 56) im Nordwesten.

ROMANTIK IM KONJUNKTIV

PANORAMA UND PARTY AUF DEM SKINNARVIKSBERGET

+ + + STECKBRIEF + + +

WO? SKINNARVIKSBERGET +++ NAHE U-BAHN ZINKENSDAMM ODER MARIATORGET +++ WANN? DAS GANZE JAHR ÜBER. AM BESTEN ABER AN EINEM WARMEN ABEND +++ WIE LANGE? SO LANGE MAN WILL +++ WIE VIEL? KOSTENLOS +++

2

WELCH EIN GLÜCK für alle Romantiker, Sonnenuntergangsgenießer, Turteltauben: Die höchste natürliche Erhebung Stockholms ist unbebaut! 53 Meter ragt der Skinnarviksberg im Norden Södermalms über dem Wasser auf. Steil brechen hier die Felsen hinab in den See Mälaren, was dazu führt, dass nichts die grandiose Aussicht und das warme Licht der untergehenden Sonne behindert. Ein traumhaft idyllischer Ort! Hand in Hand wandern wir die Gamla Lundagatan an den kleinen, gut erhaltenen Häusern aus dem 18. und 19. Jahrhundert nach oben. Die schmale Straße geht in einen Fußweg über, wir lassen die Häuser hinter uns, und das felsige, baumlose Plateau des Skinnarviksbergs öffnet sich. Unzählige Menschen tummeln sich darauf. Die besten Plätze sind alle besetzt. Auch die zweitbesten. Die drittbesten sind mit Scherben übersät. Romantik? Wohl nur im Konjunktiv.

EIN GEHEIMTIPP ist der Skinnarviksberg schon lange nicht mehr. Unter Stockholmern ist der Ort beliebt zum Picknicken, Entspannen und Feiern. Viele junge Leute treffen sie hier: Jugendliche, Studenten, Paare, aber auch Familien, deren Kinder munter über die Felsen kraxeln. Und wir mittendrin. Schließlich finden wir doch noch ein Plätzchen. Zweitbeste Kategorie: Aussicht top, kaum Scherben, keine Kippen, aber etwas unbequem. Egal, der Fels ist von der Sonne gewärmt, unter uns breitet sich Stockholm aus. Das tiefe Blau des Mälaren, am anderen Ufer Kungsholmen, dort hinten das im Abendlicht leuchtende goldene Dach des Rathausturms, da Gamla Stan, hinter uns die Dächer Södermalms. 360 Grad herrliche Rundumsicht. Keine Autos, keine E-Scooter, nur ein Heißluftballon über uns. Antje legt ihren Kopf an meine Schulter. Neben uns liegt ein Paar eng umschlungen. Einige Meter weiter sitzen zwei Männer, die Sekt und Gläser mit nach oben geschleppt haben und nun verliebt anstoßen. Der Ort hat durchaus romantisches Potenzial, das müssen wir nun einräumen. Wir reizen es mit unseren Bierdosen, die wir jetzt zischen lassen, voll aus. Skål! Auf einen zweisamen Abend hier oben!

WIR PACKEN UNSERE SALATE AUS, die wir auf dem Weg von der U-Bahnstation Mariatorget an der Salatbar des ICA-Supermarkts geholt haben. Andere kommen mit Pizzakartons auf den Berg. Wieder andere mit vollgepackten Kühlboxen. Während wir essen, wummert elektronische Musik über die Felsen. Eine Gruppe Muslimas feiert und singt – nein: krakeelt – ausgelassen, aus der anderen Richtung dringt Rock an unsere Ohren. Dann surrt plötzlich eine Drohne umher. Der Flaschensammler, der uns den letzten Schluck aus der Dose nicht gönnt, hat einen guten Tag gehabt, wie sich aus den prall gefüllten Säcken schließen lässt. Ein paar Jungs prollen, Paare knutschen, Freunde sitzen leise lachend beisammen. All das verschwimmt zu einem Geräuschteppich im Hintergrund, während unten im See ein paar Boote ihre Kreise ziehen und die Sonne allmählich tiefrot hinter dem Hochhaushorizont verschwindet. Vielleicht nicht Romantik pur. Aber dafür echte Großstadtromantik. Und die im Indikativ.

WENN MAN SCHON MAL **HIER** IST:

Wer Bier oder Wein mit auf den Berg nehmen möchte, muss sich in einem der staatlichen Alkoholgeschäfte namens **Systembolaget** ⇨ eindecken. Nahe der U-Bahnstation Mariatorget gibt es ein solches in der Rosenlundsgatan. Aber Achtung: Werktags schließt es um 19 Uhr, am Samstag bereits um 15 Uhr. Nach dem Abstieg vom Berg schmeckt noch ein Absacker in der Kneipe **Häktet** (siehe S. 52).

NACHTS SIND ALLE WASSER SCHWARZ

NACH SONNENUNTERGANG IN DIE STOCKHOLMER GEWÄSSER EINTAUCHEN

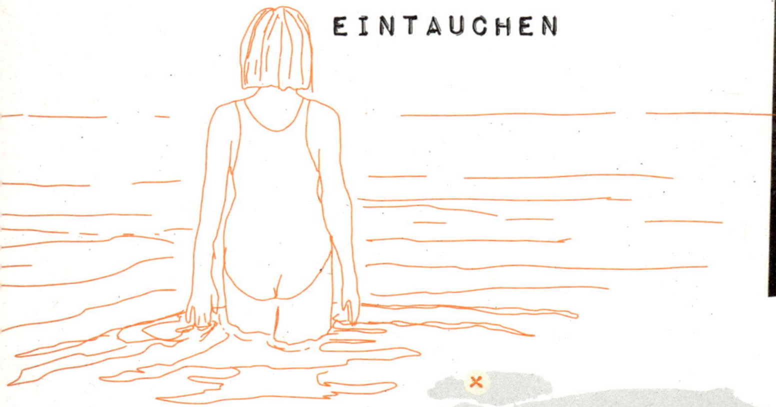

SÖDERMALM --> M HORNSTULL

+ + + S T E C K B R I E F + + +

WO? LÅNGHOLMSBADET, LÅNGHOLMSMUREN 21 +++ U-BAHN HORNSTULL, DANN ETWA EINEN KILOMETER ZU FUSS – ODER MIT DEM AUTO BIS ZUM LÅNGHOLMEN PARKPLATZ. VON DORT SIND ES CA. 300 METER +++ WANN? NACH SONNENUNTERGANG (ENDE JUNI NACH 22 UHR, MITTE AUGUST CA. 21 UHR) +++ WIE LANGE? SO LANGE MAN WILL (BZW. BIS DIE KÄLTE EINEN AUS DEM WASSER TREIBT) +++ WIE VIEL? KOSTENLOS +++ WICHTIG! FLIPFLOPS MITNEHMEN! +++

2

FÜHLEN MEINE ZEHEN ETWAS SCHLEIMIGES?

Stoßen sie gleich gegen einen Stein? Trete ich auf ein Tier? Vorsichtig wate ich Schritt für Schritt ins Wasser, das pechschwarz ist. Es gibt aber keinen Grund zur Beunruhigung. Nichts Unheimliches wartet unter der Oberfläche, keine Algen, keine Steine, keine fiesen Tiere. Nur feiner, weicher Sand. Zügiger gehe ich tiefer ins Wasser, es steigt mir bis zu den Knien, dann bis zur Hüfte. Kalt ist es nicht, über 20 Grad – und damit wärmer als die Luft, die jetzt nach Sonnenuntergang an diesem Augusttag schnell abkühlt. Ich lasse mich nach vorne fallen, ziehe mit den Armen kräftig durch und schwimme los. Am gegenüberliegenden Ufer leuchten die Fenster der Hochhäuser von Marieberg, hier im Strandbad Långholmen bin ich umgeben vom Bäumen, Sandstrand und Dunkelheit.

ÜBER 30 OFFIZIELLE BADEPLÄTZE befinden sich auf Stockholmer Stadtgebiet. Fast alle von ihnen haben eine herausragende Wasserqualität, so auch die Strände auf der kleinen Insel Långholmen im Nordwesten von Södermalm. Das nutzen die Stockholmer intensiv aus. An Sommertagen sind die Badestellen rappelvoll. Im Strandbad Långholmen wird es schwer, in all dem Getümmel noch ein freies Fleckchen zu finden. Nach Sonnenuntergang ist das kein Problem mehr. Wenn sich die grüne Insel allmählich schwarz färbt, wenn die wenigen Wege und Gebäude nur noch spärlich beleuchtet sind, ist die Stunde der Nachtschwärmer und -schwimmer gekommen. Als ich um 22 Uhr ins dunkle Wasser gleite, planscht gerade ein Vater mit seinen zwei Kindern darin. Eine ältere Dame kommt mir entgegen. Weiter draußen erahne ich die Schemen von Köpfen, die aus dem Wasser ragen. Mehr ist der Schwimmer im Augenblick nicht: ein Punkt im Wasser, ganz winzig, kaum zu sehen. Verloren und doch irgendwie aufgehoben. Ich tauche ein in das nächtliche Stockholm, bin gefühlt mittendrin und doch zugleich ganz weit weg. Der Verkehr donnert über die mächtige Västerbrücke, aber er klingt gedämpft, wie ein fernes Rauschen.

ICH SCHWIMME AUF DEM RÜCKEN weiter vom Ufer weg, schaue hinauf in den Nachthimmel, an dem sich die ersten Sterne zeigen. Von einem alten Anlegesteg klingen Stimmen und Lachen herüber. Jugendliche haben ihn für sich erobert, dem süßlichen Duft zufolge geben sie sich nicht nur dem Alkohol hin. Nach ein paar Runden geht es zurück zum Strand. Ich ertaste wieder den sandigen Boden unter meinen Füßen, steige aus dem Wasser, trockne mich ab und ärgere mich über meine Vergesslichkeit: Die Flipflops liegen im Auto, ich habe nur Turnschuhe dabei, bekomme den Sand, der an den Füßen klebt, aber nicht weg. Na ja, werden die Schuhe eben zum Sandkasten. Zusammen mit Antje, die am Strand auf mich gewartet hat, gehe ich am Ufer entlang unter der Västerbrücke hindurch. Wir setzen uns auf einen Felsen und schauen hinüber auf die nächtliche Kulisse von Rathaus und Kungsholmen. Plötzlich raschelt es im Gebüsch. Wir zucken zusammen. Zwei Ratten springen heraus. Das Unheimliche lauert an Land, nachts auf Långholmen.

WENN MAN SCHON MAL **HIER** IST:

Am Strand **Långholmens Klippbad** im Nordosten ist das Nachtbaden genauso herrlich - hier mit Blick aufs Rathaus und Gamla Stan. Und für alle, die gleich auf der Insel übernachten wollen: Im alten Gefängnis und heutigen **Hotel Vandrarhem Långholmen** □→ bucht man einen Schlafplatz in einer Zelle (siehe S. 79), Wohnmobilen steht ein **Stellplatz unter der Västerbrücke** (Skutskepparvägen, husbilstockholm.se) zur Verfügung – nicht ganz billig, aber in perfekter Lage.

UNTER DER BRÜCKE TANZEN

EINE SOMMERNACHT IM CLUB TRÄDGÅRDEN

+++ STECKBRIEF +++

WO? TRÄDGÅRDEN, HAMMARBY SLUSSVÄG 2 +++ U-BAHN SKANSTULL +++ WANN? MITTWOCH BIS SAMSTAG 17–3 UHR, SONNTAG 17–1 UHR +++ DA SICH DIE ÖFFNUNGSZEITEN IMMER MAL WIEDER ÄNDERN, IST VOR DEM BESUCH EIN BLICK AUF DIE HOMEPAGE TRADGARDEN.COM RATSAM +++ GEÖFFNET IM FRÜHJAHR UND SOMMER. IM HERBST UND WINTER ZIEHT DER CLUB NACH DRINNEN, DANN UNTER DEM NAMEN UNDER BRON, HUSETUNDERBRON.SE +++ WIE LANGE? BIS TIEF IN DIE NACHT +++ WIE VIEL? JE FRÜHER MAN KOMMT, DESTO GÜNSTIGER +++ MITTWOCH UND DONNERSTAG VOR 20 UHR KOSTENLOS +++ NACH 22 UHR 200 BIS 250 KRONEN +++ WICHTIG! MINDESTALTER 23 JAHRE +++

DREI BRÜCKEN überspannen die Hammarby-Schleuse; sie verbinden Södermalm mit den Stadtteilen, die gerne mal summativ »*söder om Söder*« (südlich von Södermalm) genannt werden. Unter welcher der Club Trädgården liegt, ist nicht zu überhören. Schon von Weitem vernimmt man das Wummern der Bässe, Lichtkegel in allen möglichen Farben bemalen die grauen Brückenpfeiler. Eine U-Bahn rattert über eine Brücke, auf der anderen tost der Verkehr der Stadtautobahn. Es ist eigentlich kein schöner Ort hier unter den Brücken. Eine Badmintonhalle, ein Hallenbad, ein paar andere wenig adrette Gebäude. Nicht die Gegend, wo man sich abends rumtreiben möchte. Aber unter der Skanstullsbrücke befindet sich ein *trädgård*, wörtlich übersetzt ein »Garten« – bunt, wild, fröhlich. Ein Ort, an dem man sich abends unbedingt rumtreiben sollte.

DER OPEN-AIR-CLUB zwischen Brückenpfeilern ist einer der angesagtesten Orte zum Ausgehen – perfekt, um draußen bis tief in die Nacht zu feiern. Wir kommen kurz nach 21 Uhr an den Eingang. Die Schlange der Wartenden ist noch überschaubar. Im Lauf des Abends wird sie ziemlich lang werden, weshalb es sich lohnt, früher zu kommen. Begrüßt werden wir von Elektromusik, die für gute Laune sorgt. Vor uns eröffnet sich ein Areal, das irgendwas zwischen Club, Festival und Chillout-Area ist. Auf der Tanzfläche wird geravt, zwischen den Pfeilern und um sie herum sitzen und liegen die Nachtschwärmer auf hölzernen Podesten – manche schick gekleidet, manche spärlich, manche leger. Rechts stehen mehrere mit Lampions behängte Buden, die sich auch auf einem Reggae-Festival gut machen würden. Dort gibt's Getränke, einen Grill, Pizza. Wir holen uns erst mal ein Bier und einen Cocktail und beobachten das muntere Treiben. Die Stimmung ist ausgelassen und sehr entspannt. Zwischen den Tischen entstehen und verschwinden immer wieder kleine Tanzspots. Drei People of Colour bewegen sich zum Beat der Musik, als wäre es der letzte Sommerabend. Gefühlt ist er das auch.

VON EINEM LAUEN SOMMERABEND zu sprechen, wäre selbst für schwedische Verhältnisse maßlos übertrieben. Da hilft nur eins: rauf auf die Tanzfläche. Der Corona-Abstand fällt spätestens hier. Aber dafür wird uns schnell warm. Wir könnten auch drinnen tanzen, wo es einen R&B-Floor gibt und mit Klubben einen weiteren, in dem der Techno etwas härter wird. Die Atmosphäre draußen gefällt uns aber besser. Die immer wieder über die Brücke ratternden U-Bahnen, die bunten Pfeiler, die vielen Sonnenblumen, die tatsächlich so etwas wie ein Gartenfeeling entstehen lassen – das ist wirklich einzigartig. Später entdecken wir, dass man an einer großen Konsole *Super Mario Kart* (!) spielen kann. Es ist ein wenig wie Fahrradfahren, stelle ich fest: einmal gelernt, ist man selbst nach ich weiß nicht wie vielen Jahren sofort wieder drin. Antje hat keine Chance gegen mich. Dafür zieht sie mich kurz darauf beim Tischtennis ab. Der Trädgården ist eindeutig mehr als nur ein Club. Ein Garten, ein kleines, farbenfrohes Paradies. Als wir ihn irgendwann weit nach Mitternacht verlassen, wird uns vor dem Eingang nicht nur ein Taxi angeboten. Wir sind zurück in der grauen Welt unter der Brücke.

WENN MAN SCHON MAL **HIER** IST:

Auf dem Gelände des Trädgården befindet sich mit dem **Växthuset** → ein sehr gutes Restaurant, das auf lokale und ökologische Zutaten setzt. Mit dem 5-Gänge-Degustationsmenü für 590 Kronen pro Person lässt sich ein Abend hier wunderbar schmackhaft beginnen. Tischreservierung unter restaurangvaxthuset.se.

SHOPPEN MIT BUBBEL UND MINGEL

WÄHREND DER SOFO-NIGHT UNTERWEGS IM TRENDVIERTEL

+++ STECKBRIEF +++

WO? IN SOFO, DEM VIERTEL SÜDLICH DER FOLKUNGAGATAN UND ÖSTLICH DER GÖTGATAN, HAUPTSÄCHLICH ENTLANG DER BONDE- UND DER SKÅNEGATAN +++ U-BAHN MEDBORGARPLATSEN ODER SKANSTULL +++ WANN? AN JEDEM LETZTEN DONNERSTAG IM MONAT +++ DIE MEISTEN GESCHÄFTE, DIE MITMACHEN, HABEN BIS 21 UHR GEÖFFNET +++ WIE LANGE? HÄNGT GANZ VON DER SHOPPINGLAUNE AB +++ WIE VIEL? KOSTENLOS +++ WICHTIG! AUF SOFO-STOCKHOLM.SE/SOFO-NIGHT WERDEN DIE LÄDEN AUFGEFÜHRT, DIE AM JEWEILS NÄCHSTEN DONNERSTAG OFFEN HABEN +++

»VILL DU HA BUBBEL?«, fragt Elin, die Verkäuferin, und schon habe ich ein Glas Sekt in der Hand. Ich geselle mich zu der kleinen Runde an der Kasse des Behagligt, ein enges, gemütliches Geschäft, das von allem ein bisschen anbietet: von Geschirr über Klamotten bis hin zu wohlsortiertem Einrichtungskrimskrams. Behaglich ist es hier wirklich – vor allem jetzt, während der SoFo-Night. Es wird über Mode gequatscht, über den letzten Urlaub und darüber, wie ärgerlich es ist, dass es ausgerechnet heute regnen muss. Man kennt sich und nutzt den verkaufsoffenen Abend fürs nette Beisammensein – Mingel, wie es die Schweden nennen. Ums Verkaufen scheint es gar nicht in erster Linie zu gehen. Mehr um das Gefühl – ein bisschen hip, etwas anders, freier, lebensfroher. Um das Gefühl von SoFo.

AN SELBSTBEWUSSTSEIN fehlt es den Bewohnern des Trendviertels südlich der Folkungagatan auf Södermalm nicht. In Anlehnung an Soho tauften sie ihr Viertel SoFo – South of Folkungatan. Das ist eine Ansage. Ob es sich mit den berühmten Namenspaten im Londoner Westend und in New York wirklich messen kann, sei einmal dahingestellt. Jedenfalls ist SoFo vor allem im Sommer voller Lebensfreude. Die Bewohner bevölkern den Nytorget-Park und die vielen Cafés. Besonders entlang der Straßen Bondegatan und Skånegatan reihen sich kleine Boutiquen und Restaurants aneinander. Die Geschäfte schließen normalerweise – wie in Schweden üblich – bereits um 17 oder 18 Uhr. Am letzten Donnerstag im Monat, wenn die SoFo-Night ansteht, haben viele aber bis 21 Uhr geöffnet. Über das Sortiment hinaus lockt jedes teilnehmende Geschäft mit etwas Besonderem, und jeden Monat ist es etwas anderes, das geboten wird. Im Behagligt trinkt man Sekt, und nur ein paar Schritte weiter, im angesagten Mode- und Einrichtungsgeschäft Grandpa, lassen drei Gitarristen die Shoppenden das Shoppen vergessen. Trotz des Regens bleiben die Menschen auch vor dem Laden stehen und wippen mit.

ÜBERALL SIND LEBEN UND MUSIK. So schlendere ich die Bondegatan entlang zum Cissi och Selma, wo das Personal in den quietschbunten Kleidern, die im Laden angeboten werden, zusammen mit den Kunden tanzt. Eigentlich sollte es in Klamottengeschäften generell eine Tanzfläche geben, geht es mir durch den Kopf. Wie fröhlich wäre da das Einkaufen! Ich komme bei Kunigunda vorbei, einer kleinen Boutique in der Skånegatan, in der die ansteckend gut gelaunte Besitzerin Pia zum Quiz einlädt. Wer viel weiß, bekommt viel Rabatt. Da es ein reines Damengeschäft ist, passe ich und ziehe weiter. Der Dauernieselregen hat die Menschen mittlerweile in die Bars und Restaurants getrieben. Auch wenn die Straße nun leerer ist, so ist doch überall etwas los. Nur südlich der Skånegatan wird es einsamer. In den Vintageladen Modern Retro verschlägt es kaum jemanden. »Bei dem Wetter kein Wunder«, meint der Besitzer. Dann zuckt er mit den Schultern, als sei dies nicht so wichtig. »Ich mache trotzdem auf«, sagt er schließlich. »Ist ja SoFo-Night.«

WENN MAN SCHON MAL **HIER** IST:

Nicht nur ein Besuch der Geschäfte in der Skånegatan lohnt sich. Wie wäre es, nach der SoFo-Night noch auf ein Bier oder einen Moscow Mule im **Brickyard** □→ (Skånegatan 88) zu bleiben? Ausgezeichnetes, wenngleich nicht unbedingt preiswertes Essen in angenehm-modernem Ambiente bietet das Restaurant **Symbios** (Skånegatan 80). Aber auch wer Spanisch, Italienisch, Bangladeschisch speisen möchte, wird in der Skånegatan fündig.

LÅNGHOLMEN KAJAK

2

WENN MAN SCHON MAL IN SÖDERMALM ODER AUF LÅNGHOLMEN IST

+++ SEHEN +++
+++ ESSEN +++
+++ AUSGEHEN +++
+++ SHOPPEN +++
+++ SCHLAFEN +++

SEHEN

□↑

FOTOGRAFISKA

Das Museum für moderne Fotografie gehört zur internationalen Spitzenklasse. Seit 2010 begeistert das Fotografiska im alten Zollhaus die Besucher mit herausragenden Ausstellungen, die regelmäßig wechseln. Angeboten werden zudem Workshops und Vorträge, in denen man seine Fotokünste weiterentwickeln kann. Eindrucksvoll ist der Ausblick vom Café über das Wasser hinüber nach Skeppsholmen. Das Restaurant nebenan zählt zu den besten Schwedens und zeichnet sich dadurch aus, dass ganz im Sinne der Nachhaltigkeit sämtliche Bestandteile der saisonalen Zutaten verwendet werden.

+++ STADSGÅRDSHAMNEN 22 +++ U-BAHN SLUSSEN, DANN 500 METER ZU FUSS +++ FOTOGRAFISKA.COM/STO +++ TÄGLICH VON 10–23 UHR, RESTAURANT 11–23 UHR +++ EINTRITT 175 KRONEN, ERMÄSSIGT 135 KRONEN +++

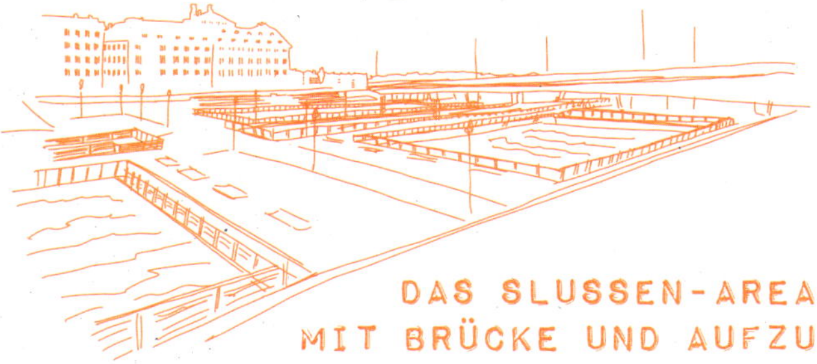

DAS SLUSSEN-AREAL MIT BRÜCKE UND AUFZUG

Die »Schleuse« (slussen) ist ein neuralgischer Verkehrsknotenpunkt. Hier treffen nicht nur Ostsee und der See Mälaren aufeinander, sondern auch U-Bahn, S-Bahn, Straßen, Rad- und Fußwege und ein Busbahnhof. Es geht trubelig und immer ein wenig chaotisch zu. Bis 2025 wird das Areal noch Dauerbaustelle sein, da es komplett umgestaltet wird. Die goldene Brücke ist schon da und eine neue Sehenswürdigkeit in der Stadt. Über allem wacht standhaft der alte Aufzug Katarinahissen (Baujahr 1935), von dessen Plattform sich ein herrliches Panorama eröffnet.

+++ SLUSSEN ZWISCHEN KARL JOHANS TORG UND SÖDERMALMSTORG +++ U-BAHN SLUSSEN +++ HINWEIS: DER AUFZUG IST BIS 2022/23 GESPERRT. DIE PLATTFORM ABER ÜBER DEN MOSEBACKE TORG ZUGÄNGLICH +++

MOSEBACKE TORG MIT MOSEBACKETERRASSEN

Der gemütliche Platz ist schon seit Langem ein Ort des Vergnügens. Am Nordende steht seit 1852 das Södra Teatern, das nicht nur ein Theater, sondern auch Konzertbühnen, Bars und ein Restaurant beherbergt. Das Theater betreibt auch die Mosebacketerrassen – Bar und Restaurant im Freien mit einem wunderschönen Blick hinab auf die Ostsee. Im Sommer gibt es immer wieder kleinere Konzerte.

+++ MOSEBACKE TORG +++ U-BAHN SLUSSEN +++ SODRATEATERN.COM +++

MONTELIUSVÄGEN UND IVAR LOS PARK

Der Selfie-Hotspot schlechthin. Davon abgesehen aber tatsächlich ein phänomenaler Aussichtspunkt mit dem wahrscheinlich besten Blick auf Riddarholmen, Gamla Stan und das Rathaus. Im Sommer steht man hier manchmal dicht an dicht auf dem engen Kiesweg. Sitzend lässt sich die Aussicht im angrenzenden Ivar Los Park genießen – am besten mit mitgebrachtem Essen und Bier. Obwohl oft von Touristen überlaufen, ist der Park auch bei Stockholmern nach wie vor beliebt.

+++ MONTELIUSVÄGEN, ZWEIGT VON DER BASTUGATAN AB +++ ZU FUSS IN 10 MINUTEN ERREICHBAR ENTWEDER VON U-BAHN SLUSSEN ODER MARIABERGET +++

STADSMUSEET (STADTMUSEUM)

Stockholm hat eine spannende und abwechslungsreiche Geschichte. Die Hauptstadt überstand Belagerungen und erlebte Schlachten, sah Armut und großen Glanz. Im Stadtmuseum taucht der Besucher ein in die Historie der letzten 500 Jahre und folgt der Entwicklung von einer kleinen Handelsstadt zur skandinavischen Metropole. Anschaulich und lebendig.

+++ RYSSGÅRDEN +++ U-BAHN SLUSSEN +++ STADSMUSEET.STOCKHOLM.SE +++ DI–SO 11–17 UHR, DO BIS 20 UHR +++ EINTRITT FREI +++ TIPP: DAS STADTMUSEUM BIETET AUCH INTERESSANTE UND GÜNSTIGE STADTFÜHRUNGEN IN ENGLISCH AN +++

WOODSTOCKHOLM

Gehobenes Restaurant und zugleich Showroom für die selbst geschreinerten Möbel. Monatlich wechselt die ausgesuchte Karte. Mal steht ein Land im Fokus, mal ein Thema. Kreativ angerichtet und richtig gut!

+++ MOSEBACKE TORG 9 +++ U-BAHN SLUSSEN +++ WOODSTOCKHOLM.COM +++ RESERVIERUNG EMPFEHLENSWERT +++ TÄGL. 17–23 UHR +++

MEATBALLS FOR THE PEOPLE

Schwedische Fleischbällchen müssen nicht wie bei IKEA schmecken. Das beweist das Meatballs-Team, das neben der klassischen Variante auch andere Kreationen auf den Teller zaubert, zum Beispiel aus Bären- oder Elchfleisch oder vegan. Das Mittagsmenü gibt's für 125 Kronen.

+++ NYTORGSGATAN 30 +++ U-BAHN MEDBORGARPLATSEN +++ MEATBALL.SE +++ TÄGL. 11–22 UHR +++

TEATERN IM RINGEN

Wie in einem Theater steigen hier die Tischreihen nach hinten auf. Das Angebot ist vielfältig, verschiedene Köche bereiten schnelles Essen auf hohem Niveau: asiatisch, indisch, italienisch, nordisch – alles dabei. Und das für recht kleines Geld.

+++ GÖTGATAN 132 +++ U-BAHN SKANSTULL +++ RINGENCENTRUM.SE/TEATERN +++ MO–DO 11–21 UHR, FR/SA 11–22 UHR, SO 11–20 UHR +++

KAFFEBAR

Hieß früher Mellqvist Kaffebar und war Stieg Larssons Lieblingscafé. Auch Mikael Blomkvist – Protagonist der *Millennium*-Reihe – trinkt hier seinen Espresso. Die Backwaren schmecken ausgezeichnet.

+++ BYSISTORGET 6/HORNSGATAN 78 +++ U-BAHN MARIATORGET +++ MO–FR 7–18 UHR, SA/SO 9–18 UHR +++

AUSGEHEN

BAR HIMLEN

Einfach himmlisch! Die Bar ist im wahrsten Sinne des Wortes spitze und befindet sich in 104 Metern Höhe. Eine bessere Aussicht gibt's nicht! Besonders schön während des Sonnenuntergangs.

+++ GÖTGATAN 78 +++ U-BAHN MEDBORGARPLATSEN +++ RESTAURANGHIMLEN.SE +++ MO/DI 16–23 UHR, MI/DO 16–24 UHR, FR/SA 16–3 UHR, SO GESCHLOSSEN +++

TWANG

Die Kneipe ist irgendwas zwischen in die Jahre gekommen und cool. Unten im Keller kann man Gitarren kaufen und im kuschelig-engen Showroom Jazz-Gigs lauschen.

+++ KATARINA BANGATA 25 +++ U-BAHN MEDBORGARPLATSEN +++ TWANG.SE +++ DI–DO UND SO 13–22 UHR, FR/SA 13–23 UHR +++ GITARRENSHOP DI–FR 13–18 UHR +++

SHOPPEN

GRANDPA

Grandpa ist Södermalm pur. Hippe Mode, Vintage, schick designtes Interieur. Typisch nordisch: angesagt, aber nie aufdringlich.

+++ SÖDERMANNAGATAN 21 +++ BUS 66 BIS BONDEGATAN +++ GRANDPASTORE.SE +++ MO–FR 11–18 UHR, SA/SO 11–17 UHR +++

SÖDERBOKHANDEL

Da die Verkaufsfläche klein ist, wachsen die vollgestopften Bücherregale in die Höhe. Legendäre Buchhandlung mit sympathisch-chaotischer Atmosphäre – und auch vielen englischsprachigen Titeln.

+++ GÖTGATAN 37 +++ U-BAHN MEDBORGARPLATSEN +++ SODERBOKHANDELN.SE +++ MO–FR 10–19 UHR, SA 10–18 UHR, SO 12–16 UHR +++

SCHLAFEN

HOTEL FRANTZ

Feines, frisch renoviertes und stilvoll eingerichtetes Boutique-Hotel in einem Gebäude aus dem Jahr 1647 in bester Lage direkt bei Slussen. Vom Baulärm dort bekommt man aber nichts mit. DZ mit ausgezeichnetem Frühstück in schönem Ambiente etwa 1.500 Kronen.

+++ PETER MYNDES BACKE 5 +++ U-BAHN SLUSSEN +++ HOTELFRANTZ.SE +++

VANDRARHEM LÅNGHOLMEN □↑

Hier nächtigt man in einem ehemaligen Gefängnis – und folgerichtig in Zellen: Die Doppelzelle mit eigenem Bad gibt's ab 850 Kronen. Günstiger wird's im Mehrbettzimmer und mit geteiltem Bad (ab 220 Kronen). Der Stadtstrand ist nur wenige Meter entfernt.

+++ ALSTAVIKSVÄGEN 15 +++ BUS 54/66 BIS BERGSUNDS STRAND ODER U-BAHN BIS HORNSTULL, DANN CA. 10 MINUTEN ZU FUSS +++ LANGHOLMEN.COM +++ RABATT MIT JUGENDHERBERGSAUSWEIS +++

3
NORRMALM MIT SKEPPSHOLMEN

+++ ERLEBEN +++

NORRMALM
KULTURHUSET
SVEAVÄGEN
EIN SCHNAPSLIE
IN DER MARKTHA
88
KUNGSGATA
TORSGATAN
HÖTORGET M
92
JENSEITS DER
PFIFFERLINGE
103
KLARA SJÖ
VASAGATAN
STOCKHOLM
HAUPTBAHNHOF
M T-CENTRALEN
KLARATUNELN
103
96
MÜLL GESUCHT!
KUNGSTRÄDGÅRDEN
RIDDARFJÄRDEN
STOCKHOLM
NORRMALM
KUNGLIGA OPERAN

STOCKHOLM CITY ist nicht die Altstadt Gamla Stan, sondern der südliche Teil von Norrmalm. Hier befindet sich das moderne Zentrum der Hauptstadt. Die Fußgängerzone und Bummelmeile Drottninggatan zieht sich von Süd nach Nord durch den Stadtteil, hinzu kommen mehrere Shoppingmalls, aber auch Oper, Kulturhaus und Konzerthaus. Seit den 1950er-Jahren wird Norrmalm beständig neu gestaltet, manchmal, aber nicht immer zum Guten. Neuerdings entdeckt man die Dächer für sich, auf denen immer mehr Bars aufploppen – besonders rund um den Brunkeberg Torg. Ganz anders ist die Atmosphäre auf der Insel Skeppsholmen, früher Stützpunkt der Marine (ein Restaurant heißt bis heute Torpedowerkstatt), heute grüne Museumsinsel und sehr entspannt.

MUSIKALISCH KURZ VOR DEM UNTERGANG

MIT DEM OCEAN BUS ZU LAND UND WASSER DURCH STOCKHOLM

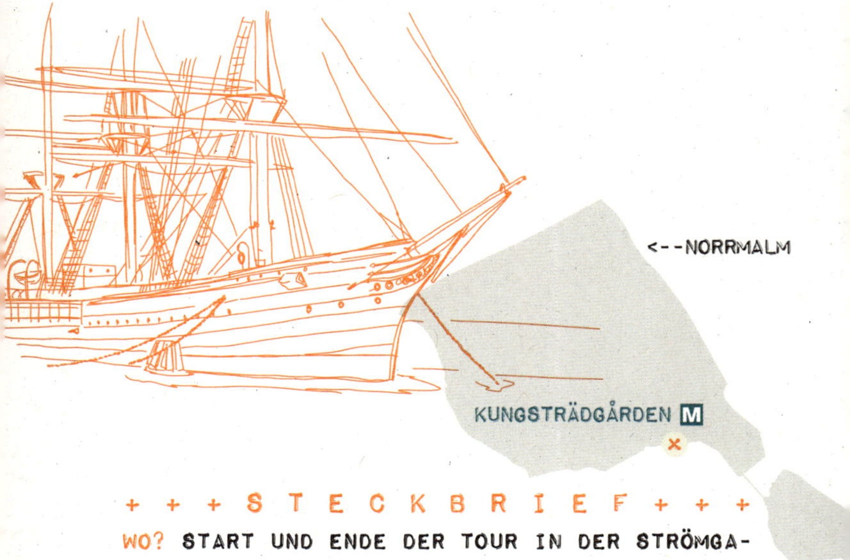

+ + + STECKBRIEF + + +

WO? START UND ENDE DER TOUR IN DER STRÖMGATAN ZWISCHEN OPER UND GRAND HOTEL +++ U-BAHN KUNGSTRÄDGÅRDEN +++ WANN? TÄGLICH MEHRERE ABFAHRTEN +++ RESERVIERUNG UNTER OCEANBUS.SE/DE/DIE-TOUR +++ WIE LANGE? 75 MINUTEN +++ WIE VIEL? 295 KRONEN +++ WICHTIG! DER OCEAN BUS IST NICHT FÜR ROLLSTÜHLE ODER KINDERWAGEN GEEIGNET. KINDER UNTER 3 JAHREN DÜRFEN NICHT MITFAHREN +++

DER UNTERGANG NAHT, als *My heart will go on* aus den Boxen scheppert. Das Wasser kommt schnell näher. Und dann, mit einem lauten Platsch und einer enormen Bugwelle, landet der Bus in der Ostsee. »Just kidding«, lacht unser fröhlicher Guide Pascal ins Mikrofon. Wir gehen natürlich nicht unter wie die Titanic. Schließlich wird unser Bus namens Astrid jetzt zum Boot. Und während die zehn Tonnen schwere Astrid an Land noch ziemlich geruckelt und geholpert hat, schwimmt sie nun ganz elegant durchs Wasser. Astrid ist nämlich ein Amphibienfahrzeug – und ein echter Hingucker, nach dem sich die Passanten umdrehen, wenn es vorbeibrummt. Kein Wunder, schließlich fällt er auf, dieser mächtige blaue Bus mit Fendern an der Seite, dessen Schnauze ein frech grinsender Hai ziert.

DIE OCEAN-BUS-TOUR startet bei der Oper. Zunächst geht es durch die Shoppingstraßen des luxuriösen Östermalm. Bis ins 18. Jahrhundert hatte das Viertel Slumcharakter. Jetzt wohnen die Reichsten hier, die auf dem Gärdet Sportfeld, an dem wir nun vorbeifahren, nur joggen gehen, um schicke Filmchen von sich zu drehen, wie Pascal spöttisch anmerkt. Informativ, unterhaltsam, wenn auch immer wieder gefährlich nah am Klischee führt er uns durch die Hauptstadt. Die zweite Begleitperson an Bord ist erst Busfahrer, später Kapitän. Mit Schwung fährt er uns ins Wasser. Das ist ehrlich beeindruckend. Da stört dann auch die melodramatische musikalische Untermalung kaum mehr. Wir tuckern am Nordufer von Djurgården entlang, bis links von uns das Kinderliteraturmuseum Junibacken (siehe S. 148) auftaucht. Pascal erzählt von Astrid Lindgren. Und schon ertönt neue Musik: *Här kommer Pippi Långstrump, tjolahopp, tjolahej* … tja. Als wir das ABBA-Museum vom Wasser aus erblicken, wippen wir zu *Waterloo*, und ein Song aus *Fluch der Karibik* darf im weiteren Verlauf ebenso wenig fehlen wie *What shall we do with the drunken sailor*. Musikalisch schrammen wir an der Havarie gerade so vorbei. Lustig ist es – vielleicht gerade deswegen – dennoch.

WIR SCHIPPERN zwischen der Insel Kastellholmen und dem Vergnügungspark Gröna Lund hindurch und kommen in den Bereich, wo die großen Kreuzfahrtschiffe vertäut liegen. Plötzlich wirkt Astrid nur noch wie eine Nussschale. Selbst der Dreimaster af Chapman (siehe S. 107) wirkt riesig gegen den Ocean Bus. Kurzzeitig streikt die Soundanlage, und so genießen wir in aller Stille den fantastischen Blick auf die Altstadt mit dem monumentalen königlichen Schloss (siehe S. 34). Unter der Skeppsholmenbrücke hindurch und am mondänen Strandvägen (siehe S. 140) entlang geht es schließlich wieder zurück zur Bootsrampe. Gerade rechtzeitig kann Pascal die Musikanlage wieder in Gang bringen. Während wir uns anschnallen und auf den Moment des Landgangs vorbereiten, hat unser Guide den passenden Soundtrack herausgesucht. Die Räder bekommen Bodenkontakt, das Fahrzeug hebt sich aus dem Wasser, es holpert, es schaukelt – dennoch ein majestätischer Moment. Die Musik dazu? Das *James Bond Theme* von John Barry.

WENN MAN SCHON MAL **HIER** IST:

In der Bank am Norrmalmstorg 2–4, wenige Gehminuten vom Endpunkt der Tour entfernt, nahmen im Jahr 1973 Bankräuber Geiseln, die begannen, mit den Verbrechern zu sympathisieren – das Stockholm-Syndrom war geboren. Wo früher die Bank war, ist jetzt das **Nobis-Hotel** □→. In der dortigen **Goldbar** schmecken die Cocktails, vor allem der Strawberry Basil Smash. Die früheren Tresorräume fungieren inzwischen als Umkleidekabinen im angesagten Modeladen **Acne Studio** gleich nebenan.

EIN SCHNAPSLIED IN DER MARKTHALLE

AUF FOOD TOUR DURCH DIE SCHWEDISCHE KÜCHE

+ + + S T E C K B R I E F + + +

WO? STARTPUNKT AN DER ERINNERUNGSTAFEL FÜR OLOF PALME VOR DEM URBAN DELI IM SVEAVÄGEN 44 +++ U-BAHN HÖTORGET +++ WANN? FREITAGNACHMITTAG, GANZJÄHRIG +++ BUCHUNG UNTER FOODTOURSSTOCKHOLM.SE +++ WIE LANGE? 4 STUNDEN +++ WIE VIEL? 895 KRONEN (DAS ESSEN UND MEHRERE GETRÄNKE SIND INKLUSIVE) +++ WICHTIG! HUNGER MITBRINGEN! ALLE TOUREN WERDEN AUF ENGLISCH ANGEBOTEN, SOBALD JEMAND DABEI IST, DER NICHT SCHWEDISCH SPRICHT. DA NICHT MEHR ALS 12 PERSONEN TEILNEHMEN KÖNNEN, LOHNT SICH EINE FRÜHZEITIGE BUCHUNG +++

IN DEN 1950ER-JAHREN geriet der schwedische Koch Tore Wretman während einer Regatta vor dem dänischen Skagen in eine Flaute. Da er seine Mannschaft bei Laune halten wollte, ging er unter Deck und zauberte mit den wenigen Zutaten, die er dort fand – Garnelen, Dill, selbst gemachte Mayonnaise, Weißbrot – ein kleines Gericht. Auf die Frage, was das denn sei, sagte er mit Blick hinüber zum Land nur: »Ein Toast Skagen natürlich.« So kam der Schweden liebste Vorspeise zu ihrem Namen, erzählt Fredrik, der heute unser Food-Guide ist. Wir genießen nicht nur den kleinen Happen, sondern zugleich den Blick über Norrmalm, den wir hier von der Dachterrasse des Urban Deli haben. Sie ist die erste von insgesamt zehn Stationen der Nordic Experience Food Tour und ein wunderbarer Vorgeschmack auf das, was noch folgt.

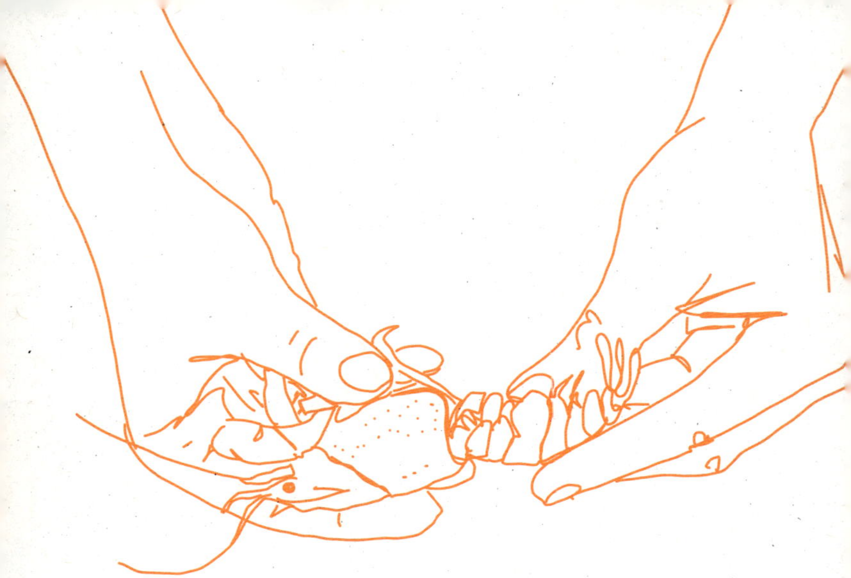

»I LOVE FOOD«, sagt Fredrik über sich – grundsätzlich eine sinnvolle Voraussetzung, wenn man eine Food Tour leitet. Fredrik liebt aber nicht nur Essen, er hat auch Geschmack. Das zeigt sich bei den zehn Stationen, die er für uns ausgewählt hat und die wir in den kommenden Stunden ansteuern werden. Jede Lokalität wartet mit einem Stück traditioneller schwedischer Küche auf. Nach dem Toast Skagen stehen also Fisch und Krebs, Käse und Elchsalami, natürlich auch schwedische Fleischbällchen und Zimtschnecken auf dem Programm. Eigentlich nichts Außergewöhnliches. Aber alles schmeckt einfach ausgezeichnet. Zum Beispiel in der Markthalle am Hötorget. »Wenn man Touristen beeindrucken will, geht man in die Markthalle in Östermalm. Wenn man das bessere Essen haben möchte, kommt man hierher«, verkündet Fredrik. Mit viel Wissen und immer wieder netten Anekdoten zu den einzelnen Gerichten gewürzt führt er uns durch die Kulinarik des Nordens. Er kredenzt gutes (!) schwedisches Bier, berichtet vom langen Kampf der schwedischen Ureinwohner, der Sámi, um Gleichberechtigung, als wir Rentier verspeisen, und unterstützt uns beim Zerlegen des Krebses.

WÄHREND DAS SCHWEDISCHE PAAR in der Gruppe gekonnt den Krebs auseinandernimmt, dilettieren der französische Teilnehmer und wir. Geduldig erklärt uns Fredrik, wo und wie wir welchen Teil des Meerestieres anfassen, aufbrechen, abziehen müssen, damit wir an das feine Fleisch kommen. Verdaut wird der Krebs stilecht mit Aquavit und einem Schnapslied. Es gibt ihn nicht auf jeder Tour, da die Stationen saisonal angepasst werden. Wir ziehen weiter nach Vasastan, essen leckere *köttbullar* (Fleischbällchen), besuchen eine Schokoladenmanufaktur und schlendern mit einem Eis durch den Vasapark. Je länger der kulinarische Rundgang durch Stockholm dauert, desto mehr kommen wir mit den anderen ins Gespräch. Meist geht's ums Essen, klar. Aber nicht nur. Fredrik muss uns bei jeder Station sanft zum Aufbruch drängen. Ganz am Ende aber, im Café Systrarna Andersson, als sich unser Guide bereits verabschiedet hat, bleiben wir sitzen. Nicht nur, weil wir satt und müde sind, nicht nur, weil wir das Essen und all die Informationen und Geschichten setzen lassen müssen, sondern vor allem, weil wir uns einfach nett mit den anderen unterhalten. Essen verbindet eben.

WENN MAN SCHON MAL HIER IST:

Die Tour endet in Vasastan in der Nähe der U-Bahnstation St. Eriksplan. Geht man zurück zum **Vasapark** (perfekt für ein Verdauungsschläfchen, siehe S. 132), kommt man an der **Bar Erlands** ⇨ vorbei (siehe S. 134), in der leckere Cocktails serviert werden und dienstags und samstags Jazz-Bands für Stimmung sorgen.

JENSEITS DER PFIFFERLINGE

MINISOMMERKONZERTE
UND NOBEL-TOUR
IM KONZERTHAUS

HÖTORGET

NORRMALM -->

+ + + STECKBRIEF + + +

WO? KONZERTHAUS AM HÖTORGET 8 +++ U-BAHN HÖTORGET +++ WANN? VON ENDE JUNI BIS MITTE AUGUST JEDEN TAG FÜHRUNGEN UND MINIKONZERTE. MINIKONZERTE FÜNFMAL TÄGLICH ZWISCHEN 11 UHR UND 15.30 UHR. NOBEL-TOUR-FÜHRUNG UM 15 UHR +++ KONSERTHUSET.SE +++ WIE LANGE? MINIKONZERTE 20 MINUTEN. FÜHRUNG 30 MINUTEN +++ WIE VIEL? MINIKONZERTE KOSTENLOS. FÜHRUNG 100 KRONEN +++

»PFIFFERLINGE! Frische Pfifferlinge!«, schreit der Verkäufer über den Heumarkt. Es herrscht buntes Treiben zwischen den Marktbuden. Fast ein wenig südländisch. Viele Stockholmer kommen in der Mittagspause hierher. Sie setzen sich mit ihrem Take-away-Essen auf die Stufen des mächtigen blauen Gebäudes an der Ostseite des Platzes, das alle wahrnehmen, aber nur wenige wirklich kennen. Dabei spielen hier, im Konzerthaus, nicht nur die Philharmoniker. Es lohnt sich, die Treppenstufen einmal ganz hinauf und durch das Eingangsportal ins Innere zu gehen. Kaum drinnen, ist der Trubel von draußen wie weggeblasen. Im Foyer sitzen bereits einige Besucher vor einer kleinen Bühne, denn in wenigen Minuten beginnt das Minisommerkonzert des jungen Jazzquintetts *Bluesette Kvintett*. Wir nehmen erwartungsvoll Platz.

SEIT 2010 bietet das Konzerthaus von Ende Juni bis Anfang September, wenn die Philharmoniker Sommerpause machen, diese zwanzigminütigen Konzerte junger Klassik-, Jazz- oder Folk-Ensembles an. Musiker im Alter von 19 bis 26 können sich bewerben, sechs Bands werden ausgewählt, die das Foyer dann zum Klingen bringen. Für die jungen Musiker ein attraktiver Ferienjob und zugleich die Gelegenheit, das eigene Können zu präsentieren. Stammgäste kommen zu den Veranstaltungen, aber auch Einkaufsbummler mit dicken Tüten, die von den Klängen angelockt werden. Das Jazz-Quintett, dem wir lauschen, begeistert uns mit technisch anspruchsvollen Stücken, bei denen es unmöglich ist, still sitzen zu bleiben. Der kurze Auftritt geht viel zu schnell vorbei. Während die meisten Gäste sich nach dem Applaus wieder nach draußen begeben, bleiben wir. Auf uns warten Stefan und der große Konzertsaal. Unser Guide führt uns die Stufen im mächtigen Treppenhaus des neoklassizistischen Gebäudes aus dem Jahr 1926 hinauf. Es wurde im selben Jahrzehnt wie das Rathaus erbaut. Und noch etwas verbindet die beiden Bauwerke: der Nobelpreis, der jedes Jahr am 10. Dezember, dem Todestag Alfred Nobels, verliehen wird.

DIE MEISTEN DENKEN DABEI vor allem an das prunkvolle Bankett im Rathaus (siehe S. 130). Nur wenige wissen, dass die eigentliche Ehrung und Übergabe der Preise hier im Konzerthaus stattfindet. Reich wurde Nobel mit Explosivem, Zerstörerischem. Die Preise stiftete er wohl auch deshalb, um der Nachwelt durch etwas Gutes in Erinnerung zu bleiben. Wir betreten den großen Konzertsaal mit seinen samtrot bezogenen Sitzen im 1. Rang, gleich neben den königlichen Plätzen, und schauen von dort auf die Bühne. Am 10. Dezember wird sie wieder mit abertausenden Blumen aus San Remo geschmückt sein – eine Gabe der italienischen Stadt, in der Nobel starb. Stefan führt uns gedanklich durch die Stunden der Preisverleihung, er erzählt so anschaulich von jenem winterlich dunklen Nachmittag, davon, wie sich der Markt vor dem Konzerthaus in einen Parkplatz der Limousinen verwandelt, dass wir vom grellen Tageslicht irritiert sind, als wir nach der Führung wieder nach draußen treten. »Pfifferlinge zum halben Preis!« Der Sommertrubel hat uns wieder.

WENN MAN SCHON MAL **HIER** IST:

Wer mag, deckt sich auf dem Heumarkt mit Obst und Gemüse ein. Noch mehr Auswahl bietet jedoch die Markthalle **Hötorgets saluhall** □→ mit ihren 40 Essenstheken und Geschäften (siehe S. 105). Hier kann man sich einen kleinen Snack holen und damit draußen niederlassen – auf den Stufen des **Konzerthauses** zum Beispiel.

MÜLL GESUCHT!

ABFALL SAMMELN
UND DAFÜR KOSTENLOS
KAJAK FAHREN

+ + + STECKBRIEF + + +

WO? KLARA STRAND CAFÉ, KLARA MÄLARSTRAND 2 +++ U-BAHN T-CENTRALEN +++ WEITERE VERLEIHSTATIONEN BEIM POINT 65 KAYAK CENTER, EKELUNDSVÄGEN 26, SOLNA UND BEIM SJÖHISTORISKA MUSEET, DJURGÅRDSBRUNNSVÄGEN 24 (HIER NUR AM WOCHENENDE) +++ WANN? VON FRÜHJAHR BIS FRÜHHERBST +++ BUCHUNGEN AUF GREENKAYAK.ORG FRÜHESTENS EINEN MONAT VOR DER FAHRT +++ OFT KANN AUCH KURZFRISTIG NOCH GEBUCHT WERDEN +++ WIE LANGE? ZWEI STUNDEN +++ WIE VIEL? KOSTENLOS +++ WICHTIG! DIE PASSENDEN KLAMOTTEN SOLLTEN SCHON ANGEZOGEN SEIN, DA ES KEINE UMKLEIDEMÖGLICHKEIT GIBT. IST MAN UNTER 18 JAHRE, MUSS EIN ERWACHSENER ALS BEGLEITUNG DABEI SEIN +++

1 STÜCK LASIERTES HOLZ. 1 Eisverpackung, 1 Korken, 1 Verpackung eines Corny-Riegels (Schoko-Banane), 1 Tube mit Fitness-Gel. Das war's. Das ist unsere gesammelte Ausbeute. Wir sind ein wenig enttäuscht, obwohl es eigentlich eine gute Nachricht ist. Zwei Stunden sind wir nun mit dem Kajak auf dem See Mälaren zwischen Rathaus, Kungsholmen und der Altstadt unterwegs, bewaffnet mit einem großen grünen Bottich, der in der Mitte des Bootes steht, und einer Müllzange. Hin und wieder – genau genommen fünfmal – entdecken wir etwas im Wasser, paddeln hin, greifen zu und befördern das, was andere – absichtlich oder nicht – ins Wasser geworfen haben, in unsere Tonne. Unser kleiner Beitrag zu einem saubereren Stockholm. Das ist der Deal der Organisation GreenKayak: Kajak gegen Müllsammeln.

ZWEI STUNDEN ZUVOR: Wir stehen auf einem leicht schwankenden Steg und setzen die grünen Kajaks, die wir beim Klara Strand Café abgeholt haben, ins Wasser. Beim Blick aufs Wasser bekommt Antje Zweifel. Die Wellen sind nicht ohne, die Kajaks hüpfen lustig auf und ab. Auf der anderen Seite des schmalen Seearms, der Norrmalm von der Insel Kungsholmen trennt, erhebt sich der hohe Turm des Rathauses. Unzählige Touristen tummeln sich auf dem Vorplatz. Gefühlt schauen sie alle zu uns herüber und beobachten unseren wackligen Einstieg. Er gelingt uns glücklicherweise ohne Blamage. Dann holen wir den Bottich aufs Boot, Greifzange hinein, und los geht's. 120 Minuten haben wir Zeit. 120 Minuten, in denen wir kostenlos mitten in Stockholm Kajak fahren und Wasser, Abendsonne und Uferansichten genießen können. Alles, was wir dafür tun müssen, ist, Müll zu sammeln und anschließend auf einem Social-Media-Kanal von unserer Aktion zu berichten. Das ist die Gegenleistung, die die NGO GreenKayak einfordert. 2017 begann die Organisation, in Kopenhagen Abfall aus dem Meer zu fischen. Mittlerweile gehen Freiwillige auch in Deutschland, Irland, Norwegen und Schweden mit dem Kajak auf Mülljagd.

WIR PADDELN AM RATHAUS VORBEI und am Ufer der Insel Kungsholmen entlang. Auf der Höhe des auf Pontons schwimmenden Restaurants Mälarpaviljongen machen wir kehrt. Jetzt blicken wir direkt auf die Kulisse von Gamla Stan. So kann Müllsammeln richtig Spaß machen. Wobei wir natürlich auch nicht allzu viel zu tun haben. Die Stockholmer Gewässer sind so sauber, dass man problemlos darin schwimmen kann (siehe S. 60). Ich versuche mir vorzustellen, wie es vor 100 Jahren hier aussah, als Gewerbe und Industrie hemmungslos ihre Abwässer in den Mälaren einließen. Die Imaginationskraft stößt dabei schnell an ihre Grenzen. Ein Mann auf einer Parkbank am Ufer muss unser Dilemma erkannt haben. Er hebt seine Getränkedose in die Höhe und fragt lautstark, ob er sie ins Wasser werfen soll. Seiner Frau, die neben ihm sitzt, ist dieser Altherrenwitz sichtlich peinlich: »Bra jobbat!«, lobt sie. »Gute Arbeit!« Recht hat sie! Schließlich haben wir den Mälaren von ganzen fünf Stücken Müll befreit. Erhobenen Hauptes vertäuen wir das Boot und steigen aus. Diesmal wackelfrei.

WENN MAN SCHON MAL **HIER** IST:

Direkt im Anschluss tut erst mal ein Kaffee oder ein kühles Bier im **Klara Strand Café** gut. Auf der anderen Seite der Brücke steht das **Rathaus** ⇨ (siehe S. 130), in dem alljährlich das Nobelpreisbankett stattfindet. Die Festsäle können im Rahmen einer Führung besucht werden. Wer mag, kann sich von den Stufen vor dem Rathaus, die hinab zum See führen, auch ins kalte Nass stürzen und sich so hautnah von der guten Wasserqualität überzeugen.

WENN MAN SCHON MAL IN NORRMALM ODER AUF SKEPPSHOLMEN IST

+++ SEHEN +++
+++ ESSEN +++
+++ AUSGEHEN +++
+++ SHOPPEN +++
+++ SCHLAFEN +++

SEHEN

MODERNA MUSEET MIT ARKDES

Das Moderne Museum auf der Insel Skeppsholmen zählt zu den führenden Kunsthäusern Europas. Aus über 130.000 Werken besteht die Sammlung des Hauses, darunter Werke von Picasso, Matisse, Warhol, Dalí … Ein Teil davon wird in der kostenlosen Dauerausstellung gezeigt. Gleich nebenan befindet sich das interessante, experimentierfreudige Architektur- und Designmuseum ArkDes. Ganz klassisch, aber einfach gut ist der Kuchen im dortigen Museumscafé Blom.

+++ EXERCISPLAN 4 +++ BUS 65 BIS ÖSTASIATISKA MUSEET ODER 10 MINUTEN ZU FUSS VON U-BAHN KUNGSTRÄDGÅRDEN. ODER MIT DER FÄHRE VON SLUSSEN BIS SKEPPSHOLMEN +++ MODERNAMUSEET.SE/STOCKHOLM +++ DI–SO 10–18 UHR. DI UND FR BIS 20 UHR +++ DAUERAUSSTELLUNG KOSTENLOS. TEMPORÄRE AUSSTELLUNGEN 150 KRONEN. ERMÄSSIGT 120 +++ ARKDES DI–SO 10–18 UHR +++ KOSTENLOS +++

⟵□ KULTURHUSET (KULTURHAUS)

Das Kulturhaus am ästhetisch umstrittenen Platz Sergels Torg versteht sich als Treffpunkt für alle. Und das ist es auch. Hier trifft man auf Punks, Senioren, Kids, Hipster … Das wechselnde Angebot ist vielfältig. Es gibt Comic- und Filmfestivals, Kunstausstellungen, Theater, ein Kino, eine Bibliothek und – unser Lieblingsort hier im Haus – ein Café-Restaurant auf dem Dach.

+++ SERGELS TORG +++ U-/S-BAHN T-CENTRALEN/STOCKHOLMCITY+++KULTURHUSETSTADSTEATERN.SE/SERGELS-TORG +++ ZUTRITT ZUM HAUS KOSTENLOS. EINZELNE AUSSTELLUNGEN ODER VERANSTALTUNGEN MEIST ABER KOSTENPFLICHTIG +++

KUNGSTRÄDGÅRDEN

Kein König wandelt mehr im »Königsgarten«, seit das zum Park gehörende Schloss Makalös vor 200 Jahren abbrannte. Jetzt ist der Kungsträdgården im Besitz der Allgemeinheit. Während der Kirschblüte im April leuchtet er kitschig-schön rosa. Im Frühjahr und Sommer wummern bei Festivals und diversen Festen die Bässe über die Anlage, im Winter locken Weihnachtsmarkt und Eislaufbahn. Und Könige gibt's dann doch noch: Karl XII. und Karl XIII. wachen auf steinernen Sockeln über ihren einstigen Garten.

+++ U-BAHN KUNGSTRÄDGÅRDEN +++ KUNGSTRADGARDEN.STOCKHOLM +++

3

KUNGLIGA OPERAN (KÖNIGLICHE OPER)

Gerade einmal zehn Jahre stand das Gebäude, da wurde es schon Schauplatz eines Königsmords. Während eines Maskenballs wurde hier Gustav III., die treibende Kraft hinter dem Bau der königlichen Oper, im Jahr 1792 erschossen. 1898 riss man den alten Opernbau ab und ersetzte ihn durch einen neuen. Aus den mehr als 1.000 Räumen sticht das goldene Foyer heraus. Neben der großen Bühne beherbergt das mächtige Bauwerk auch Restaurants, Bars und einen Nachtclub.

+++ GUSTAV ADOLFS TORG 2 +++ U-BAHN KUNGSTRÄDGÅRDEN +++ OPERAN.SE +++

NATIONALMUSEUM

Am oberen Ende der mächtigen Treppe in Schwedens größtem Kunstmuseum prangt Carl Larssons Wandmalerei vom Einzug Gustav Vasas als neu gewähltem König in Stockholm 1523. Typisch nationalromantisch verklärend, aber dennoch eindrucksvoll. In den hohen Räumen des Museums sind unzählige Gemälde, Statuen und Grafiken von schwedischen Künstlern wie Larsson und Zorn, aber auch von internationalen Berühmtheiten wie Rembrandt oder Manet zu sehen.

+++ SÖDRA BLASIEHOLMSHAMNEN 2 +++ BUS 65 BIS NATIONALMUSEUM +++ NATIONALMUSEUM.SE +++ DI/MI/FR 11-17, DO BIS 20 UHR, SA/SO 10-17 UHR, MO GESCHLOSSEN +++ EINTRITT IN DIE DAUERAUSSTELLUNG FREI, SONDERAUSSTELLUNGEN MEIST 170 KRONEN +++

RUTABAGA

Das noble, aber auch angenehm entspannte Restaurant des Sternekochs Mathias Dahlgren im Grand Hotel zaubert Gerichte, die zeigen, was allein mit Gemüse möglich ist. Lakto-ovo-vegetarisch, Menü für 845 Kronen.

+++ SÖDRA BLASIEHOLMSHAMNEN 6 +++ BUS 65 BIS NATIONALMUSEUM +++ RESERVIERUNG NOTWENDIG +++ MDGHS.SE/RUTABAGA +++ DI–SA 17–24 UHR +++

URBAN DELI

Mischung aus Lebensmittelladen, Markthalle, Restaurant und Café. Besonders gut: die Meeresfrüchte. Sehr angesagt ist die Dachterrasse, auf der kleine Gerichte serviert werden.

+++ SVEAVÄGEN 44 +++ U-BAHN HÖTORGET +++ URBANDELI.ORG/SVEAVAGEN +++ FRÜHSTÜCK MO–FR 7–10 UHR, SA/SO 8–10.30 UHR, RESTAURANT SO–DI 11–23 UHR UND MI–SA 11–24 UHR +++

HÖTORGETS SALUHALL

Eine Markthalle mit Charme und Tradition. Etwa 40 Händler verkaufen hier Delikatessen aus aller Welt zu fairen Preisen.

+++ HÖTORGET +++ U-BAHN HÖTORGET +++ HOTORGSHALLEN.SE +++ MO–DO 10–18 UHR, FR 10–19 UHR UND SA 10–16 UHR +++

INGRID

Vor dieser Bäckerei bilden sich oft Schlangen – und das aus gutem Grund. Alles wird selbst gebacken, die Zimtschnecken sind superfluffig, die belegten Brötchen einfach köstlich. Liebhaber von *kanelbullar* sollten unbedingt hingehen.

+++ REGERINGSGATAN 91 +++ U-BAHN HÖTORGET UND EIN PAAR MINUTEN ZU FUSS +++MO–FR 7.30–16 UHR, SA 9–15 UHR +++

AUSGEHEN

STOCKHOLM UNDER STJÄRNORNA

Viel besser geht's an einem warmen Sommerabend nicht! Auf den Dachterrassen kann man »Stockholm unter den Sternen« bei einem (nicht ganz billigen) Cocktail genießen.
+++ BRUNKEBERGSTORG 2-4 +++ WENIGE GEHMINUTEN VOM HAUPTBAHNHOF +++ STHLMUNDERSTJARNORNA.COM +++ VON APRIL BIS SEPTEMBER +++ WICHTIG: DAS MINDESTALTER AM FR/SA NACH 21 UHR IST 23 JAHRE! +++

FASCHING

Wohl der bekannteste Jazzclub des Landes mit unzähligen Livekonzerten, aber auch Clubnächten mit DJ, in denen nicht nur Jazz gespielt wird. Tolle Atmosphäre.
+++ KUNGSGATAN 63 +++ FASCHING.SE +++ SO-DO 18-24 UHR, FR/SA 18-4 UHR +++

SHOPPEN

NK – NORDISKA KOMPANIET

Seit knapp 100 Jahren bietet Stockholms berühmtestes Kaufhaus allerlei Luxus in prachtvoller Kulisse. Wer noch Geld in der Urlaubskasse hat, kann sich hier sogar einen persönlichen Shoppingassistenten gönnen.
+++ HAMNGATAN 18-20 +++ TRAM 7 BIS KUNGSTRÄDGÅRDEN +++ NK.SE +++ MO-FR 11-19 UHR, SA 11-18 UHR, SO 12-16 UHR +++

SWEDISH MATCH

Ein Geschäft, in dem es nur um die schwedische Nationaldroge Snus (Tabak, der unter die Oberlippe geschoben wird) geht. Hier kann man seine eigenen Geschmackskreationen zusammenstellen oder Kaffee mit einem Tabakbeutelchen trinken. Für Süchtige und die, die es werden wollen.

+++ KUNGSGATAN 3 +++ U-BAHN ÖSTERMALMSTORG +++ SWEDISHMATCH.SE +++ MO–FR 10–18 UHR, SA 10–17 UHR, SO 12–16 UHR +++

3

SCHLAFEN

DOWNTOWN CAMPER

Hippes Basiscamp in der urbanen Welt. Üppiges Frühstück im Erdgeschoss, gemütliche Bar Campfire im Dachgeschoss und mit The Nest ein einzigartiger Wellnessbereich auf dem Dach. Hier im Pool zu liegen und über Stockholms Dächer zu schauen, ist dekadent, aber sauschön. DZ für etwa 1.500 Kronen.

+++ BRUNKEBERGSTORG 9 +++ WENIGE GEHMINUTEN VOM HAUPTBAHNHOF +++ SCANDICHOTELS.COM/DOWNTOWNCAMPER +++

⇽□ AF CHAPMAN

Auf dem Dreimaster mitten im Herzen Stockholms zu übernachten, abends an Deck zu sitzen und den Blick nach Gamla Stan zu genießen – einfach herrlich! Bett im Mehrbettzimmer 215 Kronen, DZ ohne besonderen Komfort 745 Kronen mit Jugendherbergsausweis. Die Zimmer an Land sind günstiger, aber langweiliger.

+++ FLAGGMANSVÄGEN 8 +++ BUS 65 BIS ÖSTASIATISKA MUSEET +++ SWEDISHTOURISTASSOCIATION.COM +++

4
VASASTAN UND KUNGSHOLMEN

+++ ERLEBEN +++

SOWOHL KUNGSHOLMEN ALS AUCH VASASTAN sind hauptsächlich Wohngegenden mit vier- bis fünfgeschossigen Häusern. Insbesondere in Vasastan darf das aber nicht mit »langweilig« gleichgesetzt werden, denn viele kleine Geschäfte, charmante Cafés und gute Restaurants machen den Stadtteil (er)lebenswert, vor allem rund um St. Eriksplan und Odenplan. Die bekannteste Mieterin Vasastans war wohl Astrid Lindgren, die hier über 70 Jahre ihres langen Lebens wohnte, die letzten 60 davon in einer Wohnung am Vasapark. Die Insel Kungsholmen ist deutlich ruhiger, verfügt im Süden aber über eine wunderschöne Strandpromenade, deren Enden vom Rathaus und vom lebendigen Rålis-Park markiert werden.

BRUNNSVIKEN
<--VASASTAN
STADSBIBLIOTEKET
SVEN-HARRYS KONSTMUSEUM
NORRA STATIONSGATAN
VANADISVÄGEN
SVEAVÄGEN
131
TORSGATAN
ODENPLAN M
JÄHRLICH GRÜSST DER STINKEFISCH 120
IKEA-EFFEKT UNTER RETROLAMPEN 116
132
112 ZU HAUSE BEI ASTRID LINDGREN
M RÅDMANSGATAN
ODENGATAN
SANKT ERIKSGATAN
M ST ERIKSPLAN
STOCKHOLM
VASASTAN UND KUNGSHOLMEN-->
132
FLEMINGGATAN
RÅDHUSET M 124
UNTERIRDISCH: DIESE KUNST!
NORR MÄLARSTRAND
130
STADSHUSET
RIDDARFJÄRDEN

ZU HAUSE BEI ASTRID LINDGREN

EIN BESUCH IN DER WOHNUNG DER GROSSEN SCHRIFTSTELLERIN

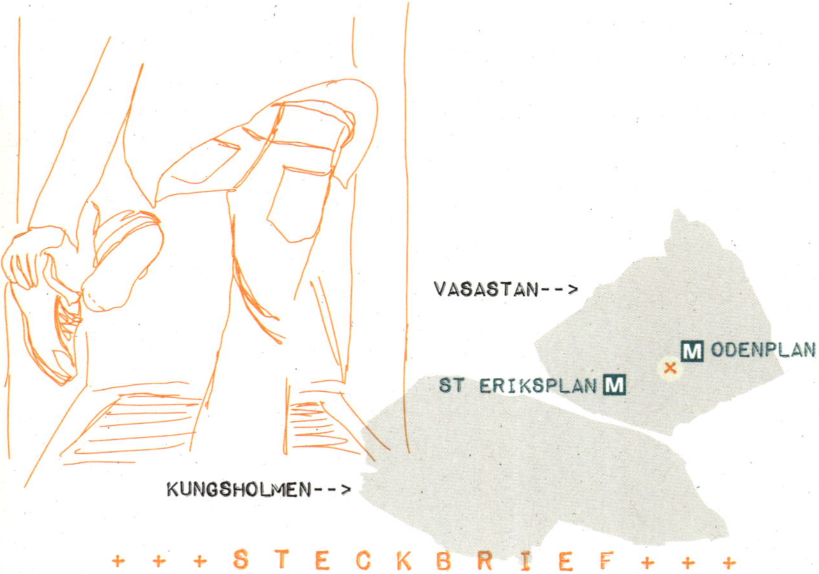

+ + + STECKBRIEF + + +

WO? DALAGATAN 46 +++ U-BAHN ODENPLAN ODER ST. ERIKSPLAN +++ WANN? UNTERSCHIEDLICHE TERMINE. ETWA 15 FÜHRUNGEN PRO MONAT +++ ASTRIDLINDGRENSALLSKAPET.SE +++ WIE LANGE? ETWA EINE STUNDE +++ WIE VIEL? 120 KRONEN +++ WICHTIG! DIE TERMINE FÜR DIE FÜHRUNGEN WERDEN EINEN MONAT IM VORAUS VERÖFFENTLICHT. DANN HEISST ES SCHNELL BUCHEN. DENN ES GIBT NUR WENIGE TICKETS +++ DIE MEISTEN FÜHRUNGEN SIND AUF SCHWEDISCH. EINIGE ABER AUCH AUF ENGLISCH UND DEUTSCH +++

ICH ZIEHE DIE SCHUHE IM FLUR AUS, so wie es in Schweden üblich ist, wenn man jemanden besucht. Johan reicht mir einen Kleiderbügel für meine Jacke. Es ist, als besuchte man wirklich jemanden, wenn man Astrid Lindgrens Wohnung im ersten Stock der Dalagatan 46 betritt. Alles ist noch so eingerichtet, wie es 2002 war, als die wohl bekannteste schwedische Schriftstellerin aller Zeiten verstarb. Nichts wurde verändert, einzig die über die Sofas gespannten Seile, die zeigen, dass man sich hier nicht hinsetzen soll, erinnern daran, dass wir in einem Museum sind. »Hier saß Astrid oft, wenn ich sie als kleines Kind besucht habe«, sagt Johan, als wir im Esszimmer stehen. »Sie und ihre Assistentin schrieben die ganze Zeit Briefe. Aber es war trotzdem schön, hier zu sein, denn es gab immer etwas Süßes.« Johan ist Astrid Lindgrens Urenkel. Hin und wieder führt er Gäste durch die Wohnung seiner Uroma.

A LINDGREN

SEIT 2015 STEHT DIE WOHNUNG, in der die Schriftstellerin über 60 Jahre ihres Lebens verbrachte, Besuchern offen. Man kommt ihr hier sehr nahe. Ihre Brille liegt auf dem Regal über dem Bett, die graue Schreibmaschine wirkt einsatzbereit, selbst die Gewürze stehen noch wie vor 20 Jahren im Küchenregal. Käme sie plötzlich durch die Wohnungstür, man würde sich nicht wundern. Astrid Lindgren war eine Frau, die Bücher liebte, das ist nicht zu übersehen. In allen Zimmern sind die Regale prall mit Lesestoff gefüllt. Sie war eben nicht nur Autorin, sondern leitete auch die Kinderbuchredaktion des Verlags Rabén och Sjögrens. Johan zieht aus einem Regal, in dem Lindgren-Übersetzungen aus aller Welt stehen, ein kleines Büchlein hervor: die *Pippi*-Erstausgabe mit einer persönlichen Widmung für ihren Mann Sture. Überall finden sich solche Dinge, die Geschichten erzählen. Da steht das Sofa, auf dem die kranke Tochter lag, die unbedingt mehr Geschichten von jenem frechen Mädel hören wollte, das sie Pippi taufte. Dort hängt ein Bild von Anne-Marie Fries, Astrid Lindgrens bester Freundin aus Kindheitstagen, die Vorbild für Madita wurde. Fast schon nebensächlich der Bambi auf einem Fenstersims.

»ASTRID LIEBTE große, schwere Preise«, sagt Johan. »Die hielten die Fenster auf, wenn sie durchlüften wollte.« Er erzählt mehrere solcher Anekdoten, und schnell wird klar, dass sie eine Frau mit viel Humor gewesen sein muss. Von den Auszeichnungen ist in der Wohnung aber kaum etwas zu sehen. Vieles wirkt eher einfach, unprätentiös, unaufdringlich. Im Arbeitszimmer steht ein unauffälliger Schreibtisch. Darauf besagte Schreibmaschine. Hier entstanden also all ihre Werke, die weltweit 165 Millionen Mal verkauft und in über 100 Sprachen übersetzt wurden? Nicht ganz, meint Johan. Oft schrieb Lindgren im Bett – in Steno. An die Schreibmaschine setzte sie sich, wenn das Buch bereits fertig zu Papier gebracht war. An ihrem Bett stehen wir am Ende unseres Rundgangs. Daneben die Bilder der Enkel und Urenkel, ebenso ein Ericsson-Telefon, das Retroliebhabern wohl Freudentränen in die Augen treiben dürfte. Direkt vor dem Bett ist der Boden etwas durchgescheuert. »Offensichtlich setzte sie ihre Füße beim Aufstehen immer an derselben Stelle ab«, grinst Johan. Einmal stand sie dann nicht mehr auf: Hier, in diesem Bett, starb Astrid Lindgren am 28. Januar 2002.

WENN MAN SCHON MAL **HIER** IST:

Bestimmt wäre Astrid Lindgren öfter in die **Chokladfabriken** (siehe S. 134) gegangen, wenn es die zu ihren Lebzeiten schon gegeben hätte. Denn hier kann man sich nach Herzenslust mit süßer Schokolade eindecken. Oder sie hätte sich ein Eis von **StikkiNikki** ☐→ (Sankt Eriksplan 9) geholt. Sicher ist: Oft war sie im **Vasapark** (siehe S. 132) direkt vor ihrer Haustür unterwegs.

IKEA-EFFEKT UNTER RETROLAMPEN

BUMMELN DURCH
DIE SECONDHANDLÄDEN
VON VASASTAN

+ + + STECKBRIEF + + +

WO? UPPLANDSGATAN UND ODENGATAN +++ U-BAHN ODENPLAN +++ WANN? ZWISCHEN 12 UND 17 UHR +++ WIE LANGE? EINE STUNDE MINDESTENS. PROBLEMLOS ABER AUCH LÄNGER MÖGLICH +++ WIE VIEL? KOSTENLOS (ZUMINDEST ZUNÄCHST EINMAL) +++

INNENEINRICHTUNG UND SCHWEDEN? Da denkt wohl jeder sofort an IKEA, dieses Möbelgeschäft, in das man geht, weil man etwas Bestimmtes braucht – und das man mit einer blauen Tüte voller anderem Krimskrams wieder verlässt. Wer ein bisschen durch Stockholm schlendert, dem fällt allerdings auf: Secondhand, Vintage, Retro, Antik, Flohmärkte – an jeder zweiten Straßenecke werden gebrauchte Klamotten, Möbel und andere Einrichtungsgegenstände angeboten. Da sind Geschäfte der großen Ketten wie Myrorna oder Emmaus, man findet aber auch viele kleine Ein-Mann-/Frau-Lädchen. In Södermalm und Vasastan ist die Dichte besonders hoch. Wir wählen Vasastan aus und stürzen uns dort neugierig in die Welt der übervollen Regale, bunt behängten Kleiderstangen und wundersamen Möbelkeller. Zunächst steuern wir die Upplandsgatan südlich des Odenplan an. Hier reihen sich die Secondhandläden aneinander.

ERSTER STOPP: Bacchus Antik. Passend zum Namen gibt's hier allerlei Gläser, Tassen und Becher, die für Dutzende Trinkgelage reichen würden. Spannender finden wir den Blick nach oben: Die gesamte Decke ist bestückt mit unzähligen Lampen, manche im Retrostil der 60er bis 80er, andere erinnern vornehm an noch frühere Zeiten. Nach weiteren Geschäften mit eng stehenden Regalen (Tipp: den Rucksack nicht auf dem Rücken tragen!) landen wir bei Lotta Vintage, einer kleinen Boutique mit Klamotten, Schuhen und Schmuck vor allem aus den 1950er- und 1960er-Jahren. Nachdem wir uns durch das Kleiderangebot gewühlt und uns in ein Paar Rollschuhe in den charmanten Neonfarben der 80er verliebt haben, kommen wir mit der Besitzerin ins Gespräch. Vintage und Secondhand, das sei nicht nur typisch für Stockholm, sondern für ganz Schweden, erklärt sie. Zum einen liege das vermutlich am Bewusstsein für Nachhaltigkeit, das bei den Menschen im Norden tief verankert sei. »Zum anderen macht den nordischen Einrichtungsstil auch das Nebeneinander von Traditionellem, Altem und geradlinigem Neuen aus. Wir mischen einfach gerne.«

DIREKT NEBENAN stoßen wir auf zwei CD- und Plattenläden. Zurückversetzt in unsere Jugend klappern wir die Bestände durch. Da kommen Erinnerungen auf! Wer hier denn so einkauft, wollen wir vom Besitzer wissen. Die Vinylplatten würden inzwischen auch wieder von Jugendlichen und jungen Erwachsenen nachgefragt, sagt er. Bei den CDs seien es hingegen nur »die Alten so ab 35 aufwärts«. Ich fühle meine Geheimratsecken ganz besonders, als ich die drei ausgewählten CDs auf den Verkaufstresen lege. Anschließend geht es weiter in die Odengatan am Vasapark, wo wir in den Vasakällaren hinabsteigen. In den verschlungenen Kellergängen türmen sich Möbel ohne Ende. Ein bisschen wie bei einem Messie, aber bei einem mit Geschmack. Die kupferfarbene Teekanne, die wir dort finden, können wir nicht mit Kreditkarte zahlen. Wir müssen Bargeld auf den Tisch legen. Und das in Stockholm! Hier ist eben alles ein bisschen retro.
Am Ende haben wir drei CDs, besagte Teekanne, ein Paar Ohrringe und zwei T-Shirts erbeutet. Eigentlich stand nichts auf unserer Einkaufsliste. Fast wie bei IKEA.

WENN MAN SCHON MAL **HIER** IST:

Auch ein wenig aus der Zeit gefallen, aber absoluter Kult ist **Günters Wurstbude** (siehe S. 133) mit Würsten aus aller Welt. Traditionell und etwas nostalgisch essen kann man zudem im **Tennstopet** □→ (siehe S. 120). Essen für den Hund wird in der pinkfarbenen **Dog Bakery Stockholm** (Odengatan 100) serviert. So wird nach dem Bummel jeder satt, sogar der geliebte Vierbeiner.

JÄHRLICH GRÜSST DER STINKEFISCH

EIN ESSEN IM TRADITIONSLOKAL TENNSTOPET

+ + + S T E C K B R I E F + + +

WO? DALAGATAN 50 +++ U-BAHN ODENPLAN ODER ST. ERIKSPLAN +++ WANN? MONTAG UND DIENSTAG 11.30 BIS 24 UHR. MITTWOCH BIS FREITAG 11.30 BIS 1 UHR. SAMSTAG 12 BIS 1 UHR. SONNTAG 12 BIS 24 UHR +++ TENNSTOPET.SE +++ WIE LANGE? WIE LANGE MAN EBEN FÜR EIN ABENDESSEN BRAUCHT +++ WIE VIEL? HAUPTGERICHTE ZWISCHEN 170 UND 350 KRONEN +++ WICHTIG! WER AM SURSTRÖMMINGS-TAG EINEN TISCH ERGATTERN WILL, MUSS FRÜHZEITIG RESERVIEREN – UND DANACH DIE KLAMOTTEN WECHSELN KÖNNEN +++

VON AUSSEN sieht das Tennstopet aus wie ein ganz normales Restaurant. Brav liegt es mit seinen roten Markisen an der Ecke Odengatan/Dalagatan. Aber in den Wänden stecken viel Geschichte und noch mehr Geschichten. Wir treten ein und fühlen uns in ein englisches Pub versetzt. Das Gefühl trügt nicht, denn der Bartresen wurde in den 1950er-Jahren tatsächlich aus London geholt. Auf der Speisekarte hingegen stehen viele traditionelle schwedische Gerichte – Toast Skagen, Fleischbällchen (*köttbullar*), Lachs. An speziellen Tagen auch ungewöhnlichere Delikatessen, doch dazu später mehr. Während wir uns die *köttbullar* schmecken lassen, setzt sich Kristian zu uns. Er ist einer von drei Besitzern und gibt uns einen kleinen Abriss von der Historie des Tennstopet, das – zumindest gemäß der Homepage – »vielleicht das Restaurant ist, das den größten Beitrag zum schwedischen Kulturleben geleistet hat«.

ZWEI UMZÜGE hat das 1867 eröffnete Lokal schon hinter sich. Zunächst lag es in Rosenbad, wo sich heute der Regierungssitz befindet. 1891 übernahm es der Zinngraveur Santesson, der das Restaurant mit unzähligen Zinnkrügen als Wanddekoration ausstattete, wodurch es seinen heutigen Namen erhielt: Tennstopet – der Zinnkrug. Bald darauf wurde das Gebäude abgerissen, das Tennstopet musste ins Klara-Viertel umziehen (in etwa das Viertel, das heute Stockholm City umfasst). Hier befanden sich etliche Zeitungsredaktionen, und die Redakteure erkoren das neue Gasthaus rasch zu ihrem Stammlokal. Auch Schriftsteller wie Vilhelm Moberg und andere Künstler zog es her. Als dann in der Nachkriegszeit die Abrissbirnen überall in Schweden geschwungen wurden und funktionale Gebäude entstehen sollten, musste das Tennstopet erneut weichen. Am heutigen Standort fand es 1965 eine neue Heimat. Teile der Inneneinrichtung nahm man mit – und viele der Stammgäste wanderten ebenfalls mit. Das Restaurantschild mit dem großen Zinnkrug draußen stammt noch aus der Zeit davor. Auch der Kamin und die Decke in einem der Speisesäle finden sich in den neuen Räumlichkeiten wieder.

WENN MAN GLÜCK HAT, trifft man auf Krimiautor Leif G. W. Persson, der oft im Tennstopet ist, ebenso wie die frühere Ministerin Birgit Friggebo, Produzenten des schwedischen Fernsehens und nach wie vor viele Journalisten. Ungefähr 50 aus der schreibenden Zunft saßen hier am 28. Februar 1986 zusammen und tranken. Es war die Nacht, in der Olof Palme erschossen wurde. Nicht mehr ganz nüchtern und mit zeitlichem Verzug berichtete der eine oder andere dann von dem Mord, der Schweden erschütterte wie kaum ein anderes Ereignis. Es sind Geschichten wie diese, die das Tennstopet zu einem Unikat machen. Aber auch bestimmte Gerichte. So werden an einem Tag im Frühjahr Krähen serviert (ja, Krähen!), im Herbst vom Auerhuhn über den Elch bis zum Bären alles, was im Wald geschossen wird. Und an einem Donnerstag Mitte August ist *surströmmings*-Tag, an dem nur gegorener Hering auf die Teller kommt – eine Spezialität aus Nordschweden, die bestialisch stinkt (und manche Anrainer zum Sonderurlaub zwingt). 700 Reservierungen gibt es jedes Jahr dafür. Am Tag darauf schließt das Restaurant. Es muss ausgiebig gelüftet werden. Einzigartig eben, das Tennstopet.

WENN MAN SCHON MAL **HIER** IST:
Lust auf einen Verdauungsspaziergang zur architektonisch bedeutsamen **Stadtbibliothek** □→(siehe S. 131) und dann durch den **Park Observatorielunden** hinauf zur alten Stockholmer **Sternwarte** (Drottninggatan 120) aus dem 18. Jahrhundert? Gerade nach einem surströmming tut frische Luft sehr, sehr gut.

UNTERIRDISCH, DIESE KUNST!

MIT DER U-BAHN DURCH DIE LÄNGSTE KUNSTGALERIE DER WELT

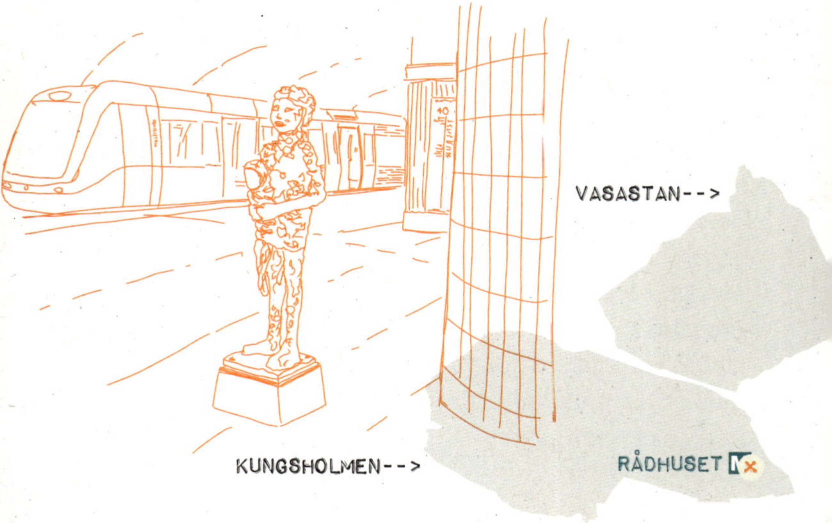

+ + + STECKBRIEF + + +

WO? IN ÜBER 90 U- UND S-BAHN-STATIONEN +++ MEIN STARTPUNKT: U-BAHN RÅDHUSET +++ WANN? IMMER – AUSSER NACHTS, WENN KEINE U-BAHNEN MEHR FAHREN +++ WIE LANGE? MIT EINZELFAHRSCHEIN MAX. 75 MINUTEN, MIT TAGESTICKET DEN GANZEN TAG +++ WIE VIEL? KOSTENLOS. NUR DIE KOSTEN FÜR DEN FAHRSCHEIN FALLEN AN. BEI EINEM EINZELTICKET SIND DAS 38 KRONEN +++ WICHTIG! INFOS ZU DEN STATIONEN UNTER: KONST.SL.SE/KONSTVERK +++

BEIM STOCKHOLMER AMTSGERICHT geht es tief hinab in die Unterwelt. Viele der Dinge, die es früher einmal auf Kungsholmen gab und die längst verschwunden sind, tauchen dort in einer braunrosafarbenen Grotte wieder auf – so zumindest das Konzept von Sigvard Olsson, der die Haltestelle Rådhuset in ein Kunstwerk umgestaltete. Direkt am unteren Ende der Rolltreppe der Fuß einer monumentalen Säule, gegenüber Holzverschläge, aus denen Stroh herausragt, woanders von Gerbern vergessene Häute, Körbe, ein Paar Stiefel, das Fundament eines Fabrikschornsteins. Während um mich herum die Menschen aus den U-Bahnen heraus- und zielstrebig auf die Rolltreppen zuströmen, wandle ich ziellos durch die unterirdische Haltestelle. Ständig entdecke ich etwas Neues, das im Lauf der Zeit angeblich verschwunden ist und hier wieder zum Vorschein kommt.

RÅDHUSET IST EINE von über 90 Haltestellen in und um Stockholm, an denen Kunst öffentlich und frei zugänglich ist. Ihr U-Bahn-Netz bezeichnen die Stockholmer daher gern als die längste Kunstgalerie der Welt. Mal sind es nur kleinere Installationen, die man gezielt suchen muss, anderswo ist die gesamte Haltestelle ein riesiges Meisterwerk. Zum Beispiel Solna Centrum, wohin ich mit der blauen Linie nun weiterfahre: Die Decke der grob in den Granit geschlagenen Station leuchtet blutrot wie ein grandioser schwedischer Sommerabend, darunter ruht in tiefem Grün die Landschaft. Holzhäuser tauchen darin auf, ein Wasserfall stürzt herab, Kinder spielen. Aber da leitet auch ein Chemiewerk sein Abwasser in die Natur, Wald wird gerodet, Natur zerstört. Gefühlt stehe ich mittendrin in dieser bedrohten Landschaft. Die nächste U-Bahn holt mich heraus und bringt mich zu T-Centralen. Dort tauchte der Künstler Per Olof Ultvedt die Station in beruhigendes Blau, das der Hektik des U-Bahn-Verkehrs entgegenwirken soll. Am Stadion träumt sich der U-Bahn-Reisende dann unter einem Regenbogen hindurch, in der Haltestelle Kungsträdgården findet er sich in einer nahezu dämonischen Grotte wieder.

MAN KANN SICH SCHNELL VERLIEREN in dieser unterirdischen Kunstwelt. Daher macht es Sinn, sich gut vorzubereiten und im Vorfeld zu überlegen, welche Stationen man anfahren will. Während der 75 Minuten, die ein Einzelticket gültig ist, schaffe ich Rådhuset, Solna Centrum, T-Centralen, Stadion, Tekniska Högskolan und Mariatorget. Mehr geht nicht. Auf der Webseite konst.sl.se werden alle Kunstwerke in Bild und Text vorgestellt. Damit lässt sich die Fahrt gut planen.
Mein Kunsttrip endet am Mariatorget in Södermalm. Längs der Gleise hängen große Fotografien, die regelmäßig wechseln. Sieben Stationen bieten solche temporäre Ausstellungen. Ich frage mich, wie die vorbeihuschenden Pendler die Bilder wahrnehmen. Registrieren sie sie überhaupt? Sind sie Alltag, etwas vollkommen Beiläufiges? Von dem kleinen Mädchen, das einsam und etwas verloren am Fuß der Rolltreppe steht und eine Puppe in der Hand hält, scheint jedenfalls kaum jemand Notiz zu nehmen. Dann aber bleibt doch eine Frau vor der Bronzeskulptur stehen, betrachtet sie nachdenklich und – lächelt.

4

WENN MAN SCHON MAL **HIER** IST:

Wer Zeit hat, kann noch weitere Stationen anfahren. Witzig ist zum Beispiel **Thorildsplan** auf Kungsholmen, wo man sich in pixeligen Szenen aus der Anfangszeit der Computerspiele wiederfindet. Etwas außerhalb in **Täby** □→ steht eine Replik des verknoteten Revolvers, jener berühmten Skulptur vor dem UN-Hauptgebäude in New York, die der Schwede Carl Fredrik Reuterswärd schuf.

"JAG VET INTE
VEM JAG ÄR
MEN JAG VET
ATT JAG ÄR DIN..."

WENN MAN SCHON MAL IN VASASTAN UND KUNGSHOLMEN IST

+++ SEHEN +++

+++ ESSEN +++

+++ AUSGEHEN +++

+++ SHOPPEN +++

+++ SCHLAFEN +++

SEHEN

STADSHUSET (RATHAUS)

Das Rathaus mit seinem markanten Turm und der goldenen Spitze mit den drei Kronen ist eines der Wahrzeichen der Stadt. In dem prachtvollen Bau im Stil der schwedischen Nationalromantik tritt nicht nur der Stadtrat zusammen. Nach dem Festmahl in der Blauen Halle tanzen jedes Jahr am 10. Dezember die Nobelpreisträger im Goldenen Saal mit seinen 18 Millionen Mosaiksteinchen aus Gold. Ganz in Gold liegt auch der Stadtgründer Birger Jarl an der Ostseite des Gebäudes. Es ist aber nur scheinbar ein Grab. Wer die grandiose Aussicht vom Turm genießen und die beeindruckenden Festsäle sehen will, kann dies im Rahmen einer Führung tun (im Sommer auf Deutsch).

+++ HANTVERKARGATAN 1 +++ VOM HAUPTBAHNHOF CA. 300 METER ZU FUSS +++ CITYHALL.STOCKHOLM +++ FÜHRUNGEN VON MAI BIS SEPTEMBER +++ 130 KRONEN. KINDER AB 7 UND JUGENDLICHE 50 KRONEN +++

RÅLIS

Eigentlich heißt er ja Rålambshovsparken, aber die Stockholmer nennen den Park an der Südseite von Kungsholmen liebevoll meist nur Rålis. Im Sommer ein perfekter Ort für einen entspannten Tag draußen. Es gibt eine Badestelle, man kann herrlich picknicken, Beachvolleyball spielen, grillen, und Kinder haben auf dem großen Spielplatz ihren Spaß. Unter der Brücke verausgaben sich Jugendliche im Skatepark, etwas gemütlicher geht's auf der Boulebahn zu. Jenseits der Brücke können SUPs und Kajaks ausgeliehen werden.

+++ ZWISCHEN RÅLAMBSHOVSLEDEN UND VÄSTERBRON +++ 5 MINUTEN ZU FUSS VON DER U-BAHN FRIDHEMSPLAN +++

⇠☐

STADSBIBLIOTEKET (STADTBIBLIOTHEK)

Ein wahrer Tempel für die Literatur! Konstruiert vom Architekten Gunnar Asplund, der auch den Waldfriedhof im Süden der Stadt (siehe S. 168) gestaltet hat, und 1928 eröffnet. Das Gebäude mit dem zylindrischen Hauptbau im Zentrum entstammt dem schwedischen Klassizismus der 1920er-Jahre, Swedish Grace genannt, zeigt aber auch funktionalistische Züge. Über eine breite Treppe steigt man hinauf zum hohen Hauptportal, dann tritt man hinein in das große Rund voller Bücher. Erhebend! Ein Tempel eben.

+++ SVEAVÄGEN 73 +++ U-BAHN RÅDMANSGATAN +++ BIBLIOTEKET.STOCKHOLM.SE/BIBLIOTEK/STADSBIBLIOTEKET +++ MO–SA 10–19 UHR +++

4

SVEN-HARRYS-KONSTMUSEUM

Golden leuchtet die Fassade des Museums am Rand des Vasaparks. Unten sind temporäre Ausstellungen mit moderner Kunst zu sehen, oben im Dachgeschoss eine Replik des Hauses von Museumsgründer Sven-Harry Karlsson, Inhaber einer Baufirma und Kunstsammler. Die Teppiche, Möbel und die Kunstwerke von Munch, Zorn, Strindberg u. a. sind aus dem früheren Wohnhaus übernommen. Auf dem Dach befindet sich ein kleiner Skulpturenpark.

+++ EASTMANSVÄGEN 10-12 +++ U-BAHN ST. ERIKSPLAN +++ SVEN-HARRYS.SE +++ MI-SO 11-17 UHR, DO BIS 20 UHR +++ EINTRITT 130 KRONEN, BIS 18 JAHRE GRATIS +++

VASAPARK

Ein Park in Vasastan, den die Stockholmer lieben! Im Sommer pulsiert hier das Leben mit Café, wunderbarem Kinderspielplatz, Fußballfeld, Yoga-Tempel und entspannten Menschen jeden Alters. Im Winter lockt eine große Eislaufbahn. Übrigens: Astrid Lindgren wohnte ums Eck und ging hier oft spazieren. Einmal stürzte sie dabei. Bis der Fuß wieder heilte, hatte sie Zeit, die Geschichten um Pippi Langstrumpf niederzuschreiben …

+++ ZWISCHEN ODENGATAN, DALAGATAN UND TORSGATAN +++ U-BAHN ST. ERIKSPLAN +++

SVARTENGRENS

Auch Vegetarier finden hier etwas Feines, vor allem aber Fleischlieber kommen voll auf ihre Kosten. Extrem gut zubereitetes Entrecôte. Das Fleisch stammt ausschließlich von kleinen Höfen in der Stockholmer Umgebung.

+++ TULEGATAN 24 +++ BUS 2/4/6/50/61/67/72/94/96 BIS ROSLAGSGATAN +++ RESERVIERUNG EMPFEHLENSWERT +++ SVARTENGRENS.SE +++ MI, DO UND SO 17–23 UHR, FR/SA 10–1 UHR +++

MÄLARPAVILJONGEN

Schwimmendes Restaurant am Südufer Kungsholmens – und damit sicher eines der am schönsten gelegenen Lokale Stockholms. Gute Burger und Fischgerichte, aber auch perfekt, um abends einfach etwas trinken zu gehen.

+++ NORR MÄLARSTRAND 64 +++ BUS 3/54 BIS POLHEMSGATAN +++ MALARPAVILJONGEN.SE +++ TÄGL. 11–1 UHR +++ IM WINTER GESCHLOSSEN +++

GÜNTERS ☐→

Legendäre Wurstbude, vom deutschen Auswanderer Günter Schwarz in den 1980ern gegründet. Äußerlich ein interessanter Kontrast zur schicken Wohngegend. Unbedingt einreihen in die Schlange aus Muttis, Geschäftsleuten, Hipstern, Bikern!

+++ KARLBERGSVÄGEN 66 +++ U-BAHN ST. ERIKSPLAN +++ FACEBOOK: GÜNTERS-KORVAR +++ MO–FR 11–20 UHR, SA 11–16 UHR +++

CAFÉ PASCAL

Angesagtes Café, leckere Salate und Sandwiches! Auch zum Frühstücken toll, oft ist es aber recht voll.

+++ NORRTULLSGATAN 4 +++ U-BAHN ODENPLAN +++ CAFEPASCAL.SE +++ MO–FR 7–19 UHR, SA/SO 8–17 UHR +++

+++++++++++++ AUSGEHEN +++++++++++

BOULEBAR IM RÅLIS

Sehr entspannt geht es in dieser Bar zu, in der die französisch inspirierten Gerichte und Getränke schmecken. Zwischendrin kann man auch eine Runde Boule spielen. Wie gemacht für einen schönen Sommerabend.

+++ SMEDSUDDSVÄGEN 2 +++ U-BAHN FRIDHEMSPLAN +++ BOULEBAR.SE +++ MO 11–22 UHR, DI–DO 11–23 UHR, FR/SA 11–24 UHR, SO 10.30–22 UHR +++

ERLANDS

Zeitreise in die 1970er! Kleine, aber unglaublich charmante Bar, in der geniale Cocktails gemischt werden.

+++ GÄSTRIKEGATAN 1 +++ ZWISCHEN U-BAHN ODENPLAN UND ST. ERIKSPLAN +++ ERLANDSBAR.SE +++ MI UND DO 17–24 UHR, FR/SA 17–1 UHR +++

+++++++++++++ SHOPPEN ++++++++++++

ACNE ARCHIVE

Kleines Geschäft mit Restbeständen aus älteren Kollektionen oder Ausstellungsstücken der angesagten Modemarke. Vieles ist reduziert.

+++ TORSGATAN 53 +++ U-BAHN ST. ERIKSPLAN +++ FACEBOOK: ACNE-ARCHIVE +++ MO–FR 11–18 UHR, SA 11–17 UHR, SO 12–16 UHR +++

CHOKLADFABRIKEN

Ein Traum für Schokoladenliebhaber! Manche der sündhaft guten Pralinen sind mit nordischen Zutaten wie Molte-, Preisel- und Heidelbeeren gefüllt. Das Personal ist wahnsinnig nett und in der Schokoladenwelt heimisch. Mit Café.

+++ DALAGATAN 9L +++ BUS 53/61 BIS SABBATSBERGS SJUKHUS +++ CHOKLADFABRIKEN.SE +++ MO–FR 11–18 UHR, SA/SO 12–17 UHR +++

SCHLAFEN

HOTEL HELLSTEN

Es lohnt sich, eine Junior Suite zu buchen, denn dort schläft man in himmlisch schönen alten Himmelbetten. Für ein bisschen Märchenfeeling. Junior Suite etwa 2.000 Kronen. Ein Standard-DZ kostet ca. 1.600 Kronen. Super Lage, gutes Frühstück.

+++ LUNTMAKARGATAN 68 +++ U-BAHN RÅDMANSGATAN +++ HOTELHELLSTENSTOCKHOLM.WORHOT.COM +++

BLIQUE BY NOBIS

Wer reduziertes Design im Industrial Style mag, ist in diesem modernen, wenngleich etwas abseits gelegenen Hotel richtig. In den Räumen viel Beton, aufgeräumt und chic. Manche Zimmer ohne Fenster, die wir eher nicht empfehlen. DZ mit Fenster und ausgezeichnetem Frühstück ca. 1.600 Kronen.

+++ GÄVLEGATAN 18 +++ BUS 3/6/77/507/598/697 BIS TORSPLAN +++ BLIQUEBYNOBIS.SE +++

5

ÖSTERMALM UND DJURGÅRDEN

+++ ERLEBEN +++

Klappe halten!
OK. Wachzustand erreicht.

HOHE WOHNHÄUSER mit eleganten Fassaden prägen den Stadtteil Östermalm, den viele mit Exklusivität und Reichtum verbinden. Ende des 19. Jahrhunderts wurden nach Pariser Vorbild die meisten dieser Häuser entlang breiter, gerader Straßen errichtet. Besonders nobel sind die Häuser am Strandvägen, Stockholms Prachtstraße. Luxusshops gibt es dort ebenso reichlich wie gute Restaurants. Im Osten schließen sich das Botschaftsviertel und die weite Graslandschaft Gärdet, ein beliebtes Joggingziel, an. Gärdet ist ebenso wie die grüne Insel Djurgården Teil des »Nationalstadsparken«, des weltweit ersten Nationalparks in einer Stadt. In den Wäldern, Parks und Museen auf Djurgården finden viele Stockholmer Entspannung.

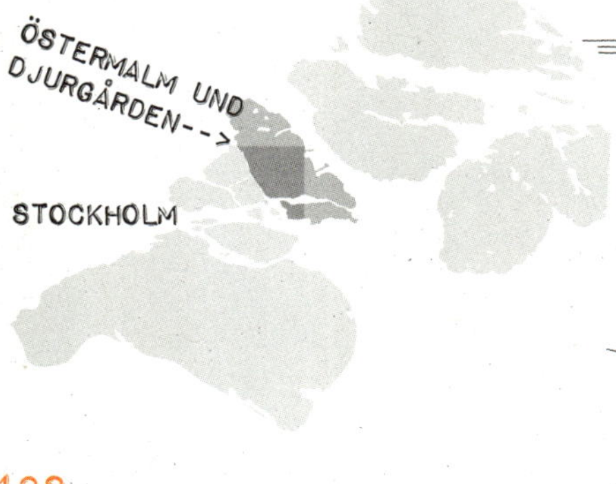

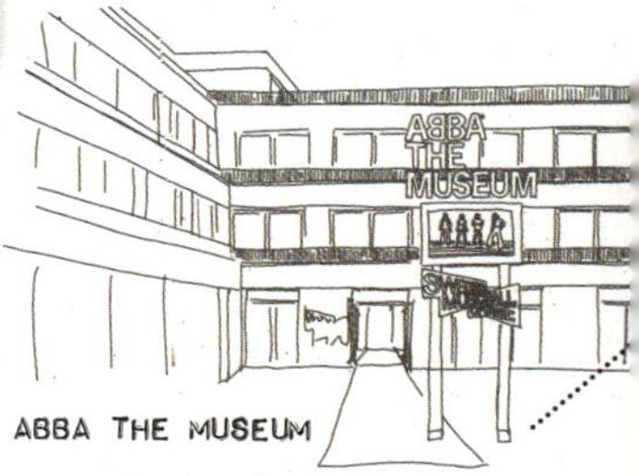

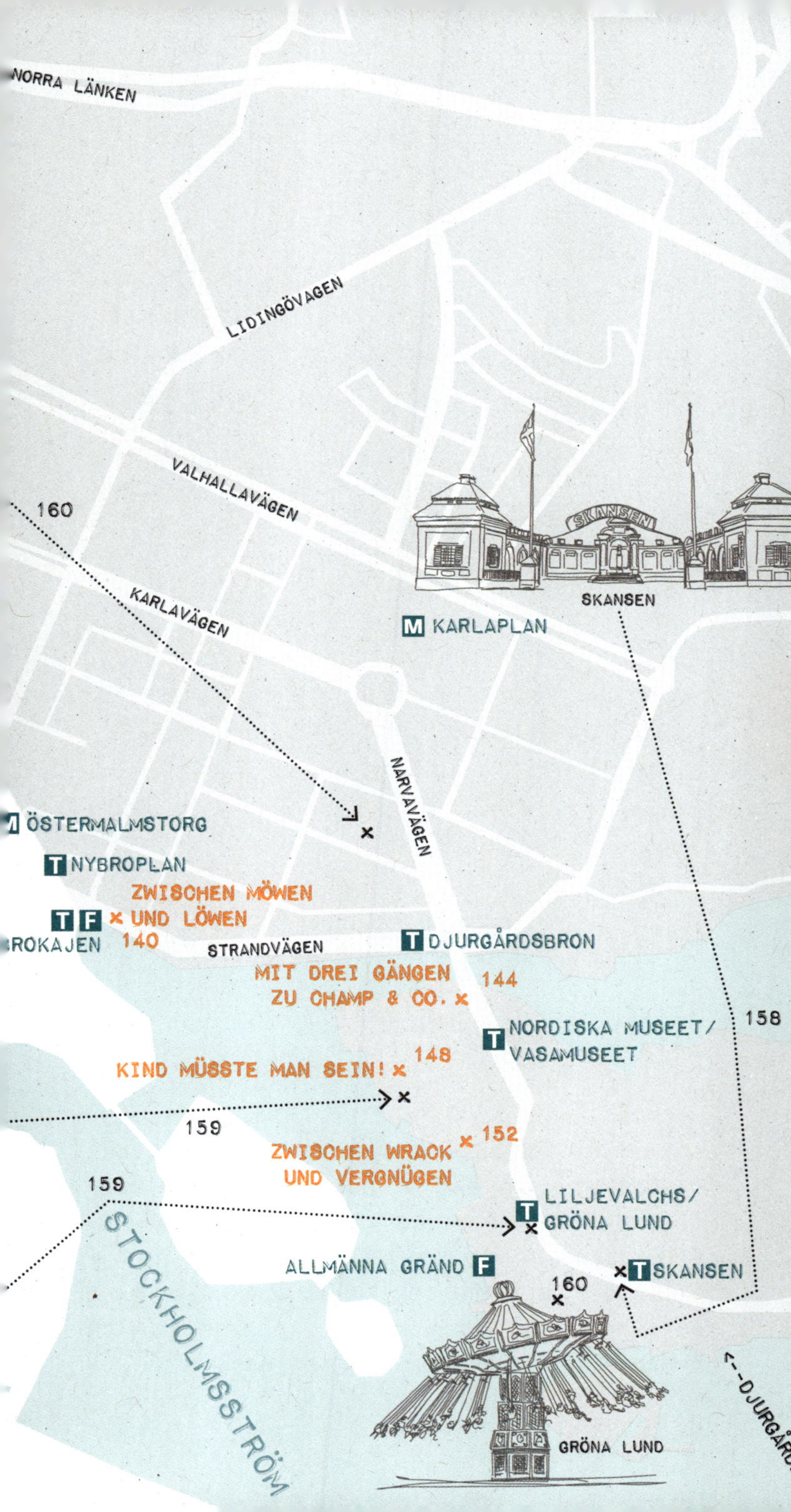
NORRA LÄNKEN
LIDINGÖVÄGEN
VALHALLAVÄGEN
160
KARLAVÄGEN
SKANSEN
SKANSEN
M KARLAPLAN
NARVAVÄGEN
M ÖSTERMALMSTORG
T NYBROPLAN
ZWISCHEN MÖWEN UND LÖWEN
T F
140
ROKAJEN
STRANDVÄGEN
T DJURGÅRDSBRON
MIT DREI GÄNGEN ZU CHAMP & CO.
144
T NORDISKA MUSEET/ VASAMUSEET
158
KIND MÜSSTE MAN SEIN!
148
159
ZWISCHEN WRACK UND VERGNÜGEN
152
159
T LILJEVALCHS/ GRÖNA LUND
STOCKHOLMSSTRÖM
ALLMÄNNA GRÄND F
160
T SKANSEN
DJURGÅRDEN
GRÖNA LUND

ZWISCHEN MÖWEN UND LÖWEN

EIN FRÜHSTÜCK AN STOCKHOLMS PRACHTSTRASSE STRANDVÄGEN

+ + + STECKBRIEF + + +

WO? STRANDVÄGEN ZWISCHEN NYBROPLAN UND DJURGÅRDSBRON +++ TRAM 7 BIS NYBROKAJEN ODER U-BAHN ÖSTERMALMSTORG +++ WANN? MORGENS. AM SCHÖNSTEN IST ES AN EINEM SOMMERSAMSTAG +++ WIE LANGE? ZEIT FÜR EIN FRÜHSTÜCK – UND DANN SO LANGE, WIE MAN WILL +++ WIE VIEL? JE NACH UMFANG DES FRÜHSTÜCKS AUS DER BÄCKEREI +++

WEM GEHÖRT DER STRANDVÄGEN. Stockholms Prachtboulevard und teuerste Straße? Den Reichen, den Jugendlichen aus den Vororten, allen? Diese Frage, die schon länger virulent ist, wurde im Frühsommer 2021 ausgiebig in den Zeitungen diskutiert, als illegale Autorennen und wummernde Boxen den betuchten Anwohnern den Schlaf raubten. Jetzt, an einem sonnigen Sommersamstag um halb zehn, lautet unsere Antwort: den Möwen, den in Stockholm omnipräsenten Joggern, den Schärenbooten. Ausgerüstet mit Zimtschnecken (*kanelbullar*), Kaffee und Orangensaft aus der Bäckerei um die Ecke (Fabrique, Nybrogatan 6) lassen wir uns an der Kaimauer des Strandvägen zwischen zwei Booten, die gleich hinaus in die Schären schippern werden, nieder. Wir blinzeln in die Sonne, baumeln mit den Beinen überm Wasser, während uns eine neugierige Möwe in sicherem Abstand beobachtet.

SEIT ENDE DES 19. JAHRHUNDERTS flanieren Stockholmer und Touristen an der gut einen Kilometer langen Kaipromenade zwischen dem königlichen Theater am Nybrokajen und der Brücke hinüber nach Djurgården entlang. Hübsch anzuschauende Schiffe liegen vertäut, Straße und Tramlinie werden von dicht stehenden Bäumen begrünt, dahinter erheben sich die vornehmen, prächtigen Häuser aus der Zeit der Jahrhundertwende. Im Schnitt kostet der Quadratmeter hier über 13.000 Euro. Und für das Zimmer mit Meerblick blättert man im luxuriösen Hotel Diplomat schon mal 400 Euro hin. Hier wohnen die, die Geld haben: Schauspieler, Künstler, frühere Minister und etliche Unternehmer. Das schert uns im Moment aber wenig. Wir lassen uns der Schweden Lieblingsgebäck schmecken, genießen die Sonne und das glitzernde Wasser. Die Möwe wird aufdringlicher, hat aber noch genug Anstand und lässt unsere *kanelbulle* in Ruhe. Immer mehr Menschen kommen nun an den Strandvägen. Vier Padel-Tennisspieler haben den aufs Wasser hinausgebauten Court in Beschlag genommen, die Cafés und Restaurants bereiten sich auf die ersten Gäste vor. Es ist schon einiges los, und dennoch liegt über dem ganzen Geschehen noch eine angenehme Ruhe.

VOR DEN WARTENDEN BOOTEN haben sich Schlangen gebildet. Dort die mit reichlich Gepäck ausgestatteten Stockholmer, die wohl ihr Wochenende in den Schären verbringen wollen, da die Touristen, die sich mit der historischen *MS Östanå* auf Schärenrundfahrt begeben. Wir sitzen dazwischen und beobachten ganz entspannt mit Kaffee in der Hand das Treiben. Ab zehn Uhr legen die Boote nacheinander ab. Schiffshörner tuten, Wellen schlagen, Möwen flattern auf. Ein angenehmer, sehnsuchtsweckender Sound. Kein Vergleich zu den quietschenden Reifen nächtlicher Rallyes. Damit sind wir zurück bei der Frage: Wem gehört der Strandvägen? Exklusiv den Reichen, die hier wohnen? Keine triviale Frage im vom Gleichheitsgedanken geprägten Schweden. Fahrbahnschwellen und steinerne Löwen, die die Zufahrt zum Parkplatz verhindern, sollen jetzt jedenfalls dafür sorgen, dass die Anwohner wieder in Ruhe schlafen können. Tagsüber ist von dieser Debatte nichts zu spüren. Da gehört der Strandvägen den Reisenden, Restaurantbesuchern, Padel-Tennisspielern, Spaziergängern, Möwen, *kanelbullar*-Vertilgern – einfach allen.

WENN MAN SCHON MAL **HIER** IST:

Am **Nybrokajen** legen viele Schärenboote ab – die ideale Gelegenheit für eine anschließende Tour, zum Beispiel auf die Fjäderholmarna (siehe S. 211) oder nach Sandhamn (siehe S. 210). An Land lädt das **Scenkonstmuseum** □→ (Sybillegatan 2) ein, die Bühnenwelten zu entdecken. Informativ, interaktiv, ein großer Spaß für jedes Alter. Eher auf Erwachsene ausgelegt, die mehr über Schwedens Geschichte erfahren wollen, ist das **Historische Museum** (siehe S. 160).

MIT DREI GÄNGEN ZU CHAMP & CO.

EINE RADTOUR DURCH DEN STADTNATIONALPARK UND ZUM TIERFRIEDHOF

+++ STECKBRIEF +++

WO? FAHRRADVERLEIH IM SJÖCAFÉET, GALÄRVARVSVÄGEN 2, SJOCAFEET.SE +++ TRAM 7 BIS DJURGÅRDSBRON +++ WANN? GRUNDSÄTZLICH IMMER MÖGLICH. FAHRRADVERLEIH GEÖFFNET VON APRIL BIS SEPTEMBER 10–17 UHR +++ WIE LANGE? 2 STUNDEN, GERNE ABER MEHR EINPLANEN +++ WIE VIEL? KOSTENLOS MIT EIGENEN RÄDERN, VERLEIH 80 KRONEN PRO STUNDE ODER 300 KRONEN AM TAG +++

DAS ABENTEUER BEGINNT gleich beim Fahrradverleih und heißt: Rücktrittbremse. Seit unserer Kindheit haben wir nicht mehr so gebremst, was beim Überqueren der Straße, als die kreuzende Tram auf uns zurollt, für gewisse Panikmomente sorgt. Nach überlebtem Start zuckeln wir auf unseren Damenrädern der Marke Monark (deutsch: Monarch) mit Dreigangschaltung und butterweichem Sattel so halbwegs königlich unter dem hohen Eingangstor zum Djurgården hindurch. Der Park ist der weltweit erste Stadtnationalpark und umfasst nicht nur die gleichnamige Insel, sondern zieht sich weit nach Norden bis zur Stockholmer Universität und dem Hagapark (siehe S. 236). So weit wollen wir aber heute gar nicht. Unser Ziel ist der Tierfriedhof. Dazu kurven wir zunächst um unzählige Fußgänger und Jogger herum, die jedoch weniger werden, je weiter wir in den Park hineinfahren.

ANFANGS FAHREN WIR an der schmalen Bucht Djurgårdsbrunnsviken entlang, die später in einen engen Kanal übergeht und die Insel vom Festland trennt. Wir überqueren die Djurgårdsbrunnbrücke, biegen vor dem Fernsehturm rechts ab und wenig später, dem Schild »Djurkyrkogård« folgend, erneut rechts. Schon sind wir da und stellen die Räder ab. Die Bäume stehen licht hier auf dem Tierfriedhof, sodass Sonnenstrahlen auf die kleinen Gräber fallen. Kreuz und quer verteilen sie sich an Baumstümpfen, großen Felsen oder unter hohen Bäumen. Viele Hunde und Katzen haben hier ihre letzte Ruhestätte gefunden, aber auch Hopp, der Hase, oder die Schildkröten Wendy und Champ. Sogar ein Polizeipferd liegt auf der Lichtung begraben. Liebevoll sind die Gräber der Haustiere geschmückt. Schließlich haben sie lange das Leben ihrer menschlichen Gefährten begleitet. Champ zum Beispiel wurde 37 Jahre alt.

In den 1870er-Jahren begann mit der Bestattung des Hunds Nero die Geschichte des Friedhofs. In den 1940ern wurde er offiziell stillgelegt, aber die Stockholmer begruben ihre Tiere weiterhin dort – jetzt halt illegal. Seit 1993 wurde der Betrieb wieder aufgenommen und der mittlerweile zugewachsene Platz Schritt für Schritt neu gestaltet. 1.800 Kronen kostet eine Bestattung – inklusive 5 Jahre Grabrecht und ökologische Erde.

WIR VERLASSEN DIESEN STILLEN, stimmungsvollen Ort und radeln weiter. Bald kommen wir ans Meer, die Bäume geben immer wieder den Blick auf die Schären frei. Es riecht ein wenig salzig – und intensiv nach Kiefernadeln. Beim Café Kruthuset machen wir einen kleinen Stopp und beobachten bei einer Tasse Kaffee das entspannte Treiben im Segelhafen. Ein wenig bereuen wir es, keinen Proviant mitgenommen zu haben, denn entlang der Strecke stoßen wir auf unzählige Stellen, die sich wunderbar geeignet hätten, um hier die Picknickdecke auszubreiten. Über eine kleine Brücke gondeln wir zurück auf die Insel, an eindrucksvollen Diplomatenvillen und vielen knorrigen Eichen vorbei. Ursprünglich wurden sie für den Schiffsbau gepflanzt. Einige stehen aber nun seit über 400 Jahren hier auf Djurgården und haben so miterlebt, wie sich der Park gewandelt hat: In der Mitte des 18. Jahrhunderts noch königlicher Jagdpark, ist er zu einem öffentlich zugänglichen Erholungsort geworden. Im Schatten der Bäume gelangen wir zu unserem Ausgangspunkt zurück. Mittlerweile routiniert treten wir in die Rücktrittbremse und bringen unsere Monarchen sanft zum Halten.

WENN MAN SCHON MAL **HIER** IST:

Es gibt viele einladende Picknickstellen auf Djurgården, besonders schöne entlang des Djurgårdsbrunnskanalen. Neben dem **Café Kruthuset** (Hunduddsvägen 57) laden das **Café Blockhusporten** (Blockhusringen 27), das **Café Ekorren** (Biskopsvägen 5) und **Rosendals Trädgårdskafé** ⇨, das wir ganz besonders lieben (siehe S. 161), zum Verweilen ein.

KIND MÜSSTE MAN SEIN!

DAS DARF MAN WÄHREND EINES NACHMITTAGS IN JUNIBACKEN

+++ STECKBRIEF +++

WO? GALÄRVARVSVÄGEN 8 +++ TRAM 7 BIS HALTESTELLE NORDISKA MUSEET/VASAMUSEET +++ WANN? DIENSTAG BIS SONNTAG 10–17 UHR. IM SOMMER TÄGLICH +++ WIE LANGE? JE NACH SPIELLAUNE DER KINDER. ZWEI STUNDEN ABER MINDESTENS +++ WIE VIEL? KINDER BIS 15 JAHRE 165 KRONEN. ERWACHSENE 195 KRONEN +++ WICHTIG! NORMALERWEISE BEKOMMT MAN EINEN PLATZ IN DEN THEATERAUFFÜHRUNGEN. GARANTIERT IST ER ABER NUR, WENN MAN IM VORAUS BUCHT: JUNIBACKEN.SE +++

WUSCH! WRRRUMMM! Mit Getöse rauscht ein Kind auf einer imaginären Tour in Willy Werkels Flugzeug an uns vorbei. In Petterssons Werkstatt sägt und hämmert ein Mädchen. Andere Kinder statten den Mumins einen Besuch ab. Oder Willi Wiberg (schwedisch: Alfons Åberg). Oder einem der vielen anderen Figuren, die hier am »Marktplatz der Geschichten« wohnen. Ihre Lebenswelten wurden lebensgroß und -echt nachgebildet. »Wenn hier etwas neu gebaut wird, dann muss das ganze Team ran«, erzählt uns eine Mitarbeiterin von Junibacken. »Wir reißen an den Dingen, schlagen auf ihnen herum, biegen sie, machen alles Mögliche mit ihnen. Sie müssen halten.« Denn wenn Kinder spielen, dann geht es zur Sache. Das scheinen uns die gerade anwesenden beweisen zu wollen. Ein Sturm, wie er wohl nur von Kindern ausgehen kann, tobt um uns, als wir Junibacken besuchen.

»ICH WILL KEIN Astrid-Lindgren-Museum haben!«, sagte Astrid Lindgren, als ihr Staffan Götestam, der in der Verfilmung von *Die Brüder Löwenherz* den Jonathan verkörperte, Mitte der 90er-Jahre sein Konzept für Junibacken vorlegte. Und die Schriftstellerin fand Gehör: Junibacken ist alles andere als ein klassisches Museum! Es ist vielmehr ein Kulturhaus für Kinder, ein riesengroßer Spielplatz, ein Ort der Literatur und des Theaters, interaktiv und detailverliebt bis ins Kleinste. Im Mittelpunkt stehen Kinderliteratur und -bücher des Nordens. Und natürlich die Kinder an sich. Sie machen sich die Welten hier zu eigen, sie können spielen, rutschen, ausprobieren, klettern. Sie können Pippis Villa Kunterbunt besuchen. Oder auch zu Zuschauern werden, denn täglich finden mehrere Theatervorführungen statt. Diese sind zwar auf Schwedisch, doch mit Musik und Gesang so lebendig aufbereitet, dass die Sprache schon fast nebensächlich wird. Und auch wir Erwachsene dürfen hier wieder unbeschwert Kind sein. »Hast du die Mucklas entdeckt, die sich in Petterssons Baum eingerichtet haben?«, frage ich Antje. »Nein«, antwortet sie, »aber Findus sitzt hier oben auf dem Dach. Siehst du?«

JUNIBACKEN IST ZWAR KEIN Lindgren-Museum. Eine Hauptrolle spielt sie dann aber doch. Nicht nur der Name Junibacken leitet sich von dem fiktiven Hof ab, auf dem Madita, das Mädchen aus der Feder der schwedischen Kinderbuchautorin, lebt. Auch der »Zug der Geschichten« ist ganz der Autorin gewidmet: Wir steigen ein in eine Gondel, in der wir durch die Erzählungen Astrid Lindgrens gleiten. Am Anfang sehen wir Michel und den Hof Katthult, liebevoll mit kleinen Figuren gestaltet. Wie Karlsson vom Dach schweben wir über das nächtliche Stockholm, dann direkt hinein in seine Wohnung und weiter in die Riesenwelten von Nils Däumling. Am Ende wird es ernster: Wir gleiten über die Burg hinweg, auf der sich Ronja mit ihrem Vater streitet, und schließlich nach Nangijala, wo die Brüder Löwenherz den Kampf gegen Katla und Tengil aufnehmen. Das Thema Tod wird nicht ausgespart, so wie auch Astrid Lindgren die schweren Themen nie mied. Es ist aber nur ein kurzer Moment. Kaum sind wir aus der Gondel ausgestiegen, sind wir wieder mittendrin im Gewusel, Getöse und Gewimmel der Kinder.

WENN MAN SCHON MAL **HIER** IST:

Wer ein wenig Schwedisch kann, sollte den **»Zug der Geschichten«** mit der schwedischen Erzählstimme hören. Sie gehört keiner Geringeren als Astrid Lindgren. Die Vertonung war eines ihrer letzten Projekte, bevor sie starb. Wieder draußen kann, wer mag, beim **Sjöcaféet** □→ (Galärvarvsvägen 2) ein Tretboot ausleihen und damit am Ufer der Insel Djurgården oder am Strandvägen entlangfahren – und wieder etwas Ruhe genießen.

ZWISCHEN WRACK UND VERGNÜGEN

IM SPRITMUSEUM
WIRD ALKOHOL ZUM ERLEBNIS
MIT ALLEN SINNEN

+++ STECKBRIEF +++

WO? DJURGÅRDSVÄGEN 38 +++ TRAM 7 BIS LILJEVALCHS/GRÖNA LUND +++ WANN? DI/MI/SA 10–17 UHR, DO/FR 10–18 UHR, SO 12–17 UHR +++ DAS ZUGEHÖRIGE RESTAURANT ÖFFNET UM 10 UHR +++ WIE LANGE? 1 STUNDE SOLLTE MAN SICH MINDESTENS ZEIT NEHMEN +++ WIE VIEL? EINTRITT 120 KRONEN, 80 KRONEN FÜR STUDENTEN UND RENTNER, MIT SCHNAPSPROBE 270 KRONEN +++ SPRITMUSEUM.SE +++

DAS ALTBACKEN BRAUN-BEIGE INNERE des Wohnwagens versprüht den Charme von Dauercamping am Baggersee in den 80er-Jahren. Wir sitzen auf der miefigen Eckbank; ein Lied tönt durch den Wagen. Sein Thema, klar, ist Schnaps und Trinken. Skål! Es gehört schon eine gehörige Portion Selbstironie dazu, wenn im Zentrum des Schnapsmuseums dieser Wohnwagen aufgebaut ist, in dem man sich auf Knopfdruck weit über hundert schwedische Trinklieder (*snapsvisor*) um die Ohren hauen lassen kann. Auch als wir den Wohnwagen längst verlassen haben, schallt draußen das berühmte Trinklied *Helan går* durch die Museumsräume. Die Tradition der *snapsvisor* ist aber nicht etwa eine absurde Rarität, die nur irgendwo in den tiefen Wäldern anzutreffen wäre. Wenn die Schweden Schnaps trinken, dann wird dazu gesungen. Mit Inbrunst. Die Beziehung der Schweden zum Alkohol ist eben eine innige und eine besondere. Im Spritmuseum machen wir uns auf die Spuren dieser Liaison.

SCHWEDEN IST EIN SCHNAPSLAND. (Oder war es, besser gesagt, denn mittlerweile stehen Wein und Bier höher im Kurs.) Getreide und Kartoffeln gedeihen hier formidabel. Daraus lässt sich leicht Hochprozentiges brennen – auch zu Hause. Über Jahrhunderte hinweg wurde dieser Selbstgebrannte so maßlos getrunken, dass es zu Gegenbewegungen kam. Poster und Bilder aus dem beginnenden 20. Jahrhundert lassen uns in diese Zeit eintauchen, als gar debattiert wurde, Alkohol ähnlich wie in den USA gänzlich zu untersagen. »Krebse fordern diese Getränke!«, prangt auf einem Plakat, das gegen das Alkoholverbot wirbt. Denn beim jährlichen Krebsfest gehört zum Verzehr der Krebse ganz selbstverständlich auch der Genuss eines, nein, mehrerer Schnäpse. Ein anderes Plakat zeigt, wie Alkohol einen Mann altern lässt und dessen Leber zerstört. Darunter der Appell: »Die Frau sei die Ärztin des Hauses.« Es sollte also die Aufgabe der Frau sein, den Mann vor der alkoholischen Selbstzerstörung zu bewahren. Nun ja. Aber so wird deutlich: Alkohol und der Umgang damit sind nicht nur eine individuelle Sache, sondern auch eine kulturelle und eine gesellschaftliche. Die Ausstellungsstücke sind geschickt gewählt. Sie führen uns weiter durchs 20. Jahrhundert und zeigen, wie der schwedische Staat versuchte, seine Bürger zu erziehen, ihren Durst nach Spirituosen zu kontrollieren und den Handel mit Alkohol zu monopolisieren.

DAS MUSEUM NÄHERT SICH dem Phänomen Alkohol auf verschiedene Weisen – soziologisch, historisch, chemisch, medizinisch. Und dann immer wieder über die Sinne. Nach dem akustischen Erlebnis im Wohnwagen schnuppern wir an unterschiedlichen Kräutern, mit denen der Schnaps gewürzt wird, schneiden beim Geruchsquiz aber schlecht ab. Im Obergeschoss folgen wir visuell und auditiv einem jungen Mann in seinen Rausch. Die Sofas, auf denen wir liegen, vibrieren im Takt der Musik, bis irgendwann alles still wird, als der Alkohol ihn lahmlegt. Nach der Ausstellung warten auf einem kleinen Tablett vier Schnäpse auf jeden von uns, sodass auch der Geschmackssinn verwöhnt wird. Genuss und Zerstörung liegen beim Alkohol nah beieinander. Ohne belehrend zu wirken, zeigt das Museum diese konträren Pole auf. Der Standort zwischen Vasa-Museum und dem Vergnügungspark Gröna Lund scheint da perfekt zu sein: »Zwischen einem Wrack und einem Vergnügungspark«, so die Leiterin des Museums, »das ist der ideale Platz für ein Schnapsmuseum.«

WENN MAN SCHON MAL **HIER** IST:

Nach vier Schnäpsen wird die Achterbahnfahrt im Vergnügungspark **Gröna Lund** □→ zum besonderen Erlebnis (siehe S. 160). Zum Ausnüchtern ideal ist ein Spaziergang oder eine Radtour (siehe S. 144) durch die Wälder der Insel Djurgården. Und im **Vasa-Museum** (siehe S. 159) wartet das eindrucksvolle Wrack der im 17. Jahrhundert gesunkenen Galeone Vasa. Bei ihrem Untergang auf der Jungfernfahrt war allerdings kein Alkohol im Spiel – auch Konstruktionsfehler und Großmannssucht können zerstörerisch sein.

WENN MAN SCHON MAL IN ÖSTERMALM UND DJURGÅRDEN IST

+++ SEHEN +++

+++ ESSEN +++

+++ AUSGEHEN +++

+++ SHOPPEN +++

+++ SCHLAFEN +++

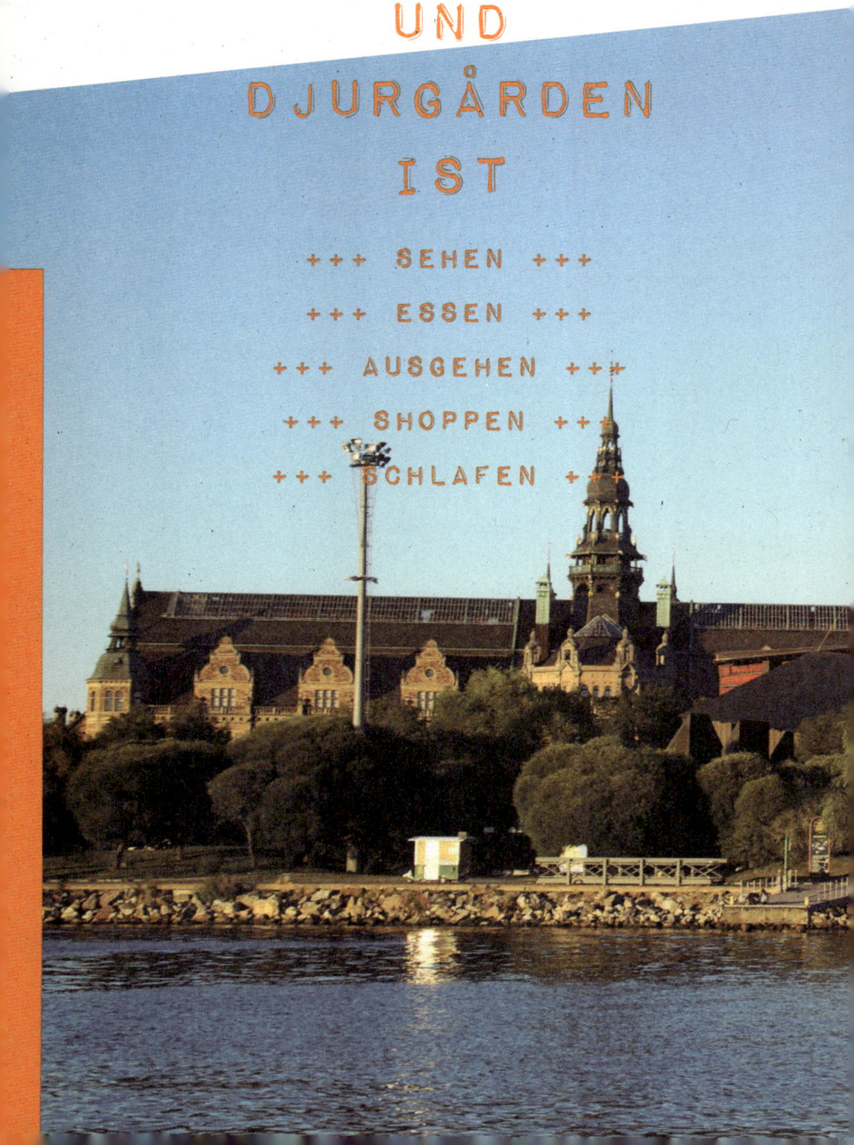

SEHEN

SKANSEN

Tierpark? Freilichtmuseum? Nationalheiligtum? Der Skansen, 1891 gegründet, ist all das, und die Stockholmer lieben ihn. Das Freilichtmuseum mit Häusern, die bis ins 14. Jahrhundert zurückreichen, gewährt einen Einblick in das Schweden von früher. Man kann Handwerkern zuschauen, die Zeit auf einem Herrenhof im Jahr 1793 verbringen oder auf einem alten Bauernhof mit anpacken. Im Tierpark gibt's nordische Wild- und Haustiere zu sehen. Darüber hinaus warten verschiedene Gärten, Märkte, Konzertbühnen, Restaurants, Cafés, Spielplätze ... uff. Mindestens also einen Tag einplanen.

+++ DJURGÅRDSSLÄTTEN 49-51 +++ TRAM 7 BIS SKANSEN +++ SKANSEN.SE +++ IN DER HAUPTSAISON TÄGL. VON 10-18 UHR. FR/SA SOGAR BIS 22 UHR +++ EINTRITT 220 KRONEN. FÜR KINDER BIS 15 JAHRE 70 KRONEN +++ TIPP: EINE JAHRESKARTE LOHNT SICH BEREITS AB DEM ZWEITEN BESUCH +++

VASA-MUSEUM

Eine der größten Fehlkonstruktionen steht im Mittelpunkt des meistbesuchten Museums Schwedens. Das prächtige Kriegsschiff Vasa sank 1628 nach nur wenigen hundert Metern auf der Jungfernfahrt. Ein bisschen peinlich, für uns heute aber ein Glücksfall. Denn das sehr gut erhaltene Schiff konnte geborgen werden und hinterlässt wirklich Eindruck. Mehr zum Untergang und über Schweden im Dreißigjährigen Krieg erfährt man in der sehenswerten Ausstellung.

+++ GALÄRVARVSVÄGEN 14 +++ TRAM 7 BIS NORDISKA MUSEET/VASAMUSEET +++ VASAMUSEET.SE +++ TÄGL. 10–17 UHR +++ 190 KRONEN IN DER HAUPTSAISON. ANSONSTEN 170 KRONEN. BIS 18 JAHRE FREI +++

ABBA-MUSEUM

Ein Museum wie ABBA: schrill, bunt und immer ein bisschen drüber. Neben der informativen Ausstellung über die Band und ihre Mitglieder machen vor allem die vielen interaktiven Elemente Laune: zum Playback singen, selbst einen ABBA-Song abmischen oder gleich mit ABBA auf die Bühne treten? Alles möglich. Teuer, aber für ABBA-Fans wahrscheinlich ein Muss.

+++ DJURGÅRDSVÄGEN 68 +++ TRAM 7 BIS LILJEVALCHS/GRÖNA LUND +++ ABBATHEMUSEUM.COM +++ IM SOMMER TÄGL. 10–20 UHR +++ 260 KRONEN (ONLINE 250). KINDER VON 7 BIS 15 JAHREN 95 KRONEN. DARUNTER FREI +++

GRÖNA LUND ☐→

Vergnügungsparks in Skandinavien sind immer etwas mehr als nur eine Ansammlung von Fahrattraktionen, auch wenn im »Grönan« die Achter- und Geisterbahnen, Freefall-Tower und Karusselle im Mittelpunkt stehen. Direkt am Ufer der Ostsee gelegen, sodass man im großen Kettenkarussell übers Wasser fliegt. Mit Freunden kann man hier aber auch zum Fünfkampf antreten. Oder über die Tanzfläche wirbeln. Auf der großen Bühne standen schon Lady Gaga, Jimi Hendrix und Alice Cooper.

+++ LILLA ALLMÄNNA GRÄND 9 +++ TRAM 7 BIS LILJEVALCHS/GRÖNA LUND ODER MIT DER FÄHRE VON SLUSSEN +++ GRONALUND.COM +++ ENDE APRIL–SEPTEMBER 9.30–22 UHR +++ EINTRITT INKLUSIVE ALLER FAHRGESCHÄFTE AB 325 KRONEN. KINDER VON 3 BIS 9 JAHREN AB 265 KRONEN +++

HISTORISCHES MUSEUM

In der ehemaligen Kaserne am Narvavägen befindet sich dieses interessante und gut gemachte Museum über die Geschichte Schwedens. Im Keller wird ein prächtiger Schatz aus Silber- und Goldgegenständen aus der Frühgeschichte und dem Mittelalter präsentiert. Spannend sind die Ausstellungen über die Wikinger und die Schlacht um Visby. Außerdem besitzt das Museum eine der größten Sammlungen mittelalterlicher Kirchenkunst.

+++ NARVAVÄGEN 13–17 +++ BUS 67 BIS HISTORISKA MUSEET +++ HISTORISKA.SE +++ DI–SO 10–17 UHR +++ EINTRITT FREI +++

EKSTEDT

Hier wird nur auf Holz gekocht, gegrillt und gebacken. Und wie! Alles regional, kreativ, einzigartig. Der Service ist exzellent, die Getränkebegleitung ebenso. 7-Gänge-Menü 1.550 Kronen, 3 Gänge für 895 Kronen.

+++ HUMLEGÅRDSGATAN 17 +++ U-BAHN ÖSTERMALMSTORG +++ RESERVIERUNG UNTER EKSTEDT.NU +++ DI–DO 17.30–1 UHR, FR/SA 15–1 UHR +++

RICHE

Französisch angehauchtes Restaurant mit viel Geschichte. Sein kulinarischer Vater, Tore Wretmann, erfand hier das schwedische Nationalgericht Toast Skagen sowie außerdem das Dressing Rhode Island.

+++ BIRGER JARLSGATAN 4 +++ TRAM 7 BIS NYBROKAJEN ODER U-BAHN ÖSTERMALMSTORG +++ RICHE.SE +++ SO–DI 12–24 UHR, MI–SA 12–2 UHR +++

ÖSTERMALMS SALUHALL

Unter dem hohen Dach der fotogenen, 1888 erbauten Markthalle gibt's Käse, Wurst, Fisch, Schokolade und andere Delikatessen. Take-away oder mit Bedienung.

+++ ÖSTERMALMSTORG +++ U-BAHN ÖSTERMALMSTORG +++ OSTERMALMSHALLEN.SE +++ MO–FR 9.30–19 UHR, SA 9.30–17 UHR +++

ROSENDALS TRÄDGÅRDSKAFÉ

Idyllisch mitten auf der grünen Insel Djurgården gelegen. Viele Zutaten werden in den Gärten und auf den Feldern rund ums Café angebaut und alle Backwaren vor Ort im Holzofen gebacken – das schmeckt man!

+++ ROSENDALSTERRASSEN 12 +++ TRAM 7 BIS BELLMANSRO UND 5 MINUTEN ZU FUSS +++ ROSENDALSTRADGARD.SE +++ DI–SO 11–16 UHR +++

AUSGEHEN

TYGE & SESSIL

Schöne Weinbar mit entspannter Atmosphäre und umfangreicher Weinauswahl. Sogar mit Weinen aus Schweden.

+++ BRAHEGATAN 4 +++ U-BAHN ÖSTERMALMSTORG +++ TYGESESSIL.SE +++ TÄGLICH 16–1 UHR +++

ZITA-KINO

Ältestes noch in Betrieb befindliches Stockholmer Kino aus dem Jahr 1912, gelegen direkt an der Grenze von Norrmalm und Östermalm. War früher mal Pornokino, ist jetzt ein von einer sozialistischen Vereinigung betriebenes Programmkino. Alle Filme in Originalsprache.

+++ BIRGER JARLSGATAN 37 +++ BUS 2 BIS ERIKBERGSGATAN +++ ZITA.SE +++ TICKETS ONLINE ODER AN DER ABENDKASSE +++

SHOPPEN

LUXUSSHOPPING IN DER BIRGER JARLSGATAN

Gucci, Louis Vuitton, Chanel, Prada … Entlang des südlichen Endes der Birger Jarlsgatan haben sich die Luxusmarken angesiedelt. Was für die Augen, nicht aber für den schmalen Geldbeutel.

+++ U-BAHN ÖSTERMALMTORG +++ UNTERSCHIEDLICHE ÖFFNUNGSZEITEN. MO–FR 10–18 UHR UND SA 11–17 UHR SIND ABER FAST ALLE GESCHÄFTE OFFEN +++

SVENSKT TENN

Schwedische Stoffe und Tapeten, aber auch Lampen, Dekoartikel und vieles mehr im nordischen Design. Ziemlich bunt und inspirierend. Ein Klassiker unter den Einrichtungsläden.

+++ STRANDVÄGEN 5 +++ TRAM 7 BIS NYBROPLAN +++ SVENSKTTENN.SE +++ MO–FR 10–18 UHR, SA 10–17 UHR, SO 12–16 UHR +++++

SCHLAFEN

ETT HEM

Hier stimmt einfach alles. Ein Hotel wie ein Traum mit herausragendem Personal und nur 12 Zimmern. Unglaublich schick, ohne in irgendeiner Weise protzig zu sein. Im stimmig designten Zimmer, in der Bibliothek oder im Garten bei Kerzenschein – hier fühlt man sich überall heimelig, ganz wie es Name und Konzept des Hotels versprechen. DZ mit herausragendem Frühstück etwa 4.000 Kronen.

+++ SKÖLDUNGAGATAN 2 +++ U-BAHN TEKNISKA HÖGSKOLAN +++ ETTHEM.SE +++

STORY HOTEL RIDDARGATAN

Schönes Boutique-Hotel mit individuell und kreativ gestalteten Zimmern, toller Bar und sehr gutem Restaurant. Die Lage ist ausgezeichnet. Viele Bars und Restaurants auch im direkten Umfeld, wodurch es manchmal etwas laut werden kann. DZ etwa 1.800 Kronen.

+++ RIDDARGATAN 6 +++ U-BAHN ÖSTERMALMTORG +++ HYATT.COM (STICHWORT: STORY HOTEL RIDDARGATAN) +++

6
DER SÜDEN

+++ ERLEBEN +++

TRIPHOP SHOP
BAT MAN

EIN DRITTEL DER STOCKHOLMER Bevölkerung lebt im Süden – insgesamt 52 Stadtteile, die kaum auf einen Nenner zu bringen sind, verteilen sich hier auf 83 Quadratkilometer. Die Gebiete »söder om Söder«, also südlich von Södermalm wie Liljeholmen oder Hammarby Sjöstad haben innerstädtischen Charakter, weiter im Süden sind die Stadtteile eher von Einfamilienhäusern geprägt, andere wiederum von Hochhäusern und Wohnblocks, die in den 1960er- und 1970er-Jahren hochgezogen wurden, um schnell günstigen Wohnraum zu schaffen. Insbesondere die nahe an Södermalm liegenden Stadtteile wandeln sich seit einigen Jahren in angesagte Wohngebiete.

SKOGSKYRKOGÅRDEN

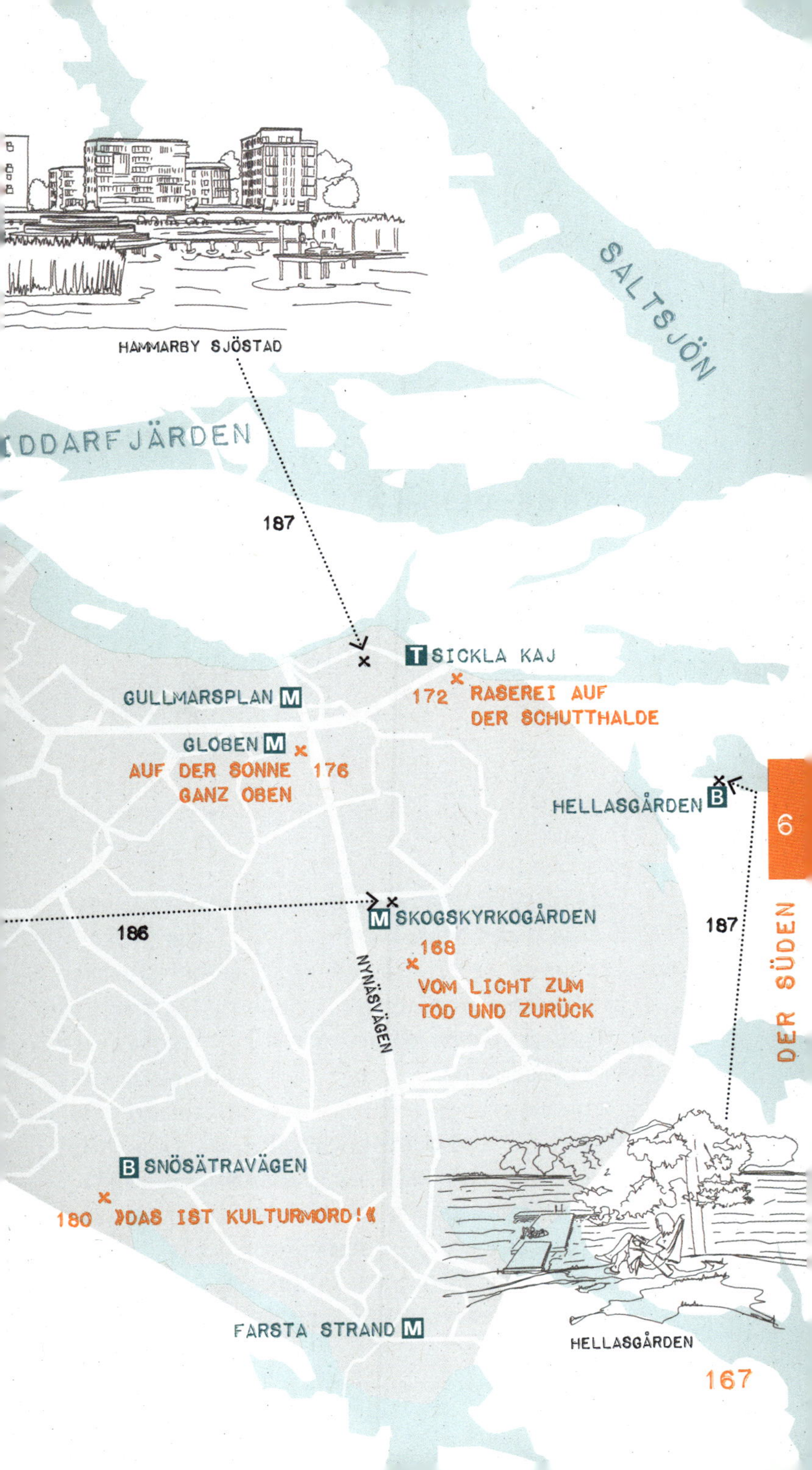
HAMMARBY SJÖSTAD
SALTSJÖN
DDARFJÄRDEN
187
SICKLA KAJ
172 RASEREI AUF DER SCHUTTHALDE
GULLMARSPLAN
GLOBEN
AUF DER SONNE 176 GANZ OBEN
HELLASGÅRDEN
SKOGSKYRKOGÅRDEN
186
187
168
VOM LICHT ZUM TOD UND ZURÜCK
NYNÄSVÄGEN
SNÖSÄTRAVÄGEN
180 »DAS IST KULTURMORD!«
FARSTA STRAND
HELLASGÅRDEN

VOM LICHT ZUM TOD UND ZURÜCK

UNESCO-WELTKULTURERBE: EIN GEFÜHRTER RUNDGANG ÜBER DEN WALDFRIEDHOF

DER SÜDEN-->

+ + + STECKBRIEF + + +

WO? HAUPTEINGANG IM NORDEN AM SOCKENVÄGEN 492 +++ U-BAHN SKOGSKYRKOGÅRDEN +++ WANN? DER FRIEDHOF IST IMMER GEÖFFNET. DAS BESUCHERZENTRUM VON MAI BIS SEPTEMBER TÄGLICH 11–16 UHR +++ ENGLISCHE FÜHRUNGEN SONNTAGS 10.30 UHR +++ SKOGSKYRKOGARDEN.STOCKHOLM.SE +++ WIE LANGE? EINEINHALB BIS ZWEI STUNDEN +++ WIE VIEL? KOSTENLOS. EBENSO DER AUDIOGUIDE. MIT FÜHRUNG 150 KRONEN +++ WICHTIG! DIE FÜHRUNGEN WERDEN ÜBER DAS STADTMUSEUM GEBUCHT: STADSMUSEET.STOCKHOLM.SE +++ EINE ALTERNATIVE IST DER AUDIOGUIDE, DER AUF SCHWEDISCH UND ENGLISCH ÜBER IZI.TRAVEL/DE/SEARCH (STICHWORT: WOODLAND CEMETERY) HERUNTERGELADEN WERDEN KANN +++

DURCH EINE DUNKLE BAUMALLEE wandeln wir, ehe wir die leicht ansteigende Zufahrt am Haupteingang hinaufgehen und uns auf einer weiten grünen Fläche wiederfinden. Rechts erhebt sich sanft ein Hügel, die Kuppe mit Bäumen geschmückt; ein Jogger kommt gerade von dort herab. Ansonsten Rasen, so weit das Auge reicht. Keine Gräber. Stünde nicht ein überdimensionales Granitkreuz in der Ferne, wäre der Ort von hier aus nicht als Friedhof erkennbar. Dass er architektonisch durchgeformt ist, ist aber sofort zu spüren. Natur und Architektur sollen ineinandergreifen, das war die Grundidee der Architekten Gunnar Asplund und Sigurd Lewerentz, als sie vor über 100 Jahren mit dem Planen und Bauen begannen. Ein Konzept, das aufging – seit 1994 gehört der Waldfriedhof zum UNESCO-Weltkulturerbe.

WIR GEHEN DIE TREPPE zu besagtem Hügel hinauf. Die Stufen werden immer flacher, je höher wir kommen. Die ersten Schritte sollen schwer sein und dann leichter werden, sodass der Besucher mit ruhigem Atem hier oben ankommt. Jedes kleinste Detail wurde offensichtlich bei der Planung des Friedhofs bedacht. Nicht im Blick konnten die Architekten allerdings den aufkommenden Verkehr haben. Eigentlich sollte es auf dem Hügel absolut still sein, ein Meditationsort. Stattdessen dringt der Lärm der Autobahn, die in späteren Jahren direkt am Friedhof vorbeigebaut wurde, an unsere Ohren. Vom Hügel führt der Weg auf der anderen Seite hinunter zur Auferstehungskapelle. Exakt 888 Meter ist er lang – mehr Unendlichkeit geht nicht. Anfangs spazieren wir in der sommerlichen Sonne, dann spenden licht stehende Birken Schatten. Die Birken werden von Kiefern abgelöst, diese wiederum von Tannen. So wird es immer dunkler, je näher wir der Kapelle kommen. Die Trauernden werden vom Licht ins Dunkel geführt. Nach der Trauerfeier verlassen sie die Kapelle durch einen anderen Ausgang, über den sie zurück zum Licht geleitet werden. Nichts scheint hier zufällig.

FÜNF KAPELLEN mit unterschiedlichem Charakter stehen für Trauerfeiern zur Wahl. Die Atmosphäre in der Auferstehungskapelle ist kühl und klar. Ich würde mich wohl für die Waldkapelle entscheiden, die klein im Schatten hoher Bäume steht und die Verbindung der Menschen zur Natur widerspiegeln soll. Nur wenige Meter von ihr entfernt befindet sich das Grab der Schauspielerin Greta Garbo. Es ist das einzige, das heraussticht unter den über 100.000 Gräbern, die sich endlos zwischen den Bäumen verteilen. Wir verlassen den Wald und gelangen zu der vom Funktionalismus geprägten Heilig-Kreuz-Kapelle mit ihrem nach hinten leicht abfallenden Boden, der den Fokus auf Altar und Sarg lenkt. An der Rückseite des Gebäudes befindet sich eine heb- und senkbare Wand, damit die Trauergemeinde so zurück ins Leben treten kann. Von dort blicken wir wieder auf den Meditationshügel – und auf einen kleinen Teich. Darin leben Wassersalamander, eine bedrohte Art, die es ansonsten nur noch an zwei anderen Orten in Schweden gibt. Dieser Friedhof ist eben mehr als nur eine letzte Ruhestätte.

WENN MAN SCHON MAL HIER IST:
Im Zentrum des Friedhofs befindet sich das **Visitors Center** □→, 1923 von Architekt Gunnar Asplund erbaut. Das Gebäude mit seinen Pyramidendächern beherbergt eine Ausstellung über das Weltkulturerbe Skogskyrkogård, einen Laden und ein Café. Im idyllischen Außenbereich schmecken Kaffee und Kuchen besonders gut. Der Eintritt zur Ausstellung ist frei.

RASEREI AUF DER SCHUTTHALDE

AUSSICHT UND ABFAHRT VOM HAMMARBYBACKEN GENIESSEN

+ + + STECKBRIEF + + +

WO? SKISTAR AM HAMMARBYBACKEN. HAMMARBY FABRIKSVÄG 111 +++ TVÄRBANAN 30 BIS SICKLA KAJ UND 5 MINUTEN ZU FUSS +++ SKISTAR.COM +++ WANN? DOWNHILL VON MAI BIS NOVEMBER. ENDE JUNI BIS ANFANG AUGUST TÄGLICH. ANSONSTEN MITTWOCH 15–21 UHR UND SAMSTAG/SONNTAG 9–18 UHR +++ IN DEN WINTERMONATEN VERWANDELT SICH DER BIKEPARK IN EINE SKIPISTE +++ WIE LANGE? LIFTPASS FÜR 3 ODER 6 STUNDEN +++ WIE VIEL? RAD, AUSRÜSTUNG UND LIFTPASS 810 KRONEN FÜR 3 STUNDEN ODER 935 KRONEN FÜR 6 STUNDEN +++

25 GRAD, blauer Himmel, ein paar Wolken – ein herrlicher schwedischer Sommertag. Der Skischlepplift läuft. Was zunächst irritiert, macht bei genauerem Blick Sinn. Denn dann sieht man, dass ungefähr jeder dritte Schleppliftthaken durch eine Seilschlinge ersetzt wurde. An dieser werden Downhillbiker den Hammarbybacken nach oben befördert. Im Winter ein innerstädtisches Skiparadies, ist er von Frühling bis Herbst ein Bikepark. Bevor ich mich mit dem Lift hinaufschleppen lasse, werde ich aber erst mal eingekleidet. Unter der Schutzweste mit Rücken- und Brustplatte, Ellbogen-, Knie- und Schienbeinschonern, Handschuhen und Helm (»Er muss eng sitzen!« Ja, tut er …) wird es in der prallen Sonne schnell ziemlich heiß. Also rasch rauf auf den Berg. Am Lift gibt mir Ben, der mir den Bikepark zeigt, eine kurze Einweisung, dann hängt er auch schon eine Schlinge am Lenker ein und – zack – zieht mich der Lift davon.

DER HAMMARBYBACKEN ist eine seltsame Mischung aus natürlicher Erhebung und Schuttberg. Ursprünglich war der südlich von Södermalm gelegene Hügel nur 55 Meter hoch. Auf 87 Meter wuchs er, als 1983 der Globen (siehe S. 176) gebaut und massenweise Geröll aus der Baugrube hier abgeladen wurde. Sechs weitere Meter legte die Erhebung im Jahr 2007 im Zuge der Neuanlage von Hammarby Sjöstad (siehe S. 187) zu. Man fährt also auf eine ordentliche Halde voller Schutt, wenn man am Schlepplift hängt und gemächlich aufwärtsrollt. Auf dem Gipfelplateau angekommen, eröffnet sich mir ein fantastischer Blick über die Stadt. Södermalm, Djurgården, weite Teile des südlichen Stockholms, ja, sogar die Schären liegen mir zu Füßen. Bevor ich das erste Mal Richtung Tal starte, genieße ich die Aussicht und stelle – wieder einmal – fest: einfach eine unglaublich schöne Stadt! Die vielen Meeresarme und Buchten ziehen sich wie blaue Lebensadern durch Stockholm. Zugleich wird von hier oben deutlich, wie grün die Metropole ist – 40 Prozent der gesamten Fläche bestehen aus Wäldern, Wiesen und Parks.

BEN HAT DIE AUSSICHT schon oft gesehen. Er drängt auf die Abfahrt. Kurz rät er mir noch, vor den Kurven zu bremsen und nicht in ihnen, dann lässt er sein Rad auch schon nach unten sausen. Ich hinterher. Die ersten Kurven fahre ich recht langsam, wage es noch nicht, mich voll in sie hineinzulegen. Aber das Downhillbike gibt mir Sicherheit, sodass ich bald schneller werde. Ganz unten lädt eine Schanze zu einem Sprung ein. Bens lässt sich sehen, meiner fällt recht zaghaft aus. Aber auch mit kleinen Sprüngen macht es riesigen Spaß . Gleich also wieder in den Lift – Zeit für Runde zwei, jetzt nicht mehr auf der einfachsten, der grünen Strecke, sondern auf der blauen. Rot und schwarz gibt es auch noch, aber für den Anfang genügen mir die leichteren. Die blaue Route führt durch ein kurzes Waldstück, wo es über Felsen und Wurzeln geht. Bereits ein wenig anspruchsvoller, aber gut machbar. Allmählich komme ich in Fahrt. Schon bin ich wieder unten. Und gleich wieder in den Lift. Ich habe Blut geleckt, mir doch egal, wie heiß es unter der Ausrüstung ist.

WENN MAN SCHON MAL **HIER** IST:

Wenn es heiß und man richtig verschwitzt ist, erfrischt eine **Kajak- oder SUP-Tour** über den angrenzenden Sickla-See. Die Boote und SUPs gibt's beim Downhillbike-Verleih. Wer sich dagegen eher nach einem kühlen Bier und einem kleinen Snack sehnt, ist in der **Nya Carnegie-Brauerei** (siehe S. 190) richtig, die schmackhaftes Craftbeer braut.

AUF DER SONNE GANZ OBEN

EINE FAHRT AUF DEN 85 METER HOHEN GLOBEN

+ + + STECKBRIEF + + +

WO? AVICII ARENA, GLOBENTORGET 2 +++ WANN? MONTAG BIS FREITAG 10–16 UHR +++ FAHRTEN ALLE ZEHN MINUTEN +++ WIE LANGE? 20 MINUTEN +++ WIE VIEL? 160 KRONEN, KINDER BIS 12 JAHRE 120 KRONEN +++ TICKETS BUCHBAR UNTER STOCKHOLMLIVE.COM/EN/YOUR-VISIT/SKYVIEW +++

1989 veränderte sich die Silhouette Stockholms markant. Zu all den hohen, langen Kirch-, Fernseh- und Rathaustürmen gesellte sich ein kugelrunder Kompagnon hinzu. Südlich von Södermalm wuchs der Globen heran, das weltweit größte sphärische Gebäude. 110 Meter misst die kugelförmige Veranstaltungsarena im Durchmesser. Ihre weiße Außenhaut aus Beton, Metall und Glas ist weithin in der Stadt zu sehen. Wenn nicht gerade Pandemie ist, dann rocken die großen Bands der Welt auf der Bühne, es werden Eishockeymatches ausgetragen, der Eurovision Song Contest fand hier schon statt, und auch der Papst hat bereits vorbeigeschaut, um zu predigen. Der Globen ist ein wahres Allroundtalent. Mich interessiert heute aber nicht das Innenleben der Kugel, sondern die Außenwand. Seit 2010 kann man nämlich in einer kleinen Gondel, auch diese kugelrund, an der gekrümmten Wand entlang bis zum obersten Punkt fahren.

BEVOR ES HINAUFGEHT, wird allen Fahrgästen ein kurzes Informationsfilmchen gezeigt. Hier erfahre ich, dass der Globen innerhalb von acht Stunden von einer Eishockeyarena zu einer Konzertbühne umgebaut werden kann. Dass jährlich 150.000 Würstchen hier und im angrenzenden Tele2-Stadion verkauft werden. Dass im Globen 17.000 Fans *Metallica* zujubelten. Zuschauerrekord. Nach dem Film darf ich zusammen mit den anderen Besuchern in die bis auf den Boden komplett verglaste Aufzugkabine einsteigen, in der bis zu 16 Personen Platz finden. Und schon geht es los: Das Dach über der Gondel öffnet sich, langsam steigt sie in die Höhe. Die Menschen auf dem Vorplatz des Globen werden kleiner, wir lassen die ersten Dächer unter uns, dann das Tele2-Stadion. Entlang der Rundung des Kugeldachs schiebt sich die Gondel weiter nach oben, bis sie schließlich 85 Meter über dem Boden den Scheitelpunkt erreicht hat. Hier eröffnet sich mir nun eine grandiose 360-Grad-Rundum-Perspektive. Ein strahlend blauer Himmel, darunter das goldene Dach des Rathausturms und der rötlich schimmernde Turm der Sofia-Kirche auf Södermalm. In der Ferne ragt der Fernsehturm Kaknästornet auf. Selbst die Schären sehe ich weit im Osten vor mir, dazwischen glitzerndes Meer.

ICH ENTDECKE DEN HÜGEL Hammarbybacke, den ich wenige Tage zuvor mit dem Downhillbike hinuntergerauscht bin (siehe S. 172) und der aus dem Bauschutt des Globen entstanden ist. Etwas weiter südlich erstreckt sich der leuchtend grüne Waldfriedhof (siehe S. 168). Welch prächtige Farben … auf den Schautafeln in der Kabine. Sie zeigen dem Fahrgast, was wo liegt. In meiner Realität jedoch: alles grau. Es regnet, die Wolken hängen tief. Von den Schären kann ich nur etwas erahnen, den Rathausturm erkenne ich im Dunst, golden ist da aber nix. Wieder mal werde ich an die Stockholmer Weisheit erinnert: Gehe an den Regentagen ins Museum. Und nutze jeden Sonnentag, um draußen zu sein – oder eben auf das Dach des Globen zu fahren. Aber auch wenn die Sicht bei klarem, wolkenlosem Wetter wohl besser ist, toll fühlt es sich trotzdem an, hier, ganz oben auf der Sonne. Genau dort befinde ich mich nämlich, denn der Globen ist Teil des Sweden Solar Systems, eines maßstabsgetreuen Modells des Sonnensystems. Die runde Arena stellt dabei das Zentralgestirn dar, die Erde befindet sich im Naturhistorischen Museum – mit einem Durchmesser von gerade einmal 65 Zentimetern. Selbst bei Sonnenschein wäre sie von hier aus nicht zu sehen.

WENN MAN SCHON MAL HIER IST:
Neben dem Globen gibt es mit **Hovet, Annexet** und dem **Tele2-Stadion** drei weitere große Arenen auf dem Gelände. Ein Blick in den Veranstaltungskalender (www.stockholmlive.com) lohnt sich. Nur wenige Minuten zu Fuß oder mit der Tram sind es zum neuen, trendigen Stadtteil **Hammarby Sjöstad** ⇨ (siehe S. 187) nordöstlich des Globen.

»DAS IST KULTURMORD!«

EIN RUNDGANG DURCH DIE BEDROHTE GRAFFITI-GALERIE VON SNÖSÄTRA

+ + + STECKBRIEF + + +

WO? SNÖSÄTRA GRÄND, HÖGDALEN +++ BUS 165/167 VON LILJEHOLMEN RICHTUNG FARSTA BIS SNÖSÄTRAVÄGEN, DANN ETWA 1 KILOMETER ZU FUSS +++ ALTERNATIV ANFAHRT MIT DEM AUTO +++ WANN? IMMER GEÖFFNET +++ WIE LANGE? MINDESTENS 1 STUNDE SOLLTE MAN SICH ZEIT NEHMEN +++ WIE VIEL? KOSTENLOS +++ WICHTIG! VON LILJEHOLMEN DAUERT DIE ANFAHRT ETWAS MEHR ALS EINE HALBE STUNDE, VOM HAUPTBAHNHOF AUS IST MAN FAST EINE STUNDE UNTERWEGS, UM DANN GEFÜHLT IM NIRGENDWO ZU LANDEN. SNÖSÄTRA BESUCHT MAN ALSO NICHT MAL KURZ ZWISCHENDURCH +++

ALLES IST STILL. Nichts regt sich. In den Rissen und Löchern der maroden Straße haben sich Pfützen gebildet. Irgendwo kläffen Hunde. Ein Mann geht einsam die Straße entlang, die Kapuze seines Pullovers tief in die Stirn gezogen. Fehlt als Soundtrack nur noch Ennio Morricone.

Wir sind richtig. So sicher waren wir uns kurz zuvor nicht, als wir aus dem Bus ausstiegen und es etwa einen Kilometer durch den Wald und an Schrebergärten vorbeiging. Dann tauchten die Mauern, Ruinen und Baracken des alten Gewerbegebiets Snösätra vor uns auf. Von einer Wand begrüßt uns Pu der Bär, von einer anderen Xi Jinping als diabolisch grinsender Batman. Die Fassaden und Mauern der Straße sind quietschbunt, selbst das verlassen herumstehende Sofa in einem Hinterhof ist lückenlos besprüht. In der Snösätra Graffiti Wall of Fame gibt es kaum einen Flecken, der keine Farbe abbekommen hat.

STATT MORRICONE WUMMERT von irgendwoher sphärische Elektromusik. Bald hören wir auch das rhythmische Klack-klack einer Spraydose. Wir folgen dem Geräusch, gelangen auf einen Hinterhof, wo ein alter Mann in einem Container wühlt und an dessen anderem Ende ein junger Graffiti-Künstler an seinem Werk arbeitet. Wir kommen ins Gespräch. Auch der Alte gesellt sich bald dazu. Kein Flaschensammler, sondern der langjährige Leiter des Kulturvereins Snösätra, Thorleif Cederstrand. Die beiden erzählen uns, wie sich in dem heruntergekommenen Industriegebiet die Sprayerszene sammelte, sich das Areal seit 2014 zu einem Zentrum der Graffiti-Kunst entwickelte und inzwischen als größte Galerie unter freiem Himmel in ganz Nordeuropa gilt. Aber sie berichten auch vom verzweifelten Kampf gegen die Stadtverwaltung. Das südliche Drittel des Geländes soll abgerissen und einem Naturreservat zugeschlagen werden. Zudem gibt es Pläne, den Rest in ein Wohngebiet umzuwandeln. »Bevara Snösätra!«, sehen wir auf vielen Wänden. »Bewahrt Snösätra!« Den konservativen Politikern der »Moderaten« ist das alternative Kunstzentrum ein Dorn im Auge. Dass es auch Anlaufstelle für sprayende Jugendliche ist, die hier einen Ort finden, an dem sie sich ausdrücken können, scheint egal zu sein.

SO EINSAM UND VERLASSEN wie an diesem Augusttag ist es hier nicht immer. Jedes Jahr im Mai strömen die Besucher herbei, wenn der Kulturverein zum Spring Beast Festival einlädt. Die teilnehmenden Künstler aus aller Welt bekommen eine Wand zugewiesen, die sie ganz nach ihrer Fasson gestalten können. Jährlich verändert die Galerie so ihr Aussehen. Realismus neben abstrakten Gemälden, politische Kunst neben Naturbildern: Alles ist erlaubt. Die Kunst ist frei. Ein Polizeiauto fährt vorbei, als wir zwischen den Werken hindurchwandeln. Was die staatliche Autorität in diesem Moment hier will, bleibt schleierhaft. Vielleicht werden schon die ersten Schritte des Abbruchs vorbereitet. »Das ist Kulturmord!«, sagt Thorleif. Protestaktionen verhallen jedoch ungehört. Wenige Wochen nach unserem Besuch werden die ersten Wände abgerissen. Um ein Drittel wird die Galerie dadurch schrumpfen, ein Teil der Stockholmer Subkultur verschwindet. Wie lange der Rest stehen bleibt, ist ungewiss. So schnell wie möglich also hin in diese faszinierende Gegenwelt zum schicken, glitzernden Stockholm!

WENN MAN SCHON MAL **HIER** IST:

Von der Snösätra Graffiti-Galerie führt die Buslinie 165 weiter in den wenig ansehnlichen Vorort Farsta. Hier lohnt jedoch der Besuch des **Hofs Farsta Gård** □→ (Farstaängsvägen 18, farstavardshus.se), dessen Wurzeln ins 14. Jahrhundert zurückreichen. Neben Gräbern aus der Eisenzeit sind hier auch ein schönes Strandbad und ein gemütliches Café zu finden.

WENN MAN SCHON MAL IM SÜDEN VON STOCKHOLM IST

+++ SEHEN +++

+++ ESSEN +++

+++ AUSGEHEN +++

+++ SHOPPEN +++

+++ SCHLAFEN +++

+++++++++++++++++ SEHEN +++++++++++++++

SKOGSKYRKOGÅRD (WALDFRIEDHOF)

Neben der Wikingersiedlung Birka und dem Schloss Drottningholm ist der Waldfriedhof die dritte UNESCO-Weltkulturerbestätte in und rund um Stockholm. 1920 wurde der von den Architekten Gunnar Asplund und Sigurd Lewerentz gestaltete Friedhof eingeweiht. Nicht nur die fünf Kapellen auf dem Gelände, sondern die gesamte Friedhofslandschaft mit Wäldern, Teichen, Hügeln und Senken wurde durchkomponiert (siehe S. 168), weshalb Architekturinteressierte aus der ganzen Welt hierherreisen. Die Fläche ist riesig. Die 4.000 Meter lange Steinmauer um den Skogskyrkogård ist länger als die um den Vatikan. Einige berühmte Schweden liegen hier begraben, darunter Greta Garbo und Avicii.

+++ SOCKENVÄGEN 492 +++ U-BAHN SKOGSKYRKOGÅRDEN +++ SKOGSKYRKOGARDEN.STOCKHOLM.SE +++ IMMER GEÖFFNET +++ FÜHRUNGEN AUF ENGLISCH VON JUNI BIS SEPTEMBER SO 10.30 UHR, 150 KRONEN +++

HAMMARBY SJÖSTAD

Lange Zeit war der Stadtteil südlich von Södermalm ein ziemlich heruntergekommenes Hafenareal. Kein Ort, an dem man sich gerne aufhielt. Die Wandlung ist enorm: Heute ist Hammarby Sjöstad ein attraktives, modernes und ökologisches Wohngebiet. Mit viel Wasser und Grün zeigt der Stadtteil, wie die Transformation in die Moderne gelingen kann.

+++ GEBIET ZWISCHEN SKANSTULLSBRON IM WESTEN UND SICKLA IM OSTEN +++ STADTBAHN (TVÄRBANAN) 30 BIS LUMA ODER SICKLA KAJ ODER MIT DEM BOOT VON NYBROKAJEN NACH LUMA BRYGGA +++

HELLASGÅRDEN

Das Freizeitparadies liegt eigentlich schon nicht mehr in Stockholm, sondern in Nacka, ist aber für die Stockholmer eine der ersten Anlaufstellen, um raus in die Natur zu kommen. Der Källtorpsee ist traumhaft zum Baden. Man kann Kajaks, Kanus, Mountainbikes oder SUPs ausleihen, Fußballgolf, Tennis oder Minigolf spielen, joggen – oder einfach nur relaxen. Mit den Öffis in einer halben Stunde vom Hauptbahnhof zu erreichen.

+++ ÄLTAVÄGEN 101, NACKA +++ BUS 401 VON SLUSSEN RICHTUNG FLATENBADET BIS HELLASGÅRDEN +++ HELLASGARDEN.SE +++ REZEPTION UND CAFÉ GEÖFFNET MO–FR 9–21 UHR, SA 9–20 UHR, SO 9–18 UHR +++

ESSEN

MATATELJÉN

Viel Gemüse, das meiste regional und ökologisch – und das im urigen Ambiente eines ehemaligen Eisenwarengeschäfts. Faire Preise. Werktags ist das Mittagsmenü empfehlenswert.

+++ STORA GUNGANS VÄG 7 +++ U-BAHN SANDSBORG +++ MATATELJEN.SE +++ DI–FR 11.30–22 UHR, SA 13–22 UHR +++ SCHLIESST IM SOMMER MEIST FÜR EIN PAAR WOCHEN +++

RUND UM SVANDAMMEN

Der Stadtteil Midsommarkransen rund um den Park Svandammen entwickelt sich immer mehr zu einem lebendigen Ort mit vielen netten Cafés und Restaurants, zum Beispiel Bakom hörnet, Svenska Hamburgerköket und Scandwich.

+++ RUND UM SVANDAMMEN +++ U-BAHN TELEFONPLAN ODER MIDSOMMARKRANSEN +++ BAKOMHORNET.SE +++ HAMBURGERKOKET.SE +++ SCANDWICH.SE +++

GÖTEBORG

Hier sitzt man halb über dem Wasser. Manche reisen mit Boot oder SUP an und vertäuen ihr Fahrgerät am hauseigenen Steg. Gute Burger, super Saibling. Auch sehr schön, um abends einfach etwas zu trinken.

+++ MIDSKEPPSGATAN 31 +++ TVÄRBANAN 30 BIS SICKLA KAJ +++ RESTAURANGGOTEBORG.SE +++ MO–DO 16–23 UHR, FR 11.30–24 UHR, SA 12–24 UHR, SO 12–22 UHR +++

⟵□ VINTERVIKENS TRÄDGÅRD

Wunderschönes Café in einem weitläufigen Park, das gemeinnützig betrieben wird. Neben Kaffee und Gebäck gibt's auch kleinere Snacks. Unser Geheimtipp! Einziger Nachteil: mit den Öffis nicht ganz leicht zu erreichen.

+++ VINTERVIKSVÄGEN 30 +++ TRAM 30 BIS GRÖNDAL UND 15 MINUTEN ZU FUSS +++ VINTERVIKEN.COM +++ TÄGLICH 9-21 UHR +++

ZETAS

Eigentlich ist das Zetas ein – schön gestaltetes – Gartencenter. Im kleinen Café schmecken im Schatten der Bäume die Suppe oder frisch gebackene Kardamomschnecken. Blöderweise nur ziemlich weit draußen.

+++ BLOMBACKEN 2 +++ BUS 173/710/792 BIS JURINGE ALLÉ +++ ZETAS.SE +++ MO-FR 10-17 UHR, SA/SO 10-16 UHR +++

KONDITORI LYRAN

Hoch über dem Mälaren gelegenes Café mit wunderschönem Ausblick auf den See. Die breite Kuchenauswahl begeistert, auch glutenfreie Backwaren sind darunter.

+++ ÅLGRYTEVÄGEN 90 +++ U-BAHN BREDÄNG ODER BUS 135 BIS MÄLARHÖJDSVÄGEN +++ KONDITORILYRAN.SE +++ TÄGLICH 10-17 UHR +++

FÄRGFABRIKENS KAFÉ

Umgeben vom Charme heruntergekommener Fabrikgebäude steht die alte Farbfabrik, heute ein Ort für Kunstausstellungen und Workshops. Das Café lockt vor allem Locals zum grünen, ökologischen Mittagessen zu fairen Preisen.

+++ LÖVHOLMSBRINKEN 1 +++ TVÄRBANAN 30 BIS TREKANTEN +++ FARGFABRIKEN.SE +++ MI-SO 11-16 UHR +++

AUSGEHEN

SOCIALEN

Diese mit Zeitungen und Porträtfotos tapezierte Bar hat Potenzial zur Lieblingskneipe! Ständig neue Aktionen – vom Quiz über Fotowettbewerbe bis hin zum »Flaschenleerungstag«. Neugierig? Hingehen!

+++ HAMMARBY ALLÉ 9A +++ U-BAHN GULLMARSPLAN ODER TVÄRBANAN 30 BIS MÅRTENSDAL +++ SOCIALENBAR.SE +++ DI-DO 15-22 UHR, FR/SA 15-24 UHR +++

NYA CARNEGIEBRYGGERIET

Die Brauerei stellt nicht nur zünftiges Craftbeer her, sondern serviert auch kleinere Mahlzeiten. Viele Plätze, um draußen zu sitzen und aufs Meer zu schauen.

+++ LJUSSLINGAN 15-17 +++ TRAM 30 BIS LUMA +++ NYACARNEGIEBRYGGERIET.SE +++ DI-DO 16-23 UHR, FR 15-24 UHR, SA 12-24 UHR UND SO 12-18 UHR +++

SLAKTHUSET

Nachtclub im früheren Schlachthausareal, in dem hauptsächlich Elektro und Techno laufen. Sehr schön ist die Dachterrasse, vor allem an warmen Sommerabenden.

+++ SLAKTHUSGATAN 2 +++ U-BAHN GLOBEN +++ SLAKTHUSET.NU +++ MI/DO 16-1 UHR, FR/SA 16-2 UHR +++

SHOPPEN

2 LITTLE SPOONS ⇨

Superschöner kleiner Shop für Inneneinrichtung, Deko und Haushalt, in dem man immer etwas findet, auch wenn man nichts sucht. Ein richtig sympathischer Liebhaberladen.

+++ VATTENLEDNINGSVÄGEN 42 +++ U-BAHN MIDSOMMARKRANSEN +++ 2LITTLESPOONS.COM +++ DO/FR 11-18 UHR, SA 11-17 UHR, SO 11-16 UHR +++

REFURN

ReDuce, ReUse, ReCycle – dieses Konzept des Secondhandladens unterstützen wir gerne. Teils tolle Fundstücke. Nicht ganz billig, das eine oder andere Schnäppchen ist mit Glück aber drin.

+++ HAMMARBY ALLÉ 92 +++ TVÄRBANAN 30 BIS SICKLA KAJ +++ REFURN.SE +++ MO–FR 10–18 UHR, SA/SO 10–17 UHR +++

SCHLAFEN

MOTEL L

Die Zimmer sind zwar von der Stange und sehen alle gleich aus. Wer aber in Hammarby Sjöstad oder in der Nähe des Clubs Trädgården unterkommen will, schläft hier angenehm, zentral und einigermaßen günstig. Gutes Frühstück. DZ etwa 900 Kronen.

+++ HAMMARBY ALLÉ 47 +++ TVÄRBANAN 30 BIS MÅRTENSDAL +++ LIGULA.SE +++

CAMPINGPLATZ BREDÄNG

Großer Stadtcampingplatz, zwar relativ weit draußen, aber mit guter U-Bahn-Anbindung. Die Anlage ist schön, verfügt über eine tolle Badestelle den Hang hinunter am See Mälaren, kann im Sommer aber auch ziemlich voll werden. Wohnmobil 335 Kronen, Zelt 310 Kronen.

+++ STORA SÄLLSKAPETS VÄG 60 +++ U-BAHN BREDÄNG UND ETWA 10 MINUTEN ZU FUSS +++ BREDANGCAMPING.SE +++

7

DIE SCHÄREN

+++ ERLEBEN +++

DIE ETWA 30.000 INSELN, die sich vor der schwedischen Hauptstadt in der Ostsee tummeln, liegen offiziell nicht mehr auf Stockholmer Gemarkung. Dennoch gehören sie fest zur Stadt. Wer nicht in den Schären war, hat nicht ganz Stockholm gesehen. Auf den Inseln, die ans Straßennetz angebunden sind, leben mehrere Tausend Menschen, andere sind kaum besiedelt und Sehnsuchts- und Fluchtort gestresster Großstädter. Nur etwa 200 werden bewohnt. Im Sommer sind die Schären ein Segel- und Badeparadies,

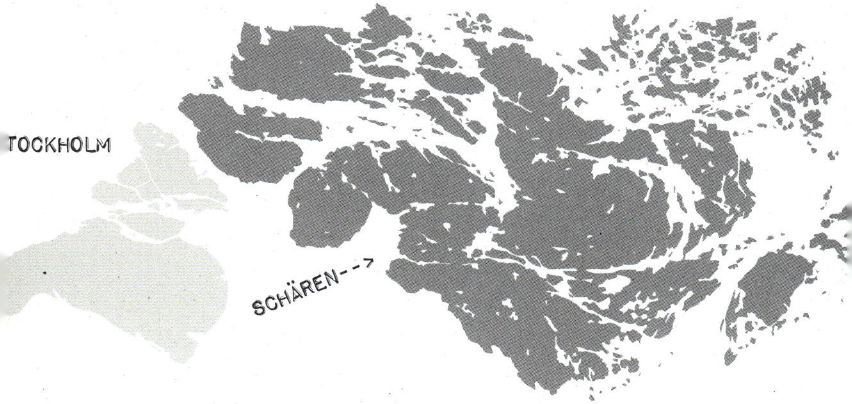

von Nybrokajen (Strömma, stromma.com) und Strömkajen (Waxholmsbolaget, waxholmsbolaget.se) in Stockholm mit Ausflugsbooten unkompliziert zu erreichen. Im Herbst und Winter hingegen wird es einsam. Die meisten Cafés haben dann zu, reizvoll ist die Inselwelt aber trotzdem.

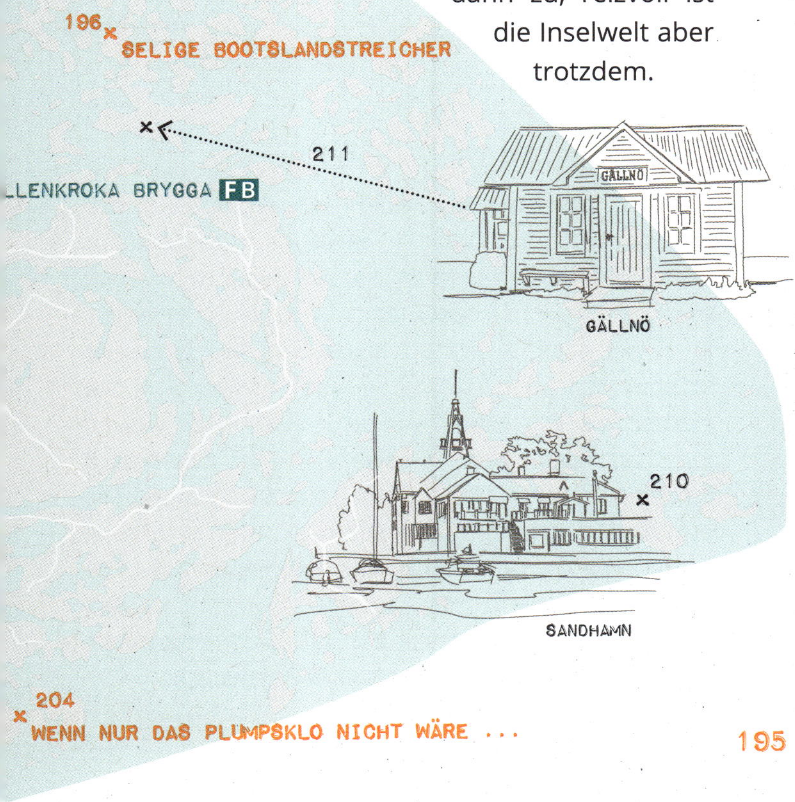

SELIGE BOOTSLANDSTREICHER

AUF DEM BÅTLUFFARLEDEN ZU FUSS UND RUDERND DURCH DIE TRAUMHAFTE WELT DER SCHÄREN

<--DIE SCHÄR

+ + + S T E C K B R I E F + + +

WO? AUF DEN INSELN KARKLÖ UND GÄLLNÖ +++ DIE SCHÄRENBOOTE NACH KARKLÖ FAHREN AB STRÖMKAJEN IN DER INNENSTADT. EIN ZUSTIEG IST AUCH IN VAXHOLM MÖGLICH +++ WANN? ABFAHRT VON STRÖMKAJEN MEIST 8.15 UHR ODER 9 UHR +++ FAHRPLÄNE AUF WAXHOLMSBOLAGET.SE +++ WIE LANGE? AM BESTEN PLANT MAN DEN GANZEN TAG EIN (FAHRT VON STOCKHOLM NACH KARKLÖ CA. 2 STUNDEN. REINE WANDERZEIT ETWA EINEINHALB STUNDEN) +++ WIE VIEL? WANDERUNG UND RUDERBOOTE KOSTENLOS. EINFACHES BOOTSTICKET VON STOCKHOLM 169 KRONEN. DER BÅTLUFFARPASS, DER FÜNF TAGE LANG GÜLTIG IST, KOSTET 535 KRONEN +++ WICHTIG! BEI MEHRTAGESTOUREN ENTWEDER EIN ZELT MITNEHMEN ODER EINE ÜBERNACHTUNG IM VANDRARHEM VORBUCHEN +++

»NIMMST DU BITTE DIE POST MIT?« Ich gucke verdutzt. Der Matrose, der den Landungssteg bedient, hält mir ein Paket mit Zeitungen und Briefen hin, dann zeigt er auf den einsamen Briefkasten an Land. Ich soll die Post dort hineinlegen. Für ein paar Augenblicke werde ich also Inselbriefträger. So läuft das in der Schärenwelt. Antje und ich verlassen das Boot, das uns von der Innenstadt auf die Insel Karklö gebracht hat, und steuern den Briefkasten an. Viel mehr gibt es hier nicht. Noch ein kleines Wartehäuschen, das war's. Abgeschiedenheit pur. Da wundert es nicht, dass die Schären während des Sommers für viele gestresste Stockholmer Zufluchtsort sind. Sie fahren ihre schicken Boote aus und wohnen in sündhaft teuren Ferienhäusern. Aber man muss nicht reich sein, um die Schärenwelt zu entdecken. Wir sind als »Bootslandstreicher« unterwegs.

DER BÅTLUFFARLEDEN – wörtlich übersetzt »Bootslandstreicherweg« – zieht sich quer durch die Stockholmer Schären. Ihm folgend wandert man über die Inseln, lässt sich mit dem Boot zum nächsten Eiland schippern, wandert wieder ein Stück und immer so fort. Mehrere Tage kann man auf diese Weise per pedes und mit dem Schiff den Zauber der Inselwelt genießen. Aber auch Tagesausflüge sind möglich. Wir entscheiden uns für ein fünf Kilometer langes Teilstück, das uns von Karklö nach Gällnö führt. Gleich bei der Bootsanlegestelle entdecken wir einen wunderschönen Strand, fühlen uns aber noch zu frisch für ein Bad. Über einen wurzeligen Waldweg gelangen wir auf die andere Inselseite, wo locker in der Landschaft verteilt ein paar Ferienhäuser und ein alter Bauernhof stehen. Wenig später endet der Weg an der felsigen Küste. Um die kurze Strecke zur nächsten Insel zu überqueren, liegen an beiden Ufern Ruderboote für die Bootslandstreicher bereit. Wir legen uns in die Riemen, fahren hinüber. Damit aber ist es nicht geschafft: Nun gilt es, das andere Boot ins Schlepptau zu nehmen und noch mal zurückzurudern, sodass stets an beiden Inseln ein Boot liegt.

ES IST SCHWER, von den Schären zu schreiben, ohne kitschig zu werden. Aber es ist nun mal so: Wir kommen an hübschen, urgemütlichen roten und weißen Holzhäusern vorbei, das blaue Meer glitzert in der Sonne, darauf vom Wind aufgeblähte Segel. Kinder, die vergnügt von Badestegen hüpfen. Irgendwo zwischen Inga Lindström und Saltkrokan erleben wir die Wirklichkeit der Schären. Wir suchen uns einen einsamen Felsen am Meer, baden, lassen uns von der Sonne trocknen, picknicken, springen wieder ins Wasser. Das ist einer dieser Tage, die nie zu Ende gehen dürften. Tun sie aber trotzdem. Und das letzte Boot zurück aufs Festland sollte man hier draußen nicht verpassen. Auf Gällnö machen wir dennoch eine kleine Pause im Inselcafé. Fika muss sein. Hier ist plötzlich die Hölle los. Am kleinen Bootsanleger des Cafés herrscht ein munteres Kommen und Gehen. Wir verlieben uns in den Blaubeerkuchen. Hach, noch so ein Ort zum Verweilen. Das nächste Mal werden wir nicht nur für einen Tag als Landstreicher durch die Schären streifen.

WENN MAN SCHON MAL **HIER** IST:

Einfach und urig wohnt man in den Hütten des **Gällnö Vandrarhem** (siehe S. 215). Ein besonderes Highlight ist die Nacht im **Fransvagnen** ⇨, einem zwei Quadratmeter großen Wagen, der hauptsächlich aus einem geräumigen Bett besteht. Die eine Seite des Wagens kann man hochklappen, so ist vom Bett aus der Blick auf die Kühe auf der Weide nebenan möglich.

MIT DER NATUR VERWURZELT

IM KUNSTMUSEUM ARTIPELAG VERSCHMELZEN KUNST UND NATUR

DIE SCHÄREN-->

+ + + S T E C K B R I E F + + +

WO? ARTIPELAG. ARTIPELAGSTIGEN 1. GUSTAVSBERG +++ BUS 468 BIS ARTIPELAGSTIGEN ODER BOOT VON NYBROKAJEN +++ WANN? DAUERAUSSTELLUNG IM FREIEN RUND UM DIE UHR. MUSEUM UND CAFÉ MI-SO 11-17 UHR +++ WIE LANGE? ZWEI STUNDEN. MIT PICKNICK- UND BADESACHEN AUCH DEN GANZEN TAG +++ WIE VIEL? KOSTENLOSE AUSSTELLUNG IM FREIEN. TEMPORÄRE AUSSTELLUNGEN IM INNERN ZWISCHEN 100 UND 185 KRONEN +++ BOOT VON DER INNENSTADT HIN UND ZURÜCK AB 310 KRONEN +++ ARTIPELAG.SE +++

BABYTRAGETASCHEN sind nicht unbedingt etwas, das man mit Kunst verbindet. Sie haben einen ganz konkreten praktischen Nutzen. Ist das nicht gerade das Gegenteil von Kunst? Und doch hängen hier im Designshop des Kunstmuseums Artipelag solche Babytragen neben Kunstobjekten, Designerstücken und Büchern über moderne Kunst. Die Erklärung dafür ist schnell gefunden, schließlich haben der BabyBjörn-Gründer Björn Jakobson und seine Frau Lillemor das Museum ins Leben gerufen. Die konzeptionelle Idee der beiden für diesen Ort: Natur und Kunst sollen verschmelzen, in Wechselwirkung treten. Kunst in den Schären. Art und Archipelago. Artipelag ist das Ergebnis. Es passt nicht nur perfekt in diese Landschaft, sondern auch zu den Menschen im Norden, ist ihnen doch die Beziehung zur Natur förmlich in die DNA eingeschrieben.

DAS ZUSAMMENSPIEL VON KUNST UND NATUR ist überall präsent. Zum Beispiel auf dem Klo. Hier ergießt sich aus unzähligen goldenen Hähnen das klare Wasser in ein aus grobem Naturstein gehauenes Becken. Da wird bereits das Händewaschen zum Erlebnis. Aber die Gestaltung der Toilette ist natürlich nur eine kleine Facette. Das gesamte Gebäude, obwohl größtenteils aus nacktem, grauem Beton, fügt sich nahtlos in die Natur der Schärenwelt ein. Fährt man wie wir mit dem Boot hierher auf die Insel Värmdö, geht man zunächst einen hölzernen Steg am Wasser entlang, ehe der Weg durch licht stehende Kiefern hinauf zum Museum führt. Im Wald davor treffen wir auf ein kleines Mädchen, dessen Beine in meterhohe, verzweigte Wurzeln übergehen. Die Skulptur zeigt seine Verbundenheit mit der Natur. Oder halten die Wurzeln es vom Aufbruch zu etwas Neuem, Unbekanntem zurück? Schon sind wir mittendrin in der kostenlosen Ausstellung von Artipelag. Im Wald, auf dem Museumsdach, am Wasser, überall stoßen wir auf Kunstwerke, die das Verhältnis des Menschen zur Natur thematisieren. Selten eindeutig, immer wieder als Anstoß zum Nachdenken, zum Diskutieren.

DAS INNERE DES GEBÄUDES IST KARG, wirkt aber dennoch freundlich. Hohe nackte Wände, klare Linien, große Fenster, die den Blick nach draußen auf Bäume und das blau glitzernde Meer dazwischen öffnen. Die wechselnden Ausstellungen sind sehenswert. Ebenso das Café, wo der Fels, auf dem das Museum erbaut ist, aus dem Boden wächst. Hier schmecken sowohl die Wraps als auch die Zimtschnecken. Noch schöner kann es aber sein, auf einer der Bänke entlang des Rundwegs oder auf einem von der Sonne gewärmten Felsen das mitgebrachte Picknick zu genießen. Ehe wir uns auf diesen Rundweg machen, besteigen wir noch das bewachsene Dach. Am äußersten Ende steht ein Junge. Will er springen? Will er in die Natur? Erneut eine Skulptur, die viele Assoziationen weckt.
Zurück auf dem Boden, wandern wir buchstäblich über Stock und Stein durch den Wald und über eine Wiese, bis wir ans Ufer gelangen. Hier sitzt die letzte Skulptur auf unserem Rundgang. Melancholisch schaut sie hinaus aufs Meer. Drumherum liegen Sonnenanbeter auf den Felsen, andere picknicken oder baden. Kunst, Natur und Vergnügen werden eins.

WENN MAN SCHON MAL **HIER** IST:

Das Artipelag erreicht man gut mit dem Bus und mit dem Auto. Am schönsten ist aber die Fahrt mit dem nostalgischen **Schiff Gustafsberg VII** ⇨ von der Anlegestelle Nybrokajen aus hinaus nach Värmdö. Eineinhalb Stunden schippert das Boot an luxuriösen Strandgrundstücken, hohen Felsen und engen Passagen vorbei, während der Guide an Bord einiges über die Stadt und die Geschichte der Schärenwelt erzählt.

WENN NUR DAS PLUMPSKLO NICHT WÄRE ...

ZELTEN IN DEN SCHÄREN

+ + + STECKBRIEF + + +

WO? RAMSVIKEN AUF BJÖRNÖ (WEITERE ZELTPLÄTZE DER SCHÄRENSTIFTUNG AUF SKARGARDSSTIFTELSEN.SE) +++ BUS 428 UND 429 VON SLUSSEN BIS BJÖRNÖ NATURRESERVAT. VON DORT CA. 1 KILOMETER BIS INS NATURRESERVAT UND 3 KILOMETER WANDERND BIS ZUM ZELTPLATZ +++ WANN? IDEAL IM SOMMER. FÜR DIE HARTEN ABER AUCH GANZJÄHRIG +++ WIE LANGE? EINE NACHT ODER LÄNGER +++ WIE VIEL? KOSTENLOS +++ WICHTIG! AUF KOMFORT WIRD VERZICHTET. MÜCKEN-SPRAY UND KLOPAPIER SOLLTEN MIT +++

FÜR NICHT ROMANTISCH VERANLAGTE wird es jetzt happig: Die weitläufige Wiese breitet sich vor uns aus, nachdem wir die letzten Kilometer über wurzelige Waldwege marschiert sind. Ein paar kleine Zelte stehen bunt verstreut. Dahinter von Gletschern glattpolierte Klippen, die im Schein der tief stehenden Sonne gelb leuchten. Kleine Wellen hüpfen auf dem glitzernden Meer und quietschende Kinder vergnügt hinein. Von einer Feuerstelle steigt sanft der Rauch auf, während draußen auf dem Wasser ein Segler die Segel einholt und langsam in die Bucht einläuft. Wir zählen uns nicht unbedingt zu den Sentimentalen. Jetzt aber stehen wir da, und es ist verdammt schwer, nicht duselig beseelt dreinzublicken. Hier, auf diesem Zeltplatz Ramsviken auf der Insel Björnö, werden wir die Nacht verbringen. Ohne Komfort, aber mit ganz viel Schärenglück.

IN SCHWEDEN GILT DAS JEDERMANNSRECHT, das besagt, dass Wanderer, Radfahrer oder Kanuten ihr Zelt für eine Nacht überall in der Natur aufschlagen können, wenn sie sich nicht gerade auf Privatgrund unmittelbar neben einem Wohnhaus befinden. In den Schären ist das allerdings nicht so einfach. Zum einen stehen fast überall irgendwelche Ferienhäuser herum, zum anderen sind weite Teile der Inselwelt Naturreservate, in denen das Jedermannsrecht eingeschränkt ist. Die Schärenstiftung betreibt aber mehrere Zeltplätze in solchen Naturreservaten. Hier darf man zelten – in traumhaft schöner Umgebung, jedoch ohne Komfort. Duschen gibt es ebenso wenig wie Toiletten mit Spülung. Und so kommt man mit einem schwedischen Kulturgut der besonders duftenden Sorte in Kontakt: dem Plumpsklo (schwedisch: *utedass*). Wir stellen unser Zelt lieber etwas davon entfernt auf. Dann wird gebadet. Während wir auf den sonnenwarmen Felsen liegen, um trocken zu werden, ankern mehr und mehr Segelboote in der Bucht. In stiller Übereinkunft prallen die Welten aufeinander: hier die einfachen Wanderer wie wir, die Würstchen grillen und Dosenbier trinken, da die Segler, die mit gekühltem Prosecco und Erdbeeren an Land gehen und sich zu uns auf die Felsen gesellen.

SPÄTER LANDEN NOCH ein paar Kajakfahrer an. Auch wenn sich mittlerweile einige Menschen auf dem Platz und den Klippen eingefunden haben, ist man für sich. Eine eigenartige Ruhe liegt über allem. Selbst das übermütige Spiel der Kinder wirkt gedämpft. Als die Sonne in beinahe unecht wirkenden Rot- und Orangetönen untergeht, sitzen wir wie viele andere barfuß auf den Felsen, schauen hinaus aufs Meer und hängen unseren Gedanken nach. Wir reden nicht viel. Warum auch? Die Stechmücken scheinen jedoch etwas gegen zu viel Beschaulichkeit zu haben. Sie treiben uns ins Zelt.

Der nächste Tag beginnt mit einem Sprung ins salzige Wasser. Danach gibt's Frühstück. Während der Espresso verführerisch in der Kanne brodelt, werden die ersten Segel gesetzt und die Boote gleiten still hinaus aufs Meer, das wie am Vortag in der Sonne funkelt. Erneut überkommen uns ein zufriedenes Seufzen und jener selige Gesichtsausdruck. Dieses Mal aber bewahrt uns der anstehende Gang aufs Plumpsklo vor allzu großer Ergriffenheit.

WENN MAN SCHON MAL HIER IST:
Folgt man dem Wanderweg vom Zeltplatz Ramsviken gen Süden, gelangt man zu einem **Aussichtsturm** mit herrlicher Sicht auf die umliegenden Inseln. Der sehr schöne **Strand Torpesand** befindet sich nur wenige Meter vom Parkplatz entfernt. Kajaks für eine Paddeltour können bei **Kajakeriet** □→ ausgeliehen werden (Småängsvägen 1, Ingarö, kajakeriet.com, 0046 8 57 14 26 20).

WENN MAN
SCHON MAL IN
DEN SCHÄREN IST
+++ SEHEN +++
+++ ESSEN +++
+++ AUSGEHEN +++
+++ SHOPPEN +++
+++ SCHLAFEN +++

7

SEHEN

SANDHAMN

Wenn es unter all den Inseln der Schären eine gibt, die den Titel »Sehnsuchtsort« in besonderer Weise verdient hat, dann ist es Sandhamn. Die Insel liegt weit draußen, östlich davon kommt fast nur noch offenes Meer. In der Nebensaison ist das Örtchen völlig verschlafen, im Sommer hingegen ist ordentlich was los. Schöne Sandstrände finden sich im Süden und Osten des Eilands. Hier zu liegen und zu entspannen, ist einfach ein Traum und ganz weit weg von dem, was einem in Viveca Stens Krimis begegnet. Die Autorin verbringt viel Zeit auf Sandhamn. Ihre Geschichten spielen hier, oft aber im einsamen Herbst oder eisigen Winter.

+++ SANDHAMN.SE +++ BOOT VON NYBROKAJEN +++ FAHRZEIT EINFACH MIT STRÖMMA CA. 2 STUNDEN +++ HIN UND ZURÜCK 400 KRONEN +++ TIPP: FÜR SANDHAMN SOLLTE EIN GANZER TAG EINGEPLANT WERDEN +++

⟵☐

FJÄDERHOLMARNA

Die Insel Stora Fjäderholmen ist schnell von der Innenstadt aus erreicht, eigentlich noch mittendrin, bietet aber schon eine gehörige Portion Schärenglück. Am Bootssteg mit Brauerei und Restaurant geht es trubelig zu, oft auch auf der anderen Inselseite, wo sich Sonnenanbeter auf den Felsen bräunen und Kunsthandwerker ihre Produkte verkaufen. Lauschige Plätze unter Bäumen und zwischen Felsen im Café Röda Villan.

+++ BOOT VON SLUSSEN, NYBROKAJEN ODER STRÖMKAJEN +++ FAHRZEIT 20–25 MINUTEN +++ WAXHOLMSBOLAGET, STRÖMMA ODER FJÄDERHOLMSLINJEN (VON SLUSSEN) +++ HIN UND ZURÜCK AB 130 KRONEN +++ TIPP: AM GÜNSTIGSTEN IST DIE FJÄDERHOLMSLINJEN +++

GÄLLNÖ

Die wunderschöne Insel Gällnö ist seit dem 16. Jahrhundert bewohnt und wird auch heute noch oft als ursprünglich bezeichnet. Die Ferienhausdichte ist nicht allzu hoch, nach wie vor wird die Insel agrarisch genutzt. Rote Holzhäuschen unter knotigen Apfelbäumen – ein Schwedenidyll. Lebendig im Sommer, nahezu ausgestorben im Winter.

+++ GALLNO.SE +++ MIT DEN BOOTEN DER ANBIETER STRÖMMA ODER WAXHOLMSBOLAGET VON STOCKHOLM IN 1,5 ODER GUT 2 STUNDEN BIS GÄLLNÖ BRYGGA +++ MINDESTENS EINEN TAG EINPLANEN ODER – BESSER NOCH – AUF DER INSEL ÜBERNACHTEN +++

KASTELL VAXHOLM

In dem Pippi-Langstrumpf-Film *Pippi in Taka-Tuka-Land* verwandelte sich die Festung vor Vaxholm, der »Hauptstadt der Schären«, in das Seeräuberquartier, in dem Pippis Vater gefangen gehalten wird. Heute befindet sich in der massiven, beeindruckenden Festungsanlage das Vaxholms Festungsmuseum – Blick in die Gefängnislöcher inklusive.

+++ AUF DER INSEL VAXHOLMEN +++ MIT DEN BOOTEN DER ANBIETER WAXHOLMSBOLAGET UND STRÖMMA VON STOCKHOLM IN 1.5 STUNDEN ERREICHBAR +++ VAXHOLMSFASTNING.SE +++ MAI-SEPTEMBER 12-16 UHR, ENDE JUNI-MITTE AUGUST 11-17 UHR +++ EINTRITT 100 KRONEN PLUS FÄHRTICKET +++

SCHLOSS BOGESUND

Kubisch gebautes Schloss aus dem 17. Jahrhundert nahe Vaxholm mit manchen Räumen aus dieser Zeit. Einiges wurde im 19. Jahrhundert – das Mittelalter romantisierend – umgestaltet. Von außen hübsch anzuschauen, im Sommer auch von innen mit Führung.

+++ PER BRAHES VÄG, VAXHOLM +++ AM EINFACHSTEN MIT DEM PKW ZU ERREICHEN, ODER BUS 681 BIS BOGESUND GÅRD +++ BOGESUNDSSLOTT.SE +++ FÜHRUNGEN: JULI BIS SEPTEMBER SA/SO 14 UHR +++ 60 KRONEN +++

SVARTSÖ KROG

Restaurant mit sehr guter Küche und Schärenfeeling pur. Mit Blick aufs Meer schmecken das 3- und 5-Gang-Menü (535 bzw. 725 Kronen) einfach herrlich nach Sommer. Auch à la carte ist möglich.

+++ AUF DER INSEL SVARTSÖ +++ MIT SCHÄRENBOOTEN IN 1.5 BIS 2.5 STUNDEN BIS ALSVIK BRYGGA +++ SVARTSOKROG.SE +++ ENDE JUNI BIS MITTE AUGUST TÄGL. 11.30-23 UHR. DAVOR AB APRIL UND DANACH BIS OKTOBER MIT EINGESCHRÄNKTEN ÖFFNUNGSZEITEN +++

BULLANDÖ KROG

Mitten in der Marina von Bullandö und somit mit perfektem Blick auf Segelboote und Meer. Sehr guter Fisch. Immer mal wieder mit Live-Musik.

+++ BULLANDÖVÄGEN 30. VÄRMDÖ +++ AM BESTEN MIT DEM AUTO. ODER BUS 440 BIS BULLANDÖ +++ BULLANDOKROG.SE +++ APRIL BIS OKTOBER TÄGL. AB 11.30 UHR. AB SEPTEMBER MO GESCHLOSSEN +++

GARNELENKREUZFAHRT

Auf der dreistündigen Bootsfahrt kann man so viele Garnelen essen, wie man möchte, und zugleich die vorbeiziehenden Inseln genießen. Mit kurzem Stopp an der Festung Vaxholm. Auch bei Stockholmern sehr beliebt.

+++ ABFAHRT AM NYBROKAJEN +++ STROMMA.COM +++ MAI-OKTOBER FR/SA. IN DER HAUPTSAISON AUCH MI/DO. MEIST 19.30-22.30 UHR +++

BISTRO MAGASINET

Gutes Essen – und von der Sonnenterrasse die wohl beste Aussicht Vaxholms aufs Kastell. Besonders empfehlenswert für die kleine Mahlzeit zwischendurch. In Hafennähe.

+++ FISKAREGATAN 1. VAXHOLM +++ MAGASINETWAXHOLM.SE +++ MO-SO 11-15 UHR. IM WINTER GESCHLOSSEN +++

GÄLLNÖ BAR & CAFÉ

Superidyllisches Sommerrestaurant und -café mit eigenem Bootssteg. Der Kuchen oder kleine Snacks munden hier unter den Bäumen mit Blick aufs glitzernde Meer ganz besonders.

+++ GÄLLNÖBY +++ MIT BOOT NACH GÄLLNÖ (SIEHE S. 211), DANN CA. 15 MINUTEN ZU FUSS +++ GALLNO.SE +++ JUNI BIS MITTE AUGUST DI–SA 12–21 UHR, SO 12–16 UHR +++

AUSGEHEN

FJÄDERHOLMARNAS BRYGGERI

Winzig kleine, gemütliche Brauereikneipe mit gutem Craftbeer. Vom Tisch kann man mehr oder weniger direkt ins Boot zurück in die Stadt fallen.

+++ STORA FJÄDERHOLMEN +++ MIT DEM BOOT (SIEHE S. 211) +++ FJADERHOLMARNASBRYGGERI.SE +++ JUNI BIS ANFANG SEPTEMBER MO–SA 12–22.30 UHR, SO 12–20 UHR +++

MIT EINEM BIER AUF DEN FELSEN AM MEER

Der schönste Ort in den Schären, um abends etwas zu trinken, ist nicht in einer Bar. Schnapp dir ein Bier oder was auch immer, setz dich zusammen mit Freunden auf die sonnengewärmten Felsen, lausche dem leisen Schwappen der Wellen, träume …

+++ FAST ÜBERALL IN DEN SCHÄREN +++ LEICHTBIER GIBT'S IN SUPERMÄRKTEN, ANDERE ALKOHOLISCHE GETRÄNKE NUR IM SYSTEMBOLAGET +++

SHOPPEN

HANDWERK AUF DEN FJÄDERHOLMARNA

Im Handwerksdorf auf der Insel bieten Kunsthandwerker ihre Produkte in kleinen Läden zum Verkauf. Getöpfertes, Strickwaren, Schönes aus mundgeblasenem Glas, Schmiedekunst – ideal für das Mitbringsel aus Schweden.

+++ STORA FJÄDERHOLMEN +++ MIT DEM BOOT (SIEHE S. 211) +++ FJADERHOLMARNA-ARTVILLAGE.COM +++ MAI/JUNI–SEPTEMBER MEIST TÄGL. 10.30–17 UHR +++

SCHLAFEN

VAXHOLMS BED & BREAKFAST

Über nur zwei Zimmer verfügt dieses extrem liebevoll gestaltete, familiengeführte Bed & Breakfast. Hier ist einfach nur genießen angesagt. Die Eigentümer bieten auch Aktivitäten wie Angeln, Wintergrillen oder Zimtschneckenbacken an. DZ für 1.385 Kronen mit Frühstück.

+++ DROTTNINGGATAN 7, VAXHOLM +++ MIT DEM EIGENEN AUTO ODER DEM BOOT NACH VAXHOLM, VOM HAFEN 10 MINUTEN ZU FUSS +++ VAXHOLMSBEDANDBREAKFAST.SE +++

7

GÄLLNÖ VANDRARHEM

Einfache Jugendherberge mit viel Schärencharme. Man wohnt in Zwei- bis Vierbetthütten, die Duschen befinden sich in einem Extragebäude. Die Küche im Hauptgebäude ist voll ausgestattet. Einen kleinen Inselhandel gibt's in der Nähe. Zweibetthütte 750 Kronen.

+++ GÄLLNÖBY +++ MIT DEM BOOT NACH GÄLLNO (SIEHE S. 211), DANN CA. 15 MINUTEN ZU FUSS +++ GALLNO.SE/VANDRARHEM +++ KEIN WLAN +++ GEÖFFNET VON MAI BIS OKTOBER +++

8
ABSEITS VOM SCHUSS

+++ ERLEBEN +++

GO ADVENTURE

228
WEICHE KNIE UND HÖHENRAUSCH
UPPSALA
SIGTUNA
FLUGHAFEN ARLANDA
235
SIGTUNA
SCHLOSS GRIPSHOLM
235
SOLNA
220
»WARNING FOR VIKINGS!«
STOCKHOL
234
224
STOCKHOLMER WILDNIS
SÖDERTÄLJE

DAS UMLAND STOCKHOLMS ist genauso vielfältig und sehenswert wie die Hauptstadt. Im Westen ist es geprägt vom See Mälaren, den unzähligen Inseln darin und den vielen Schlössern an dessen Ufer. Die älteste Stadt Schwedens, Sigtuna, sowie die Studentenstadt Uppsala nördlich von Stockholm sind mit Zug und Bus schnell erreicht und auf jeden Fall Tagesausflüge wert. Im Süden befinden sich der Nationalpark Tyresta und der südliche Teil der Stockholmer Schären. In manchen Ecken ist also viel Natur geboten. Andere Orte wie zum Beispiel Solna sind mit der Metropole verschmolzen und setzen sie nahtlos fort.

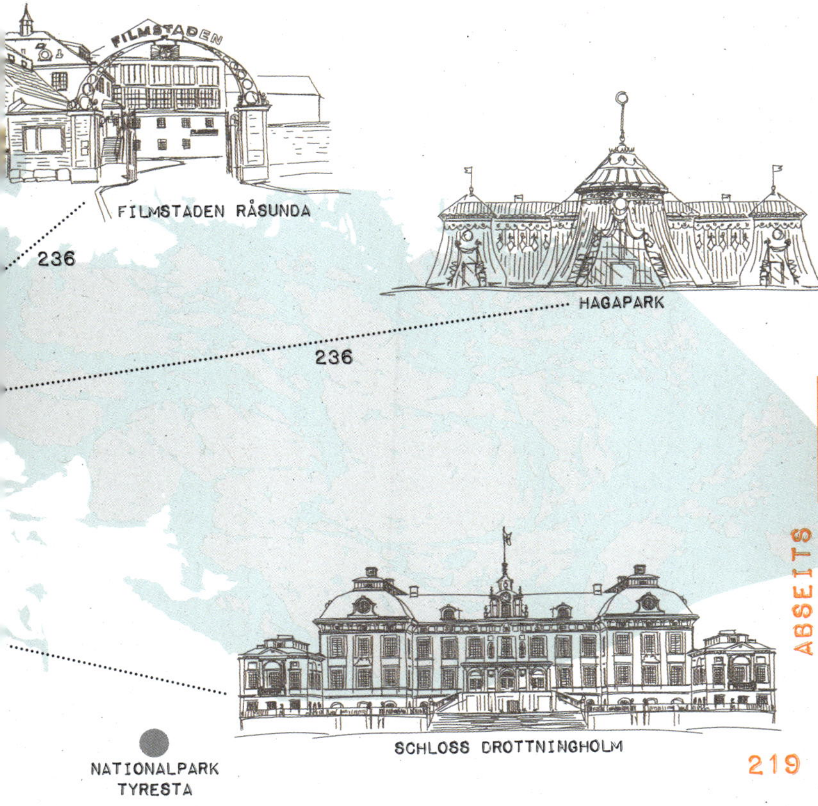

»WARNING FOR VIKINGS!«

AUF DEN SPUREN DER WIKINGER VON BIRKA ABSEITS (FAST) ALLER KLISCHEES

+ + + STECKBRIEF + + +

WO? BIRKA AUF DER INSEL BJÖRKÖ IM SEE MÄLAREN +++ AUSFLUGSBOOTE VON STRÖMMA AB KLARA MÄLARSTRANDEN (KAIPLATZ 3) +++ WANN? VON JUNI BIS ENDE SEPTEMBER. IM SPÄTSOMMER ABER NUR NOCH DONNERSTAG BIS SONNTAG +++ BIRKAVIKINGASTADEN.SE +++ WIE LANGE? FAHRT MIT DEM SCHIFF EINFACH ZWEI STUNDEN. AUFENTHALT AUF BIRKA DREI STUNDEN +++ WIE VIEL? KOMPLETTPAKET MIT HIN- UND RÜCKFAHRT, MUSEUMSEINTRITT UND FÜHRUNG 445 KRONEN +++ STROMMA.COM +++ WICHTIG! DAS BOOT FÜR DIE RÜCKFAHRT SOLLTE MAN AUF KEINEN FALL VERPASSEN, DENN DAS SEETAXI IST SEHR TEUER +++

GLEICH ZU BEGINN steht eine Warnung. Wir verlassen gerade das Schiff, das uns nach Björkö gebracht hat, als uns das Schild empfängt: »Warning for Vikings« steht in dicken schwarzen Lettern auf gelbem Grund. Über dem Schriftzug thront ein Helm mit Hörnern. Das Schild ist ein Hingucker und ein Traum für Selfie-Liebhaber. Wir bekommen ein ungutes Gefühl. Was erwartet uns hier? Wikinger-Kitsch? Wir fürchten schon, mit massenweise Plastikhelmen und Wickie-Figuren konfrontiert zu werden. Glücklicherweise kommt es anders. Wir folgen dem Fußweg zum Birka Museum, wo wir in eine Welt eintauchen, die vor mehr als tausend Jahren unterging. In die Welt von Birka, der alten Wikinger-Hauptstadt. Zwischen dem 8. und 10. Jahrhundert war sie mit ihren etwa 1.000 Bewohnern eine Metropole – in einer Zeit, in der es Stockholm noch nicht gab und in der in ganz Skandinavien schätzungsweise 200.000 Menschen lebten.

IM ANSCHAULICH GESTALTETEN MUSEUM erhalten wir einen differenzierten Einblick in die Blütezeit von Birka. Hier begegnen uns keine mordenden Krieger mit Hörnerhelmen auf den Köpfen, sondern vor allem Händler, die weit reisten – bis nach Konstantinopel, das sie Miklagård nannten. Sie kämpften und plünderten natürlich auch, die Nordmänner. Wobei es nicht nur Männer waren: Im Museum wird die Kriegerin vorgestellt, die 1878 im Grab Bj 581 mit einer Vielzahl an Waffen gefunden wurde. Lange Zeit hatte man wie selbstverständlich angenommen, dass es sich um einen Mann handeln musste, bis eine Gen-Sequenzierung 2017 das Gegenteil nachwies. So bekommt das Bild von den Wikingern Schritt für Schritt neue Facetten. Nicht länger sind sie nur die blutrünstigen, wilden Berserker. Diesen Ruf haben sie Mönchen zu verdanken, die von ihnen überfallen wurden. Sie schrieben ihre Version der Geschichte auf. Von den Nordmännern und -frauen existieren hingegen fast keine schriftlichen Aufzeichnungen. So bleiben viele Fragen: Sah der nachgebaute Verteidigungsturm, der neben dem Museum steht, wirklich so aus? Wohnten die Wikinger in solchen Häusern, wie sie im kleinen Wikingerdorf aufgebaut sind?

MIT DIESEN NACHBAUTEN der UNESCO-Weltkulturstätte wird die Wikingerzeit greifbar – und mit Paul, dem Guide, der uns nach dem Museumsbesuch über das Gräberfeld von Birka führt, lebendig. Er wirkt wie ein Fleisch gewordener Wikinger. Mächtige Statur, die Arme übersät mit Runentattoos, langer Bart, die Haare eine blonde Mähne. Er steckt in Wikingerkleidung, das Hemd ist ebenso rot wie sein Gesicht, das schon etwas zu viel Sonne abbekommen hat. Er steht auf einem Grabhügel, von denen es hier unzählige gibt, und erzählt mit ausladenden Gesten von Birka. Immer wieder präsentiert er mehrere Möglichkeiten, wie es gewesen sein könnte. Theorie A sagt das, Theorie B das. Jemand quengelt: »Können die Historiker das nicht klären?« Nein, wahrscheinlich nicht. Denn Geschichte ist selten eindeutig, vor allem dann nicht, wenn wir kaum Quellen haben. Die Gräber – sofern sie nicht geplündert wurden – erzählen am meisten über die Zeit in Birka vor über 1.000 Jahren. Sie helfen, die Wikinger besser zu verstehen, sie differenzierter zu betrachten – und manches überholte Klischee zu revidieren.

WENN MAN SCHON MAL **HIER** IST:

Während zweier Wochen im Juli wird Geschichte wirklich lebendig, wenn im nachgebauten **Wikingerdorf** das Leben und Arbeiten der Wikinger nachgestellt wird. Für Kinder gibt es im Juni, aber auch an einzelnen Tagen im Juli und August spannende Angebote; dann können sie eigene Wachslichter herstellen und sich im Bogenschießen üben. Im **Inselrestaurant** ⟶, das gerade noch so am Wikingerkitsch vorbeischrammt, schmecken Wildschwein, Elch und ein kühles Bier.

STOCKHOLMER WILDNIS

AUF WILDLIFE-SAFARI VOR DEN TOREN STOCKHOLMS

+++ STECKBRIEF +++

WO? STARTPUNKT IST BEI GREENTRAILS AUF SÖDERMALM, TIDELIUSGATAN 62 +++ BUS 3/4/57/74/94/164 BIS ROSENLUND +++ VON DORT GEHT ES IN DIE PAMPA HINTER BOTKYRKA +++ ENDPUNKT DER TOUR IST ENTWEDER AM HAUPTBAHNHOF ODER WIEDER BEI GREENTRAILS +++ WANN? APRIL BIS SEPTEMBER +++ BEGINN DER TOUR ABHÄNGIG VON DER JAHRESZEIT ZWISCHEN 15.30 UND 19 UHR +++ TERMINE AUF THEGREENTRAILS.COM +++ WIE LANGE? UNGEFÄHR 5 STUNDEN +++ WIE VIEL? 1.250 KRONEN, FAHRT UND PICKNICK INKLUSIVE +++ WICHTIG! ALS SCHUTZ GEGEN NÄCHTLICHE KÜHLE, ZECKEN UND STECHMÜCKEN EMPFIEHLT SICH LANGÄRMELIGE KLEIDUNG +++

»ENTSCHEIDEND IST DIE VORBEREITUNG«, erklärt uns Pieter, während er mit seinen großen Händen eine Feuerstelle anlegt. »Dann kannst du ganz schnell und einfach ein Feuer machen.« Und so zupft Antje eine feine Faserschicht aus trockener Birkenrinde, ich erfahre, wie man nur mit einem Messer Holzstücke in kleinere Scheite spaltet. Noch ein wenig trockenes Moos dazu. Dann versuche ich mit einem Feuerstein aus Magnesium Funken zu erzeugen. Schnell geht es zwar nicht, einfach ist es auch nicht, aber dank Pieters Anleitung klappt es irgendwann. Zuerst ganz klein, mausert sich das züngelnde Etwas rasch zu einem ansehnlichen Feuer. Nun wird gebraten und gekocht. Der Kaffee am Schluss traditionell mit der Kanne direkt in den Flammen. Als Filter dienen Kiefernnadeln. Die Wildlife-Safari entpuppt sich als spannendes Outdoortraining.

ANTJE HAT TROTZ UNZÄHLIGER REISEN in den Norden noch nie einen Elch in freier Wildbahn gesehen. Es wäre also an der Zeit. Aber wirklich hier vor den Toren Stockholms? Nicht einmal 30 Minuten hat die Fahrt von Södermalm gedauert, wo wir uns mit Pieter, unserem Guide, einem niederländischen Wildlife-Enthusiasten, getroffen haben. Im Kleinbus hat er uns mitgenommen, kurz darauf fanden wir uns mitten in der Pampa wieder. Hier sollen wir also Elche sehen? Zunächst einmal steigen wir auf ein Felsplateau, schüren besagtes Feuer und erfreuen uns am blutroten Sonnenuntergang, während Pieter über die in Schweden heimischen Wildtiere informiert. Bären, Wölfe und Luchse würden wir sicher keine sehen, aber Rotwild, Elche und Wildschweine seien möglich. Wir löschen das Feuer mit Sand und Erde und brechen auf. Safari-Time. Im fahlen Licht der blauen Stunde schleichen wir durchs Unterholz. Es ist vollkommen still, wir flüstern nur noch und fühlen uns unendlich weit weg von Großstadt und Zivilisation. Na ja, zumindest bis wir mitten im tiefen Wald Müll von McDonald's finden und wegräumen. Wir finden aber auch Spuren. Von Wildschweinen. Von Elchen. Zu Gesicht bekommen wir die Könige der Wälder jedoch erst mal nicht. Dafür die seltenen Damhirsche.

MIT DEM AUTO GEHT ES WEITER. Das Licht wird schwächer, die Nacht bricht herein. Wir fahren auf immer kleineren Schottersträßchen, nur hier und da ein einsames Gehöft. Kaum vorstellbar, dass Stockholm und die Autobahn nur einen Steinwurf entfernt sind. Und dann steht er da: mitten in einem Feld, stoisch und still, ein mächtiges Geweih auf dem Kopf. Ein prächtiger Elchbulle! Fasziniert beobachten wir ihn, Antjes Augen leuchten – und dann läuft auch noch eine Elchkuh direkt vor uns auf den Weg. Wir folgen ihr langsam, ehe sie nach rechts ins Gebüsch verschwindet. »Zwei Monate haben sie noch Ruhe«, meint Pieter. »Dann beginnt die Jagdsaison.« 100.000 Elche dürfen jedes Jahr in Schweden geschossen werden. Das entspricht rund einem Viertel der Gesamtpopulation. Während wir uns über den Volkssport Elchjagd unterhalten, steuert Pieter den Minibus wieder auf die Autobahn nach Stockholm. Um Mitternacht steigen wir im Zentrum aus. Zurück in der Zivilisation. In Wanderschuhen und Outdoorklamotten stiefeln wir an Partygängern und Nachtschwärmern vorbei zu unserem Hotel.

WENN MAN SCHON MAL **HIER** IST:

Nach dem Abenteuer Wildnis ist ein Abstecher ins »wilde« Nachtleben Stockholms rund um den Hauptbahnhof □→ ein nettes Kontrastprogramm. Am besten aber raus aus den Outdoorklamotten, wenn man beispielsweise in den angesagten **Jazzclub Fasching** (siehe S. 106) kommen möchte. Oder man setzt die Wanderung einfach fort und streift durch die nächtlichen **Gassen Gamla Stans**, die um diese Uhrzeit erfrischend leer und dadurch doppelt stimmungsvoll sind.

WEICHE KNIE UND HÖHENRAUSCH

EIN »SPAZIERGANG« ÜBER DAS DACH DES SCHLOSSES VON UPPSALA

+ + + STECKBRIEF + + +

WO? SCHLOSS VON UPPSALA. TREFFPUNKT VOR DEM TURM IM DROTTNING CHRISTINAS VÄG 1A +++ WANN? MAI BIS SEPTEMBER AM SAMSTAG UM 12 UND 14 UHR, AM SONNTAG UM 12 UHR +++ GRUPPEN MIT MINDESTENS 4 PERSONEN GANZJÄHRIG AUF ANFRAGE +++ WIE LANGE? ETWA 90 MINUTEN +++ WIE VIEL? 595 KRONEN +++ WICHTIG! BUCHUNG UNTER GOADVENTURE.SE +++ MINDESTGRÖSSE 140 CM +++

SCHRITT FÜR SCHRITT. Ganz langsam. Den Blick entweder auf die Füße gerichtet oder geradeaus. Nur nicht nach links, wo es verdammt weit nach unten geht. Eigentlich leide ich nicht unter Höhenangst. Eigentlich. Hier oben auf dem schmalen Steg über das Dach des Schlosses von Uppsala werden die Knie aber doch etwas weicher, die Beine etwas wackliger. Mein Blick geht nach rechts, wo ich auf den Schlossplatz schaue. Vor einer halben Stunde begann dort unten die Tour. Springen wir also zurück an den Anfang: Kim, gepierct mit Nasenring und etwas überdreht, als habe sie schon vorausschauend einen Höhenrausch, holt mich und die anderen acht Wartenden ab und geleitet uns im dicken Schlossturm nach oben. Die meisten, die an der Tour teilnehmen, wohnen in Uppsala, kennen ihre Stadt, wollen sie jetzt aber aus einer anderen Perspektive betrachten.

ZUNÄCHST LOTST UNS KIM auf den Speicher, wo eine Kuriosität auf uns wartet. Inmitten des Speichergerümpels befindet sich ein Verschlag, der sich als improvisiertes Dienstzimmer des Personenschutzes von Kronprinzessin Victoria herausstellt. Als sie in Uppsala studierte, logierte sie im Schloss – wahrscheinlich in etwas schickeren Räumlichkeiten als ihre Wachen. Im obersten Turmgeschoss erhalten wir dann eine kurze Sicherheitseinführung und ziehen Gurte und Helme an. Es kann losgehen. Durch eine kleine Luke steigen wir hinaus aufs schwarze Blechdach. Kim sichert unsere Karabiner in einer Rolle, die entlang einer Schiene mitläuft. Mir ist klar, dass mir nichts passieren kann. Aber der Verstand ist in solchen Situationen nicht immer die stärkste Kraft. Das Schlossgebäude aus dem 16. Jahrhundert selbst misst 42 Meter Höhe. Da es aber auf dem höchsten Hügel der Stadt liegt, geht es gefühlt noch deutlich weiter hinab. Geländer, an denen man sich festhalten könnte, gibt es keine. Und so tapsen manche vorsichtig über den Steg, während andere sich offensichtlich frei wie ein Vogel fühlen. Kim turnt währenddessen abseits des Stegs munter übers steile Dach und kümmert sich darum, dass alles gut geht.

IN DER MITTE DES HAUPTGEBÄUDES unter dem Fahnenmast, an dem nochmals einige Meter über uns das schwedische gelbe Kreuz flattert, dürfen wir uns setzen. Fühlt sich gleich sicherer an. Jetzt kann der Blick getrost in alle Richtungen schweifen: Vor uns breitet sich die viertgrößte Stadt Schwedens aus. 165.000 Menschen leben hier. 24.000 Studierende sind an der Universität eingeschrieben, der ältesten Schwedens, gegründet 1477. Hinter uns erstreckt sich der botanische Garten, dessen symmetrische Formen erst aus der Vogelperspektive richtig deutlich sichtbar werden. Nach etwa zehn Minuten geht es wieder zurück. Ehe wir aber die Luke erreichen, führt der Weg um einen Schornstein herum, hinter dem sich der Blick auf den mächtigen Dom eröffnet. Wer will, darf sich hier rücklings – und doppelt gesichert – über die Kante legen. Für das extra Kribbeln im Magen. Fast alle trauen sich. Eine Teilnehmerin ist beim anschließenden Kaffee im Turm etwas blass um die Nase. Ihre Miene spiegelt Erleichterung. Bei den anderen sehe ich Euphorie. Was sie wohl bei mir sehen?

WENN MAN SCHON MAL **HIER** IST:

Nur wenige Hundert Meter vom Schloss entfernt steht der beeindruckende **Dom** von Uppsala, in dem mehrere schwedische Könige gekrönt wurden und Reliquien des heiligen Erik und der heiligen Birgitta verwahrt werden. Sehenswert ist auch das **Linné-Museum** □→ im früheren Wohnhaus von Uppsalas berühmtestem Sohn Carl von Linné mitsamt dem angrenzenden Park (Svartbäcksgatan 27).

WENN MAN SCHON MAL ABSEITS VOM SCHUSS IST

+++ SEHEN +++

+++ ESSEN +++

+++ AUSGEHEN +++

+++ SHOPPEN +++

+++ SCHLAFEN +++

SEHEN

DROTTNINGHOLM

Für Fans der königlichen Familie ein Muss, aber auch für alle anderen absolut beeindruckend. Seit 1981 wohnen König Carl XVI. Gustaf und Königin Silvia im Südflügel des prächtigen Barockschlosses, das zum UNESCO-Weltkulturerbe zählt. Ziemlich erhaben wandelt man durch den Barockgarten, deutlich entspannter durch den weitläufigen englischen Garten. Faszinierend sind das Schlosstheater – weltweit das besterhaltene Barocktheater des 18. Jahrhunderts – und das Lustschloss *Kina slott*, das König Adolf Fredrik seiner Frau 1753 zum Geburtstag schenkte. Wer kann, der kann.

+++ AUF DER INSEL LOVÖN +++ U-BAHN BIS BROMMAPLAN. DANN BUS 177 NACH SKÄRVIK BIS DROTTNINGHOLM – ODER MIT EINEM STRÖMMA-AUSFLUGSBOOT +++ KUNGLIGASLOTTEN.SE +++ TÄGLICH 10–16 UHR +++ 140 KRONEN. ERMÄSSIGT 70 KRONEN +++ THEATER NUR MIT FÜHRUNG. EINTRITT 110 KRONEN +++

⟵□ SCHLOSS GRIPSHOLM

Hinter den mächtigen Mauern des Schlosses aus der Zeit Gustav Vasas verbergen sich eine Menge Geschichte, Schwedens größte Porträtsammlung und – im dicksten Turm – ein barockes Theater. Wunderschön auf einer kleinen Insel in Sichtweite der gemütlichen Stadt Mariefred gelegen. Tucholsky schrieb hier seine Sommergeschichte *Schloss Gripsholm* und liegt auf dem Friedhof des Ortes begraben.

+++ MARIEFRED +++ MIT DEM AUTO CA. 60 MINUTEN EINFACH ODER ALS GANZTAGESAUSFLUG MIT DEM STRÖMMA-SCHIFF VON STOCKHOLM +++ KUNGLIGA SLOTTEN.SE +++ MAI BIS SEPTEMBER TÄGLICH 10-16 UHR +++ 140 KRONEN. ERMÄSSIGT 70 KRONEN +++

SIGTUNA

Die älteste Stadt Schwedens (gegründet 980) war im Mittelalter ein wichtiges Zentrum. Heute ist Sigtuna mit seinen knapp 10.000 Einwohnern ein weniger bedeutsames Kleinstädtchen, aber nach wie vor hübsch anzuschauen. Die Fußgängerzone Stora Gatan hat heute noch denselben Verlauf wie vor 1000 Jahren. Die Runensteindichte ist hoch, auch mehrere Kirchenruinen gibt es zu bewundern. Sehenswert ist das Sigtuna Museum, das sich genau an dem Platz befindet, wo vor über einem Jahrtausend der erste königliche Hof angelegt wurde.

+++ 50 KM NORDWESTLICH VON STOCKHOLM +++ 45 MINUTEN MIT DEM AUTO. ETWA EINE STUNDE MIT ZUG UND BUS +++ ZUG: SJ.SE +++ DESTINATIONSIGTUNA.SE +++

FILMSTADEN RÅSUNDA

In den Filmstudios in Råsunda einige Kilometer nördlich der Stockholmer Innenstadt wurden schwedische Filmstars groß. Greta Garbo und Ingrid Bergman machten hier ihre ersten Schritte, der Regisseur Ingmar Bergman drehte einige seiner wichtigsten Filme wie *Wild Strawberries*. Von den 1920ern bis in die 1970er galten die Studios als das Hollywood Schwedens, ehe sie aufgegeben wurden. Acht der historischen Gebäude können heute mit englischem Audioguide von außen besichtigt werden. Süßes Waffelcafé im früheren Pförtnerhäuschen.

+++ GRETA GARBOS VÄG 3. SOLNA +++ U-BAHN NÄCKROSEN +++ FILMSTADENSKULTUR.SE +++ CAFÉ FR-SO 11-18 UHR +++

HAGAPARK

Ein englischer Park, wie er im Buche steht. Ende des 18. Jahrhunderts wurde er unter König Gustav III. angelegt. Dichte Wälder, weite Grasflächen, kleine Buchten und kilometerlange Fußwege machen ihn zu einem beliebten Ausflugsziel, insbesondere für Jogger. Das Haga-Schloss ist seit 2010 Wohnsitz von Kronprinzessin Victoria und ihrer Familie und daher nicht für die Öffentlichkeit zugänglich. Dafür aber das Parkmuseum im blau-goldenen Kupferzelt, das an ein römisches Feldherrenzelt erinnern soll.

+++ BAHNHOF SOLNA. VON DORT 500 METER BIS ZUM EINGANG +++ PARKMUSEUM SA/SO 12-16 UHR. KOSTENLOS +++

BÅTHUSET (IN SIGTUNA)

Im alten Bootshaus, das manchmal ein klein wenig schwankt, isst man in idyllischer Lage und mit wunderschönem Seeblick nordische Gerichte, stets der Saison angepasst. Große Empfehlung!

+++ HAMNGATAN 2, SIGTUNA +++ RESERVIERUNG SINNVOLL +++ BATHUSET.COM +++ MI–SA 17–23 UHR +++

R.ASIA (IN SOLNA)

Von außen wenig ansehnlich, innen wird aber ein top chinesisches Buffet aufgefahren. Auch chinesische Geschäftsleute und Diplomaten kommen hierher. Als Mittagsmenü bis 15.30 Uhr mit Getränk und Kaffee für 129 Kronen.

+++ POSTGÅNGEN 59, SOLNA +++ U-BAHN SOLNA CENTRUM +++ RASIA.SE +++ MO–DO 10.30–15.30 UHR UND 17–21 UHR, FR 10.30–15.30 UHR UND 17–22 UHR, SA 12–22 UHR, SO 12–21 UHR +++

KAFÉ SJÖSTUGAN (IN SOLNA) □→

Alternativ angehauchtes Café mit selbst gebackenen Kuchen und kleinen Snacks. Wunderschön, um im Grünen zu sitzen und den Blick aufs Wasser zu genießen. Oder warum nicht gleich einen Sprung vom Badesteg wagen?

+++ PIPERS VÄG 22, SOLNA +++ U-BAHN BERGSHAMRA +++ KAFESJOSTUGAN.SE +++ JUNI–AUG. TÄGL. 11–17 UHR, SONST NUR SA/SO 11–16 UHR, MANCHMAL AUCH DO +++

TAXINGE SCHLOSSCAFÉ (BEI MARIEFRED)

Schönes Café in einem alten Schloss in malerischer Umgebung direkt am See Mälaren. Das Kuchenbuffet ist mehr als üppig.

+++ NÄSBY 52, NYKVARN +++ MIT DEM AUTO AUF DER E20 BIS ABFAHRT NYKVARN, DANN WEITER NACH TAXINGE SLOTT +++ TAXINGESLOTT.SE +++ MO–SO 11–18 UHR +++

AUSGEHEN

SJU FLASKOR (IN UPPSALA)

Wahnsinnig gute Drinks werden im »Sieben Flaschen« serviert. Wie der Name der Bar steht auch die Cocktailkarte ganz im Zeichen der Zahl 7. Mal sind es die sieben Todsünden, mal die Weltwunder …

+++ OLOF PALMES PLATS 4, UPPSALA +++ DIREKT IM BAHNHOF UPPSALA +++ 7FLASKOR.SE +++ MI–SA 17–24 UHR +++

RAKSTUGAN (IN MARIEFRED)

Wenn die winzige Kneipe noch etwas länger offen hätte, könnte man hier perfekt bei Bier, Wein oder Longdrinks versumpfen. Toll sind die kleinen schwedischen Gerichte, die ähnlich wie Tapas miteinander kombiniert und geteilt werden können.

+++ MUNKHAGSGATAN 10A, MARIEFRED +++ RAKSTUGAN.SE +++ DI–FR 17–21 UHR, SA 12–21 UHR, SO 12–16 UHR +++

SHOPPEN

ÖSTER OM ÅN (IN UPPSALA)

Der kleine Laden in Uppsala bietet Werke schwedischer Kunsthandwerkerinnen und Kunsthandwerker an. Immer wieder mit witzig-originellen Fundstücken – unser Favorit: gestrickter Besenstielschoner mit Schlangenkopf.

+++ SVARTBÄCKSGATAN 18B, UPPSALA +++ INSTAGRAM: @OSTEROMAN +++ DI–FR 11–18 UHR, SA 11–16 UHR +++

STOCKHOLM QUALITY OUTLET (IN BARKABY)

Ja, Outletcenter versprühen nicht gerade wahnsinnig viel Charme, auch dieses nicht. Aber: Viele nordische Marken sind dort vertreten – von Happy Socks über Bergans bis Kavat. Kann sich also durchaus lohnen.

+++ FLYGINFARTEN 4, JÄRFALLA +++ ZUG RICHTUNG BÅLSTA ODER KUNGSÄNGEN BIS JAKOBSBERG ODER BARKABY +++ QUALITYOUTLET.COM +++ TÄGLICH 10-19 UHR +++

SCHLAFEN

THE WINERY HOTEL (IN SOLNA)

Dieses faszinierende Hotel im Industrial Style ist weltweit das erste in einer Großstadt, das unter demselben Dach noch eine Weinkellerei beherbergt. Wie auf einem Weingut gibt's hier Führungen durch die Kellerei, Weinproben und exzellente Tropfen zum Abendessen im sehr guten hauseigenen Restaurant. Mit toller Bar und Pool auf dem Dach. DZ mit Frühstück 1.600 Kronen.

+++ ROSENBORGSGATAN 20, SOLNA +++ BUS BIS JÄRVA KROG +++ THEWINERYHOTEL.SE +++

VANDRARHEM DJURGÅRDSPORTEN (IN MARIEFRED)

Urgemütliche Unterkunft in einem alten Gebäude, dessen Decken und Böden alle ein wenig schief sind. Einfache, aber mit viel Charme eingerichtete Zimmer, zwei davon mit direktem Blick auf den See. Geteilte Dusche und Toilette sowie Gemeinschaftsküche. DZ je nach Standard zwischen 600 und 1.200 Kronen.

+++ DJURGÅRDSGATAN 2, MARIEFRED +++ AUTO ODER SCHIFF NACH MARIEFRED +++ DJURGARDSPORTEN.SE +++

TACK SÅ MYCKET: Ein großer Dank geht an alle, die uns bei der Arbeit an diesem Buch tatkräftig unterstützt haben! Wir bedanken uns dabei vor allem bei dem gesamten Team des Michael Müller Verlags für die hervorragende, immer freundliche und produktive Zusammenarbeit. Und bei den vielen Stockholmern, die uns mit reichlich Tipps versorgt haben – bei Katri und Fredrik von Food Tours, Maria vom Stadtmuseum, Birgitta von Visit Stockholm, jene meganette Mitarbeiterin von Superfront, deren Namen wir uns leider nicht notierten, die sich aber offensichtlich schon durch gesamt Stockholm gefuttert hat, und, und, und. Durch euch ist das Buch noch facettenreicher geworden. Und danke dir, lieber Bulli, dass du stets unser Home Office und treuer Begleiter warst (für die leere Batterie kannst du ja nichts)!

FOTOS:

Alle von Johannes Möhler, außer: Coverfoto: Adobe Stock/Thomas

IMPRESSUM:

Text und Recherche: Antje Möhler und Johannes Möhler; Herausgeberschaft und Redaktion: Matthias Kröner; grafisches Konzept, Layout und Covergestaltung: Berit Kröner; Illustrationen: Mirja Schellbach; Lektorat: Dr. Felicitas Igel; Korrektorat: Eva Wagner; Druck: Westermann Druck Zwickau GmbH

ISBN 978-3-96685-102-2